LE RÉSEAU JANE

Titre original : *Looking for Jane*

Traduit de l'anglais (Canada) par Laurent Bury

10, place des Cinq-Martyrs-du-Lycée-Buffon
75015 Paris – France
www.editionscharleston.fr

ISBN : 978-2-36812-957-9

Heather Marshall

LE RÉSEAU JANE

Roman

Traduit de l'anglais (Canada)
par Laurent Bury

CHARLESTON

Pour R., fruit très désiré
d'une maternité très volontaire.

2010

C'EST PAR UNE JOURNÉE TOUT À FAIT ORDINAIRE qu'un message véritablement extraordinaire fut délivré au mauvais destinataire.

Les boîtes aux lettres étaient identiques, placées côte à côte, fabriquées dans le même métal léger et bon marché, désormais rouillé près des charnières. Elles étaient rivées au mur de briques brunes, à côté de la porte du magasin d'antiquités ; cette porte dont on entendait, chaque fois qu'un client entrait ou sortait, le carillon délicieux – ou exaspérant –, selon les goûts.

À gauche, la boîte de Thompson Antiquités & Livres Anciens arborait le chiffre 1 sous la forme d'un autocollant doré à moitié arraché. À droite, un autocollant semblable attribuait le numéro 2 à la boîte de l'appartement situé au-dessus de la boutique. Il n'y avait réellement pas grande différence, mais cela fit toute la différence pour Nancy Mitchell, qui habitait au premier étage et qui ne sut jamais qu'on lui avait envoyé une lettre.

L'adresse ne précisait pas auquel des deux numéros du vieux bâtiment de College Street le message était destiné. L'enveloppe fut donc jetée sans cérémonie dans la boîte du magasin d'antiquités, et le facteur s'empressa de poursuivre sa tournée sans se poser de questions.

La lettre retint sa respiration pendant trois heures, coincée entre une carte postale écrite par le fils de la gérante de la boutique, alors en voyage en France, et tous les courriers indésirables de ce vendredi, jusqu'au moment où l'antiquaire ouvrit la boîte pendant sa pause cigarette. Elle vida le courrier dans un panier où il serait ensuite trié – et hélas, mal placé – par un employé désinvolte.

Son contenu ne serait découvert que sept années plus tard. Et cette lettre devait changer à jamais la vie de trois femmes.

PREMIÈRE PARTIE

1

Angela

Toronto, janvier 2017

ANGELA CREIGHTON SERA EN RETARD à son travail. La veille, elle s'est couchée tard, et ce matin elle se réveille avec une migraine qui tombe très mal. Prenant bien soin de ne pas déranger son épouse, qui profite du dimanche pour faire la grasse matinée, elle part vers la cuisine sur la pointe des pieds. Elle boit un verre de jus d'orange avec pulpe pour avaler plus facilement un antalgique, fait griller un bagel et y étale trop de fromage frais ail et fines herbes. Serrant son petit déjeuner entre ses dents comme un chien de chasse, elle se coiffe d'un chapeau et boucle la ceinture de son manteau écossais, puis ferme sans bruit la porte de l'appartement et descend quatre à quatre les marches de l'immeuble.

Sur le trottoir, Angela court jusqu'à l'arrêt de bus tout en mâchonnant le bagel et en cherchant ses lunettes de soleil dans son sac à main. En temps normal, elle serait ravie, car les journées ensoleillées sont rares en hiver. Mais la lumière la fait grimacer et elle a la tête qui vibre comme si on lui avait tiré une balle entre les deux yeux.

Hier soir, elle était chez son amie Jenn pour leur *book-club* mensuel ; comme souvent au cours des six derniers mois, la réunion a viré à la dégustation de vins. Désormais, elles boivent trop de pinot gris médiocre, elles s'empiffrent désespérément de charcuterie et de fromage – on croirait que c'est leur dernier repas avant la chaise électrique – et elles parlent parfois des livres qu'elles ont lus.

Cela faisait longtemps qu'Angela n'avait plus participé à une soirée arrosée, mais hier soir, elle s'est lâchée. Depuis sa fausse couche, c'est le seul moment un peu joyeux qu'elle ait vécu, malgré son côté lamentable, et elle a voulu en profiter au maximum. Dès que son corps sera suffisamment remis, Tina et elle repartiront pour une nouvelle série de traitements contre l'infertilité, alors elle s'est dit qu'en attendant, elle avait tout intérêt à boire autant qu'elle le pourrait. C'est sa seconde fausse couche en un an, et les chances semblent diminuer chaque fois qu'une insémination artificielle ou une grossesse échoue. Une bonne dose d'alcool donne l'impression que les obstacles à surmonter sont un peu moins élevés, au moins pendant un court moment.

Le bus s'approche et Angela monte, elle insère sa carte dans la fente métallique et trouve une place libre près de la porte arrière. Le magasin qu'elle dirige – Thompson Antiquités & Livres Anciens – se situe à moins de huit kilomètres. Quelques arrêts plus tard, elle sort du bus en titubant dans la neige fondue.

Il y a déjà du monde dans College Street, le trottoir est étroit, et Angela se plaque contre la porte de la boutique pour ne pas gêner les piétons, le temps de retrouver ses clés. La hanche contre le vieux bois gauchi, elle finit par entrer brusquement, puis referme derrière elle.

Angela se sent bien dans le bric-à-brac de ce magasin, qui abrite des ouvrages divers et variés qui n'y séjournent jamais longtemps et une collection d'anciens objets hétéroclites qui, à l'inverse, ne semblent jamais se vendre. Cela sent la cire d'abeille, le café et cette odeur caractéristique des vieux bouquins, à la fois poussiéreuse et charmante. La surface, modeste, est celle d'un appartement de taille moyenne. Derrière la caisse, une petite réserve abrite des cartons oubliés, à l'abandon, et une machine à café qu'Angela a achetée bon marché dès sa première semaine sur place.

Son humeur change grâce au parfum désormais familier de la boutique. Elle qui a toujours adoré les livres, et qui partage avec Tina des goûts éclectiques en matière de décoration, aime l'imprévu de la brocante. Il y a toujours des trésors à découvrir, enfouis ici ou là.

Angela allume les lampes, se dirige vers le vieux pupitre qu'elle utilise en guise de comptoir et pousse du pied son sac à main par-dessous. Elle fait démarrer la caisse électronique – l'une des rares intrusions de la modernité dans ce magasin –, puis se retire dans la réserve pour réchauffer une cafetière pleine d'un breuvage impitoyablement fort. Quand elle était enceinte, elle ne buvait plus que du déca, sûre de pouvoir obtenir malgré tout l'effet placebo du café. Mais aujourd'hui, le cœur amer, elle s'accorde une solide quantité de vrais grains torréfiés.

Un mug ébréché en main, Angela se secoue mentalement et s'attaque aux corvées habituelles de l'inventaire et du suivi des ventes non abouties. Elle n'arrive pas à comprendre comment ce commerce est encore en vie, surtout si on pense aux prix de l'immobilier dans cette ville. Le petit appartement au-dessus de la boutique est loué comme inutile source de revenu depuis que le bâtiment a été racheté par sa tante Jo (qui a épousé un héritier et qui n'a vraiment pas besoin d'un salaire). Sa tante pourrait sans doute le revendre une fortune, mais Angela la soupçonne de garder le magasin ouvert pour le plaisir d'avoir un sujet de conversation avec ses amies impeccablement maquillées, lors de leur manucure hebdomadaire.

Avant de reprendre Thompson Antiquités, Angela a occupé plusieurs postes de vendeuse, dont le dernier dans un magasin de chaussures hors de prix, sous les ordres d'un gérant coincé. Elle ne pourrait pas le prouver, mais elle pense avoir fait l'objet d'un « licenciement saisonnier en raison d'une baisse des ventes » quand son employeur a découvert sa grossesse plusieurs semaines trop tôt. C'était un quinqua conservateur et limite homophobe, tout à fait du genre à considérer le congé maternité comme une nuisance pour les entreprises. À court de prétextes pour ses séjours fréquents aux toilettes du personnel où elle allait vomir, Angela avait confié la nouvelle à une collègue, et elle est sûre que celle-ci a cafté.

Quand elle s'est retrouvée au chômage, au beau milieu de la trentaine, après avoir subi des traitements contre l'infertilité qui avaient épuisé son budget, elle a donc fait jouer ses réseaux pour dénicher un nouvel emploi, n'importe lequel, qui leur permette à Tina et elle de payer leur loyer tout en épargnant un peu en vue de l'agrandissement de la famille. Lors de leur dernière fête de Thanksgiving, tante Jo, d'un geste de sa main garnie de somptueux bijoux, a proposé à Angela de diriger la boutique afin qu'elle-même puisse « enfin envisager sa retraite ». Malgré une expérience pour le moins négligeable dans le domaine de la brocante, Angela n'était pas en position de refuser, et elle savait que tante Jo ne licencierait jamais sa propre nièce si celle-ci tombait enceinte. Trois jours plus tard, Jo lui remettait les clés.

Le dimanche, Angela est seule au magasin, mais c'est en général un jour mort, surtout durant les mois d'automne et d'hiver, quand le tourisme est pratiquement immobilisé par le froid. Après le nouvel inventaire, elle s'attaque à la liste des objets réservés mais dont la vente ne s'est jamais concrétisée. Huit fois sur dix, tel meuble séduit un « chasseur d'antiquités » (autoproclamé et sans expérience aucune, d'habitude) venu en ville faire du shopping avec ses riches amis. L'individu frissonne de plaisir à la perspective de cette emplette, puis demande qu'on lui mette l'objet de côté le temps de revenir avec un véhicule aux dimensions adéquates pour emporter le résultat de sa chasse au trésor du samedi. Et presque chaque fois, le client évite si soigneusement de répondre aux relances d'Angela qu'elle remet l'objet en vente, épargnant à l'acheteur potentiel la honte d'avouer qu'il s'agissait d'une toquade. De ce fait, Angela consacre une bonne partie de ses dimanches matin à enlever les autocollants roses indiquant qu'un objet est réservé, pour les laisser somnoler dans les recoins de la boutique où, comme des orphelins vieillissants, ils peuvent attendre la prochaine promesse de vente.

Le premier de la série est une petite coiffeuse à trois tiroirs. Angela sait exactement où se trouve le meuble en question et part vers le fond du magasin. En s'en approchant, elle repère le Post-it rose vif sur le tiroir du haut. Quand elle l'arrache, la commode tremble sur ses pieds et le tiroir s'entrouvre.

— Ah merde. Aïe !

Du café se répand sur sa main. Elle le lèche, puis jette un coup d'œil à l'intérieur du tiroir où une curieuse tache blanche brille dans l'obscurité. Elle cherche un endroit où placer son mug sans faire de dégâts. Utilisant le Post-it en guise de sous-verre, elle pose son café sur une étagère voisine et ouvre tout grand le tiroir.

À cet instant précis, le carillon de la porte retentit, accueillant le premier client de la journée. Bien que le suspense lui noue l'estomac, Angela referme le tiroir et revient vers la vitrine, enjambant avec précaution des piles branlantes de livres.

— Bonjour !

— Salut, répond une adolescente aux cheveux d'un brun terne et aux épaules voûtées.

— Je peux vous aider ? demande Angela, resserrant son écharpe autour de son cou.

Un courant d'air hivernal est entré en même temps que la jeune fille, ce qui agace Angela, un peu à tort, elle le reconnaît. Elle a envie de retourner à ce tiroir.

— Pas vraiment. Je regarde juste, merci.

— Je vous en prie. N'hésitez pas, si vous avez besoin d'un renseignement.

L'ado a un sourire vague et fait volte-face pour inspecter l'étagère la plus proche. C'est une manière polie de la congédier, mais Angela est ravie qu'on la renvoie ainsi à ce qui la préoccupe. Elle repart vers la coiffeuse et rouvre le tiroir du haut.

Elle en retire une lourde boîte en marbre qu'elle dépose avec précaution sur le plancher décoloré. C'est cette pierre blanche qui a attiré son attention. Presque tous les objets de la boutique sont en bois, d'une essence ou d'une autre. Pour le reste, il s'agit principalement de cuivre et d'argent : cadres ternis à volutes 1900, miroirs à main qui évoquent les hautes coiffures féminines du XVIIIe siècle, cuillers à thé sur lesquelles on arrive encore à distinguer un complexe blason familial.

Depuis qu'elle travaille chez Thompson, Angela n'a jamais vu aucun objet en pierre. C'est une belle boîte en jaspe blanc parcouru de veines grises, qu'un amateur d'antiquités pourrait avoir envie d'acheter. Oubliant son café froid, Angela emporte la boîte jusqu'au comptoir. Elle lève les yeux pour vérifier que son unique cliente continue à feuilleter des livres, puis elle se perche sur un tabouret de bar et ouvre le fermoir doré.

À l'intérieur se trouve une liasse de ce qui semble n'être que des papiers jaunis, mais lorsqu'elle détache une des pages, elle remarque une élégante écriture sur la première enveloppe.

Des lettres. Un paquet de lettres. Angela les soulève une par une, les compte. Il y en a cinq. Toutes anciennes, apparemment. *Pas étonnant,* se dit-elle, *puisque c'est un magasin d'antiquités.* Et puis, plus personne n'écrit vraiment de lettres. Cette activité, jadis très pratiquée mais aujourd'hui sur le déclin, est désormais l'apanage des vieilles dames entêtées et trop parfumées.

Elle brandit l'une des lettres devant la lumière. Contrairement aux autres, dépouillées de leur enveloppe et qui ont tout l'air de relevés bancaires, celle-ci est encore cachetée, et le rabat est un peu gonflé, comme si la colle avait été trop humidifiée. Le timbre paraît moderne. Dans le coin supérieur gauche, l'écriture penchée indique que l'expéditeur est une certaine Mrs Frances Mitchell. La lettre est adressée à Ms Nancy Mitchell, et quelque chose s'agite derrière le nombril d'Angela lorsqu'elle lit l'adresse de la boutique.

L'écriture semble tremblante, même si Angela voit bien qu'elle a été très élégante, il y a plusieurs décennies.

BOUM !

Le choc lui noue la gorge. Elle se retourne et voit que la fille aux cheveux bruns se penche pour ramasser un gros livre tout en marmonnant des excuses. Angela réussit à esquisser un sourire, le cœur encore palpitant, mais l'ado s'en va en grommelant « Merci ». Le carillon tinte à la porte lorsqu'elle sort. Une nouvelle bouffée d'air froid pénètre dans le magasin.

Soulagée d'être à nouveau seule, Angela passe les doigts sur le rabat de l'enveloppe, pesant le pour et le contre. Sur le devant, le cachet à l'encre rouge précise que la lettre a été postée en 2010. Pourtant personne ne l'a lue. À qui était-elle destinée ? A-t-elle simplement été égarée ? Mais non, l'adresse du magasin figure bien sur le dessus, avec ce nom mystérieux, Nancy Mitchell.

L'adresse était la bonne.

Angela sait que, techniquement, c'est un délit d'ouvrir le courrier des autres, mais sa curiosité prend le dessus sur son code moral. Elle tire le coupe-papier en cuivre du bocal à confiture qui leur sert de pot à crayons, en glisse la pointe sous le coin de l'enveloppe et tranche le rabat avec une netteté satisfaisante. Elle en sort la lettre, la déplie du bout des doigts, comme pour éviter les empreintes incriminantes. Le papier est lourd, granuleux. Coûteux. Acheté par quelqu'un qui écrivait beaucoup de lettres et qui veillait à ce qu'elles aient un certain poids.

Intriguée, Angela se met à lire. Sous l'épaisse frange de ses cheveux noirs, ses yeux parcourent les lignes à toute allure.

Chère Nancy,

Je souhaite que cette lettre ne te parvienne pas avant ma mort. J'ai chargé mon notaire, Mr Klein, de ne la poster qu'après. Je le regrette, et j'ai mes raisons, mais je voulais être certaine que tu sois informée de certains faits concernant ta propre histoire.

Nancy, je t'ai aimée autant qu'une mère peut aimer sa fille. J'ai fait de mon mieux dans la mesure de mes capacités, j'ai été la meilleure mère possible. Même si, ma chérie, je suis humaine et donc imparfaite.

Je ne peux te dire les choses qu'en écrivant simplement : ton père et moi ne sommes pas tes parents biologiques. Nous t'avons adoptée quand tu étais bébé.

Nous avons essayé pendant des années, nous adressions chaque jour des prières à Dieu pour qu'il nous envoie un enfant, mais cela ne devait pas être. Donc nous avons cherché une petite fille à adopter, et notre médecin de famille nous a dirigés vers le foyer Sainte-Agnès pour mères célibataires, ici à Toronto.

Tu es bien née le jour que tu connais comme ton anniversaire : le 25 avril 1961. On nous a dit que tes parents biologiques étaient un couple d'adolescents non mariés qui s'étaient égarés. Ils n'avaient pas d'argent et n'avaient donc pas les moyens de t'élever. Ta mère t'a confiée à l'adoption dans l'espoir que nous t'offririons un plus bel avenir qu'elle ne le pouvait, jeune et pauvre comme elle l'était. Son histoire nous a brisé le cœur, mais nous avons remercié Dieu pour le sacrifice consenti par cette femme et pour le précieux cadeau qu'Il nous envoyait. Son chagrin a fait notre bonheur.

Nous t'avons élevée et aimée comme notre fille. Le prêtre et la directrice du foyer Sainte-Agnès nous ont suggéré de ne rien te révéler, de faire comme si tu étais notre enfant venu de Dieu, car cela serait plus facile pour toi. Nous avons suivi leur conseil. Toutefois, il ne s'est pas passé un seul jour sans que je m'interroge sur cette décision.

Quand nous t'avons ramenée à la maison, j'ai trouvé une paire de petits chaussons jaunes glissée au fond de la couverture dans laquelle tu étais enveloppée. J'ai supposé que c'était un cadeau de ta mère, mais je n'ai pas pu supporter de les utiliser, donc je les ai enfermés dans un tiroir. Je craignais, en te parlant d'elle, que tu me voies d'un autre œil, et je ne pouvais m'empêcher de penser que tu devais terriblement lui manquer. J'ai essayé d'évacuer mon sentiment de culpabilité en allumant un cierge à l'église et en priant pour elle tous les ans le jour de ton anniversaire.

Mais, ma chérie… voici venu le moment d'implorer ton pardon, de tout mon cœur et de toute mon âme.

Peu après ton mariage, ton père et moi avons appris que tu n'avais pas été volontairement et librement confiée à l'adoption, ainsi qu'on nous l'avait affirmé. On nous a menti, Nancy. Et nous t'avons menti à notre tour.

Dans les médias, il a été question de jeunes femmes qui, ayant cherché refuge à Sainte-Agnès, avaient été forcées d'abandonner leur enfant, sous la menace ou pire encore. Le foyer a été fermé peu après ta naissance. Ceux qui le dirigeaient nous avaient paru être de braves gens. Nous voulions si désespérément un enfant, et nous n'avions aucune raison de ne pas croire ce qu'ils nous disaient. Nous ne savions pas. Après ces reportages, j'ai rouvert le tiroir et j'ai trouvé, fourré au fond de l'un des chaussons, le message ci-joint. Tu pourras le lire par toi-même, ma chérie.

Même alors, ton père n'a rien voulu te révéler. Puis il est mort, et je ne t'ai rien dit non plus. Je n'ai aucune excuse à part ma lâcheté. Je regrette tellement, Nancy. S'il y a bien une leçon que j'en ai tirée, c'est qu'il ne faut pas garder de secrets. Ils s'infectent comme des blessures, et la guérison est encore plus longue une fois que les dégâts s'installent. Le mal est définitif, handicapant, et ce n'est pas ce que je voulais pour toi.

Ta mère s'appelait Margaret Roberts. Comme elle était beaucoup plus jeune que moi lorsqu'elle t'a donné naissance, elle vit peut-être encore. Je t'encourage à partir à sa recherche, et à te consoler de ma mort en retrouvant ton autre mère, comme je l'appelle mentalement depuis toujours. Je veux que tu puisses aller de l'avant, et j'espère que tu ne nous en voudras pas trop, à ton père ou à moi.

Je t'ai aimée du plus profond de mon cœur, ma chérie. Et je sais donc combien cela a dû être difficile pour ton Autre Mère, pour Margaret. Depuis que j'ai lu son message, je prie tous les jours pour être pardonnée. J'ai veillé avec tendresse sur son enfant, mon enfant – notre enfant. Mais je suppose que Dieu réglera nos comptes comme Il l'entend. Tout est désormais entre Ses mains.

Je te supplie de me pardonner, ma chérie. Je prie pour que nous soyons un jour réunies, dans très longtemps.

Maman

Angela repose la lettre sur le pupitre et attrape une boîte de mouchoirs pour tamponner les larmes qui ont jailli de ses yeux.

— Mon Dieu...

Elle pense à sa propre famille, à la mère qu'elle appelle Maman, et à la femme qui lui a donné naissance, Sheila, qu'elle a fini par rencontrer il y a cinq ans. Une vie entière sans savoir qu'on est un enfant adopté, voilà une idée incroyable, épouvantable. Son cœur saigne pour ces trois femmes : Nancy, la fille ; Frances, sa mère, qui a porté si longtemps le poids de ce secret et dont les aveux n'ont jamais atteint leur destinataire ; et Margaret Roberts, griffonnant et cachant un message pour expliquer qu'elle avait été obligée d'abandonner son bébé...

Le message.

— Où est-il ? demande Angela dans le magasin vide.

Elle vérifie sur le bureau, puis se baisse pour regarder à terre. Lorsqu'elle secoue l'enveloppe, un petit bout de papier voltige comme un confetti. Il est jauni, un peu froissé. L'un des bords est roussi, comme s'il avait failli être brûlé.

Angela lit la courte note manuscrite. Il n'y a que deux lignes, mais elle s'attarde sur les cinq derniers mots, et sa vision se trouble.

Elle relit le message plusieurs fois avant de le poser par-dessus la lettre. Elle a besoin d'aide. Elle prend son portable et le garde au creux de sa main tandis qu'elle se demande qui appeler en premier. Après avoir rapidement fait défiler quelques numéros, elle clique sur un nom et colle le téléphone à son oreille en essuyant une larme qui roule sur sa joue.

— Allô, Maman ? C'est moi. Tu as une minute ?

2

Evelyn

Toronto, octobre 1960

QUAND EVELYN TAYLOR ARRIVE au foyer Sainte-Agnès pour mères célibataires, sa première pensée est qu'elle a de la chance d'être encore en vie.

Le bâtiment ressemble à un château abandonné, dont les habitants ont depuis longtemps rangé le peu de joie qu'ils ont pu éprouver un jour et confié les clés aux rats et au lierre. Autrefois, c'était peut-être un beau manoir, avec ses auvents sous le toit et sa façade de briques brunes entourée d'arbres majestueux. Mais alors que son père se gare dans la rue, Evelyn lève la tête et aperçoit deux yeux pâles qui la dévisagent depuis l'une des fenêtres de l'étage. Au même instant, deux mains surgissent derrière les rideaux et éloignent la jeune spectatrice. Evelyn bat des paupières, il n'y a plus personne. A-t-elle rêvé ? L'endroit est intimidant, et une terreur froide se répand dans les entrailles de la jeune fille.

Son père reste assis au volant. Il fixe résolument un point à mi-distance, quelque part sur le capot. Elle se demande ce qu'il a en tête. Il s'éclaircit la gorge.

— Eh bien, au revoir, alors, dit-il sans croiser son regard.

Evelyn se penche vers la poignée. Une fois sortie du véhicule, elle ouvre la portière arrière et en tire sa valise. Son père ne lui propose pas de l'aider. Il n'a même pas coupé le moteur.

Lorsque Evelyn referme la portière, il y a un bref silence avant qu'elle entende le levier de vitesse s'enclencher, et la voiture s'écarte du trottoir. Evelyn voit le pare-chocs étincelant de la berline tourner au coin de la rue, le crâne de son père visible au-dessus du siège beige.

Debout devant le foyer, Evelyn se sent paralysée dans ses chaussures à boucles et à talons plats, elle est incapable de bouger, son esprit assimile lentement sa nouvelle réalité. Sa mère a passé un coup de fil, le père Richard est venu prendre le thé, et la décision d'envoyer Evelyn à Sainte-Agnès a été prise avant que le prêtre ne boive une deuxième tasse d'orange pekoe.

D'un côté, elle est heureuse d'échapper aux regards noirs de sa mère, de pouvoir respirer un peu pendant cette grossesse. Mais, d'un autre côté, elle est horrifiée à l'idée de devoir être ici, elle a peur de ce qui l'attend derrière cette lourde porte en bois au gros heurtoir en cuivre. Personne ne lui a dit à quoi se préparer. Elle a l'impression d'avoir été aspirée par une tornade, comme Dorothy dans *Le Magicien d'Oz*, et déposée à des kilomètres de chez elle, en terrain inconnu. Tout semble à l'envers. Déformé, anormal.

Elle sent sur sa nuque le regard des voisins, elle imagine leur nez rose appuyé aux vitres de leur salon, épiant la nouvelle venue dont l'infamie s'étale au grand jour. Elle sait qu'elle n'est pas la première et ne sera pas la dernière. Les voisins sont peut-être habitués. Le spectacle des filles enceintes a dû perdre de son originalité depuis longtemps, bien avant qu'Evelyn ne se déplie hors de la voiture de son père sur le trottoir usé de Riverdale Avenue. Elle envisage un instant de s'enfuir mais, d'un air de résignation tendue, elle se tourne vers les marches menant à la porte principale.

Elle soulève le gros heurtoir, le fait claquer sur le bois poli trois fois avant de le laisser retomber avec un bruit sourd et un couinement des charnières. Elle attend. Près du porche, le vent fait bruire les feuilles jaunies dans les arbres. L'air est lourd, chargé d'électricité par l'approche d'un orage d'automne, et les nuages noirs roulent par-dessus les toits et les cheminées des vieilles maisons alignées.

Elle entend des bruits étouffés venant de l'intérieur du bâtiment, puis une porte qui se ferme et une femme qui appelle. Une autre répond, d'une voix plus grave. Des pas s'approchent, derrière la porte, et l'estomac d'Evelyn se noue. Elle redresse les épaules et lève le menton lorsqu'on tire un verrou.

La première chose qu'elle voit, ce sont les yeux de la femme sous le voile qui lui couvre la majeure partie du front. Ils sont gris et froids comme le ciel orageux à l'ouest, et semblent encore moins accueillants. La religieuse ouvre grand la porte et se tient les poings sur les hanches. Une serviette à thé est glissée à sa ceinture, à côté de son chapelet et ce qu'Evelyn, nerveuse, soupçonne d'être un fouet. Une croix brille sur sa poitrine.

— Vous devez être Evelyn Taylor. (Ce n'est pas une question.) Eh bien, entrez, alors, qu'on vous voie un peu.

Elle s'écarte de la porte et Evelyn franchit le seuil. Instinctivement, sous le regard froid de la religieuse, elle pose une main sur son ventre, geste qu'elle regrette aussitôt.

— Ne prenez pas ces allures de pauvre brebis égarée. C'est vous qui vous êtes mise dans ce pétrin, et le bébé avec. (Elle désigne le ventre encore plat d'Evelyn.) Et personne ici n'aura ni le temps ni l'envie d'avoir pitié de vous.

Evelyn baisse la tête.

— Entrez donc dans le salon. Je m'appelle sœur Marie-Thérèse. Je suis la directrice du foyer Sainte-Agnès.

La religieuse s'engage dans un couloir partant du vestibule et Evelyn la suit comme un chiot obéissant. Lorsqu'elle passe sous l'arche en ogive, elle remarque un beau vitrail dans l'imposte et le crucifix fixé au mur à côté. Le salon est simple, tapissé de papier peint jaune à fleurs. Ce n'est que la fin d'après-midi, mais les lampes sont toutes allumées. De lourds rideaux bruns masquent la grande fenêtre et Evelyn doit lutter contre l'instinct qui la pousse à prendre ses jambes à son cou pour aller respirer dehors.

— Asseyez-vous, je vous en prie, dit sœur Marie-Thérèse en indiquant une bergère à oreilles, fanée et usée, face à un canapé Chesterfield au dos raide.

Quelque chose dans son ton fait comprendre à Evelyn que c'est un ordre plutôt qu'une invitation. Elle se pose sur le bord du fauteuil, prête à s'appuyer au dossier.

— Votre posture, Miss Taylor. La posture est essentielle pour la présentation d'une jeune femme, surtout lorsqu'elle est enceinte.

Evelyn se redresse et exprime son inconfort par un soupir. *Qu'est-ce que cette professionnelle de la virginité peut savoir de la grossesse ?*

— Donc, comment vous êtes-vous mise enceinte ? reprend sœur Marie-Thérèse, allant droit au but.

Apparemment, elle en sait encore moins que je croyais...

— Je ne me suis pas « mise enceinte », commence Evelyn. On ne se met pas...

— Excusez-moi, Miss Taylor. Autant vous dire tout de suite que, dans cette maison, nous ne tolérons aucune insolence.

Evelyn acquiesce.

— Je vous demande pardon, sœur Marie-Thérèse.

— Merci. Voyons, comment êtes-vous tombée enceinte ?

Sœur Marie-Thérèse pose un bloc-notes sur ses genoux et contemple Evelyn par-dessus ses lunettes à monture en fil de fer, le crayon suspendu en l'air. Dans le silence qui suit la question, Evelyn remarque qu'elle n'entend rien. Elle s'attendait à du bruit, des rires ou des bavardages, un vacarme de casseroles dans la cuisine.

— Miss Taylor ?

Evelyn repense à ses nuits avec Leo, et sa gorge se serre. Elle sent le poids du garçon sur elle, s'enfonçant en elle pendant qu'il murmurait qu'il l'aimait, que tout se passerait bien puisqu'ils allaient bientôt se marier. Elle n'aurait jamais cru pouvoir tomber enceinte aussi facilement.

— On l'a fait sans capote, réussit-elle à murmurer, le visage en feu.

Sœur Marie-Thérèse note.

— Et vous connaissiez le père ?

— Oui.

Une autre case cochée sur le formulaire.

— Vous le connaissiez depuis longtemps ? Combien de fois étiez-vous sortie avec lui ? C'était une relation durable ?

— C'était mon fiancé. Nous devions nous marier.

— Était-ce la première fois que vous aviez un rapport ?

Evelyn ravale ce souvenir.

— Oui.

— Vous dites que vous « deviez » vous marier ? Le père putatif a-t-il manifesté le moindre intérêt pour cet enfant ?

— Pardon, le quoi ?

— Le père putatif, répète sœur Marie-Thérèse en levant les yeux de son bloc-notes. Le père prétendu.

La religieuse aurait aussi bien pu se pencher par-dessus la table pour gifler Evelyn.

— Je ne prétends rien du tout. La question ne se pose même pas.

— C'est ainsi que nous appelons tous les pères.

— Il est bien le père. Nous nous aimions, nous allions nous marier, comme je disais.

— Que lui est-il arrivé ?

Evelyn hésite.

— Il est mort. Il… Il a fait une crise cardiaque, et il est mort.

Ces mots ont un goût acide.

La bouche de sœur Marie-Thérèse se plisse en une moue.

— Je suis désolée de l'apprendre. Même si, j'en suis sûre, on vous avait expliqué que les rapports durant des fiançailles restent des rapports hors mariage, Miss Taylor.

Evelyn bat des paupières pour chasser ses larmes brûlantes. La religieuse retourne à ses notes.

— Bien, encore quelques questions, et je vous mènerai à votre dortoir. Vos parents sont-ils tous les deux en vie ? C'est votre mère, je pense, qui a téléphoné pour prendre les dispositions relatives à votre séjour parmi nous.

— Oui, ils sont en vie.

Encore une case cochée.

— Des frères et sœurs ?

— Un frère.

— Est-il marié ? Plus jeune ou plus âgé ?

— Plus âgé et marié.

— Avez-vous des amies ?

— Je suppose que oui. D'anciennes camarades de classe.

— Aucune de vos amies n'est au courant de votre état ?

— Aucune.

— Et votre frère ?

— Oui, il sait. Sa femme aussi. Et je me disais que, peut-être…

— Très bien.

Sœur Marie-Thérèse se remet à regarder Evelyn.

— Étant donné votre situation, nous comptons sur vous pour vous préparer à confier l'enfant à l'adoption. Nous avons une liste de couples qui espèrent adopter au cours des prochains mois. Des couples mariés, des gens très bien. Des chrétiens pratiquants, aisés, établis. Respectables. (Elle s'attarde sur ce dernier mot.) Vous renoncerez à l'enfant au terme de votre grossesse.

Elle coche une dernière case sur son formulaire.

Abasourdie, Evelyn se tait, son esprit aux abois à mesure que la panique monte dans sa poitrine et menace de l'envahir. Elle a du mal à respirer. Pourquoi toutes les fenêtres sont-elles fermées ?

— Est-ce que… Enfin, c'est obligatoire, d'abandonner le bébé ? Je n'en ai pas discuté avec mes parents avant de venir. Il n'y avait rien de prévu.

Les yeux froids de sœur Marie-Thérèse l'examinent par-dessus ses lunettes.

— De prévu ? Miss Taylor, ce qui est prévu, c'est que vous alliez jusqu'au terme de votre grossesse et que vous accouchiez dans un environnement discret et contrôlé, afin de pouvoir rentrer dans votre famille avec votre réputation à peu près intacte. L'avantage pour vous est assez évident. L'avantage pour nous est de pouvoir confier un enfant sain à des couples méritants qui souhaitent adopter.

— Mais ce bébé, mon bébé... il a été conçu avec amour. Cela a forcément un sens. J'allais épouser le père. Je l'aimais. (La voix d'Evelyn se fissure.) J'ai perdu l'homme que j'aimais. Dois-je aussi perdre son bébé ?

— Ce sont les règles, continue sœur Marie-Thérèse en un monologue éprouvé, passant en revue les instructions à toute vitesse, alors qu'Evelyn vient de lui ouvrir son cœur. Vous ne vous ferez appeler que par votre prénom tant que vous serez à l'intérieur de ces murs. Votre prénom uniquement. Je ne saurais trop insister. Pendant leur séjour ici, nos jeunes femmes et leur famille apprécient la discrétion. Comme vous le savez sans doute, l'état de leurs filles inspire une grande honte à la plupart des familles, et nous leur promettons autant que possible le respect de leur anonymat. Occupez-vous de vos affaires et ne posez pas de questions. Vous ne parlerez pas de votre vie, de votre famille, de vos amis, de votre passé ou d'autres détails à vos compagnes de dortoir ou à aucune des pensionnaires. Chacune d'entre vous a une raison d'être ici ; gardez cette raison pour vous.

Vous ne sortirez pas sans autorisation. Vous ne vous approcherez pas des fenêtres et vous n'ouvrirez pas les rideaux. Nous n'avons pas le téléphone. Vous pouvez écrire à votre famille, mais pas au père putatif, même si, évidemment, en ce qui vous concerne, la question ne se pose pas. Nous inspecterons toute votre correspondance, entrante ou sortante, au nom de votre anonymat et de votre sécurité. Vous obéirez aux sœurs qui font partie de notre personnel, ainsi qu'au père Leclerc, votre nouveau prêtre. Vous assisterez à la messe qu'il célèbre dans le salon tous les dimanches matin. Vous assisterez aussi aux différents cours qui vous apprendront tout ce que vous devrez savoir pour devenir une bonne épouse et une bonne femme d'intérieur, une fois que vous aurez réformé votre conduite : cuisine, couture, ménage, tricot, et bien sûr, études religieuses. Après avoir accouché, vous vous installerez dans le dortoir postnatal. Quand notre médecin jugera que vous êtes apte à reprendre le travail, vous continuerez à travailler ici pendant trois mois afin de rembourser votre dette, puis vous serez renvoyée à la charge de vos parents. C'est ainsi que l'on pratique dans tous les foyers de ce genre.

Trois mois ?

Evelyn serre les poings sur ses genoux pendant que sœur Marie-Thérèse termine sa harangue et se lève.

— Et maintenant, venez, Miss Taylor. Ou Evelyn, devrais-je plutôt dire. C'est la dernière fois que vous entendez votre nom de famille avant un certain temps. C'est presque l'heure du dîner, et nos horaires sont très stricts. Prenez votre valise et je vous conduirai à votre dortoir. Vous le partagerez avec deux autres jeunes femmes : Louise et Anne. La quatrième, Margaret, n'arrivera que demain.

Evelyn s'oblige à se lever.

— Bien, sœur Marie-Thérèse, lui souffle la religieuse.

Evelyn baisse les yeux vers la poignée de sa valise.

— Bien, sœur Marie-Thérèse.

3

Nancy

Toronto, été 1979

ALORS QU'ELLE CHAUSSE SES BOTTES en caoutchouc rouges et enfile sa veste de pluie bleu marine dans le vestibule de la maison de ses parents, Nancy Mitchell a des palpitations. Elle n'aime pas mentir à sa mère, mais il est temps qu'elle s'arrache à leur discussion pour aller retrouver sa cousine Clara.

— Maman, on est déjà en retard pour l'anniversaire de Susan, dit-elle. Il faut que je file.

Sa mère pousse un soupir agacé.

— Je ne trouve pas très correct que deux jeunes filles se rendent seules à une fête en plein milieu de la nuit.

Nancy tente d'oublier les mises en garde de sa mère. Frances Mitchell est née en Angleterre et y a vécu jusqu'à ce que ses parents partent pour le Canada avec ses sœurs et elle, quand elle n'avait que quatorze ans. Mais elle s'accroche depuis toujours aux valeurs culturelles britanniques, décorum et bienséance. Ce sont les racines qui rendent sa vie stable et prévisible. Un ensemble de règles qui guident son existence.

— On n'est plus des gamines, Maman, on a l'âge de voter, tu te rappelles ?

— Bon, et elle a lieu où, cette fête ? Tu ne me l'as même pas dit.

— Laisse-la tranquille, Frances, croasse la grand-mère de Nancy depuis la chaise à dossier raide qu'elle occupe, près de la fenêtre du salon.

— C'est que je m'inquiète, moi, répond Frances.

— Oui, mais la maternité n'est, dans le meilleur des cas, qu'une forme chronique de peur modérée. Tu le sais bien, ma chérie. Et puis une femme a le droit à quelques secrets, après tout, non ?

Frances lance à sa mère un regard assassin et repart dans la cuisine. Quelques secondes plus tard, l'odeur de détergent remplit l'atmosphère. Chaque fois qu'elle a une dispute avec sa fille, Frances exprime son mécontentement en mettant ses gants de ménage et en astiquant sa cuisine au point d'user les plans de travail en Formica.

La querelle de ce soir a été déclenchée, une fois de plus, par le besoin d'indépendance de Nancy. Sa décision de quitter le foyer familial pour suivre des cours à l'université de la ville pousse Frances à s'accrocher à elle avec plus de véhémence qu'à l'ordinaire, et Nancy ne le supporte plus.

Elle pose un baiser sur la joue parcheminée de sa grand-mère.

— Merci, Mamie. J'espère que tu vas mieux. On se voit demain matin.

Relevant l'immense capuche de sa veste de pluie, Nancy claque la porte derrière elle avec plus de force qu'elle ne le voulait et s'élance dans la nuit humide. Elle sait qu'elle n'a rien fait pour éviter la discussion de ce soir, mais elle a passé toute la journée sur les nerfs, en prévision de son rendez-vous avec Clara.

Contrairement à sa mère, Nancy n'a aucun scrupule à contourner les règles – ou, si l'occasion l'exige, à les enfreindre franchement –, mais se faufiler hors de la maison pour consulter un avorteur illégal ne se situe pas tout à fait dans sa zone de confort.

Elle a accepté sans réfléchir, et ses appréhensions vont croissant depuis qu'elle a consenti à accompagner son amie, il y a une semaine. Clara a téléphoné mercredi soir ; d'une voix de plus en plus étranglée par les sanglots à mesure que la panique s'emparait d'elle, elle a supplié Nancy de venir avec elle pour se faire avorter. Elle a entendu parler d'un homme qui fait ça pour huit cents dollars, et personne n'en saura jamais rien.

— Anthony est au courant ? lui a demandé Nancy.

Anthony, le fiancé de Clara, a un tempérament qui rappelle le napalm : il est poisseux et brûle tout sur son passage.

— Non, bien sûr que non. Il ne me le permettrait jamais. Tu le sais bien.

C'est exactement la réponse que Nancy prévoyait. Avec un soupir, elle a baissé la voix :

— Tu es vraiment sûre de toi, Clara ?

— Oui ! a gémi Clara. Papa et Maman vont me tuer. Je n'ai pas le choix. Il n'y a pas d'autre solution, Nancy.

— Mais enfin, ce type, il est sérieux ? On entend tellement d'horreurs. Et si c'est un charlatan ?

— Je ne crois pas. L'amie d'une fille avec qui je travaille au restaurant a eu recours à ses services, et ça s'est très bien passé. C'est elle qui m'en a parlé. Il est dans l'East End.

— Il n'y a… Il n'y a personne d'autre qui pourrait t'accompagner ?

Nancy n'était pas très fière de poser cette question. Elle a retenu sa respiration, enroulant le fil du téléphone autour de son index.

— Non, a répondu Clara. J'ai besoin de toi. J'ai besoin qu'il y ait une femme avec moi, et tu as toujours été ce que j'avais de plus approchant d'une sœur. Je ne peux pas y aller toute seule. Je t'en supplie, aide-moi.

Et voilà pourquoi Nancy attend dans la brume lumineuse d'un réverbère, devant le métro Ossington, à neuf heures du soir, un vendredi pluvieux du mois d'août. Elle ne voit pas grand-chose à travers ce déluge, mais quand une petite silhouette surgit de l'obscurité, elle soupçonne que c'est Clara, à en juger d'après les épaules voûtées et le pas précipité. Nancy lève une main et la silhouette accourt vers elle. Clara a de grands yeux dont le bleu-gris tranche avec la pâleur de son visage. Elle suspend ses bras mouillés au cou de Nancy, qui la sent trembler.

— Essaye de rester calme, Clara, dit Nancy en se dégageant. Ce sera bientôt fini.

Les filles pénètrent dans la station de métro, introduisent dans la boîte métallique leurs jetons qui, l'un après l'autre, tombent bruyamment sur les centaines de jetons déposés ce jour-là par les autres passagers. En temps normal, c'est un bruit que Nancy aime plutôt. Un bruit associé au voyage. Aux visites rendues à des amis, aux excursions aventureuses du samedi après-midi jusqu'au St. Lawrence Market. Elle adore marcher dans les rues, entrer dans les boutiques, les galeries d'art ou les cafés, selon son humeur, découvrir de nouvelles bizarreries ou des merveilles cachées dans les limites de cette ville qu'elle aime tant. Mais ce soir, ce bruit semble exagérément répercuté par les murs de la station silencieuse.

Elles descendent en hâte l'escalier vers les quais, inhalant l'odeur du métro : un mélange d'humidité et de poussière, avec de forts effluves de pourriture et d'urine. Leurs compagnons de voyage contemplent tous le tunnel noir, attendant avec impatience la lumière lointaine du train et le brusque courant d'air qui le précède. Quand Nancy et Clara y montent enfin, elles s'assoient sur une banquette face aux portes.

Nancy remarque que Clara fixe résolument le siège inoccupé face à elles, le visage blanc au-dessus de la petite croix d'or pendue à son cou. Nancy ne connaît personne qui ait avorté. *Ou du moins*, pense-t-elle avec un sursaut, *si quelqu'un a avorté dans mon entourage, je ne l'ai jamais su.* Elle ignore à quoi s'attendre, et cela la rend nerveuse. Elle est le genre de personne qui se sent à l'aise lorsqu'elle dispose de toutes les informations, pour le meilleur ou pour le pire. Mais ce soir, on dirait que Clara et elle tâtonnent en aveugles, avec seulement une idée très confuse de la direction à prendre.

Après plusieurs arrêts, Clara consulte le plan accroché au-dessus des portes et s'éclaircit la gorge. Elle produit un tout petit bruit, comme une fillette. Nancy se lève tandis que le métro freine.

Une fois sorties du métro, dans la rue, Clara tire de sa poche un morceau de papier froissé et le déchiffre à la lumière d'un réverbère.

— C'est par là, je crois, murmure-t-elle.

Elles tournent à droite dans une rue qui les emmène plus loin encore dans ce quartier minable. Plus elles avancent dans les rues désertes, plus Nancy devient nerveuse. Ces maisons inconnues, serrées les unes contre les autres, semblent les épier. Au bout de dix minutes, après s'être égarées deux fois, elles arrivent à destination. La façade est décrépie, le toit s'affaisse. Une porte grillagée pend de travers sur des gonds rouillés. Les lampes sont allumées à l'étage, mais le reste de la bâtisse est obscur. Elles aperçoivent seulement un rai de lumière jaune entre les rideaux du sous-sol.

— C'est la porte sur le côté, dit Clara.

Mais elle ne bouge pas. Elle paraît confuse, comme si elle ne savait pas trop pourquoi elle se trouve dans cette rue inconnue, sous une pluie battante.

Nancy humecte ses lèvres sèches.

— Clara ? Sommes-nous… Veux-tu toujours faire ça ?

Elle espère que sa cousine va dire non, qu'elle a changé d'avis ; rentrons à la maison et nous imaginerons une autre solution. Mais Clara hoche la tête.

— Oui.

Nancy avale le nœud qu'elle a dans la gorge et suit Clara dans l'allée longeant la maison. Il fait nuit noire, et le trottoir est luisant de pluie.

Clara frappe à la porte arrière. Une lumière vacille à travers l'imposte et elles entendent une série de verrous qu'on pousse, puis un homme apparaît dans l'entrebâillement de la porte. Sa barbe d'un brun roux est hirsute, des gouttes de sueur perlent sur un visage où sont perchées des lunettes rondes. Il regarde Clara, puis remarque Nancy derrière elle.

— Laquelle de vous deux m'a téléphoné ?

— Moi, répond Clara.

— Vous avez les huit cents ?

— Oui.

— Montrez-moi.

Clara ouvre son manteau et retire une liasse de billets de vingt dollars de la poche intérieure. Nancy serre les mâchoires. Elle sait que Clara économise en vue de ses études les pourboires qu'elle obtient au restaurant. À présent, pour compenser, elle devra travailler deux fois plus.

— OK, dit l'homme. Entrez. Dépêchez-vous.

Il ouvre grand la porte et Clara franchit le seuil. Nancy hésite un instant avant de la suivre. Elle regrette terriblement cette décision, mais il n'est pas question d'abandonner Clara maintenant qu'elles ont fait tout ce chemin, et comme elle est l'aînée, elle se sent responsable de sa cousine. L'homme les conduit jusqu'à un escalier étroit et nu qui descend vers l'appartement du sous-sol. L'humidité et le froid augmentent à chaque marche. Lorsqu'elles arrivent dans une petite chambre, Nancy a un haut-le-cœur.

Au centre de la pièce, un drap est étendu sur une vieille table de salle à manger en bois, avec un petit oreiller plat à un bout. Le drap est noir. Nancy se révulse en comprenant que c'est sans doute parce qu'il a été taché de sang par toutes les femmes qui se sont déjà allongées sur cette table. Cela lui rappelle les tissus noirs d'un enterrement.

Près de la table, un petit tabouret, et un chariot en métal qui semble avoir été récupéré dans une benne à ordures derrière un hôpital. Il a un air vaguement médical, mais rouillé et avec une roue en moins. Dans le coin, une autre table avec une grande bouteille d'alcool à friction, une poubelle, quelques instruments en argent, des serviettes, et une radio qui paraît franchement incongrue. Ce sont les ustensiles qui attirent l'œil, et Clara commence à faire « non » de la tête.

L'homme ferme la porte derrière elles.

— Très bien, alors, enlevez votre pantalon et votre culotte, et montez sur la table.

Nancy fait un bond en entendant la clé tourner dans la serrure et sent que son rythme cardiaque accélère beaucoup trop. L'homme ne leur a toujours pas dit son nom.

— Clara…

— OK, chuchote sa cousine, docile.

Nancy voudrait se tourner vers le mur afin de laisser à Clara une certaine intimité, mais cela ne servirait à rien. La pièce est petite, et il n'y a pas de couverture, rien pour couvrir Clara. La procédure n'aura aucune dignité, et pourtant, à voir comme Clara serre les dents, Nancy devine qu'elle est assez résolue à ne plus être enceinte pour se moquer éperdument de sa dignité.

— Buvez ça.

L'homme tend à Clara une bouteille sans étiquette. Nancy espère que c'est de l'alcool pour engourdir la douleur. Clara boit trois longues gorgées puis recrache, dégoûtée. Un peu de liquide coule sur son menton, et Nancy s'avance pour l'essuyer. L'odeur est étrange.

— C'est un cocktail de mon invention, explique l'homme avec un demi-sourire. C'est bon pour les nerfs dans ces moments-là. Et les dames ont l'air d'aimer ça, en plus.

Clara ferme les yeux, mais des larmes en coulent et retombent dans ses cheveux blonds. Sa lèvre inférieure tremble. La peur parcourt la colonne vertébrale de Nancy. Elle ne parvient pas à se représenter ce que peut ressentir Clara. Elle lui prend la main, la presse, mais Clara ne la serre pas en retour.

Au-dessus de la table au coin de la pièce, l'homme verse de l'alcool à friction sur les outils – couteaux, scalpels, une sorte de long bâton et d'autres instruments encore –, puis il s'installe sur le tabouret et pose les instruments devant lui, sur un plateau. Il enfile des gants de chirurgien bleus dont il fait claquer le poignet. Nancy comprend tout à coup ce qui va arriver au corps de Clara, ce qu'elle risque de voir, d'entendre et de sentir.

— Je suis là, tu sais, murmure-t-elle à l'oreille de sa cousine, écartant de son front ses cheveux mouillés.

Avec ce que l'homme lui a donné à boire, Clara n'est plus qu'à demi consciente.

— Dites-lui de mordre dans ça.

L'homme tend à Nancy une vieille ceinture. Elle doit retenir la nausée qui monte dans sa gorge. Il y a des dizaines de marques de morsure sur les bords du cuir brun.

— Seigneur Dieu, marmonne Nancy.

— Il ne peut rien pour vous ici, ma belle.

Nancy préfère ne pas relever.

— Clara, mords là-dedans. Vas-y.

Non sans peine, elle insère la ceinture entre les dents de Clara, qui finit par y mordre.

— Je suis avec toi. Tout va bien se passer.

L'homme prend l'un des outils et regarde entre les cuisses de Clara. Nancy entend le cliquetis des instruments. La puanteur chimique de l'alcool à friction lui brûle les narines. L'homme s'éclaircit la gorge, puis allume la radio et pousse le son au maximum.

Nancy bondit à nouveau, ses nerfs s'effilochent comme une corde tranchée.

— Mais pourquoi ? hurle-t-elle par-dessus la musique.

— Faites-moi confiance ! crie-t-il par-dessus les jambes nues de Clara. J'ai quelques heures de vol, ma jolie !

Il faut moins d'une minute à Nancy pour constater l'utilité de la radio. Les yeux de Clara s'ouvrent et de sa bouche sort un cri à réveiller les morts. Sa main, jusque-là molle, s'agrippe au poignet de Nancy.

— Tenez-la ! crie l'homme à Nancy. Elle ne doit pas bouger !

Écœurée par elle-même autant que par cet homme, Nancy appuie de sa main libre sur la poitrine de Clara, tandis que la ballade *Sweet and Innocent* de Donny Osmond retentit dans les haut-parleurs.

Dans la rue, tous les voisins entendent les notes joyeuses et les paroles mièvres du crooner adolescent. La chanson que Nancy associera à tout jamais à cette soirée. La chanson qui lui donnera envie de briser son autoradio avec un marteau et de fuir une fête deux heures trop tôt.

Les hurlements de Clara continuent, les larmes ruissellent sur ses tempes et trempent la taie d'oreiller noire sous ses cheveux blonds, pendant que Donny raconte la vie d'une fille qui avait le malheur d'être trop jeune.

Les portes du métro se ferment et le train quitte la station, ramenant les deux jeunes filles dans le centre-ville, loin des horreurs de ce sous-sol humide. Clara laisse échapper un sanglot, puis un gémissement à peine perceptible.

— Oh, Clara, c'est fini. Ça va aller, maintenant.

— Merci, Nancy.

Clara pose la tête sur son épaule, et Nancy dégage son bras pour serrer sa cousine contre sa poitrine. Elles restent ainsi pendant toute une partie du trajet, ballottées au rythme des arrêts et des redémarrages. Il est près de minuit, et par chance, leur rame est vide.

Quand elles ne sont plus qu'à deux stations d'Ossington, Nancy donne un petit coup de coude à Clara.

— On est presque arrivées.

Clara ne réagit pas. Sa tête paraît bien lourde.

« Prochain arrêt, Ossington. Station Ossington », annonce une voix monocorde.

— Clara, répète Nancy. Viens, lève-toi.

Pas de réaction.

— Clara ?

Nancy baisse la tête pour mieux voir le visage de Clara.

Elle est blanche comme une morte, et a les lèvres bleues.

— Clara !

Nancy secoue sa cousine par les épaules, elle sent son propre cœur battre la chamade. Clara entrouvre les yeux et gémit un mot que Nancy ne distingue pas bien.

— Allez, lève-toi, il faut qu'on te ramène tout de suite chez toi.

« Ossington. Station Ossington. »

Le train commence à ralentir. Nancy glisse ses mains sous les bras fins de Clara et la hisse. Elle est si minuscule, ce n'est pas bien difficile, mais tandis qu'elle met sa cousine debout, Nancy découvre le siège sur lequel elle était assise. Sous sa veste de pluie, Nancy est tout à coup en nage.

Le siège est tellement imbibé de sang que le tissu brille.

— Oh merde ! Oh là là. Putain !

La tête de Clara roule sur son cou comme celle d'une poupée. Quand les portes du métro s'ouvrent, Nancy la traîne jusque sur le quai désert. Un sifflet, et le train redémarre, plaquant les cheveux de Nancy en arrière lorsqu'il prend de la vitesse. Clara gémit à nouveau.

— Clara ! Clara, il faut que tu montes l'escalier. Il faut que tu marches. Je t'en prie !

Clara bat lourdement des paupières et articule quelque chose que Nancy n'entend pas. Bien que lente et faible, elle lève les pieds, assez pour que Nancy parvienne avec elle en haut des marches. La station est vide. Il n'y a même personne au guichet.

À reculons, Nancy franchit le portillon et se retrouve dans la rue, traînant toujours Clara comme un ambulancier emportant un corps sur un champ de bataille. La pluie s'est arrêtée, l'air est chargé d'humidité et d'une odeur de boue. Elle se dirige vers le feu rouge de Bloor Street, à trois cents mètres de là.

Au bout de ce qui lui paraît un siècle, Nancy repère un taxi qui s'approche. Elle le hèle, une main en l'air. Le véhicule se gare devant elle. Soutenant Clara d'un bras, Nancy s'efforce d'ouvrir la portière avec l'autre. Elle jette Clara à l'intérieur, puis se laisse choir à côté d'elle.

— Conduisez-nous à l'hôpital le plus proche, lance-t-elle au chauffeur.

— Ça doit être St. Joe's. (Les yeux de l'homme croisent son regard dans le rétroviseur.) Eh, elle a pas l'air bien, votre copine, j'espère qu'elle va pas…

— Roulez ! lui crie Nancy.

Il secoue la tête et démarre sans allumer son clignotant.

Sur la banquette arrière, Nancy secoue encore un peu Clara, lui met une claque aussi forte que possible sans la blesser.

— Clara, reste avec moi. Je t'en prie, reste avec moi. Reste avec moi.

***

Nancy ne s'est encore jamais trouvée seule dans la salle d'attente d'un hôpital. Ces dernières années, elle est souvent allée à l'hôpital avec sa mère pendant les nombreuses maladies de sa grand-mère, mais attendre avec un parent, ce n'est pas du tout la même chose. Une personne plus âgée et plus avisée discute avec le médecin, elle peut vous apporter une tasse de thé et vous dire que tout ira bien. Nancy frappe le sol carrelé avec ses bottes de pluie, elle se ronge les ongles presque jusqu'au sang, et elle a soudain l'impression d'être bien plus adulte que jamais auparavant. Elle est responsable de quelqu'un d'autre.

Nancy est arrivée aux urgences avec Clara à demi consciente, suspendue à son épaule tandis que le sang tombait goutte à goutte entre ses pieds, sur le carrelage blanc. À l'accueil, Nancy en a dit le moins possible. Sa mère – dotée d'un solide sens de l'étiquette emporté avec elle comme un lourd bagage lorsqu'elle a émigré vers le Canada – lui a toujours appris à être discrète, récitant constamment sa formule préférée : « Tes affaires ne concernent que toi. » La raison pour laquelle Nancy est arrivée à l'hôpital avec Clara qui saignait, presque inconsciente, ne regarde absolument personne. La tâche des infirmières est d'accueillir les patients. Mais d'un autre côté, il ne s'agit pas d'une innocente crise cardiaque ou d'un malheureux accident de voiture. Les blessures de Clara sont le résultat d'une procédure illégale. Alors qu'elle réfléchit aux conséquences possibles, Nancy sent son cœur battre comme un marteau dans la région de ses amygdales.

Elle baisse les yeux et remarque les taches de sang sur le bas de son jean. Elle devra le laver ce soir dans la baignoire avant que ses parents le voient. Elle espère que sa mère ne l'aura pas attendue. Un instant après, elle se sent l'estomac barbouillé quand le docteur fait irruption par les portes battantes. Il est grand, les cheveux noirs coupés à ras, le visage couleur d'orage.

— Vous ! Jeune fille ! aboie-t-il en direction de Nancy.

Dans la salle d'attente, une demi-douzaine d'autres personnes lèvent les yeux, un peu inquiets.

— Euh… oui ?

— Venez avec moi.

Il lui fait signe d'une main impérieuse, et elle le suit jusqu'au cœur des urgences, où l'on va quand un être cher est mal en point. Apparemment, Clara est très mal en point.

— Il va falloir me raconter ce qui est arrivé à votre amie, exige le médecin. Vous avez à peine desserré les dents quand l'infirmière de triage vous a demandé ce qui n'allait pas. Vous avez simplement dit qu'elle saignait beaucoup, et c'est vrai. En fait, il s'agit d'une hémorragie. C'est très grave. (Il croise les bras.) Je vous écoute.

Nancy est tentée de se confier, vraiment. Clara est dans de beaux draps, mais ce n'est rien par rapport aux ennuis qu'elles auront toutes les deux si elle avoue que Clara a subi un avortement clandestin.

Nancy riposte à l'ordre du docteur par une autre question :

— Va-t-elle... va-t-elle s'en sortir ?

— Je crois bien, oui. Mais de justesse. Pour la soigner complètement, nous avons besoin de savoir exactement ce qui s'est passé. Pour le moment, elle a perdu connaissance, elle ne peut rien nous dire. Nous lui faisons une transfusion. Elle a perdu beaucoup de sang. Vraiment beaucoup.

— Donc elle survivra ?

Il secoue la tête, et pendant un instant, Nancy redoute le pire. Un courant froid se répand dans ses veines, mais elle se rend compte que, par ce geste, il juge leur comportement, et non le sort de Clara.

— Oui, elle survivra.

— OK, merci.

Dieu soit loué.

— Vous voulez savoir ce que je pense ? (Il se rapproche de Nancy. Il sent l'alcool à friction et l'après-rasage au pin.) Je pense que votre amie a eu un petit problème et que, toutes les deux, vous avez décidé de le régler par vous-mêmes. C'est bien ça ?

Nancy se pétrifie, et s'efforce de contrôler le frisson qui s'empare peu à peu de son corps.

— Non.

— Non ?

— Je ne vois pas de quoi vous parlez.

— Ça fait un moment que je suis dans le métier, et vous savez quoi ? Quand des filles font une hémorragie, c'est en général parce qu'elles ont tenté d'avorter et se sont perforé un organe. Ce genre de connerie ne tue pas que les bébés, mais les femmes aussi. Voilà pourquoi c'est illégal.

Nancy sent la colère qui émane du corps du docteur.

— Nous n'avons tenté aucun avortement.

Demi-mensonge.

— Eh bien, moi, je suis persuadé du contraire.

Il voudrait l'obliger à baisser les yeux, mais c'est un match nul. Elle n'en dira pas davantage, et il le sait.

— C'est la fin de mon service, mais vous avez intérêt à vous préparer aux questions de la collègue qui va me succéder. Sachez bien une chose : si elle a les mêmes soupçons que moi, elle appellera la police avant même d'envisager de laisser sortir votre amie. Essayez donc de mentir aux flics, et vous verrez où ça vous mènera. Asseyez-vous, et attendez que ma collègue vienne vous parler.

Il désigne une petite salle d'observation à gauche de Nancy. Elle ne pense même pas à discuter, entre dans la pièce, s'installe sur une chaise et attend. La panique absolue qu'elle a ressentie en voyant tout ce sang sur la banquette du métro s'est un peu dissipée lorsqu'elle a emmené Clara aux urgences, mais elle la sent revenir à présent. Elle n'arrête pas de frapper du pied.

Elle lève les yeux vers le mur de la salle. L'horloge affiche près d'une heure du matin. Pas étonnant qu'elle ait mal aux yeux. Nancy regarde les aiguilles avancer à mesure que les minutes s'égrènent, elle sait qu'elle arrivera chez elle bien après l'heure de son couvre-feu et qu'elle devra plus tard en payer le prix.

L'hôpital est paisible. Elle n'entend que quelques médecins et infirmières qui se hèlent, parfois des rires partagés, les bips des machines dans le lointain. Nancy s'enfonce dans le siège en plastique et ferme les yeux.

Vingt minutes plus tard, la collègue du docteur apparaît à la porte, le visage grave. Elle doit avoir la cinquantaine, les cheveux bruns grisonnants réunis en un chignon bas.

— Bonjour, Miss...

— Nancy. Je m'appelle Nancy.

— Très bien, Nancy. Je suis le Dr Gladstone.

— Bonjour, dit Nancy en se levant. Comment va Clara ? D'après l'autre médecin...

Elle laisse sa phrase en suspens.

Le Dr Gladstone jette un coup d'œil par-dessus son épaule, puis franchit le seuil de la pièce et ferme la porte derrière elle. Nancy fait un pas en arrière, sans trop savoir ce qui va se passer.

— Nous sommes à peu près sûrs d'avoir deviné, déclare le Dr Gladstone. Mon collègue soupçonne certaines choses. Des choses illégales.

— Je ne sais pas de quoi vous parlez.

Nancy a l'intention de ne répondre à aucune des questions, cette fois encore.

— Votre amie a de la chance d'être en vie. (Le Dr Gladstone s'interrompt, baisse la voix.) Écoutez-moi bien, Nancy. Je n'ai pas envie de vous faire de recommandation particulière. Mais si j'ai vu juste, il faut que vous me le confirmiez afin que je puisse prescrire le bon traitement à votre amie. Vous pouvez faire ça pour moi ? Je n'ai aucune intention d'appeler la police. C'est une menace que mon collègue a évoquée, mais je n'emploie pas ces méthodes-là. J'ai besoin que vous me fassiez confiance.

Un long moment s'étire dans l'espace minuscule qui les sépare, puis Nancy hoche la tête et se gratte le nez.

— OK, merci. C'est tout ce que je veux savoir. Je déclarerai qu'il y a eu avortement spontané. Fausse couche, précise-t-elle face à la mine hagarde de Nancy. Je vérifierai son utérus, pour être sûr que tout a été retiré et qu'il n'y a plus de risque d'infection.

Nancy reprend lentement sa respiration.

— Merci.

— Mais je dois vous dire une chose, ajoute calmement le Dr Gladstone, tandis que Nancy se penche pour l'écouter. Si vous, une de vos amies, ou une autre de vos proches tombe enceinte alors qu'elle ne le souhaite pas, vous devrez appeler un médecin et demander *Jane*.

Nancy fronce les sourcils.

— Jane ?

— Jane. Appelez et demandez Jane jusqu'au moment où vous finirez par obtenir ce qu'il vous faut.

— Mais je ne compr…

— Dites simplement que vous cherchez Jane.

Le Dr Gladstone pivote sur les talons et ouvre la porte, puis s'en va dans le couloir des urgences vivement éclairé. Sa blouse blanche disparaît et Nancy reste seule dans la salle d'observation.

4

Evelyn

Fin de l'automne 1960

EVELYN SE RÉVEILLE EN SURSAUT quand un gémissement aigu lui parvient du dortoir situé de l'autre côté du couloir.

C'est le petit matin. Ce moment, peu avant l'aube, où la lumière est gris-bleu et où tout est silencieux, quand le monde attend le lever du rideau et que les créatures nocturnes – oiseaux de nuit, criminels, voleurs – regagnent l'obscurité de leur repaire avant que le soleil ne surgisse à l'horizon.

Evelyn rêvait de son lit. Le lit où elle dormait chez ses parents, avec ses panneaux en pin noueux, son matelas confortable et ses oreillers en duvet d'oie. Les draps de flanelle que sa mère utilisait en hiver pour que l'on ait plus chaud. Les murs de sa chambre couverts d'un papier peint gaufré, et l'épaisse moquette rose qu'elle foulait lorsqu'elle sortait du lit, le matin. Pas du tout comme à Sainte-Agnès, où les chaussons en feutre qui gratte n'ont pas de semelles rembourrées et sont trop étroits pour ses pieds gelés.

Evelyn reste couchée sur le côté, elle s'efforce de serrer autour de son corps les draps et les couvertures minces, mais elle a beau faire, ses jambes, ses épaules ou ses coudes demeurent exposés à l'air froid du dortoir qu'elle partage avec trois autres. Toutes des filles « perdues », toutes très jeunes. Toutes attendent sagement leur prétendue rédemption.

Dans le lit voisin, Margaret remue. Depuis quelque temps, elle dort très mal. Bien que les règles du foyer l'interdisent, Evelyn et Margaret sont devenues amies intimes au cours des dernières semaines.

Le lendemain du jour où Evelyn est arrivée, Margaret est apparue sur le pas de la porte. Evelyn était en train de vider sa valise dans la petite commode au pied de son lit.

— Appelle-moi Maggie, a-t-elle dit quand Evelyn s'est présentée. Depuis combien de temps es-tu ici, Evelyn ?

— Oh, depuis hier soir seulement. Sœur Marie-Thérèse t'a accueillie ?

— Oui. C'est n'importe quoi, ces règles. Et j'imagine que c'est l'uniforme de la prison, ça ? a demandé Maggie en brandissant une robe-sac d'un gris terne.

Toutes les « détenues », comme les appelle sœur Marie-Thérèse, reçoivent les mêmes robes et les mêmes chemises de nuit. Ce terme reflète l'environnement sévère, militariste et punitif instauré par la religieuse. Le personnel maintient les filles occupées : elles doivent cuisiner, nettoyer, cirer les chaussures et laver le linge du quartier pour financer l'institution. Les sorties dans le jardin ont lieu à heures fixes, et sous surveillance. Le foyer est censé être un lieu d'anonymat. Les filles n'ont pas le droit de parler beaucoup entre elles. Personne n'utilise son nom de famille. Aucune n'est censée expliquer comment elle est tombée enceinte. Mais le sujet qui les fait toutes chuchoter, qui les obsède, c'est la date prévue pour leur accouchement. C'est la première chose qu'elles demandent à chaque nouvelle venue.

Maggie doit accoucher deux semaines après Evelyn, donc elles sont dans le même bateau. Evelyn aborde chaque nouvelle étape de sa grossesse un peu avant Maggie, c'est elle qui est à la barre et qui pilote pour toutes les deux. Les filles n'ont ni leur mère ni leur sœur aînée pour les guider, et les religieuses ne peuvent (ou ne veulent) certainement pas les conseiller. Le médecin qui vient les voir ne répond jamais à leurs questions. Indifférent à ses patientes, il parle avec sœur Marie-Thérèse comme si la grossesse était une expérience scientifique sans grand intérêt, qu'il observe de la même manière que les phases de développement d'une moisissure. Dans cette pénurie d'information, les filles se tournent les unes vers les autres pour trouver un peu de soutien, mais jamais sous les regards vigilants de sœur Marie-Thérèse, la Chienne de garde, comme elles la surnomment. Après tout, Sainte-Agnès est un lieu où tout doit rester secret.

Un autre gémissement retentit dans le couloir et Maggie ouvre les yeux. Son bras mince se pose sur l'arrondi de son ventre minuscule, pour le protéger. Sa grossesse commence seulement à se voir.

— Tu as entendu, murmure-t-elle.

— Ça m'a réveillée, répond Evelyn. Je pense que c'est Emma.

— La semaine dernière, à la cuisine, elle m'a dit qu'elle avait changé d'avis pour l'adoption, mais…

Maggie ne termine pas sa phrase. Evelyn secoue la tête. Elles savent toutes deux que changer d'avis n'est pas possible à Sainte-Agnès.

— Elle pleure beaucoup le matin, reprend Maggie. Je crois qu'elle n'a personne d'autre dans son dortoir, tu sais.

Elle adresse un sourire timide à Evelyn. Elles se dévisagent un moment, en une conversation muette. Les sanglots d'Emma finissent par diminuer, leur écho est amorti par le papier peint fané du couloir. Ces murs ont absorbé tant d'années de cris douloureux. De suppliques et de prières susurrées.

Evelyn frissonne si violemment qu'elle se met à claquer des dents.

— Il fait si froid. On se croirait déjà en hiver.

— Je sais. Viens ici.

Maggie fait signe à Evelyn de la rejoindre dans son lit, elle recule aussi loin que possible sur l'étroit matelas. D'une dizaine de centimètres, et encore.

Evelyn lance à son amie sa propre couverture lamentable avant de se coucher sur le lit de Maggie. Celle-ci étouffe un rire tandis qu'Evelyn tente de s'installer. Au bout d'une minute, elles trouvent une position confortable et Maggie enfonce sa tête au creux du cou d'Evelyn.

— La semaine dernière, j'ai demandé à sœur Marie-Agathe si elle pouvait obtenir quelque part des couvertures supplémentaires. Elle a dit qu'elle essaierait, mais il n'y en a pas beaucoup en trop, car les dortoirs sont pleins en ce moment, soupire Maggie.

Outre sœur Marie-Thérèse et le père Leclerc, le personnel du foyer se compose de trois religieuses qui habitent sur place. Elles vaquent à leurs occupations et exécutent avec une résolution silencieuse les ordres de sœur Marie-Thérèse. Seule sœur Marie-Agathe manifeste envers les filles une patience dont les autres sont dépourvues. Elle est petite, pâle et sans grâce, et Evelyn lui trouve un air de souris. Mais elle est véritablement bonne, ce qui compense par bonheur l'agressivité sournoise de sœur Marie-Thérèse. Elle est la seule à appeler chaque fille « Miss », et elle adore les bébés. Evelyn juge un peu dommage que sœur Marie-Agathe ait décidé de prendre le voile. Elle aurait fait une nourrice formidable.

— Eh, Evelyn, c'est quoi, ton nom de famille ? murmure Maggie par-dessous le menton d'Evelyn, interrompant le cours de ses pensées.

— Taylor, répond-elle, et cet aveu en contrebande déclenche un sursaut d'excitation dans sa poitrine. Et toi ?

— Roberts. Enchantée, Miss Taylor.

Evelyn sourit.

— Enchantée, Miss Roberts.

Un court silence, le temps de se réchauffer toutes les deux.

— Qu'est-ce que tu veux faire quand tu sortiras d'ici ? demande Maggie.

Après est une chose à laquelle Evelyn pense beaucoup, ces temps-ci. Elle hésite, ne sachant trop comment son amie réagira.

— Euh… Je voudrais aller à l'université. Peut-être faire médecine.

Maggie émet un hoquet de surprise, et Evelyn a peur que les autres filles du dortoir se réveillent.

— Vraiment ? C'est une fameuse idée. Pourquoi tu as envie de ça ?

Evelyn se mâche l'intérieur de la joue.

— Ça fait un bon moment que j'y réfléchis. Dans nos familles, on dit toujours aux garçons qu'ils peuvent devenir tout ce qui leur plaît, non ? Mais nous, les filles, on est juste censées se marier ou être des institutrices vieilles filles jusqu'à la fin de nos jours. (Elle sent que le corps de Maggie est secoué par un rire.) C'est vrai !

— Je sais. C'est pareil avec ma mère.

— Comme je ne pourrai pas me marier, je me disais... que si j'en avais l'occasion, je voudrais mieux que ça.

— Tu voudrais être quel genre de médecin ? Il y a en a de toutes sortes, non ?

— Hmm. J'aimerais bien être un médecin pour les os.

— Les os ?

Evelyn hausse les épaules en cherchant le meilleur moyen d'exprimer ce que cela signifie pour elle.

— Je ne sais pas. Je pense que j'aimerais bien réparer ce qui est cassé. Ou bien je pourrais soigner les cœurs, tu vois. Essayer d'aider les gens comme mon pauvre Leo.

Maggie lève les yeux vers Evelyn.

— Tu devrais faire ça. Vraiment, tu devrais.

— Peut-être bien, Miss Roberts, dit Evelyn avec un sourire et en posant un baiser sur le front de Maggie. Je le ferai peut-être.

— Dr Evelyn Taylor, articule lentement Maggie. Ça sonne bien, non ?

Maggie s'assoupit peu à peu, mais Evelyn a désormais l'esprit trop occupé pour dormir. Le jour se lèvera bientôt. Comme la veille, elles assisteront à la prière dans le salon, puis prendront leur petit déjeuner dans la salle à manger. Chaque matin, un tiers des filles cuisinent pour le reste de la maisonnée, aidées par deux des religieuses. Après le petit déjeuner, il y aura tricot, couture et autres tâches ennuyeuses, puis le déjeuner, préparé par un autre tiers des filles. L'après-midi est consacré au ménage et aux corvées. Le dîner est cuisiné par le dernier tiers des pensionnaires. Après le dîner, un moment est réservé à la lecture de la Bible ou d'un autre des ouvrages de la petite bibliothèque du salon, avant le coucher à dix heures précises. Chaque instant de chaque journée est réglé à la minute près.

Evelyn tourne ses yeux bruns vers le plafond blanc marqué par un dégât des eaux, puis vers les autres filles qui dorment encore dans cette chambre. Au bout de chaque lit, une petite commode contient leurs affaires, mais il n'y a ni miroir ni babioles. Les bibelots ne sont pas autorisés dans les dortoirs ou dans la salle de bains commune. Sœur Marie-Thérèse leur dit qu'elles doivent mobiliser leur attention vers l'intérieur – bien nourrir l'enfant à naître – et vers l'extérieur – prier pour expier les méfaits qui leur ont valu leur regrettable situation. Depuis leur arrivée au foyer, la Chienne de garde sait comment chaque fille est tombée enceinte, mais elle continue à les traiter comme si elles avaient toutes choisi le péché, comme des séductrices, responsables de leur propre malheur, qui devraient s'estimer heureuses que l'Église leur accorde un toit pendant leur grossesse.

Et malgré la règle qui l'interdit, la plupart des filles se racontent entre elles comment elles sont tombées enceintes. Après tout, elles n'ont pas beaucoup d'autres sujets de conversation.

Dans le lit d'en face, Louise, quinze ans, a été engrossée par le frère d'une amie : il avait sept ans de plus qu'elle et il lui avait fait un tas de belles promesses qui se sont envolées le jour où elle a prononcé le mot « enceinte ». Anne, près de la fenêtre, a vendu son corps, réduite à la misère quand son mari l'a quittée et s'est enfui en Colombie-Britannique avec sa secrétaire.

Il y a quelques semaines, Maggie a confié à Evelyn qu'elle avait elle-même suggéré à ses parents de l'envoyer chez sa tante en Écosse pendant toute la durée de sa grossesse et de donner le bébé à adopter là-bas. Elle pensait qu'il serait plus facile de mettre un continent entier entre elle et la tentation de retrouver l'enfant par la suite, mais sa mère a refusé, sans explication. Maggie n'a pas dit à Evelyn comment exactement elle était tombée enceinte, mais Evelyn a des soupçons.

Evelyn n'a parlé de sa grossesse à personne d'autre que Maggie. Elle lui a avoué la vérité : elle ne savait même pas qu'elle était enceinte quand Leo a eu sa crise cardiaque. « Une bombe à retardement », avaient dit tout bas les médecins tandis qu'Evelyn s'effondrait sur une chaise en bois dans la salle d'attente de l'hôpital. Juste un défaut qui attendait son heure. « Pas de chance », avaient-ils marmonné.

Hébétée par le chagrin, Evelyn avait assisté à l'enterrement de son fiancé, elle avait jeté un bouquet de roses blanches sur le cercueil au lieu de le porter jusqu'à l'autel le jour de leur mariage. Elle ne s'était même pas demandé ce qui allait lui arriver lorsqu'elle avait constaté qu'elle n'avait pas eu ses règles ce mois-là. Elle portait encore sa robe de deuil, submergée par une vague de chagrin qui l'avait menée tout droit à la porte du foyer Sainte-Agnès, sans la moindre résistance.

À présent elle pense qu'elle aurait dû protester, refuser. Mais alors, où se serait-elle retrouvée ? À la rue, avec un bébé ? Les filles bien ne sont pas censées tomber enceintes hors mariage, mais quand c'est ce qui se passe, on fait « ce qui vaut mieux pour tout le monde » – formule que sa mère lui a ressassée une bonne douzaine de fois –, on abandonne le bébé. Ce n'est pas plus compliqué que ça.

Pourtant, Evelyn n'a vraiment pas l'impression que c'est « ce qui vaut mieux » ; ce bébé est tout ce qui lui reste de Leo. Elle voudrait pouvoir le garder, mais ses parents s'y opposent. Ils le lui ont bien fait comprendre quand ils ont organisé son séjour à Sainte-Agnès. À aucun moment on n'a demandé à Evelyn ce qu'elle voulait, elle. Ce bébé grandit en elle, mais elle n'a pas voix au chapitre. A-t-elle seulement le droit de se proclamer mère ?

La larme unique qui tremblait au coin de son œil tombe, brûlante, sur sa joue froide et le fin oreiller l'absorbe bientôt. Evelyn inspire profondément et souffle lentement pour tâcher de dissiper ses idées noires dans l'air glacial du dortoir, mais elles planent au-dessus d'elle et de Maggie, enlacées sur le lit étroit. Elle ne peut leur échapper. Elles font partie du châtiment, de la peine que purgent les filles dans leur cellule isolée, dans un coin oublié de la ville. Ici, il n'y a pas de rêves, pas de lumière. Les ténèbres dureront. Seulement quelques mois, pour certaines. Des années, pour d'autres. Et d'autres encore ne reverront jamais la lumière.

Ces filles sont perdues. Et elles paieront toutes pour leur rédemption.

5

Angela

Janvier 2017

À LA PORTE DE SON APPARTEMENT, Angela hume une bonne odeur d'ail et d'oignons, parfum qui se mêle à des notes de jazz un peu étouffées. Tina prépare déjà le dîner. Comme d'habitude, de l'ail haché a été mis à revenir dans une poêle avant même qu'elles aient choisi une recette, et Angela sait que Tina a rempli pour elle un verre de vin sur la petite table du salon. Sourire aux lèvres, Angela tourne sa clé dans la serrure et entre.

Leur appartement est vaste pour le centre de Toronto : une chambre principale et deux autres minuscules, un espace ouvert qui fait office de salon et de salle à manger, une cuisine américaine, et une salle de bains sans fenêtre. Leurs seuls rangements sont le placard de l'entrée, le petit dressing de la chambre, et le dessous des lits et du lavabo où elles fourrent le maximum de choses. Tina habite ici depuis douze ans et Angela depuis six ; elles ont eu tout le temps de s'approprier l'endroit. Les murs sont peints avec des couleurs franches et vives – bleu canard, rouge, jaune ou vert –, c'est un refuge où passer les sombres mois d'hiver, quand tout devient désespérément gris : la rue, les vêtements, le ciel couvert. Des tapis bariolés amortissent les bruits de pas sur le parquet grinçant, et des bougeoirs en fer forgé fixés au mur réchauffent les pièces d'une douce lumière.

Angela ferme la porte derrière elle, jette ses clés dans le bol en verre soufflé posé sur une console aux pieds fragiles, et suspend son manteau dans le placard. Troquant ses bottes d'hiver trempées contre des pantoufles, elle accroche son sac à main à une patère, en tire l'enveloppe, puis se dirige vers le salon.

— Ohé ! crie Tina.

Tout rose de chaleur, son visage apparaît, encadré par le passe-plat donnant sur le séjour, tandis qu'une bouffée de vapeur sort de la cuisine.

— Je fais des pâtes fraîches. Ton vin est sur la table.

Angela dépose un baiser sur les lèvres de son épouse.

— J'avais une bonne raison de me marier avec toi.

Tina sourit.

— Mes pâtes ?

— Oui.

— Enfin, je suis contente que ma beauté, mon charme et mon éducation complète n'aient pas été inutiles pour me caser.

Angela éclate de rire et l'embrasse à nouveau.

— Assieds-toi, j'attends juste que la sauce frémisse.

— Merci, Ti.

— C'est quoi ? demande Tina en désignant l'enveloppe qu'Angela serre dans sa main.

— Quelque chose dont j'aurai envie de te parler tout à l'heure.

Le front de Tina se plisse instantanément sous ses cheveux blonds coupés court.

— Tout va bien ?

— Ça n'a rien à voir avec moi, ne t'en fais pas. Je veux juste avoir ton avis.

— Ah d'accord, très bien.

Les muscles du visage de son épouse se détendent. Depuis la fausse couche, elles sont toutes les deux sur les nerfs. Elles y ont consacré dix-huit mois et des dizaines de milliers de dollars, et leur rêve d'une famille ne cesse de leur glisser entre les doigts. Ni l'une ni l'autre ne pourrait supporter une mauvaise nouvelle supplémentaire.

— Je reviens dans une seconde, dit Tina avant de disparaître dans un nuage de vapeur.

Angela se tourne vers le canapé et se laisse tomber à une des extrémités. Leur chat noir, Grizzly, se frotte au coin de la table basse. Il a la taille d'un gros raton laveur, mais il bondit prestement sur ses genoux.

— Salut, Grizz.

Angela caresse distraitement sa fourrure soyeuse, tandis que le lecteur de CD continue à diffuser le duo formé par Ella Fitzgerald et Louis Armstrong.

Elle saisit l'enveloppe et passe les doigts sur le bord tout en réfléchissant. Dans le bus du retour, il lui est venu des scrupules : elle n'aurait pas dû l'ouvrir, ni l'emporter avec elle. Mais c'est idiot, car cette lettre n'aurait jamais dû arriver au magasin, pour commencer. Et puis, elle a été postée il y a si longtemps, et elle a clairement été oubliée dans un tiroir. Ne rendait-elle pas un service à sa destinataire, Nancy Mitchell, en l'ouvrant ? Le message aurait très bien pu ne jamais être découvert, et cette femme n'aurait jamais su qu'elle avait été adoptée.

Angela place l'enveloppe sur le coussin voisin et prend son verre de vin. Elle en absorbe une gorgée et grimace. C'est le faux vin qu'elle boit faute de mieux depuis le début du traitement contre l'infertilité. Son épouse reparaît, son propre verre à la main.

—J'ai pensé qu'après hier soir, tu voudrais te remettre au faux vin, explique Tina en pointant du doigt le verre d'Angela.

— Oui, tu as sans doute raison.

— Ça a quel goût, d'ailleurs ? C'est juste du jus du raisin ?

Angela contemple les profondeurs du liquide rouge.

— Ça ressemble plus à du vin qu'à du jus de raisin, mais avec un goût de vinaigre plutôt que de vin.

Tina pouffe et s'installe à l'autre extrémité du canapé. Les deux femmes se tournent l'une vers l'autre, les genoux dressés entre elles, joignant le bout de leurs pantoufles assorties.

— Tu as passé une bonne journée ? demande Angela pour gagner du temps.

Tina sirote son vrai merlot. Angela en capte le bouquet et son ventre gargouille.

— Très bonne. Rien à signaler. J'ai fait les courses, du ménage. Préparé mes cours pour demain. Et toi, la boutique ? Un dimanche somnolent, comme d'habitude ?

Angela baisse les yeux, agite son verre comme un chercheur d'or, dans l'espoir que les mots adéquats flotteront à la surface.

— Pas tout à fait.

— Raconte.

Angela ne sait pas trop par où commencer, donc elle décide d'avouer son indiscrétion.

—J'ai trouvé un courrier qui a dû s'égarer, qui n'est jamais parvenu à sa destinataire. Le plus bizarre, c'est qu'il a été envoyé au magasin. Enfin, à l'adresse du magasin. Mais il était destiné à une certaine Nancy Mitchell.

— C'est cette enveloppe ? Tu l'as ouverte ?

— Oui. Je sais, je n'aurais peut-être pas dû. Mais le cachet indique qu'elle a été postée en 2010, et elle est restée dans un tiroir que personne n'a ouvert depuis des années. Tante Jo ne s'est jamais donné la peine de ranger le magasin. On ne l'aurait jamais retrouvée, cette lettre.

— Qu'est-ce qu'il y a dedans ?

Par-dessus leurs genoux, Angela lance à son épouse un regard lourd de signification.

— C'est énorme. La lettre n'est pas longue, je veux parler de ce qu'elle révèle. C'est... terrible.

— Qu'est-ce qu'il y a dedans ? répète Tina.

Angela tire de l'enveloppe la lettre et le mot qui l'accompagne. Elle les passe à Tina, qui prend une nouvelle gorgée de vin tandis qu'Ella et Louis entonnent le refrain de *Our Love Is Here to Stay*. Quelques secondes plus tard, Angela entend une casserole atteindre l'ébullition.

— Tu veux bien...

— Je vais jeter les pâtes dans l'eau, dit Angela au même moment.

Tina sourit, Angela s'en va dans la cuisine. Lorsqu'elle revient une minute après, Tina a fini de lire.

— C'est une sacrée lettre.

— Je sais. Et cette femme, Margaret, la mère biologique de Nancy, était dans l'un de ces foyers qui existaient après la guerre, pour les mères célibataires, tu sais ? Ils étaient gérés par des organisations religieuses comme l'Église catholique ou l'Armée du Salut. J'ai fait une recherche rapide tout à l'heure ; c'est une partie de notre histoire dont j'ignorais tout, et c'est épouvantable.

— La pauvre fille.

— Oui.

Tina garde un moment le silence.

— Et maintenant, tu fais quoi ?

— En fait, je voulais en parler avec toi. Apparemment, la mère adoptive désirait que Nancy contacte sa mère biologique. Il faut que je retrouve Nancy et que je lui donne cette lettre. Elle a besoin de savoir. J'ai fait le calcul, sa mère est probablement encore en vie.

Tina ne répond rien. Angela est embarrassée ; elle ressent toujours le besoin de combler ces vides de la conversation.

— J'ai appelé ma mère juste après avoir ouvert l'enveloppe. Je me sentais très mal.

— J'imagine. Tu devais te sentir concernée.

— Exactement. Maman pense que si la mère biologique a réellement souhaité transmettre une information à Nancy, alors je dois partir à sa recherche. Elle sait à quel point j'ai voulu retrouver Sheila, et combien ça m'a affectée quand j'étais ado. Et tout s'est bien terminé, pas vrai ?

Tina émet un soupir :

— Peut-être bien, mais honnêtement, Angie, je crois que tu devrais ne rien faire du tout.

Angela se pétrifie.

— Quoi ?

— C'est une confession énorme, comme tu disais.

— Je sais ! C'est bien pour ça que je dois rencontrer Nancy.

— Mais à quoi bon ? Et si elle n'a pas envie de savoir ? Ça pourrait bouleverser sa vie. C'est un choc monumental.

Angela pose son verre et relève les genoux contre sa poitrine, serrant la lettre sur son cœur. Sans vraiment comprendre pourquoi, elle se sent un peu trahie par la réaction de Tina. Elle a tout à coup une boule dans la gorge.

— Mais pourquoi ne devrait-elle pas savoir ? Tu peux deviner ce qu'on éprouve quand on est un enfant adopté et qu'on ne connaît pas sa mère biologique ?

Tina lui effleure le bras.

— Bien sûr que non, ma chérie. Jamais je ne pourrais prétendre une chose pareille. Mais cette Nancy ne s'attend pas à ce genre de révélation. Et je ne crois pas que ton rôle soit de décider si elle doit avoir accès à cette information. C'était à sa mère de la lui révéler, mais la lettre n'est jamais arrivée. Je ne dirais pas que le destin l'a voulu ainsi, mais... (Elle hausse les épaules.) C'est peut-être une bonne chose que Nancy ne l'ait jamais reçue. Sa mère est morte en paix, croyant que sa fille recevrait ses aveux et partirait à la recherche de sa mère biologique. Mais comme Nancy n'a pas reçu cette lettre, sa vie n'a pas été bouleversée.

— Où veux-tu en venir ?

— Je dis juste que c'est peut-être mieux ainsi. Il ne faut pas toujours jouer les redresseurs de torts. Si tu pars à la recherche de Nancy, tu risques de te retrouver au milieu d'une situation très compliquée.

Angela se sent sur la défensive. Tina est professeur d'études féminines à l'université, et sa carrière marche bien. C'est une personne rationnelle, qui se fonde sur les faits pour prendre une décision, et qui est beaucoup moins à l'écoute de ses émotions que l'est Angela. C'est notamment pour ça qu'elles s'entendent bien, parce que leurs tempéraments s'équilibrent, mais cela signifie aussi qu'elles ont parfois de violents désaccords.

— Ce que j'ai ressenti... (Angela prend une gorgée de son faux vin, et regrette que ce ne soit pas de l'alcool.) J'aime profondément ma mère, mais avant que je rencontre Sheila, j'avais l'impression de ne pas être complète. Comme s'il y avait dans mon identité un trou qu'elle seule pouvait remplir. J'étais un puzzle incomplet, mais je ne savais même pas à quoi ressemblait la pièce manquante, tu vois ? Et après que j'ai rencontré Sheila...

Une minuterie sonne dans la cuisine.

— Je suis désolée, ma chérie, mais les pâtes sont prêtes.

Tina serre le genou d'Angela et se lève du canapé.

— Tu es sérieuse, Ti ?

— Si elles sont trop cuites, ce sera dégueulasse. J'en ai pour une seconde.

Tina se rue dans la cuisine. Après les bruits de casserole, vient celui de l'eau lorsqu'elle égoutte les pâtes.

— À table !

Angela déloge Grizzly couché sur elle et compte jusqu'à dix pour se calmer. Elle entre dans la salle à manger et remplit son verre. Tina apparaît quelques instants après, portant deux assiettes fumantes, pleines de tagliatelles sauce marinara faite maison.

— À ta santé, lance Tina.

Angela fait tinter son verre de mauvaise grâce, méditant encore sur la réticence de son épouse. Mais comment Tina pourrait-elle comprendre ? Le silence dure quelques minutes, pendant lesquelles elle attaque leur dîner avec appétit. Angela laisse ses pensées dériver.

— Le problème, dit-elle, c'est que j'ai désormais un point de vue différent sur tout ça.

Tina pose sa fourchette et son visage semble s'affaisser un peu.

— Sur les grossesses ?

Angela boit pour essayer d'empêcher ses larmes de couler.

— Je me sens déjà mère, Ti. Indépendamment de... de tout. Et je ne peux pas imaginer Nancy privée de cette information alors que sa mère biologique et sa mère adoptive voulaient toutes les deux qu'elle sache d'où elle venait.

À travers les bougies placées au centre de la table, Tina croise le regard d'Angela ; en fond sonore, le disque de jazz tourne toujours.

— Et cette Margaret, la mère biologique, poursuit Angela, je sais que ce n'est pas la même chose, mais on lui a pris son enfant. Rends-toi compte. Toi et moi, nous savons ce qu'on ressent quand on perd la simple possibilité d'un enfant. Notre quête de maternité a quelque chose d'épuisant. Sheila m'a volontairement confiée à l'adoption, pour des raisons qui lui semblaient logiques. Mais qu'on force quelqu'un à abandonner son enfant, ça me paraît... (Angela cherche le mot adéquat, puis secoue la tête.) Affreusement cruel, disons. Je ne peux rester sans réagir.

Angela continue à manger pour faire honneur au dîner préparé par Tina, mais son appétit s'est évaporé. Elle sent sur son front la chaleur du regard de Tina.

— OK, je comprends, déclare celle-ci avec douceur. Fais ce que tu veux, mon amour. Je jouais l'avocat du diable, tout simplement. Et je pense que la question a aussi un autre aspect que tu oublies parce que tu es un peu... de parti pris, je crois que c'est le mot. Tu vois la situation avec tes yeux, mais tout le monde ne ferait pas le même choix que toi. Tous les enfants adoptés ne désirent pas retrouver leurs parents biologiques. Et ceux qui le désirent ne trouvent pas toujours ce qu'ils espéraient. Toutes les mères ne sont pas comme Sheila, tu sais ? C'est tout ce que je dis.

Tina repousse sa chaise avec un grincement et s'avance vers Angela pour lui embrasser le sommet du crâne.

— Vraiment, Angie, fais ce que tu veux. Je t'aime et je te soutiendrai quelle que soit ta décision, OK ?

Angela soupire, évite le regard de Tina. Elle hoche la tête.

Tina lui serre l'épaule, ramasse l'assiette et les couverts d'Angela qu'elle empile par-dessus les siens.

— Je vais faire un peu de vélo, si tu permets. Pour perdre quelques calories.

— Bien sûr.

Une tension est à présent perceptible entre elles.

— Toi, tu vas faire quoi ?

Angela hésite.

— Oh. Sans doute finir ce prétendu vin et me détendre un peu. Lire un livre, peut-être.

— OK. Je t'aime.

— Je t'aime aussi.

Tina part vers la cuisine tandis qu'Angela sort son téléphone de son sac. Elle s'étend sur le canapé, ouvre Facebook, déroule les bavardages stupides et les publicités incroyablement ciblées de son fil d'actualités, s'arrêtant ici ou là. Elle ne passe plus beaucoup de temps sur les médias sociaux. Le flux sans fin d'annonces de grossesse et de photos de bébé la rend folle de rage. Elle sait que c'est injuste, et qu'elle devrait se réjouir de voir s'agrandir la famille de ses amies, mais il y a des moments, comme celui-ci, où la jalousie l'emporte sur la générosité d'esprit dont elle aimerait faire preuve.

Lorsqu'elle entend la porte de la chambre d'ami qui se ferme, puis le bip-bip du vélo d'appartement que Tina vient de mettre en marche, Angela traverse le couloir, passe devant la porte de la pièce où Tina pédale, puis entre dans la troisième chambre.

Il y fait noir et frais. Une légère odeur de peinture persiste dans l'air, mêlée au parfum boisé des meubles neufs. Elle n'y pénètre que rarement, en général quand Tina n'est pas à la maison, ou quand elle est sous la douche. Angela a vu sa tête lorsqu'elle l'a surprise dans le fauteuil à bascule, un ours en peluche contre sa poitrine, imaginant que c'était un bébé.

Angela s'approche de la commode et allume une petite lampe de chevet à côté de laquelle elle pose son verre. L'ampoule éclaire d'une chaude lumière toute la chambre d'enfant lorsqu'elle s'assied dans le rocking-chair. Elle observe les barreaux blancs du lit sur la gauche, les couvertures pliées sur le côté en un arc-en-ciel de teintes pastel. Un mobile est suspendu au plafond, des éléphants et des girafes de feutrine dansent en l'air. À côté du petit lit, la table à langer est bien garnie de tubes de crème hydratante et de couvertures de flanelle toutes neuves. Elles ont aménagé ce lieu l'an dernier, dans l'euphorie, hélas temporaire, de la réussite de leur premier cycle de traitements contre l'infertilité. Désormais, la chambre semble froide et fausse, c'est le décor d'une pièce de théâtre à laquelle Angela redoute de ne jamais assister.

Elle pousse un profond soupir, avec dans les oreilles le ronron du vélo d'appartement dans la chambre voisine, la pulsation du hip-hop qu'écoute Tina se heurtant au silence qui règne ici. Elle lève les yeux vers la rangée de peluches perchées sur une étagère face à elle et se demande si Margaret Roberts a jamais acheté quoi que ce soit pour son bébé. D'après ce qu'elle a lu sur Internet à propos des foyers pour mères célibataires, elle en doute. Et puis, se faire confisquer son enfant, contre son gré…

Angela comprend le point de vue de Tina, mais il ne lui paraît pas réellement possible de ne rien faire. Elle se connaît, et elle sait que cette affaire ne la laissera pas en paix. Selon son expérience, les gens regrettent ce qu'ils n'ont pas fait bien davantage que les erreurs effectivement commises. C'est l'inaction qui vous empêche de vous rendormir au petit matin, qui vous fait critiquer vos décisions après coup. Les « si j'avais pu » et les « j'aurais dû » sont les animaux tapis dans cette zone secrète de votre âme ; leurs crocs et leurs griffes acérées ne vous lâchent plus.

Consciente de son intrépidité mais sûre d'avoir raison, Angela rouvre l'appli Facebook sur son téléphone et tape le nom *Nancy Mitchell.* Plusieurs profils apparaissent. Elle restreint sa recherche aux environs de Toronto, mais après tout, Nancy pourrait s'être établie en Australie ou ailleurs. Enfin, il faut bien démarrer quelque part. Elle fait défiler les profils, clique sur toutes les femmes qui ont vaguement l'âge adéquat. Elle découvre un aperçu de la vie de chacune, les unes ont un profil ouvert, les autres mettent davantage de barrières. Des photos de vacances, où ces femmes ont les bras autour des épaules d'adolescents boudeurs qui ont accepté à contrecœur de poser avec leur mère. Hobbies, jardinage, travaux manuels. Opinions politiques. Sens de l'humour. À mesure que la personnalité et l'histoire de ces femmes se dessinent, les doigts d'Angela sont engourdis par la nervosité. A-t-elle pris la bonne décision ? Une femme bien vivante se cache derrière chaque profil, et une vie pourrait être dévastée par la bombe que détient Angela.

Elle découvre cinq Nancy Mitchell qui correspondent à ses critères. Elle tape un message destiné à la première, puis le copie pour l'envoyer aux autres.

Bonjour, je travaille au magasin Thompson Antiquités & Livres Anciens, dans le centre de Toronto. J'ai récemment trouvé une lettre adressée à une Nancy Mitchell ; avez-vous eu un lien avec la boutique, à une époque ? Si oui, cette lettre vous était peut-être destinée. Tenez-moi au courant. Merci !

Elle pose son téléphone sur ses genoux et inspire profondément, puis avale une quantité de vin qui, si c'était du vin, devrait l'assommer, mais cet ersatz non alcoolique ne fait rien pour calmer ses nerfs.

Deux réponses lui parviennent presque immédiatement, et Angela sent sa gorge se nouer. La première est très sèche : *Pas moi.* L'autre est plus polie et explique qu'elle n'est pas concernée tout en lui souhaitant bonne chance dans sa quête de la bonne Nancy Mitchell. Angela est à la fois déçue et extrêmement soulagée, mais elle attend encore quelques minutes. Ne voyant aucun autre message arriver dans sa boîte, elle pose son téléphone sur la table. Inconsciemment, son autre main vient se placer sur son nombril.

— Oh, Margaret, murmure-t-elle à l'ombre qu'elle entrevoit du coin de l'œil. As-tu jamais retrouvé ta petite fille ?

6

Evelyn

Hiver 1960-1961

Le pire de Noël, c'est que les filles passent tout le mois de décembre à serrer des missels décorés dans leurs jeunes mains sans alliance tout en braillant bien malgré elles des odes à une vierge et à son bébé.

Un dimanche matin neigeux de la deuxième semaine de l'Avent, Evelyn et Maggie, assises côte à côte, les yeux tournés vers le père Leclerc, articulent sans conviction les mots du chant *Trois anges sont venus ce soir.* Evelyn se demande si les responsables ont vraiment réfléchi au programme de cantiques de l'Avent, et si à un seul moment le père Leclerc a songé que louer Marie et le Christ enfant risquait d'encourager les rêves impossibles d'un groupe de filles censées abandonner leur propre bébé dans quelques semaines.

Le prêtre attaché au foyer Sainte-Agnès est un homme au visage mou et pâle, dont la voix fait penser à du porridge froid. Il partage leurs repas pour dire le bénédicité, il donne la communion, il dirige les études bibliques le dimanche, il entend en confession celles qui le désirent, même si Evelyn ne voit pas pourquoi l'une d'elles voudrait passer dix minutes seule avec ce type pour lui exposer ses péchés.

Une fois le chant terminé, elles ont le droit de se rasseoir. Les filles dont le ventre a atteint les proportions maximales expriment leur soulagement par un chœur de soupirs et de grognements. Le père Leclerc les observe comme s'il s'apprêtait à entamer un bon repas, puis se lance dans son sermon.

— Tout ce qui vous est arrivé dans votre vie, tout ce qui vous est arrivé dans ce foyer, et ce qui vous y a conduit, est la volonté de Dieu, dit-il avec un sourire. Rappelez-vous cela, mes filles. Comme Marie, votre corps accomplit l'œuvre de Dieu…

— Nous aussi, on aurait peut-être dû dire qu'on était tombées enceintes par la grâce de l'Immaculée Conception ! chuchote l'une des filles, Etheline, assise devant Maggie et Evelyn.

Cette phrase suscite quelques gloussements approbateurs, mais Evelyn regarde autour d'elle pour s'assurer que sœur Marie-Thérèse n'a rien entendu. La Chienne de garde la dévisage à travers les verres épais de ses lunettes, porte la main au fouet glissé dans sa ceinture, et fait signe à Evelyn de concentrer son attention sur le prêtre. Pas la peine de le dire deux fois.

— Vous allez satisfaire les besoins et les désirs de femmes qui ne peuvent avoir d'enfants, poursuit le père Leclerc, et c'est aussi la volonté de Dieu. Il a Ses raisons pour nous envoyer les épreuves que nous rencontrons tous, et il ne nous appartient pas de chercher à les comprendre.

Maggie remue sur sa chaise, s'éclaircit la gorge bruyamment. Evelyn jette un coup d'œil vers elle et constate qu'elle a le cou et les joues écarlates.

— Ça va ? demande-t-elle tout bas à son amie.

Maggie serre les mâchoires, mais hoche la tête :

— Chut.

Le père Leclerc serre sa bible contre sa poitrine, comme il tiendrait un enfant.

— Quand vous vous sentez tristes, lésées ou punies, souvenez-vous que Dieu seul a choisi de vous faire porter ces enfants pour les bonnes chrétiennes qui ne peuvent elles-mêmes en concevoir. Vous devez toujours accepter la volonté de Dieu, entièrement et sincèrement, sans poser de questions. Rappelez-vous que vous avez la faculté de concevoir et d'engendrer des enfants. Plus tard dans votre vie, une fois mariées aux yeux de Dieu, vous pourrez à nouveau concevoir et engendrer des enfants légitimes pour votre mari.

Tout en assimilant les paroles du curé, Evelyn passe la main sur son ventre et sent un coup de pied du bébé, ce bébé que, si elle pouvait le garder, l'Église considérerait comme un bâtard. Elle était si près d'être mariée aux yeux de Dieu… À quelques mois près, son enfant aurait été légitime, même si Leo était mort. Si seulement ils avaient été mariés, tout le monde aurait pris en pitié cette jeune veuve enceinte, non ? Ses parents auraient veillé sur elle, au lieu de la cacher dans les couloirs obscurs et les salles étouffantes de Sainte-Agnès. Ils auraient accueilli avec joie leur petit-enfant, et Evelyn aurait eu le droit de s'accrocher au souvenir de son cher Leo.

Elle écoute encore la voix du père Leclerc alors qu'elle combat son envie de pleurer.

— Confier votre enfant à une autre, c'est bien peu de chose, puisque vous pourrez en avoir encore. Au Ciel, vous reverrez cet enfant. Et en attendant, il apportera le bonheur à une bonne famille chrétienne, qui lui offrira davantage que vous ne le pourriez. Votre bébé mènera la meilleure vie possible.

Après cette affirmation, il scrute à nouveau ses jeunes ouailles avant d'ajouter :

— Et vous ne voudriez pas priver votre bébé de ce qu'il y a de meilleur, n'est-ce pas ?

***

Un jeudi après-midi, début mars, occupée à balayer, Evelyn s'interrompt. Elle se redresse et appuie son corps sur le manche du balai, pour tenter de détendre les muscles de son dos. Son ventre est si gros qu'il l'entraîne vers le bas et crée des tensions. Il lui reste seulement quelques semaines de grossesse, elle est constamment fatiguée et a sans cesse des douleurs dans les hanches. Après un moment de repos, elle se remet au travail.

Elle vient de finir les dortoirs quand sœur Marie-Hélène s'approche d'elle. C'est une jeune femme grosse et lourde, aux sourcils épais, énergique mais agréable.

— Pourriez-vous également balayer les bureaux du rez-de-chaussée, Evelyn ? demande-t-elle, les bras chargés d'une pile de draps. Lucille était censée le faire, mais elle a une migraine terrible.

— OK, soupire Evelyn.

Lucille a l'art de souffrir toutes sortes de maux dès qu'elle veut éviter les corvées.

— Bien. Quand vous aurez terminé, vous aurez quartier libre jusqu'au dîner.

— Merci, ma sœur.

Sœur Marie-Hélène descend l'escalier en hâte, marmonnant toute seule. Evelyn prend un moment pour se redresser, puis suit la religieuse sur les marches grinçantes qui mènent à l'étage principal. Elle déteste descendre, puisque cela signifie qu'il lui faudra péniblement remonter ensuite.

Au rez-de-chaussée, elle commence par balayer le bout du long couloir qui longe la cuisine, puis se dirige vers les bureaux du père Leclerc et de sœur Marie-Thérèse, près du placard des produits d'entretien. Avec un grognement, elle s'agenouille pour pousser la saleté dans la pelle à poussière, et saisit alors une bribe de conversation par la porte ouverte du bureau de la Chienne de garde.

— … ajuster les tarifs, mon père. La demande est plus forte depuis l'an dernier.

— Mais ce système n'est pas censé saigner à blanc les bonnes familles chrétiennes, ma sœur.

Evelyn s'arrête et tend l'oreille vers le bureau.

— Non, mon père, il ne s'agit pas de les saigner à blanc. Loin de moi cette idée. Tout ce que je dis, c'est qu'il me paraît prudent de… de refléter l'état du marché dans notre gamme de prix. D'autres institutions en font autant. Elles exigent les sommes que le marché accepte. Les gens achètent désormais des bébés à l'étranger, et les familles paieront le double pour un enfant blanc, chrétien, né dans ce pays. Ce foyer est une source de revenus pour notre paroisse, et je pense que nous devons garantir, pour nous comme pour nos fidèles, le meilleur retour sur investissement.

Evelyn a le souffle coupé, solidifié comme du ciment dans ses poumons. Après un silence, le père Leclerc émet un soupir, et Evelyn se le représente frappant du pied gauche, comme pendant ses sermons.

— Je suis d'accord pour une hausse de quinze pour cent par rapport à l'an dernier, mais pas plus. Voyons comment les familles réagiront. Et cette mesure ne sera pas rétroactive pour toutes celles qui sont encore sur liste d'attente, n'est-ce pas ?

— Non, répond sœur Marie-Thérèse. La hausse ne s'appliquera que pour les nouvelles demandes.

— Très bien, ma sœur. J'imagine que le dîner sera bientôt servi. Je dois me préparer pour le bénédicité. Je vous laisse.

— Merci, mon père.

Le raclement des pieds de chaise en bois sur le sol tire Evelyn de sa stupeur. Elle se relève tout à coup et part très vite vers le bout du couloir, rangeant son balai et sa pelle à poussière dans le placard. Ses poumons se débattent pour respirer pleinement alors qu'elle contourne la rampe d'escalier et remonte au premier tant bien que mal. Sur le palier, elle manque de se cogner à sœur Marie-Agathe.

— Miss Evelyn ! Oh, vous m'avez fait une de ces peurs. Qu'est-ce qui… ?

Sans répondre à la religieuse, Evelyn court jusqu'à son dortoir. Étendue sur son lit, Maggie détache les yeux de son livre, alarmée.

— Evelyn ? Qu'est-ce qui t'arrive ?

Le visage d'Evelyn s'affaisse. Maggie tend les bras et Evelyn s'y laisse tomber en pleurant sur son épaule. À cet instant, sœur Marie-Agathe apparaît à la porte et la ferme délicatement. Du bruit monte du rez-de-chaussée, les filles se rassemblent pour le dîner.

— Que s'est-il passé ? demande la sœur, le front plissé, soucieux.

Maggie secoue la tête et frotte le dos d'Evelyn. Une minute plus tard, quand toutes ses larmes sont épuisées, Evelyn se redresse et se tourne vers la religieuse.

— Vous étiez au courant ? lâche-t-elle.

Sœur Marie-Agathe fronce les sourcils.

— Au courant de quoi ?

— Qu'ils les vendent ? Ils vendent les bébés ! Comme des chiots dans un chenil !

Choquée, la religieuse se plaque la main sur la bouche.

— Quoi ? s'écrie Maggie.

Evelyn se lève du lit et se met à arpenter la pièce.

— Oui ! Tout à l'heure… Tout à l'heure, je balayais en bas, et la Chienne… sœur Marie-Thérèse était dans son bureau avec le père Leclerc, et je les ai entendus parler de tarifs, du marché et de la hausse du prix des… (Sa gorge se serre pour ne pas prononcer ces mots.) Du prix des bébés.

— Ils les vendent ? s'étonne sœur Marie-Agathe, horrifiée.

— Oui !

Evelyn soutient le regard de la religieuse qui, elle s'en rend compte, est à peine plus âgée qu'elle. Depuis toujours, elle lui semble plus vieille. Vidée de toute sa force, Evelyn a le gosier secoué par une toux grasse, puis s'avachit sur le lit.

— Je vous jure que je ne savais rien, murmure sœur Marie-Agathe.

Ses yeux écarquillés vont de l'une à l'autre des deux filles hébétées. Lorsqu'elle reprend la parole, c'est d'une voix empâtée par l'émotion :

— Mais j'avoue que je ne sais pas comment réagir à cette information.

— Comment pourrions-nous rester ici ? demande Evelyn à Maggie avant de se tourner vers la religieuse. Et vous, comment pourrez-vous rester ici ? Comment pourrez-vous continuer à… (Elle ne parvient pas à trouver les mots.) Faire adopter les bébés, c'est une chose, mais les vendre ?

La poitrine de sœur Marie-Agathe est soulevée par une profonde inspiration.

— Je vais prier. J'espère que Dieu me guidera. Peut-être avait-Il ses raisons s'Il a fait en sorte que sœur Marie-Thérèse m'envoie nettoyer à l'étage. Pour que je tombe sur vous et que j'apprenne tout ça.

Maggie ricane.

— Je ne suis pas sûre de croire comme vous, grince Evelyn.

— Vous n'êtes pas obligée.

— Nous devons sortir d'ici, sœur Marie-Agathe. Je ne peux pas les laisser vendre mon bébé. Le bébé de Leo. Oh, mon Dieu, Maggie, qu'allons-nous faire ?

Maggie a les yeux lourds.

— Mais comment « sortir d'ici » ? Nous n'avons nulle part où aller.

Après avoir parlé avec sœur Marie-Agathe, Evelyn va se coucher tôt, sans dîner. Non sans se sentir coupable, elle ne tient aucun compte de la sollicitude de Maggie, marmonne qu'elle a la nausée et ne veut pas être dérangée. La vérité, c'est qu'elle a besoin pour réfléchir de temps et d'espace, deux choses rares au foyer Sainte-Agnès.

Elle meurt d'envie d'interroger sœur Marie-Thérèse au sujet de cette tromperie dont toutes les filles sont victimes, mais elle ne sait par où commencer. Elle a le cœur brisé pour les autres, pour Maggie, mais elle est surtout préoccupée, très égoïstement, par son propre bébé. Que penserait Leo, si elle n'essaie même pas d'empêcher que leur enfant soit vendu à des inconnus ?

Quand Evelyn parvient à une décision, les autres ont terminé leur repas. Elle fait semblant de dormir, les mains sur le ventre alors que son bébé pousse et roule à l'intérieur. Légitime ou pas, elle sait que cet enfant est un miracle. Elle reste éveillée longtemps après que ses compagnes de dortoir sont toutes endormies. Maggie fait souvent de mauvais rêves et se réveille en sueur, mais l'absence de gémissements dans le lit voisin indique à Evelyn que son amie a elle aussi du mal à trouver le sommeil.

Le lendemain, Evelyn s'avance dans le couloir où ne flottent plus à présent que l'odeur humide de la neige fondue et le souvenir de la terrible conversation entre la Chienne de garde et le père Leclerc.

— Vous pouvez entrer, répond sœur Marie-Thérèse lorsque la jeune femme frappe poliment à sa porte.

Evelyn prend sa respiration, arbore un sourire crispé et tourne la poignée. Elle n'est venue dans cette pièce qu'une seule fois, peu après le Nouvel An, pour son examen de santé à mi-parcours, qui a duré moins de cinq minutes. Sœur Marie-Thérèse est assise à son bureau, entourée de piles de papiers et d'un tas d'enveloppes qui attirent l'œil d'Evelyn ; elle reconnaît sur la première l'adresse de son frère, dans sa propre écriture.

— Oui, Evelyn, que voulez-vous ?

Le visage de la Chienne de garde est encadré par le tissu de son voile. Les lunettes à monture métallique, perchées sur son nez retroussé, accentuent la froideur de ses yeux gris.

— Merci, dit Evelyn, remarquant que la religieuse ne lui propose pas de s'asseoir et souhaite donc abréger l'entretien.

— « Merci, sœur Marie-Thérèse. »

— Merci, sœur Marie-Thérèse.

— De quoi voulez-vous me parler ? Dépêchez-vous, Evelyn. Je suis très occupée et, si je ne m'abuse, vous devriez être à la cuisine en ce moment.

Evelyn s'éclaircit la gorge et met ses mains sur son gros ventre.

— C'est à propos de mon bébé. Je n'ai pas changé d'avis en ce qui concerne l'adoption, mais... mais j'espérais que mon frère et sa femme seraient prêts à l'accueillir.

— Hmm. Je vois.

Sœur Marie-Thérèse pose son crayon et observe Evelyn, qui se tient plus droite, les épaules en arrière, et qui tente d'avoir l'air plus mûr, l'air d'une femme capable de prendre ses propres décisions. Mais le regard de la religieuse la cloue au mur comme une épingle un spécimen de papillon, et elle se sent encore plus petite qu'auparavant.

— Savez-vous, Evelyn, que pendant votre séjour parmi nous, vous êtes logée, nourrie et vêtue sans que cela vous coûte un centime ?

Mal à l'aise, Evelyn aimerait bouger, mais elle garde les pieds fermement plantés au sol.

— Oui, sœur Marie-Thérèse.

— Nous ne faisons pas payer l'hébergement parce que notre action est philanthropique, guidée uniquement par notre foi et notre amour de Dieu. Notre mission est de réformer nos filles et de leur montrer la voie, de leur éclairer le chemin grâce à l'amour de notre Seigneur et Sauveur. En retour, nous attendons d'elles obéissance, humilité, adhésion aux règles de notre foi et de cet établissement, et vous devez travailler pour gagner votre pain. C'est tout ce que nous exigeons. Si vous voulez donner votre bébé à votre frère, alors c'est à lui et à son épouse de vous loger, de vous nourrir, de vous vêtir, de vous réformer, et de fournir la nourriture spirituelle adéquate à votre âme égarée. S'ils sont prêts à adopter votre enfant, comme vous le suggérez, j'imagine que cette option leur a été présentée avant que votre mère n'organise votre séjour parmi nous ?

Evelyn a la bouche sèche.

— Je ne sais pas. Je n'ai pas été… Personne ne m'a demandé mon avis.

— Vous abandonnerez votre bébé au terme de votre grossesse. C'est tout.

— Mais j'ai déjà écrit à mon frère. Je crois vraiment qu'il pourrait accepter !

Evelyn désigne l'enveloppe posée sur le bureau. Ses yeux pleins d'espoir scrutent le visage de la Chienne de garde pour y déceler un peu de compassion ou de compréhension, un sentiment depuis longtemps refoulé.

Mais les lèvres de la religieuse, déformées par un rictus, révèlent une rangée de dents blanches et droites.

— Alors, attendons qu'il réponde, voulez-vous ?

***

Ce soir-là, Evelyn et Maggie passent l'heure qui précède le coucher dans le salon, recroquevillées près de la cheminée, pour supporter le froid de cette fin d'hiver, et bavardent avec trois autres filles autour d'un thé sans saveur.

Malgré les circonstances, l'atmosphère est agréable. Le feu crépite dans l'âtre, libérant un parfum de cèdre et de fumée dans l'air, tandis que les ombres des flammes dorées dansent sur le tapis usé. Les autres filles bavardent sur le canapé, leur tasse en équilibre sur leur ventre, négligeant leur tricot, mais Evelyn et Maggie tiennent un conciliabule dans les fauteuils à oreilles, dans l'angle de la pièce. C'est la première fois qu'elles ont l'occasion de discuter des révélations de la veille dans une relative intimité.

— Comment cela peut-il être permis ? attaque Evelyn. Ça doit être illégal ! Les parents adoptifs ne le savent donc pas ?

Maggie secoue la tête.

— Aucune idée.

— Sœur Marie-Agathe pourrait sûrement faire quelque chose, si elle essayait…

— Je ne crois pas, dit Maggie, levant momentanément les yeux des chaussons jaunes qu'elle tricote. Ça se retournerait contre elle, et toute sa vie est ici, elle n'a jamais rien connu d'autre. Elle était horrifiée, elle sait que c'est mal, mais…

Evelyn change de position ; depuis quelques semaines, plus aucun siège ne lui paraît confortable.

— J'ai passé mon temps libre avant le dîner à écrire une nouvelle lettre à mes parents et à mon frère. Je leur ai expliqué que les bébés étaient vendus, et qu'il faut venir me chercher. Je pense que tu devrais en faire autant, Maggie.

Maggie contemple les chaussons, mais ses aiguilles ont cessé de s'agiter entre ses mains.

— Evelyn, tu sais bien que tout notre courrier est lu avant de partir d'ici. La Chienne de garde verra ta lettre, comme elle a déjà dû lire celle que tu as adressée à ton frère. Tu dis qu'elle était sur son bureau quand tu es allée la voir ?

Evelyn fait signe que oui.

— Alors comment pouvons-nous même être sûres qu'elles postent nos lettres ? Moi aussi j'écris à ma famille, et je ne reçois jamais de réponse. En plus, mes parents ne me croiraient pas. Ils ne me croient jamais. C'est bien pour ça qu'ils m'ont envoyée ici. (Maggie regarde son amie et avale la boule qu'elle a dans la gorge.) Ils ne croyaient pas que leur ami aurait... tu sais. Aurait fait une chose pareille.

Le visage de Maggie se marbre de taches rouges.

— Oh, Maggie !

Evelyn se doute depuis longtemps qu'il lui est arrivé quelque chose de ce genre. Mais son amie coupe court à cette conversation.

— Je n'ai pas vraiment envie d'en parler. Je suis désolée. Je ne peux pas. Je te raconterai tout un jour, je te le promets.

Evelyn acquiesce, malgré la rage que lui inspire le sort de Maggie.

Maggie reprend son tricot.

— Zut, j'ai raté une maille.

Evelyn se tourne vers les trois autres filles, qui bavardent près de la cheminée. Elle sait que Bridget, la rousse assise au milieu du canapé, a voulu venir ici. Son petit ami l'a mise enceinte et elle a demandé à passer sa grossesse à Sainte-Agnès pour éviter la mauvaise réputation que cela lui aurait valu au lycée. Ses amies pensent qu'elle est partie faire la cuisine et le ménage chez une tante atteinte d'un cancer. Mais Evelyn se demande quel genre de secret peuvent cacher les deux autres. Les gens sont très doués pour dissimuler des secrets. C'est la raison principale pour laquelle toutes ces filles sont au foyer.

Sœur Marie-Agathe apparaît alors à l'entrée de la pièce, munie d'une grande théière brune.

— Bonsoir, mesdemoiselles. J'ai pensé que vos tasses devaient être vides.

Maggie regarde la religieuse d'un air radieux.

— Merci, sœur Marie-Agathe, c'est très gentil.

Maggie lance à Evelyn un regard lourd de sous-entendus.

— Merci beaucoup, sœur Marie-Agathe, renchérit Evelyn, malgré la méfiance que lui inspire encore la religieuse.

— C'est la moindre des choses. Extinction des feux dans une demi-heure, n'est-ce pas ?

— Promis, lui assure Maggie.

Sœur Marie-Agathe emporte la première théière et repart vers la cuisine. Pendant un long silence, Evelyn et Maggie ruminent leurs propres pensées.

— Je pense que nous devons nous en aller, déclare tout bas Evelyn.

Maggie lève la tête.

— Tu l'as déjà dit. Comment ça, « nous en aller » ?

— Je pense que nous devons nous enfuir. Nous évader.

— Les portes sont toujours fermées à clé, tu n'as pas remarqué ? Cet endroit a été construit pour qu'il n'y ait nulle part où se cacher.

Evelyn est stupéfaite.

— Tu as cherché des cachettes ?

Maggie rougit.

— Au moment de Noël, le père Leclerc a prononcé un sermon qui m'a mise en rage. J'ai examiné les portes de la cuisine et du vestibule. Il faut une clé pour les ouvrir, et qui a les clés ? À mon avis, la Chienne de garde est la seule à les avoir, sur cet anneau à sa ceinture. S'il y a un incendie, on sera bien !

— En tout cas, j'ai réfléchi à un plan.

Evelyn baisse tellement la voix que Maggie doit rapprocher son fauteuil jusqu'à ce que leurs accoudoirs se touchent. Elle voit que Bridget les épie.

— Evelyn, même si nous arrivons à nous enfuir, je n'ai nulle part où aller, murmure Maggie, les épaules voûtées.

Evelyn hésite.

— Et si tu venais avec moi ? Chez mes parents, je veux dire, ou chez mon frère ?

Maggie secoue la tête et regarde l'horloge sur la cheminée. Il est bientôt l'heure de se coucher. Elle se lève, ventre en avant.

— Arrête, Evelyn, je t'en prie. C'est irréalisable, ce que tu suggères. Ici… (D'un geste, elle englobe tout le salon, bien qu'elle garde les yeux rivés à ceux d'Evelyn, à la lumière du feu.) Ici, c'est ma réalité. Je n'ai nulle part où aller, point final. Nous avons encore plusieurs semaines avant d'accoucher. Il n'y a pas de solution. Il faut prendre notre mal en patience et espérer que nous pourrons retrouver nos bébés par la suite.

— Maggie…, commence Evelyn, confuse d'avoir autant bouleversé son amie.

Maggie prend les chaussons jaunes.

— S'il te plaît, n'en parlons plus, d'accord ? Élabore tes projets, fais ce que tu veux, pour filer d'ici. Mais je ne peux pas m'embarquer dans tes rêves, Evelyn. Je suis désolée. Bonne nuit.

Et elle sort d'un pas maladroit, laissant Evelyn seule.

7

Nancy

Printemps 1980

— JE T'AI DÉJÀ PARLÉ de la cape que j'ai faite à ta mère pour son mariage ? demande Mamie à Nancy.

Perchée sur une chaise dure au chevet de sa grand-mère, à la maison de repos, Nancy sourit :

— Non, je ne crois pas.

Cette histoire lui a déjà été contée de nombreuses fois, mais la jeune femme joue le jeu. La santé de sa grand-mère décline depuis des années. À l'automne dernier, après un incident grave – des rideaux en dentelle ont pris feu et toute la maison a failli être détruite par l'incendie – et beaucoup d'âpres discussions, Mamie et la mère de Nancy ont admis qu'une maison de repos était la meilleure solution. Alternant entre une fermeté toute britannique et de soudains moments de capitulation, Mamie s'est installée au foyer Saint-Sébastien pour personnes âgées. Nancy va tous les mardis soir prendre le thé et bavarder avec elle, ce qui suppose presque toujours un retour dans le Passé.

Mamie en parle ainsi, avec une majuscule que l'on devine à son ton respectueux, et à la manière dont elle agite sa main parcheminée, comme si elle lançait un sortilège lorsqu'elle évoque ce temps révolu.

Le Passé, ma chérie.

Tous les souvenirs, les regrets et les triomphes, les joies et les tristesses, les incidents et les broutilles formant la trame de cette grande tapisserie qu'est une vie. Le Passé, tissé centimètre carré par centimètre carré. Ces petits morceaux que Mamie aime à reprendre chaque fois que sa petite-fille lui rend visite.

Nancy pense souvent que Mamie aime à examiner le Passé avec elle parce qu'elle est un juge impartial. Chaque fois que Mamie veut connaître son point de vue, Nancy reste neutre. À quoi bon critiquer les décisions de sa grand-mère, au point où celle-ci en est de son existence ? Personne ne peut plus rien y changer, et souligner les incohérences flagrantes, les moments où elle s'est montrée trop dure ou injuste, ne servirait qu'à perturber une octogénaire mourante.

— Tes parents se sont mariés un jour d'hiver où il faisait un froid de canard. La cérémonie a eu lieu en soirée. En janvier, j'ai dit à ta mère qu'il vaudrait mieux une noce en juin, comme ses sœurs, mais évidemment, elle n'a pas voulu m'écouter.

La mère de Nancy et Mamie étaient en désaccord sur presque tout. Cette obstination relève bien sûr d'une tradition familiale revendiquée.

— C'est arrivé très vite après que ton père avait fait sa demande à Noël, mais je soupçonne qu'elle était pressée d'avoir un bébé. Elle ne voulait pas attendre. Et nous savons comment ça s'est terminé, ajoute-t-elle en tapotant le genou de Nancy. En tout cas, je lui ai dit que si elle tenait à se marier en hiver, elle devait au moins me laisser lui faire une cape à mettre par-dessus sa robe. Elle était en soie blanche à l'extérieur, avec un grand capuchon, et j'y avais cousu une belle doublure en velours vert émeraude. Quand ils sont sortis de l'église, sur les marches, la neige commençait à tomber. C'était superbe, je dois l'avouer. Rien de comparable au soleil et aux fleurs d'un mariage en juin, mais c'était quand même beau.

— Ça paraît magnifique, Mamie. J'ai vu des photos, mais sans cette cape. Je pense qu'elles ont été prises à l'intérieur de l'église.

— La réception a eu lieu chez nous, chez Papy et moi, continue Mamie. Quelque chose de très simple, comme on faisait en ce temps-là. Ils n'avaient pas encore de chez-eux. Ils étaient sur le point d'emménager dans cette petite maison de Danforth, minuscule.

Nancy écoute distraitement ce récit, car ses pensées reviennent sur le travail scolaire qui l'attend à la maison. Une dissertation sur la guerre du Vietnam.

— Il leur a fallu quelques années avant de pouvoir s'offrir la belle maison qu'ils ont maintenant. Ça devait être au moment où ils t'ont trouvée.

L'esprit de Nancy est rappelé au présent.

— Où ils m'ont « trouvée » ? Où ils m'ont eue, tu veux dire.

À mesure que Mamie se rapproche de la Fin (avec une majuscule également), elle est de moins en moins réticente à aborder certains aspects du Passé. Depuis peu, elle ne prend plus aucune précaution pour manipuler les souvenirs délicats, et elle en a laissé certains se briser à ses pieds avant de murmurer « Je suis désolée, ma chérie, je n'aurais pas dû tourner ma phrase comme ça », comme elle le fait cette fois encore.

Mais à présent, Nancy insiste :

— Non, Mamie, qu'est-ce que tu entendais par là ? En disant qu'ils m'ont « trouvée » ?

— Oh, Nancy ! s'exclame Mamie en écartant ces mots accusateurs encore en suspens entre elles. Quand ils t'ont eue, bien sûr. Ma langue a fourché. Je suis fatiguée, ma chérie. Je pense qu'il est temps que tu rentres à la maison. On se verra la semaine prochaine. Embrasse-moi et va-t'en.

Mais alors que Nancy descend l'escalier grinçant du vieux manoir, un soupçon profondément inconfortable s'insinue en elle. À cause de la réunion troublante de tous ces morceaux qui se raccordent mal. Les questions à laquelle sa mère ne répondait jamais quand elle était petite. Le fait qu'elle ne ressemble pas vraiment à l'un ou l'autre de ses parents, réalité que sa mère a toujours évacuée avec désinvolture : « Les gènes sautent parfois une génération. Je te ressers du thé, ma chérie ? »

C'est une série de sensations viscérales que Nancy n'arrive pas à relier à autre chose qu'un fil très ténu. Jusqu'ici, ce n'était qu'une idée informe, une chose indéfinie dans un recoin sombre de son cerveau. Mais les commentaires de sa grand-mère résonnent dans son esprit alors qu'elle prend le métro qui la ramène à son appartement. Ces pensées continuent à tourbillonner lorsqu'elle est chez elle et qu'elle referme la porte de sa chambre.

C'est comme si une intuition sinistre s'accrochait à son cœur. Elle savait déjà que c'était là, mais elle n'en connaissait pas encore la silhouette. Pourtant, lorsqu'elle se glisse dans son lit, tout habillée, Nancy sent enfin les contours piquants de cette ombre ; une vérité qu'elle avait résolu d'ignorer jusque-là.

***

Trois jours plus tard, Nancy est sous le porche de la maison de ses parents et contemple le heurtoir en argent, ce grand M enveloppé de lierre. Elle scrute un instant le nom, et sa propre identité du même coup.

Bien sûr que tu es une Mitchell, se dit-elle. *C'est ridicule. Tu ferais mieux de rentrer chez toi.*

Mais une voix persistante réplique :

Alors pourquoi es-tu incapable de lâcher l'affaire ? Pourquoi ne pas y voir simplement le délire d'une pauvre vieille qui n'a plus toute sa tête ?

La vérité, c'est qu'elle commence déjà à regretter. Quand elle a appris que ses parents dînaient en ville ce jour-là, avec leurs amis les Morgenstern, elle s'est invitée pour le thé en expliquant à sa mère qu'elle avait besoin d'un endroit tranquille pour passer la soirée à étudier.

— C'est juste pour travailler un peu, Maman, si ça ne te dérange pas, a-t-elle prétendu au téléphone. L'appartement est trop bruyant, et il faut vraiment que j'avance sur ma dissert. (Elle a croisé les chevilles, pour calmer ses nerfs.) Et puis ton canapé est tellement plus confortable que le mien !

Sa mère a soupiré.

— Tu n'étais pas obligée d'aller vivre ailleurs, tu sais.

— Je sais, Maman.

Sauf que son appartement n'est pas du tout bruyant : ses colocataires sont en général raisonnables. Elle est ici pour fouiller la maison, en quête d'informations. Elle ne sait pas exactement ce qu'elle cherche. Un élément qui viendrait confirmer ce qu'a laissé deviner sa grand-mère.

Ou plutôt démentir ses propos.

S'armant de courage, Nancy s'apprête à prendre la clé dans son sac à main quand sa mère ouvre la porte.

— Nancy, ma chérie, que fais-tu là dehors ? Tu vas attraper la mort. Il gèle.

— Il fait dix degrés, Maman, répond Nancy en franchissant le seuil. Et puis, ce n'est pas comme ça que les virus fonctionnent.

Frances émet un claquement de langue quand sa fille hausse les yeux au ciel.

— Oui, oui, tu es très intelligente.

— Ça fait plaisir de te voir, Maman, dit Nancy en posant un baiser sur ses joues lourdement poudrées.

Sa mère embrasse l'air à travers son rouge à lèvres rose saumon. Nancy suspend son manteau et son sac à une patère, enlève ses chaussures de marche qu'elle range dans un plateau, sous l'œil attentif de sa mère. Frances se baisse et ramasse un peu de terre qui s'est détachée des semelles de sa fille, rouvre la porte et jette ce fragment à l'extérieur. Nancy affiche un sourire tendu.

— Tu as déjà mis l'eau à chauffer ? (Elle sait que c'est le cas.) Je peux t'aider ?

— Non, non, ma chérie, va donc t'asseoir. J'ai horreur de te voir te conduire comme si tu étais une visiteuse ordinaire.

— Désolée, Maman.

— Ce n'est pas grave. Ton père me répète que tu avais besoin de ton indépendance, etc. Je ne me suis jamais tout à fait adaptée...

Nancy acquiesce et s'installe sur le canapé.

— Oui, et je suis désolée que ce soit si dur pour toi.

Frances remet en place une mèche de ses cheveux.

— Eh bien, voyons, c'est l'heure du thé.

Elle part s'affairer dans la cuisine et revient une minute plus tard avec une assiette de biscuits anglais et une théière où elle a déjà mis beaucoup trop de lait.

— Papa est à la maison ? demande Nancy en se penchant pour attraper un biscuit fourré à la framboise.

— Il est là-haut, il finit de se préparer.

Frances s'installe dans un grand fauteuil et remplit deux tasses de thé, puis elle désigne un sac que Nancy n'avait pas remarqué.

— Je t'ai acheté un petit quelque chose, regarde. Ouvre-le.

— Oh, Maman, il ne fallait pas.

Nancy est tourmentée par la culpabilité.

— Mais si. Quand j'ai vu ça, j'ai tout de suite pensé à toi, ce sont exactement tes couleurs !

Nancy tire le sac vers elle et en sort une robe. À fleurs bleues et roses, avec des manches bouffantes. Elle aimerait mieux mourir que de porter un truc pareil.

— J'ai pensé qu'il te fallait une tenue habillée pour quand tu sors. Ce n'est pas en étant toujours en jean que tu feras impression à ton futur mari. Et ces pulls trop larges, ça ne met pas en valeur tes formes.

Nancy inspire profondément et remet la robe dans le sac.

— Merci, Maman, elle est très jolie.

Frances sourit par-dessus sa tasse en porcelaine anglaise.

— Je suis ravie qu'elle te plaise. Et à propos de robes, j'ai une grande nouvelle pour toi. Clara et Anthony sont fiancés !

— Ça alors !

Nancy feint la surprise. Clara l'a appelée une semaine auparavant pour lui annoncer la chose, qui ne mérite pas tant de réjouissances. D'une part, Nancy estime que

Clara aurait pu trouver beaucoup mieux qu'Anthony, son petit ami imprévisible et hargneux. D'autre part, elle pressentait que cela allait renforcer chez sa mère le souhait de la caser au plus vite, elle aussi. Simplement, elle ne prévoyait pas que ce désir allait se matérialiser sous la forme d'une robe à fleurs et à manches bouffantes.

— Lois m'a appelée hier pour tout me raconter. Apparemment, Clara renonce à ses études pour se marier, poursuit sa mère avec un regard significatif.

— Maman, l'un n'empêche pas l'autre. De nos jours, on peut être mariée et aller à l'université.

— Ce sera dans le journal ce week-end, poursuit Frances sans tenir compte du commentaire de Nancy. Donc j'imagine que nous serons tous invités au mariage dans pas très longtemps. Tu pourras étrenner ta nouvelle robe. Et je suis sûre que tu y rencontreras de très beaux partis.

Elle adresse un clin d'œil à sa fille, qui se force à boire un peu de thé. Nancy apprécie Clara, mais elle réfléchit déjà au prétexte qu'elle pourra inventer pour ne pas assister à cette cérémonie. Un examen mal placé pourrait faire l'affaire. Depuis la fameuse nuit, elle a un peu de mal à rencontrer Clara lors des réceptions familiales. La vue de sa cousine lui rappelle des souvenirs qu'elle préférerait oublier.

Des cheveux blonds étalés sur un oreiller noir.

Du sang sur son jean dans la salle d'attente froide d'un hôpital.

Une femme mystérieuse, prénommée Jane.

Clara et elle n'en ont jamais reparlé. Qu'y aurait-il à dire, du reste ? C'est un secret entre elles deux, qui ne regarde personne d'autre. Si Nancy était à la place de Clara, elle n'aurait sans doute jamais envie d'en reparler non plus.

Tes affaires ne concernent que toi.

— Tout va bien, ma chérie ?

La voix de Frances filtre à travers les images qui défilent dans l'esprit de Nancy.

— Mais oui, bien sûr. C'est formidable pour eux.

Nancy sirote son thé en silence tandis que Frances critique par avance le style de noce que Clara voudra sans doute, compte tenu des goûts déplorables de sa sœur Lois en matière de couleurs. Par chance, le père de Nancy les rejoint quelques minutes plus tard.

— Salut, ma Coccinelle ! lance-t-il en serrant Nancy dans ses bras. Ça fait plaisir de te voir. J'ai entendu ta mère essayer de te pousser à te marier, alors je suis venu à ton secours.

— Bill ! proteste Frances. Je n'étais pas du tout...

— Mais si, ma chérie.

Nancy pouffe, mais s'arrête en voyant la mine blessée de sa mère.

— Tout va bien, Maman. Merci pour la robe. Vous devriez peut-être vous mettre en route, non ?

Elle déglutit, la gorge sèche, hésite à abandonner sa perquisition, qui risque fort de ne donner aucun résultat.

— Tu as raison, dit sa mère. Il faut juste que j'aille me repoudrer. Je n'en ai que pour une minute. Oh, Nancy, ajoute-t-elle, avant de partir, tu jetteras un œil dans le congélateur. J'ai mis de côté des restes de tourte à la viande pour toi.

— Enfin, chérie, notre fille est capable de s'alimenter toute seule !

— Je le sais bien ! réplique Frances, piquée. Une mère éprouve toujours le besoin de nourrir son enfant. Vous allez devoir vous montrer un peu tolérants, tous les deux. Je fais des efforts.

Dans le vestibule, Nancy tâche de se débarrasser de l'ombre coupable qui pèse sur ses épaules. Cinq minutes plus tard, elle embrasse ses parents et depuis le seuil, leur souhaite une bonne soirée. Sa mère lui fait signe par la vitre baissée de la voiture, de sa main potelée revêtue d'un de ces stupides gants démodés que seule la reine d'Angleterre porte encore.

« Pour une dame, c'est une marque de raffinement que de porter des gants dans les grandes occasions », dit toujours sa mère, mais Nancy sait que Frances en met pour couvrir ses ongles perpétuellement rongés et ses cuticules en sang, ainsi que l'épaisse cicatrice au dos de sa main gauche, souvenir d'un accident survenu en cuisine bien avant sa naissance.

Et ça ne se limite pas aux gants. Il y a sur la table de la salle à manger un compotier décoratif que personne n'a le droit de déplacer ou d'utiliser. Son seul but dans la vie est de camoufler une grande tache laissée il y a longtemps par un verre mal placé. Au cours des dix dernières années, Frances a fait retapisser sept fois le couloir du premier étage, chaque fois que le papier peint se marque, se déchire ou se décolore un tant soit peu. Les meubles sont redisposés pour dissimuler l'usure de la moquette. Deux fois par semaine, sa mère fait teindre ses quelques cheveux gris chez le coiffeur. Nancy ne l'a même jamais vue sans maquillage. Depuis aussi longtemps qu'elle puisse se rappeler, sa mère a toujours dissimulé toute imperfection.

Elle attend dans le salon, pour être sûre que ses parents ne vont pas revenir chercher quelque chose : sa mère oublie presque toujours de prendre un châle. Le reste de la maison est silencieux, mais l'énorme horloge en bois de cerisier fait retentir son tic-tac tandis que Nancy se mordille les ongles, contemplant d'un air absent les oreilles du fauteuil rose à motifs.

Au bout d'un quart d'heure, Nancy est certaine que ses parents ne sont pas près de revenir. Elle monte l'escalier sans hésiter davantage et, sur le palier, tourne à droite au lieu de partir vers son ancienne chambre, à gauche. De ce côté-là du couloir, elle ne sait pas à quel endroit le plancher grince, et elle éprouve une sensation inconnue en manipulant la poignée de porte de la chambre de ses parents. Elle a l'impression de violer leur intimité, d'étaler son manque de confiance. Son cœur saigne à cette idée.

Mais c'est vrai. Je ne leur fais pas confiance. Pas à ce sujet, en tout cas.

Qu'a dit sa grand-mère ? « Ça devait être au moment où ils t'ont trouvée. » Les mots résonnent dans sa tête alors que Nancy réprime l'angoisse qui va et vient dans sa poitrine. Elle ouvre la porte et pénètre dans la pénombre de la grande chambre. L'air immobile est imprégné de la laque à cheveux et du parfum de sa mère, à base de jasmin, de marque française, que son mari lui offre à chaque Noël, alors qu'il ne l'aime guère. Elle a dû s'en vaporiser avant d'enfiler ses gants en dentelle blanche et de réajuster ses cheveux pour la quatrième fois.

Les doigts de Nancy tâtonnent le mur à côté de la porte jusqu'à ce qu'ils trouvent l'interrupteur. Elle traverse le tapis et s'approche de la coiffeuse de sa mère. Si ses parents cachent quelque chose, elle sent que ce sera dans « le Tiroir ».

Le Tiroir est une sorte de référence familiale, l'endroit où sa mère dissimule les cadeaux d'anniversaire, des documents importants comme le certificat de mariage de ses parents, le chéquier de son père, et les deux bijoux précieux de sa mère : sa bague de fiançailles, désormais trop étroite, et un collier de perles que Mamie lui a donné pour ses quarante ans. Nancy regarde à nouveau par-dessus son épaule, guettant le bruit d'une portière de voiture, d'une clé dans la serrure, la voix tonitruante de son père dans l'escalier. Mais il n'y a rien, ni personne pour l'arrêter.

Elle le regrette à moitié.

La jeune fille se mord les lèvres, puis ouvre le fameux tiroir, non sans difficulté. Il ne sert pas souvent et coulisse assez mal. Elle ne l'a ouvert qu'une fois – quand elle était petite, à la demande de sa mère – pour en tirer les perles. Ses parents allaient « au mariage le plus prétentieux auquel on ait été invités », selon la formule de son père. Nancy se rappelle cette journée tout en contemplant l'écrin en velours bleu marine qui contient le collier.

Il y a dans le tiroir tout un assortiment d'autres choses : des enveloppes officielles, quelques paires de gants en dentelle, et la boîte violette qui doit abriter la bague de fiançailles en saphir – avec une étrange peur au ventre, Nancy se rend compte qu'elle en héritera un jour. Elle s'efforce de bien mémoriser l'emplacement de chaque objet afin de le reposer ensuite où il était. Puis, le cœur dans la gorge, elle soulève les écrins et les gants, inspecte les enveloppes une par une en veillant à ne pas déchirer les rabats. Ce sont simplement les documents qu'elle supposait : testaments, titres de propriété et autres paperasses sans intérêt. Elle les range en tas sur la coiffeuse, puis examine à nouveau le tiroir. Alors qu'elle écarte sa robe de baptême en dentelle ivoire, sa main frôle un morceau de cuir. Nancy glisse ses doigts dans le petit espace et tire l'étui. L'estomac noué, elle le pose sur le tapis et s'agenouille à côté.

Elle regarde un moment la boîte. C'est un étui en cuir qu'elle n'a jamais vu, avec une petite poignée, qui ne correspond guère aux goûts très féminins de sa mère, et qui pourrait appartenir à son père. En le penchant, Nancy remarque des molettes sur le côté, un peu comme les combinaisons sur une valise d'homme. Elle tente d'entrouvrir l'objet, mais la serrure résiste.

— Zut.

C'est forcément ça, pense Nancy. Ses parents n'ont même pas un verrou à la porte de leur chambre à coucher. En général, ils n'ont rien à cacher. Ou du moins, c'est ce qu'elle a toujours pensé, jusqu'à ce moment.

Nancy examine à nouveau la boîte. Il y a six molettes en cuivre, chacune numérotée de 0 à 9. Six chiffres. Elle s'accroupit et se mord la lèvre. Quel peut bien être l'objet secret que ses parents se sont donné le mal d'enfermer et de cacher à leur unique enfant ? Cet étui a un rapport avec elle, elle le sait. Mais lequel ?

Ses bulletins scolaires ne sont pas assez importants pour être mis sous clé. De vieilles lettres d'amour, peut-être ? Elle voit mal l'un ou l'autre de ses parents entretenant une correspondance sentimentale, et encore plus garder les lettres une fois cette flamme éteinte. Est-ce son acte de naissance, qui a été perdu, selon sa mère, et qu'il a fallu remplacer ?

Son certificat de naissance.

Sa date de naissance ?

Nancy retient sa respiration et règle la première molette sur le 2. Elle souffle, puis compose les chiffres suivants : 5 – 0 – 4 – 6 – 1. Elle pose le doigt sur le ressort.

Rien ne bouge.

— Sérieux ? murmure-t-elle.

Elle était sûre que la combinaison était sa date de naissance. Sa mère n'est pas très imaginative. Nancy a des fourmis dans les jambes à force de rester à genoux. Elle essaie de se lever, mais elle titube et tend les bras devant elle, s'accrochant au bord de la coiffeuse pour ne pas tomber.

— Nom d'une pipe !

Se tenant d'une main au meuble, Nancy se baisse et se masse les orteils. L'inconfort la fait tressaillir, puis elle sourit. Elle est bien la fille de sa mère, dont les vieux jurons anglais ont déteint sur elle.

Il s'écoule une fraction de seconde, à peine la grande aiguille de l'horloge a-t-elle eu le temps de bouger que l'idée se met en place dans l'esprit de Nancy. Elle se remet sur le tapis à côté de la boîte. Elle a encore mal au pied, mais elle ne s'en aperçoit même pas.

Haletant, elle refait tourner les quatre premières molettes en commençant par le mois de sa naissance, pour composer ensuite le jour, à la manière anglaise.

0 – 4 – 2 – 5 – 6 – 1…

8

Evelyn

Printemps 1961

— Eh bien, aboie sœur Marie-Thérèse, il est temps pour vous de vous rendre à l'hôpital. Allez chercher votre valise sous votre lit, nous vous appellerons un taxi.

Evelyn se tient le ventre tandis qu'une vague de panique déferle sur son corps douloureux.

— Un taxi ? Quelqu'un… Quelqu'un va m'accompagner ? Qu'est-ce que je dois faire ?

Sans répondre, la Chienne de garde quitte la pièce, son habit effleurant le plancher. Evelyn respire par petites bouffées, se tortille sur le matelas dur pour trouver une position confortable. Elle regarde Maggie, assise jambes croisées sur son lit, son énorme ventre sur ses genoux comme un sac pesant. Louise et Anne l'observent depuis leur lit, et dans la lumière dorée de leurs lampes de chevet, leurs yeux reflètent la peur que ressent Evelyn.

— Ça va ? demande Maggie.

Evelyn hausse les épaules et émet un rire sans joie.

— Je ne sais pas, Maggie. Je ne sais pas.

La douleur l'a réveillée il y a quelques minutes, et elle a cru deviner que le travail commençait. Evelyn comprend seulement maintenant, lorsqu'elle ressent des crampes au creux du bassin et dans les hanches (« des contractions », les a appelées sœur Marie-Thérèse), à quel point elle n'a pas été préparée à cela. Pendant tous ces mois qu'elle a vécus au foyer, sœur Marie-Thérèse, les religieuses et le père Leclerc ne lui ont parlé que de ce qui viendrait *après.*

Après avoir quitté Sainte-Agnès, vous pourrez passer à autre chose.

Après avoir accouché, vous rencontrerez un homme bien et vous vous marierez, vous ferez les choses comme il faut.

Après, vous pourrez faire comme si toute cette triste affaire n'avait jamais eu lieu.

Après.

L'épreuve de l'enfantement n'a jamais été évoquée. Ce que l'on vit *pendant.* La chose elle-même. Les filles sont toutes venues ici pour mettre un enfant au monde, mais c'est la seule chose pour laquelle on ne les prépare pas du tout.

— Qu'est-ce qui va m'arriver ? demande Evelyn tout haut, d'une voix que l'inquiétude rend plus aiguë. Ça ressemble à quoi ?

Mais personne ne répond. Maggie se contente de bercer son ventre, Anne contemple le plafond taché, et Louise ferme les yeux comme si elle essayait de toutes ses forces d'imaginer qu'elle est ailleurs. Les seules filles qui connaissent la réponse sont celles qui sont déjà parties. Celles qui restent pour financer leur séjour se voient assigner une autre aile du bâtiment, et des corvées différentes leur sont confiées.

Malgré son grand moment de détermination, lorsqu'elle voulait que Maggie et elle s'enfuient du foyer, Evelyn n'a pas trouvé le moyen de concrétiser cette rébellion. Dans leur famille, personne ne voulait les accueillir, et il n'y avait nulle part où deux filles enceintes pouvaient aller. Elles auraient fini par mendier dans la rue. Maggie avait raison. Le foyer Sainte-Agnès était leur seule option.

Accablée par cette prise de conscience, Evelyn a fini par admettre que cette institution, ce système, est un vaste mécanisme bien huilé. Chaque rouage est conçu avec soin dans un but spécifique : vendre des enfants à des couples désespérés. Peu importent les filles. Ce n'est qu'une usine à bébés déguisée en maison de redressement, et c'est au tour d'Evelyn de produire la marchandise.

La bile monte dans son gosier à cette idée, et elle libère le sanglot contre lequel elle luttait. Maggie se lève de son lit et s'avance vers elle pour la serrer dans ses bras, autant que le permet leur gros ventre.

— Tu vas me manquer, Evelyn, chuchote Maggie. Bonne chance.

Mais la Chienne de garde est de retour à la porte et glapit une réprimande.

— Excusez-moi ! Où vous croyez-vous ? Pas de contact physique entre détenues !

Evelyn la fixe d'un œil noir par-dessus l'épaule de Maggie, animée d'un élan de pure haine envers cette femme. Les deux filles se séparent. Maggie a un hochement de tête encourageant et offre à Evelyn un sourire sans oser croiser son regard. Evelyn prend la valise qu'elle a remplie la semaine dernière, s'essuie les yeux du revers de la main, et sort en suivant la religieuse.

***

Le taxi s'arrête devant l'hôpital. D'une main, Evelyn se frotte le ventre, et de l'autre, elle saisit la poignée de sa valise. Ses articulations deviennent blanches, sous l'effort qu'elle doit fournir pour tenir bon pendant ces quelques dernières heures, ce lambeau de temps précieux avant que tout change. Pour le moment, son bébé est encore son bébé, et l'impossible gravité des adieux à son enfant ne pèse pas encore sur elle, ne la fendille pas encore comme un morceau de bois.

— La voiture s'arrête ici, mademoiselle, indique le chauffeur en regardant par-dessus son épaule.

L'homme a un petit accent écossais, il roule ses « r ».

Evelyn acquiesce, la main sur la poignée de la portière.

— Non, non, ma belle, bougez pas. C'est moi qui viens vous ouvrir.

Le chauffeur fait le tour du véhicule, tête baissée contre la froide pluie printanière qui s'abat sur les vitres. Sur la façade de l'hôpital, les lumières rouges et jaunes scintillent à travers les gouttes comme si c'était Noël. La portière s'ouvre et le chauffeur y entre à mi-corps.

— Je prends votre valise, mademoiselle.

Il fait passer le bagage dans son autre main, puis tend son avant-bras pour aider Evelyn à sortir. Assise à l'arrière du taxi, elle a réussi à supporter les contractions, en serrant les dents, mais tant d'amabilité de la part d'un inconnu lui fait venir les larmes aux yeux. Elle se tient sur le trottoir mouillé et il lui remet sa valise avec un petit sourire.

Elle lui tend les billets.

— Je suis désolée, je ne peux pas vous offrir de pourboire. C'est tout ce qu'on m'a donné.

Il empoche l'argent sans même le compter.

— Pas grave, mademoiselle ! Prenez bien soin de vous, et Dieu vous bénisse, vous et le bébé.

La pluie lui arrose le visage.

— Merci, monsieur.

Sans réfléchir, Evelyn fait un pas en avant et serre le chauffeur dans ses bras. L'homme se raidit, il a un instant d'hésitation avant de lui rendre la pareille. Il lui tapote la tête d'un geste paternel, et Evelyn se sent davantage connectée au monde et à son propre corps qu'elle ne l'est depuis des mois. Elle ferme les yeux et inhale l'odeur inhabituelle du chauffeur.

— Merci, lui murmure-t-elle à l'oreille.

La pluie ruisselle sur la casquette de l'homme et Evelyn sent une goutte qui lui chatouille le nez.

— C'est la moindre des choses, mademoiselle, répondit-il avant de se dégager. J'ai une fille qui a à peu près votre âge. Je voudrais pas qu'elle débarque ici toute seule.

Leurs yeux se croisent à nouveau brièvement avant qu'il reparte en courant vers son siège à l'avant de la voiture et ferme la portière avec un claquement sourd.

Tandis que le taxi s'éloigne, Evelyn, en proie à une nouvelle contraction, se plie en deux sur le trottoir. Résignée, elle titube vers les portes de l'hôpital. Son ventre la précède comme un globe, annonçant sa honte. Sa valise frappe contre la cuisse humide.

Dans le vestibule, deux jeunes femmes la dévisagent à travers le vitrage tout en parlant. Ni l'une ni l'autre ne vient à son secours quand Evelyn se débat avec la porte. Elle garde la tête baissée pour éviter les regards.

Ce n'est pas qu'elle est trop jeune. Des tas de filles de son âge ont des bébés. C'est qu'elle est toute seule, comme l'a dit le chauffeur. Elle vient accoucher à l'hôpital sans compagnie ni chaperon. Ni mari ni mère. La conclusion s'impose bien avant qu'elle n'arrive à l'accueil, face à une infirmière aux cheveux roux et aux yeux gris, dont la bouche peinte, aux lèvres pincées, adore sans doute les ragots.

— Euh, excusez-moi, dit Evelyn. J'ai, euh, j'ai besoin de... (Elle baisse la voix.) Je viens accoucher.

— Sainte-Agnès ? interroge l'infirmière d'une voix sonore qui retentit dans ce vaste espace blanc.

— Oui, comment avez-vous... ?

L'infirmière se lève et fait signe à Evelyn de la suivre.

— Par ici, venez.

Les chaussures mouillées d'Evelyn couinent sur le sol carrelé lorsqu'elle traverse le couloir derrière l'infirmière avec un dandinement de canard. Elle sent qu'elle a les joues en feu chaque fois qu'elle croise quelqu'un, et elle pousse un soupir de soulagement lorsqu'elles entrent enfin dans l'ascenseur et que les portes se ferment, lui offrant un instant d'intimité et de dignité, si bref soit-il. L'infirmière appuie sur le bouton 4 et l'ascenseur se hisse vers l'étage demandé.

— La mère supérieure de Sainte-Agnès nous a téléphoné pour nous annoncer votre visite, finit par dire l'infirmière.

Evelyn acquiesce tout en regardant à quel étage elles en sont.

— Vous n'êtes pas la première. Et vous ne serez certainement pas la dernière. Tâchez de ne pas y penser. Ce sera vite fini.

Les portes se rouvrent. Evelyn bat des paupières pour chasser ses larmes et tente de marcher du même pas que l'infirmière. Après avoir tourné à droite, elles franchissent des portes sur lesquelles un panneau indique l'entrée de la maternité. Sur la gauche, une salle d'attente remplie de chaises. Deux hommes y sont assis, les yeux hagards sous un épais nuage de fumée de cigarette. L'un d'eux somnole, avachi sur son siège. L'autre a croisé la cheville sur le genou opposé, une cigarette à la main, et feuillette un journal déployé. Comme s'il était au jardin public, un dimanche après-midi, totalement insouciant.

L'infirmière pousse les portes et Evelyn suit.

— Cet homme que nous avons vu, dit-elle sans regarder Evelyn. Sa femme est en train de mettre au monde leur sixième enfant. Elle m'a avoué qu'elle n'en aurait voulu que trois, la pauvre.

Elles passent devant quelques chambres, et Evelyn aperçoit des couvre-lits roses, des rideaux jaunes et des bouquets de fleurs dans des vases. L'infirmière la conduit dans la dernière pièce au bout du long couloir, et Evelyn a le souffle coupé. Cette chambre minuscule a un air triste, administratif. Des draperies beiges pendent mollement autour de l'unique fenêtre, une fine couverture de laine dissimule le lit étroit, et l'espace au sol est encore limité par des dizaines de caisses en carton brun qui s'empilent jusqu'à un mètre vingt le long de deux des murs.

— Nous manquons un peu de place, je le crains. Cette pièce nous sert aussi de rangement.

D'une petite commode métallique à côté du lit, l'infirmière tire une chemise d'hôpital qu'elle tend à Evelyn.

— Enfilez ça. Mettez-vous au lit et le docteur viendra vous voir quand il fera sa tournée, tout à l'heure.

Evelyn prend la chemise et hoche la tête.

— Il y a des toilettes de l'autre côté du couloir si vous en avez besoin.

L'infirmière s'interrompt, un éclair de compassion surgit dans ses yeux très maquillés.

— Vous vous appelez comment, déjà ?

Evelyn s'éclaircit péniblement la gorge.

— Evelyn.

— Evelyn comment ?

Cela fait maintenant si longtemps qu'elle n'a plus le droit à un nom de famille. La question remue quelque chose en elle, une soif de vérité.

— Taylor. Evelyn Taylor.

— Très bien, Evelyn Taylor, je vais prévenir le docteur et nous vous ouvrirons un dossier.

Et elle tourne les talons.

— Qu'est-ce qui va se passer ?

La bouche d'Evelyn a laissé échapper ces mots avant qu'elle ait pu se maîtriser.

L'infirmière soupire.

— Ils ne vous expliquent vraiment pas grand-chose, hein ?

Evelyn secoue la tête.

— Non. Rien.

L'infirmière hausse une épaule.

— Ça n'est pas à moi de vous le dire, mais vous allez avoir mal. Préparez-vous. Et la nuit risque d'être longue. En général, vous restez ici quelques jours quand tout se passe bien, puis on vous renvoie au foyer.

— Comment ça, « quand tout se passe bien » ?

— Quand il n'y a pas de complications lors de l'accouchement ou avec le bébé. Si vous vous remettez d'aplomb, s'il n'y a pas d'infections.

Le visage d'Evelyn s'empourpre, elle est gênée par sa propre ignorance, mais elle veut désespérément savoir ce qui va lui arriver, durant la dernière étape de son épreuve.

— Comment ça, « si je me remets d'aplomb » ?

Les yeux de l'infirmière s'envolent vers l'horloge murale. Quelqu'un est appelé dans les haut-parleurs. Elle croise le regard d'Evelyn.

— Ma petite, quand le bébé sort, ça vous déchire le corps. Vous allez avoir très mal entre les jambes. Vous aurez probablement des points de suture. Et si on doit vous faire une césarienne, vous aurez une grande cicatrice.

Evelyn a du mal à tout assimiler.

— Une cé... Qu'est-ce que vous venez de dire ?

— Une césarienne. Une incision de la paroi abdominale. Quand le docteur doit vous ouvrir pour retirer le bébé. Mais il essayera d'éviter ça, ne vous inquiétez pas.

Evelyn a la poitrine comprimée par la panique.

— Comment ça, « m'ouvrir » ?

— Je suis désolée, je n'ai vraiment pas le temps. Je dois retourner à l'accueil. Enfilez votre chemise et mettez-vous au lit. Bonne chance.

Et elle s'en va. Restée seule dans la chambre, Evelyn pose sa valise à côté du lit et ôte avec peine ses bas mouillés en se penchant par-dessus son ventre énorme alors que les contractions la saisissent à intervalles réguliers. Elle pousse un cri, puis se mord la lèvre inférieure, fermant les yeux pour lutter contre la douleur. Une minute plus tard, quand la souffrance retombe, Evelyn ouvre les yeux, inspire à fond, puis exhale longuement. Comme a dit l'infirmière, la nuit risque d'être longue.

À l'autre bout du couloir, une femme émet un hurlement. Evelyn entend une voix d'homme répondre avec sévérité, puis le tic-tac de l'horloge murale. C'est le compte à rebours des secondes pour elle – le temps qui lui reste avant la naissance de son bébé, avant que ce médecin-boucher ne doive peut-être lui ouvrir le ventre.

Evelyn ravale de nouvelles larmes et achève tant bien que mal de se déshabiller, replie ses vêtements avec soin et les range sur la petite commode. Ils sont encore humides, et elle se demande si quelqu'un proposera de les suspendre pour qu'ils sèchent. Elle se hisse sur le lit et remonte la couverture de laine beige par-dessus son ventre et ses seins. Elle tourne la tête vers la gauche. Elle est si habituée à la présence de Maggie dans le lit voisin du sien. Elle aimerait qu'elles puissent traverser ce moment ensemble, comme toutes les autres étapes de leur grossesse.

L'horloge égrène quelques minutes de silence avant qu'une nouvelle contraction démarre. Evelyn rejette un bras sur le côté, cherchant d'instinct une main à tenir. Elle a besoin de quelqu'un pour l'aider, pour écarter ses cheveux de son visage en sueur, pour lui murmurer que tout va bien se passer, qu'elle est courageuse et qu'elle s'en sort très bien. Que le bébé sera bientôt dans ses bras, une jolie petite fille, aux yeux beaux comme un matin d'été. Mais sa main se referme sur du vide, et elle a la certitude de ne jamais s'être sentie aussi entièrement, profondément seule.

***

Trois heures et plusieurs douloureuses contractions plus tard, le médecin entre dans sa chambre. Il se présente comme le Dr Pritchard, puis, sans lui expliquer ce qu'il fait, il soulève les draps et se met à la palper entre les jambes, lui enfonçant ses doigts à l'intérieur. Evelyn hoquette ; elle voudrait pleurer d'humiliation. Il déclare que son col n'est dilaté que sur huit centimètres – elle ignore ce qu'il veut dire – et annonce qu'il reviendra plus tard. Evelyn sort du lit, se sert un verre d'eau, puis se recouche aussitôt, épuisée.

Elle se débat seule toute la nuit, écoutant les infirmières réconforter les autres femmes. Elle tend l'oreille pour saisir la moindre bribe de conversation qui pourrait lui révéler à quoi s'attendre alors que les contractions deviennent de plus en plus fréquentes. À un moment, alors qu'elle se tord à quatre pattes, elle se demande si elle est morte. Et si personne ne venait la voir parce qu'elle est déjà un fantôme ? Peut-être est-elle morte en mettant son enfant au monde ; son âme infortunée est coincée dans ce débarras, condamnée à accoucher pour l'éternité.

Mais quand les contractions se font presque permanentes et qu'Evelyn commence à sentir une pression intense entre ses jambes, son instinct la pousse à crier à l'aide, et le secours arrive enfin. Le Dr Pritchard entre en coup de vent avec l'une des infirmières, elle pousse et crie, écorchée par la douleur, jusqu'au moment où son bébé voit le jour dans une giclée de sang et de liquide visqueux.

Evelyn n'était préparée à rien de tout cela, mais lorsque résonne le premier cri de son enfant, c'est comme le matin de Noël. Comme si son cœur s'était fendu en deux et que l'une des moitiés se trouvait désormais dans cet être minuscule que le docteur tient dans ses mains. Le médecin sourit même à Evelyn par-dessus le drap.

— C'est une fille. Vous allez faire le bonheur d'un couple de braves gens, Evelyn.

Evelyn ne comprend pas vraiment, car toute son attention est accaparée par sa fille. Le visage fripé et violacé du bébé grimace pour protester contre le froid qui règne dans la pièce, et crachouille tout en prenant ses premières respirations. Mais Evelyn n'a jamais rien vu de plus beau. Elle tremble de soulagement, envahie par un sentiment plus écrasant et plus profond qu'aucun autre jamais éprouvé.

Le docteur coupe le cordon ombilical et confie le bébé à l'infirmière, qui s'approche du lavabo. Evelyn contemple son dos pendant que le Dr Pritchard ôte ses gants ensanglantés et lui remet un bloc-notes en désignant une ligne marquée d'un X rouge. Il lui dit qu'elle doit signer avant d'être autorisée à tenir le bébé dans ses bras. Evelyn appose la plus maladroite des signatures. Elle ne regarde même pas le papier ; elle ne peut détacher ses yeux de l'infirmière.

— Ne bougez pas, je reviendrai enlever le placenta et vous recoudre, prévient le docteur en partant.

Evelyn ne s'en soucie guère. Elle voit les petits bras du bébé s'agiter au creux du coude de l'infirmière jusqu'à ce qu'ils soient emmaillotés dans un tissu serré. L'enfant pleure, et Evelyn a le cœur partagé entre l'euphorie et l'angoisse. Lorsqu'elle s'efforce de se redresser, elle sent une palpitation entre ses jambes, et un liquide chaud semble s'écouler. Elle ne regarde pas.

Elle tend les bras vers l'infirmière, les mains tremblantes.

— Je peux la tenir ? S'il vous plaît ?

— Voyez si elle veut téter, dit l'infirmière en dégrafant la chemise d'Evelyn pour dévoiler un sein gonflé.

Evelyn prend le bébé, observe la petite bouche rose qui cherche le téton. Après plusieurs minutes et beaucoup de larmes, l'enfant s'accroche et, tandis que le visage de Leo lui revient en tête, Evelyn sait aussitôt que jusqu'alors elle n'avait jamais ressenti un amour aussi pur. Elle rapproche le bébé au maximum de son corps, caresse ses mèches de cheveux bruns, la peau incroyablement douce de sa nuque.

— Oh mon Dieu, s'exclame-t-elle avec un rire incertain. Elle est tellement *réelle*.

L'infirmière acquiesce :

— J'ai une petite fille, moi aussi. C'est un peu comme voir une autre version de soi-même, non ?

Evelyn est tellement focalisée sur son bébé qu'elle ne relève pas la tête et ne voit pas l'immense tristesse dans les yeux de l'infirmière. Elle ne voit pas que l'infirmière est si tourmentée par sa conscience que, certaines nuits, elle ne parvient pas à dormir.

— Bien, je vous laisse. Le Dr Pritchard repassera dans quelques minutes.

Elle sort sans bruit et referme la porte derrière elle. Evelyn est seule avec son enfant.

— Bonjour, mon joli petit bébé, chuchote Evelyn à l'oreille de sa fille, comme un secret, rien qu'entre elles deux. Je t'attendais.

Et elle embrasse le sommet soyeux de son crâne.

***

Evelyn et sa fille restent plus d'une semaine à l'hôpital ; ils veulent que le bébé ait pris un peu plus de poids avant de la faire sortir. Personne n'a besoin de ce lit, dans un coin oublié de la maternité.

L'infirmière sympathique lui apporte une vraie robe de chambre à porter par-dessus sa chemise de nuit, et le deuxième jour, Evelyn se rend dans la salle d'attente, chaussée de ses propres pantoufles usées, afin d'aller ramasser quelques vieux magazines féminins pour se distraire un peu. Elle a aussi un livre à lire, un roman policier qu'une des jeunes mères a oublié. Son mari le lui a apporté et elle n'en voulait pas. Evelyn ne peut s'empêcher de se demander ce qu'elle ressentirait si le sort l'avait voulu autrement et si elle avait encore Leo pour lui apporter des cadeaux, des fleurs et les vœux de leurs proches, pour lui masser les pieds, pour lui mentir et lui dire qu'elle paraît fraîche et radieuse.

Pas fatiguée du tout, ma chérie. Ne t'inquiète pas.

Evelyn se promet de transmettre à Maggie tout ce qu'elle pourra concernant le processus de l'accouchement avant que son amie ait à subir les mêmes choses. Dès qu'elle rentrera à Sainte-Agnès, elle sera logée séparément, dans le dortoir des accouchées, mais elle prévoit de murmurer les détails à son amie pendant l'heure d'études bibliques, ou durant la promenade. S'il le faut, elle se glissera dans le dortoir de Maggie en pleine nuit. Tout pour s'assurer que Maggie puisse se préparer non seulement au travail, mais aussi à l'amour surnaturel que lui inspirera son enfant lorsqu'on le lui placera dans les bras. C'est cet amour qui rend Evelyn plus heureuse qu'elle ne l'a été depuis plus d'un an. Peut-être depuis toujours.

Ce qu'elle préfère, c'est aller à la pouponnière voir son bébé. Parfois, il y a là d'autres mères, ou des pères, mais le plus souvent elle y est seule, le front et les mains appuyés à la vitre, désireuse de s'approcher au maximum de sa fille. Ses mains la démangent lorsqu'elle ne tient pas son bébé, et elle croit même sentir encore des coups de pied à l'intérieur de son ventre. On ne la lui donne à allaiter qu'une fois par jour. Le docteur dit que le lait en poudre est meilleur pour la santé de l'enfant, mais cette petite bouche rose manque à Evelyn.

Le cinquième jour, Evelyn s'aventure parmi les couveuses en fin d'après-midi, un gobelet de café insipide à la main. Il y a deux hommes aujourd'hui, un grand rouquin d'une vingtaine d'années, guère plus âgé qu'elle, et un monsieur plus vieux, aux tempes grisonnantes, très distingué. Evelyn s'avance sur la pointe des pieds, les yeux baissés. Le sentiment de honte s'est un peu atténué ces derniers jours. Elle redoute encore que les autres parents ne sachent d'où elle vient, ou ne remarquent que jamais aucun homme ne l'accompagne pour venir admirer le bébé comme le font les pères pleins de fierté.

— Lequel est le vôtre ? demande le vieux monsieur au rouquin.

— Celui-là, répond-il en désignant une layette bleue avec l'étiquette « George ». Le prénom de mon père. Notre premier.

Il sourit, les mains dans les poches de son pantalon.

— Bien joué !

L'autre lui met une claque dans le dos comme un entraîneur de hockey complimentant le meilleur membre de l'équipe.

— Merci. Et vous ?

— Par ici, fait l'homme avec un signe de tête. Gracie. Notre sixième et dernière, je l'espère, mais on ne sait jamais. Parfois, il n'y a pas moyen d'éviter ça, pas vrai ?

Il donne un coup de coude au plus jeune, qui ricane.

Evelyn repart dans le couloir pour mettre un peu d'espace entre ces hommes et elle, mais ils ne semblent même pas s'apercevoir de sa présence.

— Beaucoup de bébés, ce printemps, poursuit l'homme, comme un fermier évaluant sa récolte. Je n'en ai jamais vu autant à la fois. J'aime bien regarder les prénoms. Imaginer ce qu'ils deviendront. De quel genre de famille ils viennent. De bonne souche pour la plupart. Deux ou trois nègres de temps en temps, malgré tout. Pas mal de Juifs, aussi. (Le sourire du plus jeune s'évanouit.) Et j'en ai déjà vu un autre comme celui qui est là-bas dans le coin. Ils ont toujours une étiquette différente.

Evelyn cesse de respirer lorsqu'elle comprend qu'il désigne sa fille. Sœur Marie-Thérèse leur a dit que les adieux seraient plus faciles si elles ne donnaient pas de nom à leur enfant. Et puis personne ne lui a demandé si elle avait déjà choisi un prénom.

— Il est minuscule, celui-là. Il n'a pas l'air aussi bien portant que les autres.

Evelyn est piquée. Comment était-elle censée donner naissance à un gros bébé, avec les rations qu'on leur servait au foyer ?

— Je me suis déjà demandé s'ils avaient une maladie ou quelque chose, reprend l'homme. Un jour j'ai interrogé une des infirmières. J'ai dit : « Si celui-là a un problème, je ne veux pas qu'il dorme à côté de mon gosse ou avec les autres gamins en bonne santé ! » Mais elle m'a répondu que c'était juste l'endroit où ils mettaient les bébés des putes. Comme ils seront adoptés, ça ne servirait à rien de leur mettre une étiquette, puisque leur prénom va changer.

Le jeune père fronce les sourcils, se recule de la vitre.

— Bon, il faut que je retourne voir ma femme.

— Très bien. Encore toutes mes félicitations à vous et à madame.

— Merci.

Ils se serrent la main, le plus jeune pivote sur ses talons et part vers l'autre bout du couloir.

Evelyn a le vertige, elle a l'impression qu'elle va vomir. Elle baisse la tête pour dissimuler son nez rouge et enflé, elle tente de suivre le père qui s'éloigne, mais l'homme plus âgé est trop rapide pour elle.

— Bonjour, ma belle ! rugit-il, avec une haleine qui empeste le tabac froid. Je ne vous avais pas vue. Vous venez voir votre petit ? C'est lequel ?

Elle est incapable de répondre. Elle s'enfuit, franchit les portes de la maternité, court aussi vite que le lui permettent ses points de suture, les nœuds de la chemise d'hôpital volant dans son dos. Elle s'arrête seulement lorsqu'elle atteint le bout du couloir et qu'il n'y a plus nulle part où aller.

9

Nancy

Printemps 1980

0 – 4 – 2 – 5 – 6 – 1

Avec cette nouvelle combinaison, l'étui en cuir s'ouvre sans la moindre résistance. Nancy se sent toute barbouillée. Elle ouvre délicatement le couvercle pour découvrir le contenu.

Ce sont des chaussons de bébé jaune pâle, tricotés, en parfait état.

Nancy est intriguée. Pourquoi cacher ainsi quelque chose d'aussi ordinaire ? Ces chaussons sont-ils les tout premiers qu'elle a portés ? Cette boîte sert peut-être à les protéger, rien de plus. Nancy les retourne dans ses mains, les examine, et alors elle sent quelque chose de dur dans l'un d'eux. Elle y glisse les doigts et récupère le coupable : un minuscule bout de papier, plié et replié plusieurs fois.

Elle le déplie.

Jane, Je m'appelle Margaret Roberts et je suis ta mère. Je t'aime. Je ne voulais pas t'abandonner. Je ne cesserai jamais de te rechercher. J'espère que tu seras heureuse. Jusqu'à la fin de ma vie, je t'aimerai toujours.

Les doigts de Nancy tremblent si fort qu'elle laisse tomber le papier.

Le choc s'abat sur elle par vagues froides. Ses oreilles bourdonnent dans le silence assourdissant de la pièce, sa vision se trouble. Elle a la nausée, se sent engourdie, à bout de souffle. Le commentaire de sa grand-mère n'était pas un lapsus. Elle est complice du mensonge. Qui d'autre est au courant ? Combien de ses proches lui cachent ce secret ?

Nancy ramasse le message, le tient avec les chaussons au creux de ses mains, comme une bombe, en équilibre. Elle sent leur chaleur, leur lourdeur. Si elle parvient à rester immobile, les yeux fixés sur eux, sans même oser respirer, elle pourra peut-être les remettre dans l'étui et éviter l'explosion.

Comme elle est bête de ne pas s'être doutée qu'il serait dangereux d'ouvrir cette boîte ! De venir la chercher et, par un geste stupide, puéril, de faire tournoyer son monde sur tous ses axes ! Elle maudit son propre entêtement.

Tes affaires ne concernent que toi.

Essayant d'avaler la boule sèche qu'elle a dans la gorge, Nancy pose les chaussons et le papier aussi délicatement que possible, à terre à côté de la boîte ouverte. Elle tressaille en retirant ses mains, attendant encore la détonation.

Elle essuie ses larmes avec le revers de sa main, puis se lève avec difficulté, se rue vers la coiffeuse pour tirer un mouchoir en papier de la boîte dissimulée dans un coffret en plastique rose. Tout en se mouchant, elle contemple les pièces à conviction. L'étui est grand ouvert, comme la poitrine d'un cadavre sur une table de dissection. Il brille dans la lumière qui envahit la chambre par la grande fenêtre située au bout du couloir.

Et maintenant, qu'est-ce que je fais ? se demande Nancy. S'emparer de l'étui et attendre en bas le retour de ses parents ? Les confronter à une réalité qu'ils croyaient avoir parfaitement dissimulée ? Elle veut une réponse au geyser de questions qui jaillit dans son esprit. Jusqu'où ses parents sont-ils allés afin de l'adopter ? Quel enfer ont-ils vécu en tâchant vainement d'enfanter ? À moins que cette adoption n'ait été un simple geste de philanthropie chrétienne ? L'estomac de Nancy se barde d'acier froid lorsqu'elle comprend soudain pourquoi sa mère l'a toujours surprotégée.

« Oh, nous avons tout essayé, tout, et puis tu es arrivée, lui a un jour raconté sa mère. Notre petit don de Dieu. »

Nancy tressaille à ce souvenir, car elle sait maintenant que c'était un mensonge. Ou une vérité habilement arrangée. En contemplant le petit étui en cuir, elle a peine à croire qu'il ait pu contenir un secret aussi énorme.

Elle ne sait que faire de cette information. Elle ne pourra pas longtemps la garder pour elle, mais elle ne sait pas où la mettre. Cela consomme tout l'espace affectif dont elle dispose, et menace de l'étouffer en escaladant sa gorge, comme un insecte qu'elle aurait avalé vivant. Elle ressent tout à la fois. Elle a envie d'insulter ses parents – ses *parents* ? –, de leur reprocher d'avoir maintenu son identité secrète pendant si longtemps, sans que rien n'indique qu'ils comptaient la lui révéler un jour.

À cet instant, elle entend des enfants jouer dans la rue, faire du vélo en cette soirée de printemps. Elle repense à sa propre enfance, pleine d'amour, de joie et de confitures maison. D'histoires pour s'endormir et de camping l'été. La meilleure enfance dont on puisse rêver, vraiment. Ses parents sont toujours ses parents. Ils l'ont élevée et aimée. Lui a-t-il manqué quoi que ce soit ?

Nancy prend le papier dans une main, les chaussons jaunes dans l'autre. Elle relit le message quatre fois, cette unique phrase qui s'imprime sur son cœur comme une marque au fer rouge.

Je m'appelle Margaret Roberts, et je suis ta mère.

Margaret Roberts.

Elle répète ces mots dans sa tête, elle voit les lettres se former dans son esprit comme le nom de l'actrice principale sur un écran de cinéma. Sauf qu'ils sont tracés dans l'écriture peu familière de Margaret. L'écriture de sa mère.

— Qui es-tu ? demande-t-elle aux murs.

Et pourquoi Margaret a-t-elle confié Nancy à l'adoption alors qu'elle affirme, sur ce billet griffonné, avoir voulu la garder ? Une nouvelle idée lui donne un haut-le-cœur : pourquoi n'a-t-elle jamais essayé de la retrouver ? Si ce qu'elle a écrit est vrai, et si elle n'a jamais voulu renoncer à son bébé… Nancy n'ose pas imaginer la suite. Peut-être sa mère a-t-elle changé d'avis après avoir rédigé ce message. Peut-être ne voulait-elle pas d'enfant, après tout.

Mais ses parents, eux, l'ont bel et bien voulue. Ils se sont donné beaucoup de mal pour l'adopter, non ? N'ont-ils pas montré à Nancy combien elle compte pour elle, combien ils l'aiment ? Méritent-ils la douleur de savoir que leur enfant unique se méfie d'eux au point de fouiller leur chambre pour démasquer leur mensonge ? Ils n'ont peut-être jamais trouvé ce message, caché dans les chaussons. Ou bien ils l'ont lu et ils ont essayé de contacter sa mère biologique. Peut-être cherchent-ils seulement à la protéger.

Peut-être.

Le soleil se couche. Nancy reste pétrifiée, assise sur la moquette dans la chambre de ses parents, pendant que la lumière orange se répand par la fenêtre.

La pièce est plongée dans l'obscurité lorsqu'elle replie le message et le remet au fond de l'un des chaussons. Elle replace les chaussons dans la boîte et la ferme, puis fait pivoter les molettes pour brouiller la combinaison.

Elle se dirige vers le tiroir ouvert, dont elle a déposé le contenu sur le dessus de la commode en prenant soin de ranger les objets comme elle les a trouvés. Nancy glisse l'étui de cuir à sa place dans le coin poussiéreux. Elle soupire profondément avant de refermer le tiroir, puis elle quitte la chambre en titubant, comme si ses jambes ne lui obéissaient plus tout à fait. Elle sent encore le parfum de sa mère, qui la suit hors de la chambre comme un amant accusateur.

Elle s'arrête sur le palier pour écouter les fantômes.

Sa mère qui l'appelle depuis le salon, pour qu'elles aillent ensemble à la messe du dimanche matin. Son père qui bougonne d'une voix tendre malgré tout, « Bonne nuit, Coccinelle » lorsqu'il éteint la lumière et laisse la porte de sa chambre juste assez entrouverte pour que le clair de lune entre par la fenêtre du couloir et apaise sa peur du noir. Le grincement du plancher juste devant sa chambre, si incommode pour rentrer en toute discrétion après le couvre-feu.

Nancy passe la main sur la balustrade et se souvient d'avoir crié, de cet endroit précis, lors de sa première grande dispute avec Frances, au moment où elle a déménagé pour aller à l'université.

— Mais ce n'est qu'à quelques arrêts de tramway !

— Tu n'es même pas mariée ! avait protesté sa mère. Pourquoi veux-tu nous quitter ? Qu'est-ce que les gens vont penser ?

Le père de Nancy avait fini par calmer sa mère en lui rappelant que leur fille était adulte et que, de toute façon, elle serait partie de la maison tôt ou tard. Il comprenait son besoin d'indépendance, d'une vie échappant à la supervision de sa mère. Ce n'était pas un bavard, et il dirigeait la maisonnée comme une sorte d'inspecteur bienveillant. Mais il aimait profondément Nancy et elle avait toujours su qu'il ferait n'importe quoi pour elle.

Nancy descend l'escalier comme en transe, puis entre dans la cuisine dans un état second. Elle allume quelques lampes qui éclairent soudain les plans de travail impeccables. Elle remplit la bouilloire et s'affaire avec des feuilles d'Earl Grey, qu'elle répand à côté de la boule à thé. Elle les récupère distraitement, puis les jette dans la poubelle, sous l'évier. Une minute plus tard, le sifflement de la bouilloire la fait sursauter et elle manque de se brûler le poignet dans son empressement à la retirer de la plaque chauffante.

Les larmes s'accumulent dans ses yeux tandis qu'elle regarde le thé brunir dans la tasse en porcelaine. Elle insère sa main dans la boîte à biscuits et en engloutit un, fourré à la framboise, puis elle entend aussitôt, dans sa tête, sa mère la réprimander pour ses mauvaises manières.

Sa mère. Sa mère, c'est Margaret Roberts.

Nancy laisse les larmes couler sur son visage. Le seul bruit provient de la grande horloge du vestibule. Au rythme de son tic-tac, les pensées de Nancy s'alignent l'une derrière l'autre.

— Je m'appelle Jane.

Elle prononce ces mots à haute voix dans la cuisine vide. Personne ne l'a entendue. Personne ne le saura.

Quand Nancy termine son thé, elle lave la tasse et la pose sur l'égouttoir. La cuisine sent maintenant le liquide vaisselle au citron que sa mère utilise depuis toujours, qui ramène Nancy aux samedis de son enfance, quand elle regardait Frances nettoyer les sols pendant qu'elle-même faisait la vaisselle.

Elle ne peut pas questionner ses parents à ce sujet. Du moins pas ce soir. Elle doit regagner son appartement, où il n'y a pas de fantômes dans tous les coins et elle pourra réfléchir à tout cela de façon claire et rationnelle.

Elle se dirige vers la porte d'entrée, retenant sa respiration pour éviter l'odeur du liquide vaisselle. Toute sa vie, Nancy associera la culpabilité et la trahison à ce parfum de détergent au citron.

10

Evelyn

Printemps 1961

LA TÊTE D'EVELYN PART EN ARRIÈRE quand sœur Marie-Thérèse lui administre une violente claque sur la joue.

— Le Seigneur m'est témoin que si vous ne vous calmez pas à la minute, vous perdrez le privilège de dire adieu au bébé. Calmez-vous, Evelyn !

Evelyn digère la gifle, agrippée au bras du fauteuil où elle est assise, dans la « salle des adieux ».

La salle des adieux, comme l'ont baptisée les filles, est à peine plus grande qu'un placard, au bout d'un couloir du deuxième étage. Il n'y a même pas de tapis, rien que le plancher nu pour supporter le poids grinçant de deux grands rocking-chairs, dont les coussins bleus fatigués s'affaissent lamentablement. Une pièce isolée, réservée, où elles ne remettront plus jamais les pieds, officiellement pour ne pas revivre la douleur de la séparation d'avec leur enfant. Comme si cette angoisse viscérale pouvait rester enfermée entre quatre murs minces comme du papier à cigarette. La souffrance suinte à travers les moindres fissures. Elle jaillit comme un fleuve en crue entre les lattes du parquet usé, comme une eau chargée de limon et empuantie par le regret.

Toutes les autres filles ont été envoyées s'acquitter de leurs corvées ou attendre dans le salon, afin de ne pas être témoins de la tragédie d'Evelyn ; elles savent que leur heure viendra tout aussi sûrement, ce n'est qu'une affaire de semaines. Mais ce protocole n'est pas motivé par la compassion.

C'est un dispositif anti-émeute.

Malgré le choc et la brûlure de la gifle, Evelyn ne perd rien des subtilités du discours de sœur Marie-Thérèse. Pas *son* bébé. Jamais son bébé. *Le* bébé. Le bébé du couple. Le produit. Evelyn éprouve une soudaine envie de répliquer, mais ses yeux aperçoivent à temps le fouet glissé dans la ceinture de la Chienne de garde.

— Bien. À présent, signez ceci.

Sœur Marie-Thérèse tend à Evelyn une feuille et un stylo.

— Qu'est-ce que c'est ?

— Un document par lequel vous vous engagez à ne jamais partir à la recherche du bébé. Un contrat tout à fait ordinaire.

— J'ai déjà signé quelque chose à l'hôpital.

— C'étaient les papiers pour l'adoption. Celui-ci confirme qu'en choisissant d'abandonner l'enfant, vous renoncez à tout contact ultérieur.

Evelyn sent dans sa main moite le stylo froid et lisse. La haine monte dans sa gorge comme de la lave, mais lui brûle la langue avant qu'elle puisse cracher à la figure de la Chienne de garde.

— Je n'ai rien choisi.

— Oh que si ! Ne vous faites pas d'illusions. Vous devez signer, Evelyn, sinon vous ne verrez pas le bébé.

Evelyn étale le papier sur ses genoux. C'est une page dactylographiée où son nom a été inscrit. Sa fille y est mentionnée comme « Bébé Taylor ». En dessous, les mots « père inconnu ». Son cœur est saisi d'un sursaut de chagrin pour Leo, de colère à le voir aussi allègrement écarté de sa propre chair. Evelyn se lèche les lèvres, puis retient sa respiration et, avec le serment silencieux de ne jamais respecter ce contrat, elle signe sur la ligne. Avant que l'encre soit sèche, la Chienne de garde lui arrache le papier et quitte la salle des adieux en fermant la porte derrière elle.

Evelyn entend la voix de Maggie de l'autre côté. La religieuse lui dit quelque chose, et la porte se rouvre. Maggie se glisse à l'intérieur, le visage blême derrière son sourire triste.

— Salut, dit-elle en prenant place face à Evelyn.

— Merci d'avoir accepté, Maggie. Je sais que ce n'est pas… ça ne peut pas être facile pour toi de revenir ici.

La voix d'Evelyn s'étrangle. La poitrine de Maggie se soulève et retombe. Le soleil qui se déverse par la fenêtre éclaire ses cheveux comme une auréole.

— Non, mais je regrette qu'il n'y ait eu personne avec moi.

Les règles de sœur Marie-Thérèse autorisent les filles à avoir avec elles une autre détenue en guise de soutien moral dans la salle des adieux, mais seulement si l'autre a déjà pris congé de son propre bébé. Maggie a accouché avant terme, quelques jours après la délivrance d'Evelyn. La famille adoptive est venue chercher le bébé de Maggie le soir où elle est rentrée de l'hôpital. Elle a été envoyée en salle des adieux aussitôt après le dîner. Comme Evelyn n'avait pas encore cédé sa fille à des parents adoptifs – qui étaient encore en train de préparer leur chambre d'enfant, paraît-il –, elle n'a pas eu le droit d'accompagner Maggie. Elle n'a jamais vu le bébé de son amie. Ce jour-là, Maggie a été transférée dans le dortoir des accouchées, mais Evelyn a traversé le couloir pour aller la rejoindre dans son lit, la serrer tendrement et lui caresser les cheveux tandis qu'elle pleurait au creux de son épaule.

— Je suis désolée, Maggie, dit à présent Evelyn en pressant la main de son amie dans la sienne.

Maggie reste de marbre. Depuis quelques jours, elle s'est fermée, et elle a visiblement maigri.

— Pas grave. C'est tombé au mauvais moment. Tout est tombé au mauvais moment.

Evelyn acquiesce, rejette les épaules en arrière. Elle doit contrôler ses émotions comme l'a fait Maggie, sinon son bébé s'en ira sans qu'elle puisse lui dire au revoir.

Si seulement son frère avait réagi à l'une de ses lettres ! Elle pourrait leur confier son bébé, à sa femme et à lui, pour qu'ils l'accueillent comme leur enfant. Evelyn rêvait de gâteau d'anniversaire avec glaçage au citron, de chapeaux en carton, et de cadeaux offerts par celle que sa fille pourrait appeler « Tata ». De jolies robes qu'elle coudrait pour la petite fille. Elle la consolerait après son premier chagrin d'amour, elle boirait une coupe de champagne lors de son mariage en faisant passer son affection pour celle d'une tante qui adore son unique nièce. Une adoration bien dissimulée.

Si seulement.

Si seulement elle avait quelque chose à donner à sa fille comme gage, pour lui rappeler que sa mère a existé, qu'elle l'a portée et lui a donné le jour, qu'elle l'a tenue et lui a chuchoté « Je t'aime » à l'oreille.

— Tiens, je ne suis pas venue les mains vides.

Comme si elle lisait dans les pensées d'Evelyn, Maggie se penche pour lui remettre un morceau de papier et un stylo qu'elle tire de la poche de sa jupe en lin.

— J'ai écrit un message pour mon bébé et je l'ai glissé au fond des chaussons que j'avais tricotés. Je les ai mis dans la couverture. Ça m'étonnerait qu'elle le lise un jour, mais je n'avais pas d'autre idée. Je ne pouvais pas la laisser partir sans un peu de moi.

Maggie pince les lèvres. Evelyn a le cœur qui bat à tout rompre. Elle tourne les yeux vers la porte.

— Je... Je ne sais pas quoi dire.

— Dis-lui simplement que tu l'aimes. C'est tout ce qu'elle a besoin de savoir. C'est ce que j'ai écrit à ma petite fille. Que je l'aimerai toujours.

Evelyn griffonne quelques mots, refoulant ses larmes, dont plusieurs coulent néanmoins sur le papier. Elle enverra un fragment de son cœur brisé avec le petit paquet que, dans à peine quelques heures, une autre femme tiendra dans ses bras après avoir offert plusieurs liasses de billets pour pouvoir se prétendre mère. Evelyn s'étouffe à cette idée, tandis qu'elle plie le papier pour former le plus petit carré possible, et le glisse sous sa cuisse alors que la porte de la salle des adieux s'ouvre.

Sœur Marie-Agathe apparaît avec le bébé, et Evelyn est contente. À un moment comme celui-ci, elle ne supporte pas de voir sa fille dans les bras de la Chienne de garde. La religieuse tient l'enfant avec autant de soin qu'Evelyn, contemple son front lisse et parfait sous le duvet de cheveux soyeux. Le bébé est enveloppé dans une couverture plus jolie que d'habitude. Elle est même belle, cette couverture tricotée main en laine rose très pâle, comme la truffe d'un chaton. Sarcastique, Evelyn songe que le foyer veut faire bonne impression aux parents adoptifs lorsqu'ils viennent chercher leur achat.

— Bonjour, les filles, dit sœur Marie-Agathe en confiant le paquet rose à Evelyn. Tenez, Miss Evelyn. En principe, c'est seulement cinq minutes, mais je ferai durer au maximum, murmure-t-elle comme s'il s'agissait d'un secret, ou de sa peur la plus profonde.

Evelyn est incapable d'articuler un mot.

— Merci, sœur Marie-Agathe, prononce Maggie d'une voix pâteuse.

La religieuse hoche la tête. Elle évite de croiser le regard des filles, même si elles ne sont qu'à trente centimètres d'elle.

— Je suis vraiment désolée.

Elle sort en fermant délicatement la porte, et Evelyn contemple une dernière fois le visage de sa fille.

— Ma petite chérie, chuchote-t-elle dans l'oreille du bébé endormi.

Le visage de l'enfant est serein et, dans une explosion de panique, Evelyn se rend compte qu'elle doit mémoriser chaque détail : la courbe du petit menton, les longs cils – si foncés qu'ils semblent humides –, les pommettes hautes et le nez incurvé. Elle jure qu'elle passera le restant de ses jours à chercher ce menton, ces cils et ce nez sur le visage de tous les enfants, de toutes les adolescentes et de toutes les jeunes femmes qu'elle croisera dans la rue. Elle veut pouvoir regarder le visage de sa fille et dire : « Je te connais. Tu es à moi. »

Evelyn aimerait que sa fille soit éveillée afin qu'elle puisse voir ses yeux, mais elle n'oserait la déranger quand elle est si paisible. Elle se contente donc de poser son petit corps contre sa poitrine, très doucement. Depuis l'hôpital, elle n'a pas été autorisée à l'allaiter, mais elle tient quand même le bébé contre elle, espérant contre tout espoir que sa fille se rappellera les battements de cœur de sa mère, l'odeur de son haleine, le grain de sa peau à la naissance de sa gorge.

Quelque chose. N'importe quoi.

Elle inspire timidement, puis expire aussi lentement que possible. Elle entend les voix des filles dans la cuisine, les casseroles qui s'entrechoquent tandis que l'on prépare le déjeuner. Une journée comme les autres.

— Elle est belle, Evelyn, souffle Maggie.

Evelyn détache son regard de son bébé.

— Je suis sûre que la tienne était belle aussi.

Les larmes finissent par tomber du menton de Maggie. Le soleil se répand par la fenêtre. Tout est illuminé.

Evelyn cherche le message plié sous sa cuisse. Elle détache une partie de la couverture et glisse le papier tout au fond des plis, elle l'enfouit de son mieux. Elle enveloppe à nouveau sa fille et réussit à sourire.

— Dix doigts, dix orteils, deux yeux, deux oreilles, une bouche et un nez, chantonne Evelyn, récitant la comptine qu'elle a inventée pendant leur séjour à l'hôpital.

Elle promène le bout de son index sur le haut du front de son bébé, entre ses yeux, puis sur l'arête de son nez.

Elle effleure le sommet du crâne de sa fille, se penche et inhale son odeur. L'horloge fixée au mur égrène impitoyablement les minutes cruelles, lui rappelant que chaque seconde est précieuse.

Ne regarde qu'elle, dit l'horloge.

Tic.

Voilà.

Tac.

Tu n'en auras pas plus.

Tic.

Fais bien attention.

Tac.

Clic. Le sort est rompu quand sœur Marie-Agathe rentre sans bruit dans la pièce.

— Il est l'heure, Miss Evelyn.

— OK.

— Je suis désolée.

— Non, non, ça va.

Evelyn hoche la tête, bat rapidement des paupières pour chasser ses larmes, mais il n'y a plus moyen de les arrêter.

Elle adresse un dernier regard à sa fille, ses yeux enflés s'attardent sur ce petit visage. Maîtrisant sa panique, elle se surprend à tourner les yeux vers la fenêtre, mais bien sûr elle est verrouillée, et elles sont au deuxième étage. Comme Maggie l'a dit, cette prison a été bien conçue, c'est une série de pièges et de cages disposés à l'intérieur d'un labyrinthe de confusion et de mensonges. Il n'y a qu'une issue, et les prisonnières ne sortent pas tant qu'elles n'ont pas réglé leur dette entièrement.

Evelyn a les bras qui tremblent, elle ne peut s'en empêcher, et elle redoute un moment de laisser tomber sa fille. Mais sœur Marie-Agathe tend les bras et prend le bébé. La transaction est complète.

— Au revoir, mon bébé, murmure Evelyn, les genoux maintenant inoccupés. Je t'aime, ma chérie. Pardonne-moi, je t'en supplie. Pardonne-moi…

Elle ne peut que suivre des yeux la religieuse qui emporte son bébé et referme la porte derrière elle. Elle lutte contre le feu qui s'allume dans sa poitrine. Elle ne veut pas que sa fille entende, qu'elle se souvienne de la souffrance de sa mère, sa voix ne doit pas être plus sonore qu'un doux chuchotement. Une fois la porte fermée, Evelyn s'effondre à terre. Maggie pleure, elle aussi, et Evelyn ressent une intense gratitude pour le sacrifice de son amie. Celle-ci s'agenouille sur le plancher et Evelyn pose sa tête dans le giron de Maggie qui écarte ses cheveux de son visage mouillé par les pleurs.

Lorsqu'elle est sûre que sœur Marie-Agathe est en bas, Evelyn se remplit les poumons, puis pousse un hurlement de douleur que la minuscule salle des adieux ne saurait absorber. Ce cri imprègne les murs et le plafond, se répercute dans la poitrine d'Evelyn car il n'a nulle part ailleurs où aller. Il lui consume le cœur et les poumons, tandis que son visage se chiffonne.

— Chut, chut, marmonne Maggie en essuyant d'une main froide les larmes sur les joues d'Evelyn. Tout va bien se passer. Un jour, tout ira bien. Il faut y croire.

En bas, dans la minuscule nurserie, près du bureau de la Chienne de garde, sœur Marie-Agathe ferme les yeux et plaque ses petites mains sur les oreilles du bébé. Dans la cuisine, les filles s'interrompent, pétrifiées par ce cri. Le souffle coupé, l'image rêvée du visage de leur enfant leur apparaît à l'esprit. Leurs mains se baissent vers leur ventre jusqu'à ce que le son s'éteigne, puis elles poussent un soupir de soulagement et tentent de chasser la pensée de l'inévitable.

Mais ces idées s'accrochent dans un coin de leur cerveau et refusent de partir. Elles entendent le flic-flac des sandales de la Chienne de garde qui monte les escaliers, et elles se remettent vite au travail. Elles vaquent à leurs tâches alors que l'agitation à l'étage supérieur n'est plus qu'un bruit de fond. Evelyn émet à présent un cri d'un genre différent. Maggie proteste vigoureusement, elle tente de protéger son amie. Evelyn continue à hurler. Et les filles de la cuisine essuient les assiettes et balayent le sol tandis que retentissent les coups répétés du fouet de la Chienne de garde.

***

Evelyn sait qu'elle devrait déjà être habillée. C'est un mercredi matin, trois semaines après que son bébé lui a été pris. Elle est encore au lit, les draps remontés par-dessus sa tête, les genoux repliés en position fœtale pour être sûre qu'ils soient sous la couverture trop courte. Les coups distribués par la Chienne de garde ont laissé sur ses avant-bras des cicatrices qui n'ont pas tout à fait disparu, mais ses points de suture sont presque entièrement résorbés, même si elle ressent encore une douleur sourde lorsqu'elle se rappelle l'accouchement.

Son lait s'est tari, et elle commence à reprendre possession de son corps. Cette pensée lui donne envie de pleurer. Evelyn sacrifierait tout pour pouvoir à nouveau partager son corps avec son bébé. Comment a-t-elle pu ignorer combien elle était chanceuse d'être enceinte ? L'inconfort, la fatigue, les nuits blanches ponctuées par les coups de pied du bébé, tout cela était une bénédiction ! Elle souhaitait alors que le temps passe plus vite, comme si la grossesse était une malédiction dont elle sortirait triomphante, alors que c'était le plus grand des bonheurs. Elle se demande vaguement si, de manière inconsciente, son bébé regrette le sein de sa mère, l'odeur de sa peau et le réconfort de ses bras.

Quel rêve idiot, se dit Evelyn. Son bébé ne se souviendra jamais d'elle.

Toutes les matinées se ressemblent, depuis qu'elle lui a dit adieu. Elle espérait que, peu à peu, elle redeviendrait elle-même, mais son moi d'autrefois a disparu. Il est mort. Bon débarras. Cette fille-là ignorait tout de la joie, de l'amour, de la perte. Elle comprend à présent pourquoi Emma pleurait le matin, ses sanglots résonnant dans le couloir depuis le dortoir postnatal où Evelyn et Maggie couchent désormais. Elles étaient tristes pour elle, bien sûr, mais Evelyn ne se doutait pas de ce qu'elle ressentirait. Elle se rappelle que les yeux d'Emma sont devenus comme des cavernes après qu'on lui a pris son bébé. Evelyn l'a vue arriver à la porte, à son retour de l'hôpital, et elle n'était plus la même. Elles l'ont vue errer dans les couloirs comme une âme en peine, jusqu'au jour où elle a pu rembourser sa dette et s'en aller enfin. Evelyn soupçonne qu'elle paraît maintenant aussi égarée et immatérielle qu'Emma autrefois. Elle regrette de ne pas avoir été plus gentille avec elle.

— Evelyn, dit Maggie depuis le seuil de la porte, et Evelyn serre les yeux plus fort. C'est presque l'heure du petit déjeuner. Si tu ne descends pas bientôt, la Chienne de garde va monter. Allez, viens.

Evelyn abaisse un peu les draps pour dévoiler son visage. Maggie se tient à son chevet, les mains sur ses hanches maigres.

— Je n'ai pas faim, grommelle Evelyn. Mais toi, tu dois manger. Tu es squelettique, Maggie.

Maggie soupire et s'assied sur le bord du lit.

— Tu ne peux pas continuer comme ça. Il faut que tu te lèves.

— C'est si dur.

— Je sais. Je le sais bien.

Evelyn chasse la morve qu'elle a dans la gorge.

— Tu as l'air si forte, Maggie. Pourquoi ne suis-je pas comme toi ?

— Je ne le suis pas, en réalité, je n'arrête pas de penser à Jane...

Elle laisse sa phrase en suspens, contemplant ses genoux.

Sœur Marie-Agathe apparaît, la mine tendue.

— Les filles ? Vous allez être en retard au petit déjeuner.

— Nous sommes désolées, sœur Marie-Agathe. Nous descendons tout de suite.

La religieuse fronce les sourcils à l'adresse d'Evelyn et hésite avant de tourner les talons et de disparaître dans le couloir.

— Tu as donné un nom à ton bébé ? chuchote Evelyn.

— Oui.

— Mais on n'a pas le droit.

— Je sais. Je l'ai fait quand même.

Cet instant ressemble à celui où chacune a révélé son nom à l'autre, c'est une révolte miniature qui les étonne toutes les deux.

— Parfois, je regrette qu'on n'ait pas essayé de s'enfuir, la première fois où tu l'as suggéré, dit Maggie en grattant un petit trou dans la couverture, fuyant le regard d'Evelyn. Tu avais raison, je crois.

— Non, c'est toi qui avais raison. Nous n'avions nulle part où aller.

— C'est vrai. Mais je veux dire que tu étais forte, à cette époque-là. Tu vas le redevenir. C'est en toi, je l'ai vu. (À présent, elle baisse les yeux vers Evelyn.) Nous devons continuer à avancer, Evelyn. Quand on sera sorties d'ici, il y aura peut-être un moyen de retrouver nos filles. Mais énerver la Chienne de garde tant qu'on est coincées entre quatre murs… ça ne nous vaudra que des ennuis à court terme, et ça n'arrangera rien sur le long terme. Comme je te l'ai dit dans la salle des adieux, il faut qu'on continue à croire que tout ira bien. On n'arrêtera jamais de les rechercher, Evelyn. Et on les retrouvera. Il faut juste être patientes, ajoute-t-elle en baissant la voix. Ce n'est pas la fin. Je te le promets.

Maggie se lève et remonte les draps jusqu'en haut. Evelyn gémit dans son oreiller mais ne bouge pas.

— Ce serait pareil si c'était la fin, dit-elle.

***

Deux semaines plus tard, Evelyn a enfin l'occasion de parler à sœur Marie-Agathe seule à seule. Ce fichu foyer est tellement bondé que les filles et le personnel se marchent sur les pieds. Pas moyen d'avoir une seconde à soi.

Elle repère la religieuse dans le jardin, lors de la promenade de l'après-midi. Il fait froid et humide, la bruine pousse la plupart des filles à rester à l'intérieur pendant leur heure de récréation, mais sœur Marie-Agathe se tient dans un coin de la petite cour, elle taille la haie avec un sécateur rouillé.

Evelyn s'approche d'elle par-derrière.

— Sœur Marie-Agathe ? demande-t-elle timidement.

La religieuse se retourne. Elle porte un tablier, une veste de pluie par-dessus son habit, et des bottes en caoutchouc bien trop grandes pour ses petits pieds. On dirait un enfant déguisé.

— Bonjour, Miss Evelyn.

Depuis quelques jours, Evelyn répète son discours dans sa tête pendant qu'elle exécute ses corvées, elle imagine cette conversation lorsqu'elle se retourne dans son lit la nuit, incapable de dormir. Mais elle décide d'aller droit au but. Elle a un plan et elle a besoin de l'aide de sœur Marie-Agathe.

— Sœur Marie-Agathe, je ne dors plus. Je ne mange plus. Je ne pense plus qu'à mon bébé, je me demande où elle est, si elle est heureuse et, vous savez… aimée. (Sa gorge est si serrée qu'elle n'est pas sûre de pouvoir articuler les mots.) J'ai besoin de savoir où elle est. J'ai besoin de savoir qui l'a adoptée. Je crois que… (Elle danse d'un pied sur l'autre, et sa chaussure s'enfonce dans l'herbe détrempée.) Je n'arriverai pas à passer à autre chose tant que je ne saurai pas où elle est. J'ai besoin de savoir. J'ai besoin de votre aide.

La religieuse serre le sécateur dans sa main gantée.

— Je pense qu'il vous faut simplement un peu plus de temps, Miss Evelyn.

— Je n'y arrive pas.

— Mais il faut. Il est encore tôt. C'est comme ça avec la plupart des filles, tout au début. C'est très difficile. Mais peu à peu, l'avenir semble moins sombre. Surtout quand vous rentrez chez vous.

Evelyn ricane.

— J'ai besoin de vous pour m'aider à savoir où elle est.

— Oh, Miss Evelyn, je ne peux pas.

Evelyn observe de près les yeux de la religieuse et distingue un changement. Ils se baissent, comme lestés. Ses épaules se voûtent, en signe de défaite. Le cœur d'Evelyn bat très vite.

— Vous savez quelque chose ? Quoi ?

— Je n'ai pas le droit, souffle-t-elle en lançant des regards nerveux vers la maison.

— Sœur Marie-Agathe, je vous en prie.

La religieuse examine le visage d'Evelyn. Finalement, elle inspire profondément, avec un frisson.

— Votre bébé… votre bébé n'a pas vécu, Miss Evelyn. Elle… elle est morte.

Le monde cesse de tourner, et Evelyn ne sent plus que la pluie brumeuse qui brouille sa vision.

— Elle est… *morte* ? Mais… *comment* ?

Sœur Marie-Agathe fait un pas vers Evelyn. Elle paraît torturée.

— Je suis désolée, je n'aurais pas dû vous le dire. Ce sont des choses qui arrivent. Elle était petite, vous vous rappelez. Mais maintenant vous pouvez aller de l'avant, Miss Evelyn. Vous n'avez plus de soucis à vous faire, plus de recherches à mener. Vous pouvez laisser tout ça derrière vous. Vous pouvez… passer à autre chose, termine-t-elle d'une voix faible.

Evelyn se met à trembler, une fois le choc dissipé. Elle ne peut pas assimiler ce qu'elle vient d'entendre. Elle ne sent rien, tout, et mille choses entre ces deux extrêmes. Elle soutient inflexiblement le regard de sœur Marie-Agathe tandis que la jeune religieuse recule, puis fait demi-tour et repart vers la maison en titubant.

11

Angela

Fin janvier 2017

DEPUIS QU'ELLE A DÉCOUVERT LA LETTRE de Frances Mitchell et le mot de la jeune femme nommée Margaret, Angela envoie des messages à toutes les Nancy Mitchell des environs de Toronto et au-delà, mais jusqu'ici sans aucun résultat. Bien qu'elle ait un peu honte de rechercher cette Nancy inconnue, elle n'aime pas agir dans le dos de Tina, donc elle décide de lui parler de celles qu'elle surnomme « les Nancy », alors qu'elles vont au centre de fertilité.

Tina acquiesce avec son optimisme habituel.

— OK. Merci de m'en avoir parlé.

Le reste du trajet se déroule dans un silence gêné – Angela se l'imagine peut-être –, mais toute tension est oubliée dès qu'elles entrent en salle de traitement. Aujourd'hui, elles doivent subir encore une procédure coûteuse d'insémination intra-utérine, la neuvième.

Cinq des huit premières n'ont pas du tout marché. Deux ont fonctionné, mais ont débouché sur une fausse couche.

Il y a près d'un an, Angela a dû se rendre dans une clinique d'avortement après une fausse couche incomplète. À l'époque, elle ignorait que la procédure d'avortement pouvait aussi servir après certaines fausses couches. Sans avoir d'idées préconçues sur la clientèle de ces établissements, elle avait découvert que ces cliniques n'accueillent pas que des adolescentes irresponsables. Même une extrémiste de droite, farouchement hostile à l'IVG, pouvait avoir recours à cette procédure afin d'éviter une infection après une fausse couche. Tout compte fait, c'est une intervention chirurgicale comme une autre. Mais les manifestants à l'extérieur de la clinique n'avaient pas l'air d'avoir bien compris.

Quand Tina et elle étaient arrivées, elles avaient aussitôt remarqué un attroupement du côté sud de la rue, face à l'entrée de la clinique. Les protestataires portaient tous le même béret noir, et une moitié d'entre eux brandissaient des panneaux fluorescents où divers slogans sinistres étaient inscrits au marqueur. Sur certaines pancartes, Angela avait aperçu des images rouges et roses, et d'autres phrases en caractères énormes le long du trottoir. De loin, elle ne voyait pas de quoi il s'agissait, mais elle devinait : des photos horribles de prétendus fœtus juxtaposées à des images en flou artistique de grands-mères ravies tenant des gros bébés blancs.

Du côté nord de la rue, quelques contre-manifestants brandissaient des pancartes violettes. Trois voitures de police étaient garées devant la clinique et les agents bavardaient avec les contre-manifestants. L'un d'eux montait la garde près de l'entrée du bâtiment.

Tina s'était saisie de la main gantée d'Angela. Les contre-manifestants pro-choix leur avaient fait signe d'avancer en leur souriant au passage.

— Faites comme si vous ne les voyiez pas, avait dit l'un d'eux à Angela en désignant la masse hurlante de l'autre côté de la rue. Ils savent qu'ils ont perdu, et c'est ça qui les rend hargneux.

Toutefois ils étaient difficiles à ignorer. D'un coup d'œil en biais, Angela avait pris connaissance de quelques slogans :

AVORTER C'EST TUER.
VOUS ÊTES TOUS DES TUEURS DE BÉBÉS.
LA VIE EST SACRÉ.

Vous pourriez au moins éviter les fautes d'orthographe, avait songé Angela, moqueuse. Il y avait même un petit garçon, de quatre ou cinq ans, qui tenait un panneau disant MA MÈRE A CHOISI LA VIE.

Angela avait alors senti son pouls s'accélérer, et elle n'avait pas pu s'empêcher de prendre la parole :

— Vous croyez vraiment que j'ai envie d'être ici ? leur avait-elle crié. Vous croyez que je n'aimerais pas mieux être encore enceinte ? Bande de connards !

Tina l'avait empoignée par les épaules.

— Angie ! Angie, viens. Ça n'en vaut pas la peine, laisse tomber.

Chaque séjour au centre de fertilité est une expérience positive, malgré l'inconfort physique. Les infirmières et les techniciens se montrent très encourageants et soutiennent leur décision d'être mères. Il n'y a pas de manifestants à l'extérieur, qui hurlent après les passantes et les jugent parce qu'elles veulent être enceintes. Pourtant, les centres de fertilité et les cliniques d'avortement ne sont-elles pas les deux faces de la même médaille ?

Angela était heureuse de ne pas avoir dû retourner dans cet horrible endroit après sa dernière fausse couche.

Mais c'est du passé, se dit-elle alors qu'elles attendent en salle de traitement. Aujourd'hui, elle veut être optimiste. Aujourd'hui, elles comptent sur une insémination et une implantation réussies en essayant de ne pas se rappeler combien la défaite sera cuisante si ça ne marche pas. Angela sait que Tina est lasse du processus, mais elle n'est pas près d'abandonner.

« La prochaine sera la bonne », déclare-t-elle chaque fois à Tina, se répétant ce mantra à elle-même quand elle vient à douter. *La prochaine. La prochaine. Nous aurons un bébé la prochaine fois.*

Avant Noël, quand Angela a eu ses règles après l'échec du dernier traitement, elle est sortie de la salle de bains en larmes, tremblant de rage et d'une dizaine d'autres émotions. Mais surtout, elle était pleine de haine. Si pleine qu'elle ne pouvait plus respirer.

Elle détestait ses amies qui avaient déjà des enfants.

Elle détestait ces adolescentes stupides qui tombaient enceintes *par accident*, sans même avoir essayé.

Elle détestait l'effet terrible que tout cela avait sur son corps, sur son cœur et sur son couple. Et sur son compte en banque.

Elle détestait vouloir tomber enceinte, mais elle détestait encore plus l'idée de ne pas tomber enceinte.

En rentrant du travail, Tina l'a trouvée assise sur le canapé, un verre de vrai vin à la main et Grizzly blotti sur ses genoux, les larmes ruisselant sur son visage enflé, et elle a immédiatement deviné. Elles suivaient toutes les deux de si près les cycles d'Angela, elles savaient que, dans les jours à venir, ce serait le début ou la fin de quelque chose.

— Oh, Angie ! s'est exclamée Tina en se laissant tomber à côté de son épouse pour la serrer dans ses bras.

Grizzly a miaulé entre elles deux, et Angela y a entendu comme des excuses pour tout ce qu'elles auraient souhaité mais ne pouvaient avoir. Angela s'est mise à sangloter encore plus fort dans les bras de Tina, dévastée par la perte de toutes ces possibilités.

Quelques jours plus tard, une fois Angela calmée, Tina a évoqué avec elle l'idée d'adopter. Elles en ont discuté toute la soirée sans qu'Angela change d'avis. Ayant elle-même été adoptée, elle ressentait profondément le désir d'avoir son propre enfant biologique, une filiation directe où son bébé pourrait relier les points sans devoir les chercher comme Angela avait dû le faire. Tina ne voulait pas porter l'enfant, et Angela était déterminée.

Tina a fini par accepter d'essayer encore, même si Angela voyait bien qu'elle s'inquiétait des conséquences pour leur couple. Les gens parlaient de cette quête de fertilité comme d'une odyssée, un long voyage sinueux guidé par l'hypothèse qu'elles finiraient par atteindre la destination rêvée, mais qui ressemblait la plupart du temps à un travail de Sisyphe. Si elles évitaient le sujet, Angela avait la sensation qu'il y avait une sorte de limite à l'horizon – financière, émotionnelle. Elle n'était pas sûre de ce que c'était exactement, mais elle la voyait dans le front plissé de Tina chaque fois qu'elles devaient subir une insémination intra-utérine. Chaque fois qu'une procédure échouait. Chaque fois qu'Angela se mettait à saigner.

En salle de traitement, Angela regarde le visage de son épouse et y découvre les mêmes plis d'appréhension. Mais Tina lui serre la main quand l'infirmière s'approche avec sa seringue.

— Tout va bien, Angela, inspire profondément et continue à bien respirer. Il n'y en a que pour quelques minutes.

— Eh oui, dit Angela en exhalant un long soupir. Je sais.

Elle contemple le faux plafond, repense à toutes les autres fois où elle a été couchée sur cette table, en chemise d'hôpital, et elle prie pour que cette fois-ci soit la bonne. Mais aussi longtemps qu'elle le pourra, elle continuera à pousser ce rocher jusqu'en haut de la montagne.

***

Deux semaines plus tard, Angela ouvre une boîte de décorations de Saint-Valentin sur le comptoir du magasin d'antiquités. Elle a déniché ce carton poussiéreux sous la dernière étagère du minuscule débarras, et elle vient de passer une heure à trouver un emplacement adéquat pour les différents bibelots rouge vif, les colliers de perles scintillantes et les cœurs en plastique rose comme on en vend dans les bazars à un dollar. Le lundi matin, il n'y a jamais beaucoup de clients, donc elle a le temps de terminer son installation avant que les affaires ne décollent, dans l'après-midi.

Angela prépare une deuxième cafetière de déca, puis elle emporte quelques décorations, une paire de ciseaux, de l'adhésif et un escabeau au fond du magasin. Elle finit de suspendre une première guirlande de cœurs en haut d'une bibliothèque quand le carillon de la porte tinte, accueillant son deuxième visiteur de la journée.

— Bonjour ! lance-t-elle en descendant de l'escabeau.

— Bonjour. Une livraison pour vous, répond une voix masculine.

— Très bien, merci.

Angela se faufile vers l'entrée en s'essuyant les mains sur son jean pour les débarrasser d'une épaisse couche de poussière et en notant mentalement qu'il serait temps de procéder à un grand nettoyage de printemps.

Le livreur lui tend son téléphone, où elle signe maladroitement, du bout de son index. Elle prend sans réfléchir la première des caisses. Elles sont lourdes, et elle se rend compte que la prochaine fois, elle devra lui demander son aide pour les porter derrière le comptoir. Elle ne devrait pas soulever des choses pesantes en ce moment.

Le carillon sonne à nouveau quand le livreur s'en va, et le chœur des bruits de la rue s'engouffre dans la boutique avant que la porte ne se referme entièrement.

Quand Angela a fini d'accrocher les décorations, elle se sert une tasse de café, puis ouvre le premier carton et se met à déballer le lot mensuel de livres d'occasion. C'est un curieux assemblage de classiques et de fiction contemporaine – Angela jure qu'elle doit déjà avoir quatorze exemplaires des *Œuvres complètes de William Shakespeare*, et voilà qu'elle en a déballé encore deux –, de biographies et de mémoires, de guides de voyage périmés qui se vendent rarement, de livres de recettes cornés et tachés d'huile, de manuels de développement personnel que personne n'a lus, et de quelques ouvrages de sciences humaines couvrant toute une variété de sujets, de l'histoire des guerres à l'art de jardiner sur son balcon en passant par l'élevage des chevaux.

Angela trie les volumes par genre, puis saisit chaque titre dans le système informatique. Elle est presque arrivée au bout de la cinquième et dernière caisse lorsqu'elle trouve un livre de poche dont le titre en gros caractères blancs se détache sur une couverture noire un peu abîmée.

LE RÉSEAU JANE

L'autrice est une certaine Dr Evelyn Taylor. Il n'y a pas d'image en couverture, rien qui indique quel peut être le sujet. Fiction ou documentaire ? À la fois intriguée et un peu agacée par l'effort supplémentaire qu'il faut produire pour classer ce volume, Angela ouvre la page de garde et cherche quelques précisions. C'est un ouvrage de sciences humaines, publié en 1998. La description du sujet indique : « Réseau Jane, le (avortement) / Services d'avortement – Toronto – Ontario – CANADA / Avortement – Canada – Histoire. »

— Waouh.

Les sourcils d'Angela se haussent sous ses cheveux noirs. Sur la page de titre, elle lit la dédicace, très simple : « Pour les Jane. » Elle tourne deux pages et découvre la table des matières.

1. Pas le choix : une (très) brève histoire des options accessibles aux femmes en matière de reproduction dans les années 1960

2. Mes années à Montréal : ma formation auprès du Dr Morgentaler

3. Le droit de savoir : le Guide du contrôle des naissances *et autres textes subversifs*

4. La Révolution démarre : la Caravane de l'avortement (1970)

5. Naissance du Réseau Jane

6. « Je cherche Jane » : expansion du service

7. Raids, renouveau et restructuration

8. R. contre Morgentaler (1988) : procès et décriminalisation

9. « Le besoin existera toujours » : la vie après Jane

— Eh bien…

Elle pose le livre près de son ordinateur et s'occupe rapidement des deux derniers de la caisse, puis consulte l'horloge ; il est presque l'heure du déjeuner et elle est affamée. Angela se dirige vers la réserve et tire son repas du mini-frigo. Elle réchauffe un reste de soupe au micro-ondes, tapotant avec impatience la porte en plastique blanc, indifférente à l'odeur d'oignons qui imprègne désormais tout le magasin. Se servant de son foulard en guise de manique, elle emporte le récipient fumant jusqu'au comptoir et le pose sur le tabouret. Appuyant *Le Réseau Jane* contre l'ordinateur, elle parcourt le livre.

Angela se demande si Tina a déjà rencontré cette organisation dans sa vie universitaire. Pour sa part, elle n'en a jamais entendu parler. Après avoir soufflé sur sa première cuillerée de soupe, elle compose le numéro de son épouse. Tina décroche après deux sonneries.

— Salut, Ti, j'ai une question pour toi. Tu as déjà entendu parler d'un truc qui s'appelle le Réseau Jane ?

DEUXIÈME PARTIE

12

Evelyn

Ottawa, 9 mai 1970

LA VILLE EST TAPISSÉE D'AFFICHES vertes et noires. Elles sont apparues partout : placardées aux panneaux d'information dans les cafés aux chaises dépareillées et aux tasses blanches ébréchées ; collées aux vitrines des magasins de Sparks Street et dans les boutiques du ByWard Market ; fixées sur les portes des toilettes dans les bibliothèques publiques ; agrafées aux poteaux téléphoniques dans les rues les plus passantes d'Ottawa.

C'est la première chose qu'Evelyn remarque en sortant de la gare, ce samedi matin. Elle émerge dans un pâle soleil printanier, réajuste son sac à dos sur ses épaules, et se dirige vers le poteau téléphonique le plus proche.

LES FEMMES ARRIVENT, annoncent les affiches. En dessous, le sous-titre précise LA CARAVANE DE L'AVORTEMENT. Evelyn en a le cœur tout retourné. Elle pousse un soupir sonore, libérant une partie de la tension qui pèse sur sa poitrine. Elle n'a pas le souvenir d'avoir été aussi enthousiaste, nerveuse et déterminée depuis le jour où elle a commencé ses études de médecine. C'est la même euphorie, une autre forme de protestation.

Il y a neuf ans, Evelyn est devenue une autre femme en quittant le foyer Sainte-Agnès. Après ce trauma, après ce sentiment handicapant d'impuissance, de manque de contrôle sur sa propre vie, elle s'est juré qu'elle ne serait plus jamais aussi démunie, aussi dépendante d'autrui. Elle n'avait aucune envie d'être femme au foyer, de repartir à zéro comme s'il ne s'était rien passé. Elle aspirait à avoir un métier qui assurerait son indépendance. Ayant convaincu sa famille que c'était pour elle la seule façon d'aller de l'avant, elle a présenté sa candidature et a été acceptée à la faculté de médecine de Montréal.

Elle était l'une des deux seules femmes de sa promotion, et les choses n'ont pas été faciles, ni pour elle ni pour Marie. Mais le tout premier jour, elle a aussi rencontré Tom, qui était assis à côté d'elle pendant le cours d'introduction à l'anatomie. Il était différent des autres garçons, qui regardaient Evelyn et Marie avec méfiance, avec mépris ou avec un appétit sexuel non déguisé. Tom est devenu non seulement son meilleur ami, mais également son colocataire, avec Marie et un ami de Tom. Malgré les murmures scandalisés de ceux qui jugeaient indécent que des femmes célibataires vivent sous le même toit que deux hommes, cet arrangement a très bien fonctionné pour Evelyn. Elle qui avait été considérée si jeune comme une « fille perdue » et avait subi toutes sortes de remarques cruelles et sournoises, ne se souciait plus guère de l'opinion des autres, de toute manière.

Mais sa vie a changé quand, un soir, Marie est venue dans sa chambre lui demander une faveur. Elle avait besoin d'avorter et elle voulait qu'Evelyn l'accompagne.

— Je ne peux pas renoncer à tout ça, disait-elle en faisant les cent pas sur la vieille carpette achetée d'occasion. Pas maintenant. Je suis ici parce que je veux faire de ma vie davantage que ce que ma mère a fait de la sienne. Je ne peux pas redevenir dépendante de mes parents. Je ne peux même pas en supporter l'idée. Et je serais incapable de confier un bébé à l'adoption. Je serais anéantie.

Elle a jeté un coup d'œil à Evelyn par-dessous ses cils mouillés de larmes, puis a ajouté :

— J'espère que tu ne me juges pas trop sévèrement.

Evelyn se mordait les lèvres, puis a tendu la main, arrêtant Marie en plein élan.

— Je te comprends mieux que tu n'imagines, Marie.

Après avoir assisté à la procédure sur la table d'opération du Dr Henry Morgentaler, alors qu'elle tenait la main à Marie et lui parlait pour l'apaiser, Evelyn n'a plus eu qu'une idée en tête, d'abord comme un défi, puis comme un projet. Elle a appelé le cabinet du Dr Morgentaler afin de prendre rendez-vous la semaine suivante, et lui a expliqué exactement pourquoi elle voulait apprendre à effectuer des avortements. Pour la première fois depuis son séjour à Sainte-Agnès, elle racontait à un inconnu ce qui s'y était déroulé.

— À aucun moment je n'ai eu mon mot à dire dans ce qui m'arrivait. Je ne maîtrisais rien. Et en vous voyant l'autre jour, avec Marie… Si j'avais su à quel point j'allais souffrir en étant forcée d'abandonner ainsi mon enfant… (Elle a secoué la tête.) J'aimais ma fille. Je voulais désespérément la garder, mais je n'y étais pas autorisée. Pourtant, si la situation avait été différente, si je tombais enceinte aujourd'hui alors que je n'en avais pas envie, un avortement pourrait éviter à une femme une condamnation à la souffrance à perpétuité, non ?

Tandis qu'elle révélait ce qui l'avait conduite dans son cabinet, le Dr Morgentaler la dévisageait à travers les épaisses lunettes perchées sur son nez. Evelyn baissait les yeux, promenait son doigt sur la cicatrice qu'elle avait conservée au poignet, devenue blanche après tant d'années.

— J'ai tout perdu. Je ne souhaite cela à personne. Je ne veux pas que d'autres femmes subissent ce que j'ai vécu. Il faut qu'elles aient au moins le choix. Et j'ai vu cette possibilité quand je suis venue ici avec Marie.

Le docteur est resté muet un moment. Evelyn a ignoré sa peur et soutenu son regard, surprise par l'amabilité qu'elle voyait dans ses yeux.

— Je comprends, Miss Taylor, a-t-il fini par répondre calmement.

Evelyn a senti un picotement au coin de ses yeux.

— Pardonnez-moi, docteur Morgentaler. Dans la profession médicale, les femmes ne peuvent se permettre le moindre instant de faiblesse. Je suis désolée.

Décroisant les doigts, le Dr Morgentaler s'est penché vers elle.

— Vous n'avez pas à l'être. Écoutez-moi bien, Miss Taylor, car j'ai quelque chose de très important à vous dire. Ne voyez pas de la faiblesse là où il n'y a que de l'humanité. C'est hélas une erreur très courante.

Evelyn a ravalé ses larmes.

— Alors, on pourrait dire que je me sens très humaine en ce qui concerne ce problème.

— C'est le cas des meilleurs médecins, Miss Taylor. Et grâce à votre vécu, vous pourrez faire bénéficier vos patientes d'une compassion exceptionnelle. Cultivez cela comme ce que vous avez de plus précieux. La terreur dont vous avez fait l'expérience vous a conduite jusqu'ici aujourd'hui, pour me présenter cette requête extraordinairement courageuse. Autrement, vous ne seriez pas là, n'est-ce pas ?

Evelyn n'a pu qu'acquiescer.

— Donc, vous m'acceptez comme élève ?

— Ce serait un honneur pour moi, Miss Taylor.

Le cœur d'Evelyn a fait un bond.

— Merci, docteur Morgentaler.

Le médecin l'a observée un moment.

— Avant de prendre cette décision, j'ai une question à vous poser. Avez-vous dans votre entourage des personnes qui vous sont particulièrement chères ?

— Non, pas vraiment, a reconnu Evelyn en chassant les visages qui flottaient dans son esprit. Rien que mes colocataires, et un frère à Toronto. Il est médecin, lui aussi, et sa femme est infirmière. Pourquoi ?

— Parce que cette fenêtre que vous voyez derrière moi est en verre armé, à l'épreuve des balles.

Cette phrase a aspiré tout l'air de la pièce, et un silence frémissant s'est abattu sur eux. Evelyn ne pouvait s'empêcher de contempler la fenêtre. À l'extérieur, les feuilles d'un érable s'agitaient innocemment sous la brise.

Quand le docteur a repris la parole, ç'a été d'un ton soigneusement mesuré :

— Procéder à des avortements, comme vous devez le savoir, est illégal dans ce pays, Miss Taylor, sauf dans des circonstances strictement définies. Je suppose que vous les connaissez ?

Evelyn a hoché la tête.

— Seulement si la prolongation de la grossesse met en danger la santé de la femme.

— Tout à fait. Et la définition même de « la santé » est déterminée par un système biaisé et absurde, gouverné exclusivement par des hommes. Pour satisfaire les besoins, il existe donc des réseaux clandestins qui opèrent au Canada et aux États-Unis, ainsi qu'à l'étranger. Ce n'est pas un métier, mais une vocation, Miss Taylor. Et une vocation que l'on exerce au prix d'énormes risques personnels. C'est un défi moral et spirituel. Vous devez bien comprendre que le coût est élevé.

Evelyn a alors pris une respiration longue et profonde.

— Docteur Morgentaler, après tout ce que j'ai déjà perdu, on ne peut plus rien m'enlever, je vous assure.

Son interlocuteur a marqué une pause, son visage affichant un sourire triste, puis il lui a proposé de venir observer les trois patientes inscrites cet après-midi-là.

— Je suis désolée, vous avez bien parlé de trois procédures ? lui a-t-elle demandé, incrédule.

— Oui.

— Combien en faites-vous par semaine ?

— Entre dix et quinze, en général.

Evelyn était stupéfaite.

— Le besoin est donc si grand ?

Le Dr Morgentaler a croisé les bras sur son bureau, ses épaules se sont voûtées imperceptiblement.

— Aussi longtemps que le sexe masculin existera, il y aura toujours un besoin, Miss Taylor

Dans la rue ensoleillée d'Ottawa, Evelyn secoue la tête pour chasser le poids des souvenirs. Aujourd'hui, elle ne doit penser qu'à l'avenir. Elle arrache l'affiche de la Caravane de l'avortement, la plie et la glisse dans la poche avant de son jean, puis dirige ses pas vers la colline du Parlement.

Elle hèle un taxi et se jette sur la banquette arrière.

— Le parc de la Confédération, s'il vous plaît.

Pendant que le taxi traverse un carrefour encombré, Evelyn tire l'affiche de sa poche et la déplie sur ses genoux.

Les femmes arrivent, c'est le cas de le dire. Plusieurs d'entre elles sont parties de Vancouver il y a quelques semaines, s'arrêtant en chemin dans des villes plus petites pour organiser des rassemblements, recruter des effectifs et attirer l'attention des médias. Le mouvement pour la libération de la femme fait la une de l'actualité.

Cette manifestation est nécessaire, et ne s'est que trop fait attendre. Selon les féministes radicales qui ont lancé la Caravane de l'avortement à Vancouver, il faut passer à la vitesse supérieure. « Un bouleversement complet du système », réclamait une femme devant les caméras, hier soir au journal télévisé. Ses longs cheveux blonds volaient autour de son visage, balayés par le vent, pendant qu'elle criait, les yeux pétillant de colère et d'enthousiasme. Evelyn lui a trouvé une allure de super-héroïne. « L'État doit reconnaître le droit des femmes sur leur propre corps, disait-elle, et veiller à ce que toutes les femmes puissent exercer ces droits indépendamment de leur race ou de leurs revenus. »

Evelyn avait regardé cette femme depuis sa place habituelle sur le canapé du salon, et sentait que le rouge lui montait aux joues.

— Tu vas y aller, hein ? lui a demandé Tom de sa voix mélodieuse, à l'accent britannique, depuis l'autre bout du canapé.

Evelyn a tourné les yeux vers lui avant de les fixer à nouveau sur l'écran.

— Eh bien, oui. Je pense qu'il le faut.

Tom s'est tu un instant.

— Tu mets peut-être ta carrière en danger, Eve. Des gens vont être arrêtés. Ce n'est peut-être pas ton combat, tu sais. Tu en fais déjà assez.

Le présentateur annonça un autre reportage et Evelyn ne put que se tourner vers son meilleur ami, dont les yeux trahissaient l'inquiétude. Tom et elle avaient emménagé dans leur propre appartement, rien qu'eux deux, au cours de l'année précédente.

Alors qu'ils étaient déjà amis depuis quelques mois, Tom lui avait expliqué sa propre orientation sexuelle, afin d'être sûr qu'Evelyn ne se méprendrait pas sur ses intentions. Mais pour elle, leur relation était le scénario idéal. Elle pouvait aborder avec Tom des questions professionnelles et lui parler d'égale à égal, il comprenait le stress que son travail faisait peser son énergie mentale et affective. Chacun appréciait la compagnie de l'autre, tout simplement. Tout était clair et sans ambiguïté. Evelyn recherchait l'amitié, pas l'amour. Quelqu'un auprès de qui passer des après-midi à lire pendant qu'il neigeait dehors, avec qui bavarder en prenant le café et en faisant les mots croisés du journal lors des grasses matinées du dimanche.

Tom sait ce qu'elle fait, mais il est le seul. Depuis sa formation auprès du Dr Morgentaler il y a cinq ans, Evelyn propose en secret des avortements aux étudiantes en difficulté. Elle reçoit sur rendez-vous un soir par semaine, en plus de ses heures de présence dans un centre de médecine familiale.

— Je sais, Tom. Mais tu ne crois pas que ce serait un peu hypocrite de ma part si je ne soutenais pas ces femmes qui luttent publiquement pour la légalisation ? Elles risquent autant que moi.

— Vraiment ? Une simple amende et une peine de prison, ça ne se compare pas.

Tous deux se taisent alors qu'une tension se crée entre eux sur le canapé.

Ce matin-là, de bonne heure, Evelyn est quand même partie pour la gare en laissant des billets dans une enveloppe et un message pour Tom : cet argent doit servir de caution afin de la libérer de prison, si nécessaire. Mais elle espère bien que ce ne sera pas nécessaire.

Evelyn fouille dans son sac à main et en tire un bout de papier où elle a griffonné les informations, la veille. Les organisateurs ont signalé aux membres de leur réseau qu'ils se retrouveraient tous ce samedi après-midi, sur la pelouse devant le Parlement, pour manifester et rencontrer leurs représentants élus, puis préparer leur prochaine action.

Quelques minutes plus tard, le taxi s'arrête du côté sud du parc. Evelyn règle la course, puis s'élance sur le trottoir. Elle remonte Elgin Street, passe devant le bâtiment flambant neuf du National Arts Centre et le monument aux morts de la guerre. La silhouette spectaculaire du Château Laurier plane à l'horizon, projetant son ombre sur la rue tandis qu'elle se dirige vers la colline du Parlement.

Elle entend un brouhaha avant même de voir la foule. Il y a là des centaines de femmes, et quelques hommes. Le slogan AVORTEMENT LIBRE SUR DEMANDE ! est inscrit au marqueur indélébile sur la plupart des pancartes qu'elle aperçoit, ainsi que d'autres revendications plus militantes, comme : À MORT LE CAPITALISME !

Evelyn se fraie un chemin à travers l'attroupement, parmi tous ces corps exaltés. Mais leur chaleur n'a rien d'oppressant ; c'est une chaleur bienfaisante, comme une pluie tiède. Elle saisit des bribes de conversation, de messages politiques, des voix en colère, des femmes qui rient et s'interpellent. Une clameur s'élève, partant du centre et se propageant vers la périphérie comme les ondes d'un lac : « Chaque enfant doit être désiré ! Chaque grossesse doit être volontaire ! » Evelyn est bousculée par une femme qui se cogne à elle, lui demande pardon, puis lui confie une des pancartes avant de se remettre à psalmodier.

Evelyn s'arrête au hasard, trouve sa place dans la foule. Sa voisine sourit jusqu'aux oreilles et lui tend la main. Chacun de ses doigts, pouce compris, est orné d'une grosse bague en argent.

— Bienvenue ! crie-t-elle par-dessus le vacarme. Moi, c'est Paula.

— Et moi Evelyn.

— Enchantée, Evelyn. Tu viens d'où ?

— De Toronto, au départ, mais j'habite Montréal, je viens de finir mes études de médecine.

— Waouh ! Alors comme ça, t'es docteur ?

— Oui.

— Dans quelle branche ? Quel genre de médecine ?

— Médecine familiale, et un peu gynécologie.

— Donc tu fais les tests pour le col de l'utérus, le frottis vaginal, tous ces trucs-là.

Paula hausse les sourcils d'un air suggestif. Evelyn hésite à répondre.

— Tu peux parler sans crainte, tu sais.

Toutefois, Evelyn n'est pas certaine d'être un jour sans crainte dans ce domaine. Elle cherche un autre sujet de conversation.

— Et vous faites quoi, ici ?

— On attend de voir si ces connards de politiciens vont venir nous parler, écouter nos revendications, répond Paula. Mais ça paraît de moins en moins vraisemblable. Ça fait des heures qu'on est ici. Je crois qu'on leur fait peur.

Evelyn continue à parler avec Paula pendant que les manifestants crient et discutent sous le soleil de l'après-midi. Quand la brise se rafraîchit, lorsqu'il devient évident que les députés ne daigneront pas venir, la foule commence à se disperser. Excitée mais un peu déçue, Evelyn décide qu'elle ferait mieux de se trouver une chambre d'hôtel pour la nuit. Elle s'apprête à dire au revoir à Paula, mais celle-ci la retient par le bras.

— Eh, Evelyn, tu restes un peu à Ottawa ?

— Ça n'est pas prévu. J'ai l'impression que tout est terminé. Je suis arrivée trop tard. Tout le monde s'en…

— Oh, c'est loin d'être terminé. Ça ne fait que commencer.

Evelyn éclate de rire :

— C'est curieux, je ne suis pas surprise d'entendre ça !

Paula se penche vers Evelyn comme une adolescente prête à partager un potin.

— Ma copine Cathy est une des organisatrices.

Elle désigne une grande femme dont la longue queue-de-cheval arrive presque à la taille. Elle paraît frêle comme un roseau, mais son visage arbore une expression inébranlable.

— Elles ont apporté un cercueil, fixé au toit de la voiture, tu vois, comme le symbole de toutes nos sœurs qui sont mortes après un avortement clandestin !

Paula renverse la tête en arrière et projette ces derniers mots vers le ciel.

Elles ont une attitude assez choquante, ces femmes. Mais après tout, c'est le but, non ? De choquer le patriarcat pour que les choses bougent.

— Oui, j'ai… J'ai vu ça à la télé, dit Evelyn.

— Elles ont rangé tous les sacs à dos dedans. C'est malin, pas vrai ? Mais maintenant elles veulent aller le déposer devant chez Trudeau. Sa loi sur l'avortement est tellement restrictive qu'elle ne change pratiquement rien. Toute une équipe de mecs qui décident si une nana a le droit d'avorter ? Enfin, merde, qu'ils aillent se faire foutre ! rugit-elle à nouveau vers le ciel.

Les deux douzaines de femmes encore présentes sur la pelouse applaudissent.

— Oui, tu as raison, concède Evelyn. Ce n'est pas comme si on avait vraiment le choix entre un tas de possibilités sans danger.

Elle remet son sac à main en bandoulière, redresse sa veste. Jusqu'ici, elle n'a pas eu un seul cas d'infection depuis qu'elle effectue des avortements, et elle en est extrêmement fière. C'est l'une des raisons pour lesquelles elle fait ce métier : pour éviter les décès entraînés par une procédure bâclée. Ces incidents apparaissent encore régulièrement dans les médias, mais la législation refuse de prendre en compte la sinistre réalité.

— C'est un euphémisme, Evelyn ! Et c'est bien pour ça qu'on veut faire cette petite livraison spéciale. Il paraît que Trudeau n'est même pas en ville aujourd'hui, sinon il aurait été forcé de nous écouter. Mais imagine sa tête quand il rentrera chez lui et qu'il découvrira un énorme cercueil noir sur le pas de sa porte.

L'image du cercueil remue quelque chose dans les entrailles d'Evelyn.

— Je veux t'accompagner. Je veux aider.

Paula lui donne une tape sur l'épaule.

— Je sentais que t'étais une fille bien, Eve. Allez, c'est parti !

***

La maison du Premier ministre n'est qu'à cinq minutes du Parlement. Evelyn est contente que le trajet ne soit pas plus long, car elle a dû s'entasser sur le siège arrière de la voiture avec trois autres femmes. Elle est comprimée entre les os du bassin de Paula d'un côté, et le plastique dur de la portière de l'autre.

Pendant tout le chemin, les femmes discutent avec enthousiasme, mais le silence se fait soudain devant le 24, Sussex Drive. Évidemment, un portique de sécurité et deux gardes les empêchent de s'avancer sur l'allée de gravier jusqu'à la porte d'entrée.

— Je me doutais qu'on ne pourrait pas lui déposer juste devant sa porte, mais on peut au moins lui laisser le truc ici. Ouvre ta portière.

Paula donne un coup de coude à Evelyn et celle-ci s'extrait du véhicule, suivie par toutes les autres passagères.

— Nous vous attendions, mesdames ! s'exclame l'un des gardes. On nous a prévenus que vous voudriez rendre une petite visite au Premier ministre, mais j'ai bien peur qu'il ne soit pas chez lui.

— On a un cadeau pour lui ! crie Paula en désignant le cercueil noir fixé au toit de la voiture. Vous voulez bien qu'on aille jusqu'à la porte pour le lui livrer convenablement ?

— Certainement pas, madame.

— Ça ne coûtait rien de demander.

— Bien, vous pouvez repartir, à présent.

— Pas tout de suite, mon pote.

Paula et deux des autres femmes sont déjà en train de détacher le cercueil.

— Vous ne devriez pas faire ça, leur conseille le garde.

— Trop tard !

— Madame…

Evelyn voit l'autre policier sortir son talkie-walkie. Il murmure dedans, leur tournant le dos. Des renforts vont arriver, et elle aimerait mieux ne pas être arrêtée si elle peut l'éviter.

— Paula, on devrait partir, dit-elle.

Mais les femmes portent maintenant le cercueil, et Evelyn les rejoint instinctivement pour les aider, comme si elles étaient à un véritable enterrement, le visage baissé, ployant sous le poids de toutes les victimes que cet objet symbolise. Elles le déposent à un mètre des gardes, qui le contemplent en faisant la moue comme si on venait bel et bien de leur offrir un cadavre.

Les femmes restent plantées là un long moment, réchauffées par le soleil doré de cette fin d'après-midi, tandis qu'une brise agite les feuilles tombées sur la pelouse du Premier ministre.

— C'est pour Mildred, finit par dire la conductrice de leur voiture, Cathy, une larme scintillant sur sa joue.

Elle pivote sur ses talons et repart vers la voiture, ses longs cheveux noirs dansant derrière elle.

Silence.

— Pour ma sœur, dit une autre avant de suivre sa camarade.

Chacune des femmes s'avance à tour de rôle et nomme l'être cher qu'elle a perdu.

— Pour ma sœur aussi.

— Roberta.

— Pour ma meilleure amie.

Contemplant le cercueil, Evelyn voit tous ces visages : ses amies à Sainte-Agnès, son bébé, les deux dizaines de femmes qu'elle a aidées à avorter, les milliers d'autres qu'elle secourra d'ici sa retraite. Tous les visages qui l'ont conduite à devenir le Dr Evelyn Taylor. Elle est engagée et le restera à jamais.

— Pour elles toutes, ajoute-t-elle tout bas, plissant les yeux face au soleil.

Elle regagne la voiture à pas lourds et entend à peine les sirènes de police qui retentissent.

***

Le lundi suivant, Evelyn donne le bras à un partisan de la cause, un nommé Allan qu'elle vient de rencontrer. Ils font la queue pour la séance de questions au gouvernement.

Les « fausses barbes ». C'est ainsi que Paul appelle les hommes. Un stratagème pour que personne ne remarque toutes ces femmes qui occupent les galeries en groupes, ou toutes seules.

— Trop de femmes qui s'intéressent aux questions du gouvernement, ça attirerait forcément l'attention, hélas ! a-t-elle dit en fronçant les sourcils.

À cet instant, Paula s'approche d'Evelyn et d'Allan, vêtue d'une robe bleue, ne ressemblant plus du tout à la Paula avec qui Evelyn a passé le week-end, à courir les dépôts-ventes afin de troquer leurs jeans et leurs pulls contre des robes et des gants. Elles doivent se faire passer pour des femmes respectables.

— Le syndicat des travailleurs de l'automobile nous a procuré des chaînes. Viens, Eve, tends-moi ton sac. Allan, tu nous couvres.

Allan tourne le dos aux deux femmes, feignant de s'intéresser aux sculptures du plafond. Paula tire une chaîne de son immense sac à main et la fourre aussi lentement que possible dans celui d'Evelyn. Malgré l'agitation et les bavardages sonores autour d'eux, le cliquetis des maillons reste audible.

— Comment allons-nous les sortir de nos sacs une fois à l'intérieur ? demande tout bas Evelyn. Ils vont nous entendre, ils nous verront faire.

Paula hausse les épaules.

— Tu feras de ton mieux. C'est une protestation. Ça n'est pas censé passer comme une lettre à la poste, et je suis sûre que ça va dérailler à un moment. Ce qui compte, c'est la couverture médiatique, et si la séance est ajournée, tant mieux. L'idée, c'est qu'une bande de mecs prend ici des décisions à notre place, donc il faut perturber le processus. C'est notre tour de faire entendre notre voix, Eve. Rappelle-toi, si tu es emmenée par la sécurité, ne leur révèle ton nom que s'ils t'y obligent absolument. Selon nous, ils n'ont pas les moyens de nous arrêter réellement, et puis ça leur ferait une mauvaise publicité. Merci, Allan, ajoute-t-elle une fois le transfert des chaînes achevé.

Le compagnon d'Evelyn se retourne et adresse un clin d'œil à Paula.

— On dîne ensemble demain soir, Paula, quand je t'aurai fait sortir de prison ? Il me semble que tu me dois encore une invitation pour la dernière fois.

— J'apprécie énormément toutes les occasions où tu te portes caution pour moi, Allan.

Paula lui adresse un clin d'œil, puis disparaît dans la foule pour aller distribuer d'autres chaînes.

Moins d'une demi-heure plus tard, Evelyn et Allan sont installés dans la galerie. Les instructions sont d'attendre qu'une des meneuses du groupe se lève et se mette à protester ; des gardes devraient alors l'entraîner hors de la salle. Les autres femmes profiteront de cette perturbation pour sortir leurs chaînes et s'attacher à leur siège ou aux balustrades. Puis elles hurleront à tour de rôle jusqu'à ce que le président du Parlement ajourne la séance.

Le cœur d'Evelyn commence à battre très vite lorsque les portes sont fermées à clé par les fameux gardes de sécurité, qui croisent les bras sous leur mine sévère.

— Putain, c'est rigolo, lui chuchote Allan en gloussant.

Bien que nerveuse, Evelyn sourit. Elle baisse les yeux vers les députés qui se promènent sur la moquette vert pomme. Costumes trois pièces, crânes chauves et chaussures plus brillantes que des miroirs. Les hommes qui n'ont jamais eu à redouter la grossesse, la mort en couches ou l'impossibilité d'avorter dans leur propre système restrictif. *Paula a raison,* songe Evelyn. Il est grand temps que les femmes fassent entendre leur voix. Qu'elles montrent à ces imbéciles ce que vous éprouvez quand votre vie est bouleversée par les actes des autres. Quand vous ressentez de l'impuissance, de la crainte, de la colère, incapable d'empêcher ce qui vous arrive.

Alors que les débats viennent à peine de démarrer, une femme se lève du côté ouest de la galerie et hurle en secouant le poing :

— Avortement libre sur demande ! Les femmes meurent à cause de votre loi, Trudeau ! Honte à vous, monsieur ! Honte à vous tous ! Avortement libre...

Les deux gardes debout devant la porte de la galerie se jettent aussitôt sur elle, tandis que le Premier ministre et tous les députés lèvent la tête vers la source de cette agitation. Pierre Elliott Trudeau se penche vers son bureau et fait la moue, indifférent aux cris.

— Evelyn, la chaîne ! dit Allan.

— Merde ! (Elle était si fascinée par la femme qui criait qu'elle a oublié son rôle.) J'attendrai la prochaine, répond-elle tout bas.

Mais elle a déjà la sensation d'avoir échoué. Allan hoche la tête.

Presque instantanément, une autre femme s'exclame, dans la galerie est, cette fois :

— Nous ne nous laisserons pas réduire au silence, Trudeau ! Avortement libre sur demande ! Avor...

Prévoyant la suite, les gardes appréhendent la femme, mais cette fois Evelyn est prête. Elle tire la chaîne de son sac à main et, avec l'aide d'Allan, en entoure le bras de son fauteuil à plusieurs reprises, aussi vite que possible. Derrière elle, une femme laisse échapper un hoquet de surprise.

— Silence dans la galerie ! ordonne le président, sa voix sonore se faisant entendre jusque dans les derniers rangs. J'exige le silence ! Contrôlez-vous, madame !

La troisième protestation émane d'une femme assise à quelques sièges d'Evelyn, sur la droite. La quatrième, du côté ouest, à nouveau. La cinquième sort de la bouche d'Evelyn en personne, avant même qu'elle ait pu réfléchir à ce qu'elle dit. C'est comme si une inconnue se trouvait dans son corps et hurlait les slogans par-dessus les murmures scandalisés du public et les grommellements de voix masculines des députés.

Alors que toute la galerie entre en éruption autour d'elle, les yeux d'Evelyn croisent ceux du Premier ministre, qui soutient son regard avant que des mains solides s'emparent de ses bras. Elle se raidit quand l'un des gardes tire sur la chaîne, mais lorsqu'ils soulèvent son corps rigide pour la faire sortir, l'instinct de conservation intervient et tous ses membres se relâchent. Les deux gardes tombent, entraînés par son poids. Le crâne d'Evelyn percute le dossier du fauteuil et elle tressaille quand Allan menace les gardes. C'est le chaos. Evelyn reste aussi lourde et immobile qu'un sac de pommes de terre. Les gardes doivent la tirer hors de la pièce.

De rage, un des gardes lui envoie un coup de pied.

— Debout ! éructe-t-il, le visage rouge comme une tomate, la sueur perlant sur son front.

Il est furieux. Il se sent impuissant. Il est incapable d'empêcher ce qui se passe. C'est exactement ce que voulait Evelyn.

— Oblige-moi, salaud ! Oblige-moi, pour voir !

Elle ne se reconnaît pas elle-même, mais en cet instant, peu lui importe.

L'homme lui crache dessus et se penche pour lui saisir à nouveau le bras, à deux mains. Il tire violemment, et Evelyn a l'impression que quelque chose se déboîte dans son articulation. Elle pousse un cri tandis que l'autre garde hurle à son collègue d'arrêter.

Hébétée par la douleur, Evelyn perçoit seulement la panique totale, les slogans et les bruits de chaînes, les ordres beuglés en vain par le président. Les sons qui s'estompent soudain lorsqu'elle est traînée hors de la galerie. Le calme relatif du bureau de la sécurité et le contact de la chaise sous son corps. La souffrance dans l'épaule et à la tête.

Il ne s'écoule pas longtemps avant qu'elle soit rejointe par un petit groupe, toutes les femmes qui se sont levées pour protester, et certains de leurs alliés masculins. Elle repère Paula. Tout le monde paraît un peu dépenaillé : cols arrachés ou tordus, maquillage barbouillé, cravates de travers, cheveux ébouriffés. Certaines, comme Evelyn, ont été frappées. Des lèvres saignent, des bleus apparaissent sur des bras nus.

Les gardes les enferment tous dans le petit bureau où Evelyn est encore assise, et les laissent mijoter pendant ce qui semble être plusieurs heures. Evelyn songe que son adrénaline devrait commencer à s'épuiser, mais l'affolement n'est pas retombé comme s'est apaisée la douleur de son épaule. Elle vibre encore, exaltée par sa propre audace, et se demande comment Tom réagira quand elle lui téléphonera pour lui annoncer qu'elle vient d'être arrêtée et a besoin de lui pour venir la libérer de prison.

On parle et on se plaint beaucoup dans la salle de détention.

— Notre manifestation est devenue une émeute, dit fièrement Paula. Bravo, les filles !

— Mais quand sortira-t-on d'ici ?

— Vous pensez qu'ils ont suspendu la séance ?

— C'est nous qui avons fait ça ?

— On est en état d'arrestation, ou quoi ?

— Ils ne doivent pas avoir assez de menottes…

— On pourrait leur prêter nos chaînes ! lance Paula.

Cette suggestion est approuvée par des rires, puis la porte s'ouvre enfin, et un grand gaillard à la tête rentrée dans les épaules déboule dans la pièce. Tous les yeux se tournent vers lui.

Il les foudroie du regard, la lèvre inférieure baissée comme un bouledogue en colère.

— Je suis ici depuis des années, et je n'ai jamais vu un cirque pareil ! aboie-t-il. Vous devriez avoir honte. Le président a ajourné la séance.

Evelyn est fière de voir tous les autres protestataires arborer un large sourire. Personne ne détourne les yeux. Personne ne recule. Ce gros bonhomme qui croit pouvoir intimider les gens est pris au dépourvu. Evelyn ne s'est jamais sentie aussi bien. Si elle le pouvait, elle cracherait du feu.

La pomme d'Adam de l'homme monte et descend dans son cou épais et rasé de près.

— Bon, on ne peut pas tous vous garder. Foutez-moi le camp en moins de trois minutes, sinon vous serez tous arrêtés, nom de Dieu !

13

Angela

Février 2017

Lorsqu'elle quitte le magasin, Angela emporte *Le Réseau Jane.* Elle veut montrer le livre à Tina. Elles en ont brièvement parlé au téléphone tout à l'heure, et Tina a demandé à le voir de plus près.

Après le dîner, quand elles ont toutes deux l'estomac délicieusement rempli de fajitas et de bière – Angela a fini par trouver une bière sans alcool qui ne la dégoûte pas –, elle tire le volume de son sac et le remet à Tina tout en s'asseyant sur le canapé avec Grizzly.

— Tiens. Je l'ai parcouru. Je ne savais absolument rien de cette époque.

— *Le Réseau Jane.* Ah, mais c'est le bouquin du Dr Taylor ! s'exclame Tina.

Angela ouvre de grands yeux.

— Pardon ?

— En fait, je la connais. Je suis sûre que c'est la même Evelyn Taylor qui est prof à la fac.

— Tu es sérieuse ?

— Oui, elle est venue faire une conférence devant mes étudiants, il y a quoi… trois ans ? À l'université, les gens savent qu'elle a fait partie d'un groupe d'avortement clandestin dans les années 1970-1980, avant que ce soit légalisé. (Tina consulte la table des matières, les yeux glissant du haut en bas de la page sous ses lunettes de lecture.) Elle a été l'élève de Morgentaler ? Waouh.

— J'ai vu ça. Le nom me dit quelque chose, mais je ne sais pas trop qui c'est.

— C'est lui qui est allé à la Cour suprême contester la constitutionnalité des lois sur l'avortement dans les années 1980. Il a même été incarcéré deux ou trois fois. C'est un sacré personnage. (Tina secoue la tête.) Je ne m'imaginais pas qu'elle avait tout appris auprès de lui. Elle enseigne encore. Je l'ai invitée pour une de nos conférences privées, afin qu'elle présente son expérience aux étudiants. Ils ont adoré. Je pense qu'elle a éveillé la rébellion chez quelques-uns d'entre eux.

Tina sourit et rend le livre à Angela, puis boit une gorgée de bière. La flamme de la bougie allumée sur la table basse se reflète sur le verre brun.

— À la dernière réunion de mon club de lecture, on a décidé de mettre un ouvrage de sciences humaines au programme l'année prochaine, dit Angela en examinant la couverture en noir et blanc. Je vais proposer celui-ci.

— Tu crois que les filles du club vont accepter ?

— Bien sûr. Elles sont toutes féministes, elles trouveront ça intéressant. C'est un bon titre pour nous mettre à la non-fiction.

Tina baisse les yeux. D'un bond, Grizzly quitte les genoux d'Angela pour les siens.

— Tout va bien, chérie ? demande Angela.

La tête de Tina oscille comme un métronome.

— Oui. Je me demande si tu ne devrais pas repousser cette lecture à plus tard.

Angela fronce les sourcils :

— Pourquoi ça ?

Tina soupire.

— Je vais être franche : tu as envie de lire un livre sur l'avortement alors que tu espères être enceinte ? Le moment n'est pas très bien choisi pour, euh...

— Revisiter ce trauma-là ? termine Angela en regardant sa femme dans les yeux.

— Oui.

Angela réfléchit un instant.

— OK, tu as peut-être raison. Je ne vais pas me jeter dessus. À propos, j'envisageais justement de passer un test. Je sais qu'il est un peu tôt, mais...

À chaque procédure de fertilité, elle se sent incapable d'attendre le temps nécessaire avant de faire un test de grossesse. Elle sait qu'elle devrait patienter, qu'il n'y a sans doute pas assez d'hormones dans son organisme pour apparaître sur un autotest, et qu'elle risque d'obtenir un faux négatif qui la replongerait dans la spirale du découragement. Il lui est aussi arrivé d'obtenir un positif précoce, et d'avoir quand même ses règles quelques jours plus tard. Après ça, elle a juré de ne plus jamais faire de tests trop tôt, mais cette résolution n'a pas duré.

— Il ne reste plus que quelques jours à attendre, non ? demande Tina.

— Oui.

Tina sourit.

— D'accord. Allons-y.

Un quart d'heure après, elles se serrent dans leur minuscule salle de bains, le test de grossesse posé devant elles. Angela émet un grognement guttural quand Tina fixe le chrono de son téléphone à trois minutes.

Elles patientent en silence, Angela perchée sur le bord des toilettes, Tina adossée au mur face à elle. Toutes deux contemplent le sol carrelé en s'efforçant de ne pas regarder la petite fenêtre qui, sur la bande-test, déterminera la suite des événements.

Plus que dix secondes.

— N'oublie pas qu'il est trop tôt, lui rappelle Tina.

— Je sais.

— On recommencera dans quelques jours.

— Je sais.

L'alarme du téléphone de Tina retentit et elles sursautent. Angela s'empare du test, le cœur battant.

Et voilà : si elle le tourne à la lumière *exactement* comme il faut… un trait bleu à peine visible. Mais il est là. Il est bien là.

— Ti, souffle Angela, tendant le test à son épouse d'une main tremblante. Regarde.

Tina doit un peu plisser les yeux, mais un sourire se forme sur son visage.

— Tu le vois aussi ? Je ne rêve pas ?

Tina enlace Angela, lui pose un baiser sur le front. Elles se tiennent ainsi, sous la lumière crue des vieilles ampoules halogènes, qu'Angela déteste parce qu'elles mettent en évidence la moindre ride, la moindre tache, et offrent la version la moins attrayante de sa physionomie. Mais aujourd'hui, cet éclairage ingrat lui a révélé le léger petit trait bleu. Les ampoules brillent au-dessus de sa tête, peut-être pas si méchantes, après tout, tandis que des larmes coulent sur ses joues. Tina et Angela s'accrocheront à ce petit trait bleu d'espoir jusqu'à ce qu'elles soient forcées de le lâcher.

***

Une semaine plus tard, elles sortent du métro ensemble et, parmi la foule des autres banlieusards, elles montent les marches de ciment rendues glissantes par la neige fondue. Elles ont rendez-vous avec leur gynécologue pour les résultats de la prise de sang d'il y a trois semaines, résultats qui devraient confirmer la grossesse. Angela a suivi le conseil de Tina et a préféré attendre confirmation avant d'entreprendre la lecture du *Réseau Jane.*

Elles arrivent à la clinique avec dix minutes d'avance et se présentent à l'accueil.

— Cela fait six mois que vous avez renouvelé votre contact en cas d'urgence, signale la réceptionniste en blouse rose bonbon.

— Ah oui, bien sûr. C'est toujours mon épouse, Tina.

— Même nom de famille ?

— Non, elle, c'est Hobbs, et moi Creighton.

— D'accord, c'est noté, merci. Asseyez-vous, l'infirmière viendra vous chercher dans un moment.

Tina suspend leurs manteaux et elles prennent place dans la salle d'attente bondée, sur des chaises tendues d'un tissu gris qui gratte. Vingt minutes plus tard, c'est leur tour.

Leur gynéco, le Dr Singh, surgit de la salle d'examen, vêtue d'une blouse verte.

— Bonjour, Angela, Tina. Comment allez-vous ?

— On est un peu nerveuses, répond Angela.

— Comme chaque fois, ajoute Tina.

— Eh bien, je ne ferai pas durer le suspense : j'ai une excellente nouvelle pour vous. Vous êtes bel et bien enceinte.

Tina et Angela sont aux anges.

— Votre taux de HCG semble tout à fait satisfaisant, Angela. Il y a de bonnes raisons d'être optimiste. Vous manquez un peu de fer, donc je vais vous prescrire un supplément pour revenir au niveau où j'aimerais que vous soyez, mais à part ça… Comme toujours, surtout ne vous fatiguez pas inutilement. Pas d'activité physique intense.

Angela acquiesce.

— Évidemment. Merci.

— Je sais que la route a été longue pour vous, reprend le Dr Singh en les regardant à tour de rôle. Ce n'est pas facile, mais vous allez y arriver, j'ai bon espoir.

Une boule se forme dans la gorge d'Angela.

— Merci, docteur.

— Avant de vous laisser partir, je voudrais juste que vous nous donniez un échantillon d'urine, Angela. Après, nous nous reverrons dans quelques semaines pour votre check-up.

Toutes les deux hochent la tête et sourient à nouveau quand le Dr Singh remet à Angela le gobelet en plastique.

— Et puis, ajoute-t-elle en se retournant alors qu'elle quitte la pièce, félicitations !

***

Tina a prévu un repas sophistiqué pour fêter ça, mais sitôt rentrées chez elles, elles commencent par téléphoner à leurs parents. Leurs familles respectives les ont accompagnées dans tous ces hauts et ces bas, donc elles conservent un optimisme prudent, mais c'est un soulagement de pouvoir leur annoncer une bonne nouvelle après la tragédie d'il y a quelques mois.

Enfant unique, Angela est la seule à pouvoir offrir des petits-enfants à ses parents. Ils n'ont jamais insisté, mais elle sait qu'ils sont aussi impatients qu'elle et Tina. Elle les appelle en premier, et elle sent bien l'enthousiasme dans leur voix, même s'ils font de leur mieux pour adopter la même modération qu'elle.

Elle prévient ensuite Sheila, qui est dans la boucle depuis le début de cette aventure. Sheila n'était qu'une adolescente lorsqu'elle a confié Angela à l'adoption. Elle n'est même pas sûre de l'identité du père biologique ; elle hésite entre deux hommes, mais ni Sheila ni Angela n'a jamais tenté de les retrouver. Sheila n'avait pas envie d'être mère, et certainement pas aussi jeune. Elle est restée célibataire pendant la majeure partie de sa vie, préférant la liberté de ceux qui ont moins d'attaches familiales. Pourtant, elle était ravie quand Angela a réussi à la contacter. Leur relation a d'abord été un peu difficile, mais elles sont désormais unies par une affection qui leur convient à toutes les deux, sans que cela crée la moindre tension entre Angela et sa mère adoptive. Angela espère que sa mère biologique tiendra auprès de son bébé un rôle situé quelque part entre une tante et une grand-mère.

Après ces coups de fil, Tina ordonne gentiment à Angela de s'allonger sur le canapé et de se reposer pendant qu'elle prépare le dîner.

—Je ne vois pas comment je pourrais refuser, glousse Angela.

Les pieds sur les coussins du canapé, elle prend Grizzly sur ses genoux. Tina l'embrasse pour la vingt-septième fois de la journée. Lorsqu'elle part en cuisine, Angela sort son téléphone.

Même nom de famille ?

La question de la réceptionniste la tracasse, et Angela se sent stupide de ne pas y avoir pensé. Elle a consacré les dernières semaines à rechercher une Nancy Mitchell, mais cette femme porte peut-être un autre nom désormais, si elle s'est mariée. La première idée d'Angela est d'étudier les faire-part des années 1980 et 1990 dans les principaux journaux de Toronto, pour voir si le mariage d'une Nancy Mitchell y est annoncé.

Tout en sirotant son verre, ses réflexions soutenues par le grésillement de l'ail qui frit, elle se sert du mot de passe de Tina pour accéder aux archives de la bibliothèque universitaire, puis cherche les quotidiens. Tout a été numérisé à partir de 1980. Il est peu probable que Nancy se soit mariée avant, mais c'est possible. En tout cas, c'est un début. Elle sélectionne les faire-part de 1980 à 1999 et tape *Nancy* et *Mitchell* comme mots-clés.

Il y a quatre résultats. Deux sont simplement des reportages où ces noms apparaissent. Le troisième est un faire-part de naissance de 1981, pour la fille que viennent d'avoir Mitchell et Nancy Renolds. Le dernier est plus intéressant. Il date de février 1986.

Mr and Mrs William et Frances Mitchell ont le plaisir d'annoncer le mariage de leur fille Nancy Eleanor avec Mr Michael James Birch.

— Birch. Nancy Birch... Et Frances Mitchell. Gagné !

Avec un picotement de satisfaction, Angela ouvre immédiatement son appli Facebook. Elle copie le message qu'elle a envoyé aux autres Nancy Mitchell, puis saisit le nom *Nancy Birch* dans la boîte de recherche. Elle obtient plusieurs résultats. Là encore, elle envoie le message à toutes les femmes qui semblent avoir l'âge voulu, puis se rassied sur le canapé et serre Grizzly contre elle. Il ronronne dans son cou, elle enfouit son visage dans sa fourrure soyeuse. Angela se sent plus heureuse que depuis plusieurs mois.

14

Evelyn

Toronto, printemps 1971

AVEC UN PROFOND SOUPIR, Evelyn ferme son cabinet pour la journée, et le claquement de la grande porte en bois indique le répit bienvenu du week-end. Ce vendredi après-midi s'est avéré particulièrement agité, et l'infirmière d'Evelyn, Alice, remet la salle d'attente en état, après le passage d'un nouveau patient : Jeremy, un petit garçon de quatre ans qu'elle a déjà surnommé la tornade humaine.

— Evelyn, dit Alice, vous avez des projets pour ce soir ?

Evelyn s'assied à côté de la pile de livres pour enfants qu'Alice vient de ranger et croise les jambes tout en appuyant au dossier de la chaise une semaine entière de fatigue.

— Non, Dieu merci. Après notre prochain rendez-vous, je rentrerai boire un énorme verre de vin. Elle vient bien à six heures ?

L'été dernier, Evelyn a déclaré à Tom qu'elle voulait emménager à Toronto et ouvrir son propre cabinet, et il a accepté de la suivre. Ils ont acheté cette vieille maison de Seaton Street dont le premier étage a été converti en salle d'attente, accueil et deux salles d'examen. Même avec le loyer qu'elle touche sur l'appartement situé au-dessus, Evelyn est encore endettée au-delà de ce qu'elle croyait possible. Malgré tout, elle peut être fière ; son cabinet ne désemplit pas.

Chester Braithwaite a été son premier patient. Cet octogénaire est arrivé sous le porche de la clinique quelques instants après qu'elle venait de fixer sa plaque professionnelle, et son discours lui a aussitôt valu une petite place à part dans son cœur.

— Bonjour, docteur ! lui a-t-il lancé en ôtant sa casquette de laine grise. J'habite au bout de la rue et je viens voir si vous prenez de nouveaux patients. Ma femme nous a quittés l'an dernier, voyez-vous, et ma fille n'arrête pas de me dire que je dois m'occuper de ma santé. Je me demandais si vous aviez de la place pour un vieux bonhomme comme moi. Autant vous prévenir tout de suite, je ne compte pas renoncer à mon petit whisky quotidien. Je fume un cigare par semaine, le dimanche soir, et je ne mange pas de légumes. Et je ne changerai pas mes habitudes. Mais j'ai le cœur solide et j'ai bien l'intention de vivre encore dix ans, donc vous allez m'avoir un moment sur le dos. Qu'est-ce que vous en dites ?

Si on lui posait la question, elle n'avouerait jamais la moindre préférence parmi ses patients, mais Chester est son chouchou. Evelyn apprécie en particulier son côté paternel et sa franchise sans détour. Lors des consultations, la plupart des gens ont tendance à exagérer les mérites de leur alimentation et de leur mode de vie, et à minimiser l'influence de leurs vices sur leur santé. Mais pas Mr Braithwaite.

Par la suite, Chester a envoyé plusieurs de ses amis et voisins chez « la jolie petite doctoresse du bout de la rue », ce qui a permis de faire démarrer le cabinet. Et lorsqu'elle a pu embaucher une infirmière, elle a sondé ses réseaux pour trouver quelqu'un qui soutiendrait ses engagements particuliers. Par une amie commune qui militait aussi pour la libération des femmes, Paula l'a mise en rapport avec Alice, et toutes deux se sont parfaitement entendues dès leur première rencontre autour d'un café.

Alice est à peine plus jeune qu'Evelyn, elle a une vingtaine d'années. Elle est dure à l'extérieur, mais tendre à l'intérieur, et même si elles ne se connaissent pas depuis très longtemps, Evelyn lui fait confiance autant qu'à Tom. Au cours des six derniers mois, Alice et elle ont pratiqué chaque semaine quelques avortements, après l'heure officielle de fermeture du cabinet.

Assise face à Evelyn, Alice se penche en avant, les mains jointes entre les genoux.

— Je voudrais vous parler d'une chose.

— Je vous écoute.

Alice hésite.

— Vous vous rappelez le jour où nous avons reçu ma sœur, Emily ?

— Bien sûr.

Une fille intelligente. Un préservatif défectueux.

— Eh bien, une de ses amies l'a interrogée pour une autre amie, parce que la tante de la fille lui a dit qu'elle pouvait téléphoner aux médecins et demander une nommée Jane.

— Jane ?

— Jane. Jane tout court. C'est un code.

Evelyn change de position sur sa chaise.

— Un code qui signifie « avortement » ?

— Plus ou moins. Un code pour le réseau qui met en relation les femmes et les médecins qui offrent l'avortement. Ça repose avant tout sur le bouche-à-oreille. Apparemment, ils sont nombreux à utiliser ce code à Chicago, et ça s'est implanté ailleurs. J'imagine que c'est un nom assez passe-partout pour échapper aux oreilles indésirables.

Evelyn garde le silence un moment.

— Quelqu'un que j'ai connu il y a longtemps avait appelé son bébé Jane, murmure-t-elle en passant un doigt sur la couture de sa blouse. C'est intéressant qu'il y ait un code.

— Très intéressant, renchérit Alice. C'est malin, comme système.

Evelyn remarque une étincelle dans son regard.

— Alice, je vois où vous voulez en venir, mais…

— S'il vous plaît, Evelyn, écoutez-moi jusqu'au bout.

Evelyn humecte ses lèvres sèches et hoche la tête.

— Donc, il existe une équipe d'organisatrices, pour ce réseau. Elles se font toutes appeler Jane. En fait, c'est juste une version plus encadrée de ce que nous faisons ici. Pour le moment, les femmes découvrent notre existence grâce à la cousine d'une amie de leur sœur, et elles nous contactent, mais ça ne permet qu'à un cercle relativement restreint d'apprendre que nous proposons des avortements sans danger. Il y a peu de chances que ça se répande très loin autour de nous.

— On en fait deux ou trois par semaine, Alice. On fait ce qu'on peut.

— Mais on pourrait faire plus, non ?

Evelyn se mord l'intérieur de la joue.

— Nous courons déjà assez de risques comme ça.

Alice émet un long soupir.

— Je sais. Mais je veux en faire plus. Si nous pouvons. Les organisatrices se réunissent ce soir. J'ai demandé à Emily de me mettre en rapport avec l'une d'elles par l'intermédiaire de son amie. Elle m'a donné l'adresse. C'est à huit heures. J'aimerais bien y aller.

Evelyn dévisage son infirmière pour deviner ses intentions.

— Et vous voulez que je vous accompagne ?

— Oui. Venez voir à quoi ça ressemble, et nous en discuterons après. Ça n'engage à rien.

Alice sourit, ses dents parfaites d'un blanc éclatant dans son visage noir. C'est une femme sérieuse qui ne sourit pas souvent, mais chaque fois cela illumine tout autour d'elle. Son sourire est si chaleureux, le meilleur remède pour calmer les nerfs de leurs patientes du soir.

Evelyn se lève, se met à arpenter la moquette usée, se baisse pour ramasser un Lego égaré, avant de se tourner vers Alice.

— Je vois d'ici ce que ça va être. Un groupe de femmes prêtes à tout, qui le crient sur les toits parce qu'elles veulent que ça se sache. Mais c'est plus facile d'agir à notre manière, Alice. Moins il y a de gens au courant, mieux ça vaut. Cela signifie que nous sommes en sécurité, et ça nous permet de continuer à offrir nos services. Nous ne pourrons plus rien faire quand nous serons en prison. Et les Jane non plus.

Les yeux d'Alice se fixent sur ceux d'Evelyn. Ils reflètent la lumière tamisée de la lampe posée sur le comptoir de l'accueil.

— Et si nous étions trop en sécurité ici ? S'il y avait des femmes désespérées qui ne parviennent pas à nous localiser ? Et qui pensent qu'il n'y a personne pour les aider ?

— Nous ne pouvons pas aider tout le monde, Alice. J'aimerais bien, mais ce n'est pas possible.

— Non, pas tout le monde, mais nous pourrions aider plus de personnes.

Les deux femmes se dévisagent un long moment, chacune calculant les conséquences de son opiniâtreté.

Evelyn exhale lentement et hausse les épaules.

— Laissez-moi y réfléchir.

***

Tom est déjà en cuisine quand Evelyn arrive à la maison. Elle détecte une odeur d'oignons et peut-être d'aubergines. Ils sont tous deux végétariens, et Tom est l'un des meilleurs cuisiniers qu'Evelyn connaisse. Elle suspend son sac à main et sa veste à une patère dans le vestibule avant de traverser le long couloir, guidée par le bruit des légumes qui mijotent, sur fond de musique classique.

— À ta santé, ma belle, lance Tom.

Il l'embrasse sur la joue et lui tend un grand verre de vin rouge.

— Ah, merci, répond Evelyn avec un soupir en se perchant sur un tabouret.

— Ma petite femme a l'air fatiguée, ce vendredi soir, commente Tom en lui tournant le dos pour surveiller la poêle. Tu as besoin de te confier ?

Evelyn n'avait pas prévu de se marier, mais Tom l'a souhaité quand elle a proposé de s'établir à Toronto, et elle a volontiers accepté. Épouser un homosexuel semblait le moins contre-nature des choix qui s'offraient à elle. Pour tous les deux, c'était un prolongement naturel de leur relation.

Pourtant, quand Tom lui avait demandé sa main, Evelyn avait éclaté de rire.

— Je pensais que vos intentions étaient tout à fait honorables, Mr O'Reilly, avait-elle répondu en minaudant. En réalité, vous n'avez fait que me manipuler pendant tout ce temps ! Vous m'avez fait croire que vous étiez homosexuel afin de me prendre au dépourvu en suggérant le mariage !

Il avait mis un genou à terre et pris ses deux mains dans les siennes.

— T'épouser me permettrait de savourer jusqu'à la fin de mes jours le goût de ta tarte au citron, et c'est une raison suffisante pour m'engager.

Elle avait eu un sourire narquois.

— Mais, Evelyn, tu me rends véritablement plus heureux qu'aucune femme n'a pu le faire à un autre moment de ma vie.

Elle avait cessé de sourire lorsqu'elle avait compris qu'il était parfaitement sérieux. Il avait avec sa mère des rapports pour le moins tendus. Il avait fui l'Angleterre pour échapper à ses commentaires sur sa « nature » et sous prétexte d'élargir ses horizons en allant faire ses études à l'étranger.

— Je sais que tu as tes raisons de ne pas vouloir te marier ni avoir des enfants, avait poursuivi Tom. Tu m'as fait part de tes plus grands secrets, et je t'ai livré les miens. Mais je pense que nous pourrions continuer à nous protéger et mener une vie très heureuse ensemble.

Evelyn avait souri à nouveau, puis feint l'indignation :

— Tu ne comptes pas sur moi pour porter ton nom, quand même ?

— Bien sûr que non, ma belle. Jamais je n'oserais proposer une chose pareille, de peur de causer des dégâts fatals à mes organes les plus délicats et les plus précieux.

Alors Evelyn avait acquiescé en riant :

— OK.

— Tu acceptes ?

— J'accepte.

Et elle avait laissé Tom lui glisser une simple bague au doigt.

Evelyn promène son annulaire sur le bord de son verre de vin et contemple le diamant de sa bague de fiançailles tout en cherchant comment aborder avec Tom la question du réseau Jane. En général, ils ne se cachent rien. Cette franchise mutuelle est l'une des caractéristiques qui rend leur relation aussi exceptionnelle. Comment leur couple pourrait-il fonctionner sans cette sincérité brute ? Il n'y a pas de place pour les cachotteries entre eux quand tous deux doivent dissimuler aux autres leur véritable identité.

— Je connais ce regard. Accouche, ordonne Tom en s'asseyant face à elle.

Evelyn se radoucit, prend une longue gorgée de vin.

— Tout à l'heure, Alice m'a fait une proposition.

— Ça tombe mal, tu es déjà mariée.

— Ah ah, oui, je sais. Mais sérieusement, elle m'a demandé de l'accompagner à la réunion d'un réseau d'avortement clandestin, qui s'appelle Jane.

— Jane ?

— Oui, les Jane.

Evelyn boit encore un peu.

— Ah. Et qu'est-ce qu'elles font de plus que toi ?

— Je ne sais pas vraiment. Elles se font remarquer inutilement. Du moins, c'est ce que j'ai dit à Alice. Elles se font connaître par le bouche-à-oreille, mais je n'ai pas beaucoup de détails.

— Où serait le mal si tu t'en procurais ?

— Pardon ?

— Va à cette réunion. Tu n'as rien à perdre.

Evelyn reste un instant songeuse, puis secoue la tête.

— Non. Pas ce soir, en tout cas. J'ai besoin d'y réfléchir.

Elle s'interrompt, puis tapote le bord de son verre.

— J'ai droit à un deuxième verre ?

Tom déplie ses membres, attrape la bouteille à côté des plaques chauffantes et la pose devant elle avant de consacrer toute son attention au repas. Evelyn se sert un peu trop généreusement, puis se penche pour s'accouder au plan de travail.

— Alice affirme que nous pourrions en faire bien davantage, mais le risque est trop grand si nous sommes démasquées...

Tom ne réplique pas, cependant Evelyn voit bien qu'il rumine.

— Tu te rappelles la manifestation devant le Parlement ?

— Bien sûr.

— Tu te rappelles la conversation qu'on a eue la veille ?

Elle voit où il veut en venir. À la fac de médecine, il avait toujours de meilleures notes qu'elle. C'était un sujet de plaisanterie entre eux, mais elle pense depuis toujours que Tom est un garçon brillant. Il a toujours un peu d'avance sur elle. C'est ce qui fait de lui un mari aussi attentif. Il anticipe ses besoins avant qu'elle-même en soit tout à fait consciente.

— Tu trouvais que je m'inquiétais trop, reprend-il. Et que ce serait hypocrite de ta part si tu ne participais pas à cette manif. Tu m'as bien dit que tu voulais faire les choses à fond ?

Evelyn soutient le regard intense qu'il lui adresse.

— Il faut croire que tu n'es pas la seule. Le problème commence à s'étaler au grand jour, et c'est une bonne chose. Tant que l'avortement sera illégal, il y aura toujours un risque, je te l'accorde. Mais si de plus en plus de femmes résistent et se battent… pourquoi ne pas te joindre à elles ? Le nombre est une forme de protection. À l'époque, tu m'as rétorqué qu'ils ne pourraient pas arrêter tous les manifestants devant le Parlement parce qu'ils n'auraient pas assez de menottes !

Tout en sirotant son verre, Evelyn contemple son mari, si raisonnable qu'il en est agaçant. Elle hoche à nouveau la tête.

— Pas assez de menottes, en effet.

***

Un mardi soir pluvieux, Evelyn et Alice attendent leur rendez-vous d'après la fermeture. Elles commandent un repas au restaurant chinois le plus proche et, une fois livrées, s'assoient par terre dans la salle d'attente, leurs plats disposés sur la table basse.

— Bon, commence Alice en fourrant dans sa bouche un morceau de brocoli, vous avez eu le temps de réfléchir au réseau Jane ?

Elle n'en a plus reparlé depuis leur première conversation, quelques semaines auparavant.

Evelyn a les yeux baissés vers son bol de nouilles.

— Un peu, oui.

— Et alors ?

— J'en ai discuté avec Tom. Mais j'hésite encore.

Alice soupire.

— OK.

Un silence poisseux se prolonge pendant cinq minutes. Elles mangent toutes deux plus vite qu'à leur habitude. Lorsqu'elles ont terminé, Evelyn empile les boîtes et va les jeter à la poubelle de l'accueil.

— Notre patiente sera là dans dix minutes. Préparons-nous.

Alice se redresse et étire ses bras au-dessus de sa tête.

— Comment s'appelle-t-elle ?

— Celeste.

Une demi-heure plus tard, Celeste est étendue sur la table d'opération, ses pieds dans les étriers. C'est la plus jeune patiente qu'elles aient reçue. Seize ans seulement.

— Tout va bien, Celeste ? demande Evelyn en enfilant ses gants et en réglant son masque chirurgical. Vous avez compris la procédure qu'Alice vous a expliquée ? Vous savez ce que nous allons faire ?

Celeste fait signe que oui et fond en larmes, comme c'est souvent le cas avant qu'Evelyn ne démarre. Alice accourt avec des Kleenex et encourage Celeste à se moucher.

— Pardon, balbutie la jeune fille.

Evelyn ne compte plus le nombre de fois où une patiente lui a présenté des excuses superflues.

— Vous n'avez pas à vous excuser. Il vous faut un peu de temps ?

— Non, ça va. En fait, je vous suis tellement reconnaissante. J'ai une amie… (Elle déglutit avec difficulté.) J'ai une amie qui est morte l'an dernier après être tombée enceinte. Elle venait d'une famille très croyante, elle a paniqué et elle a cru pouvoir se débarrasser du bébé en buvant… de l'eau de Javel. Je croyais avoir fait tout ce qu'il fallait pour que ça ne m'arrive pas. Et puis, quand j'ai vu que c'était mon tour, je me suis dit : « Oh mon Dieu, maintenant je vais mourir. »

Les yeux écarquillés d'Alice croisent ceux d'Evelyn par-dessus leurs masques. La salle est silencieuse. À l'extérieur, une voiture passe sur la route mouillée.

Celeste inspire, toute tremblante.

— J'ai pensé que si je ne voulais pas retomber enceinte, je devais faire un de ces trucs qu'on raconte, vous savez, avec une aiguille à tricoter. Ou me jeter en bas du putain d'escalier. Pardon. Ma mère trouve que je dis trop de gros mots. Alors j'ai appelé mon docteur pour demander ce que je pouvais faire, elle n'a pas voulu en parler, mais elle m'a donné votre numéro.

Evelyn plisse le front. Ce n'est pas la première fois qu'elle est recommandée par un autre médecin. En un sens, elle est contente d'être connue pour cela, et que certains docteurs aient l'honnêteté de lui envoyer leurs patientes, mais elle leur en veut parce qu'ils refusent de franchir eux-mêmes le pas.

— Enfin, je croyais vraiment que j'allais mourir, répète Celeste, ses yeux humides reflétant la lumière vive du plafonnier. Donc, merci. J'aurais... J'aurais juste voulu vous connaître avant que Linda soit enceinte. Je ne peux pas...

Alice s'approche de la jeune patiente avec un tissu propre et lui écarte les cheveux du front. Au bout de la table, Evelyn est muette. Elle essaie de chasser de son esprit les vérités inconfortables qui finiront peut-être par décider de sa carrière.

— OK, Celeste, dit-elle doucement. Inspirez profondément et tenez la main d'Alice. Il n'y en a pas pour longtemps.

***

— Dans une église ? s'étonne Evelyn, s'arrêtant net devant l'édifice. Ça a quelque chose d'assez improbable, non ?

Mardi soir, aussitôt après avoir installé Celeste dans un taxi, Evelyn a demandé à Alice de se renseigner sur la prochaine réunion du réseau Jane. Grâce à ses relations, Alice a appris qu'il y en avait une ce vendredi. Elles ont donc pris le tramway après avoir mangé des sandwichs végétariens et bu des milk-shakes au Fran's Diner.

Alice examine le numéro fixé sur le mur de brique rouge.

— C'est la bonne adresse. Et puis, c'est un temple de l'Église unie. Il ne peut rien nous arriver de bien grave. Entrons.

Evelyn ouvre la voie et elles pénètrent dans le bâtiment, laissant se refermer derrière elles la lourde porte en bois qui éteint les bruits extérieurs.

— Vous venez pour la réunion du club de tricot ?

Evelyn et Alice sursautent en entendant cette voix qui résonne sous le haut plafond. La femme se tient à gauche de l'entrée, dans l'ombre. Elle doit avoir une trentaine d'années, porte d'immenses lunettes et ses longs cheveux lisses lui tombent bien en dessous des épaules.

— Euh, bafouille Alice, mais Evelyn se ressaisit.

— Nous venons voir Jane, répond-elle malgré un nœud dans la gorge.

— Je ne crois pas qu'elle vous ait déjà vues.

Les deux visiteuses échangent un regard.

— Je m'appelle Alice, et je vous présente Evelyn. C'est ma sœur qui m'a parlé de vous, elle vous connaît par une amie, etc. J'ai réussi à obtenir les informations sur l'endroit et le jour où vous vous réunissiez.

— Très bien. Mais vous ne *cherchez* pas Jane, n'est-ce pas ? demande la femme en fronçant les sourcils. Parce que ce soir, ce n'est pas…

— Oh non, non, l'interrompt Alice. Je suis infirmière, Evelyn est docteur, et nous avons envie… (Evelyn s'éclaircit bruyamment la gorge.) Nous pourrions avoir envie de vous aider, vous savez, de soutenir la cause, conclut Alice, écarlate.

La femme a soudain les yeux exorbités, elle tend la main à Evelyn et manque de la lui broyer, dans son enthousiasme, avant de serrer celle d'Alice.

— Voilà une excellente nouvelle, vraiment excellente ! Merci beaucoup d'être venues. Je m'appelle Jeanette. Nous avons désespérément besoin de médecins prêts à collaborer, c'est le sujet de la réunion de ce soir. En bas des escaliers, à droite, indique-t-elle avec un gigantesque sourire. On va commencer dans quelques minutes.

— Merci, disent en chœur Evelyn et Alice.

L'escalier les conduit au sous-sol de l'église, devant une porte arborant un écriteau où est inscrit au marqueur noir RÉUNION DU CLUB DE TRICOT. Alice hausse un sourcil et tourne la poignée.

Elles se retrouvent dans une vaste salle commune. Des chaises en plastique orange sont disposées comme pour une conférence, face à une chaire en bois avec une croix en cuivre incrustée devant. Il règne une odeur de bibliothèque, et une douzaine de femmes discutent avec enthousiasme. Evelyn désigne une rangée de quatre sièges inoccupés au fond, et tandis qu'elles prennent place, elle observe la pièce d'un œil intrigué. Ses épaules se détendent lorsqu'elle constate qu'il n'y a là personne de sa connaissance.

Quelques minutes plus tard, une jeune femme âgée de vingt-cinq ans à peine s'avance vers la chaire et s'y agrippe à deux mains. Elle se penche en avant, souriant à son auditoire. Le silence se fait presque aussitôt, et Evelyn sent l'électricité dans la pièce.

— Bienvenue à toutes, dit la femme d'une voix onctueuse comme du chocolat. Merci d'être venues ce soir à la réunion du club de tricot. (Gloussements ironiques dans la foule.) Je m'appelle Holly. Je vois parmi vous des visages nouveaux, donc je demanderai à ces personnes de rester un peu après la fin, histoire de se présenter, et pour que je m'assure que vous n'êtes pas des espions.

Elle sourit, mais plusieurs femmes se retournent d'un air méfiant. Evelyn n'est pas très à l'aise.

— Donc, la réunion de ce soir est une sorte de bilan, afin de voir où en est notre organisation, poursuit Holly avec vivacité en consultant la feuille qu'elle a sous les yeux. Je suis fière de dire que, depuis la naissance de ce mouvement, nous avons pu mettre près d'un millier de femmes en contact avec des médecins prêts à offrir des avortements efficaces et sans danger.

Les applaudissements éclatent dans l'assemblée. Une des femmes pousse un grand cri de joie.

— C'est formidable, vraiment, c'est impressionnant, commente Holly. Nous avons pu sauver de nombreuses vies grâce au réseau Jane, et nous n'aurions pas pu le faire sans le temps, l'énergie et les sacrifices que vous avez consentis. Je le répète, un grand merci à vous. Mais beaucoup de femmes attendent encore. Nous faisons de notre mieux pour ne refuser personne, cela a toujours fait partie de nos engagements, de nos objectifs. Mais une ou deux sont passées à travers les mailles du filet. Elles nous ont contactées presque trop tard, il leur fallait une intervention d'urgence, et nous n'avions pas de médecin disponible. Ces quelques cas pèsent lourdement sur notre conscience collective.

Evelyn se surprend à retenir sa respiration. La foule se tait. Holly a beau être jeune, elle sait comment captiver l'attention de son auditoire.

— Mais aujourd'hui, nous avons une bonne nouvelle à vous apprendre, poursuit-elle en souriant à une femme assise au premier rang. Je voudrais donner la parole à Lillian, notre invitée, qui va nous faire partager son expérience. Vous pouvez l'applaudir !

Tandis que Lillian se lève, Holly frappe des mains, puis lui donne chaleureusement l'accolade. Lillian se tourne vers les Jane. Elle tousse dans son poing qui tremble un peu. C'est une femme de petite taille, aux cheveux blond cendré et aux épaules voûtées, comme pour se protéger.

— Bonsoir à toutes, dit-elle.

Un chœur de chaleureuses voix féminines lui répond :

— Bonsoir, Lillian !

— Euh… Je n'ai pas grand-chose à raconter, mais j'ai voulu venir remercier toutes celles qui m'ont aidée à, vous savez, à avorter. (Sa voix se dérobe sur ce dernier mot.) J'ai entendu parler de Jane par l'amie d'une amie, comme à peu près tout le monde, j'imagine. Au début, j'avais vraiment peur… (Elle hésite, baisse les yeux.) J'étais vraiment désespérée. J'ai… J'ai été violée par mon beau-père. (Sa voix remonte à la fin de la phrase, comme si c'était une question à laquelle elle cherche encore une réponse.) Après beaucoup d'autres abus. Pendant longtemps. Et évidemment je ne pouvais pas…

Les mots qu'elle ne prononce pas pèsent sur les épaules de toutes les femmes présentes. Toutes sentent la gravité de l'expérience de Lillian, son poids écrasant.

— Il faut vraiment être une sacrée garce pour laisser des choses comme ça arriver à sa fille sous son propre toit, lâche amèrement Evelyn.

Alice prend la main glacée d'Evelyn dans la sienne et la serre.

— Je sais, chuchote-t-elle.

— Je ne voulais pas avoir d'enfant, poursuit Lillian. Je ne pouvais pas en parler à ma mère. Je suis encore au lycée. Je voudrais devenir institutrice, et j'aurais dû quitter l'école, mais je ne voulais pas faire ça. J'en ai parlé au médecin, qui m'a dit que, même si c'était un viol, je n'obtiendrais pas l'approbation du comité d'avortement. C'est incroyable, non ?

Lillian secoue la tête en signe d'incrédulité, parmi les murmures de la foule, puis elle poursuit :

— Il avait une autre patiente dans le même cas, et on lui avait refusé l'avortement parce qu'ils ne l'avaient pas crue. Ils pensaient qu'elle dissimulait « une erreur ». (Elle s'interrompt.) Enfin, tout ce que je voulais dire, c'est que c'est vraiment dur d'y arriver. J'ai fini par raconter au médecin que j'avais fait une fausse couche, mais je pense qu'il ne m'a pas crue. Il y a beaucoup de filles comme moi qui n'ont pas le choix, et toute l'aide que vous m'avez apportée m'a littéralement sauvé la vie. Je ne sais pas si j'aurais tenu le coup sans vous. Merci encore.

Elle s'empresse de regagner son siège au premier rang, alors que les applaudissements éclatent. Alice renifle, tandis que le doigt d'Evelyn se dirige, comme souvent, vers la cicatrice de son poignet.

Elle se rappelle avec une précision douloureuse ce que l'on ressent lorsqu'on est enceinte et qu'on ne l'a pas souhaité. On est d'abord dans le déni, puis quelques semaines plus tard on se met à vomir son petit déjeuner et on pleure au-dessus des toilettes. On sent son ventre enfler peu à peu, on a mal aux seins, on sait qu'on ne pourra pas cacher sa grossesse très longtemps. On rêve d'en finir, par n'importe quel moyen. En faisant une chute accidentelle dans les escaliers, ou en buvant juste assez d'eau de Javel pour ne pas se tuer. En s'ouvrant les veines dans une baignoire.

La vapeur qui embue le miroir de la salle de bains.

La sensation de tomber, toujours plus bas, le parfum de roses dans l'air chaud.

La voix de son frère qui crie son nom.

Evelyn s'arrache à ce recoin sombre de son passé et revient aux lumières vives du sous-sol de l'église. Elle rejette les épaules en arrière et tente de se concentrer.

Holly revient derrière la chaire, les yeux brillants d'admiration et de quelque chose de plus profond, comme une détermination farouche qui la rend radieuse.

— Merci, Lillian. Merci d'avoir eu le courage de partager ton expérience avec nous. C'est un honneur pour nous de t'avoir aidée à exercer le droit de choisir ce que tu fais de ton corps.

Le cœur d'Evelyn bat très vite, comme si elle venait de monter quatre étages en courant. Holly lui rappelle un peu Paula, sa camarade de la Caravane de l'avortement. Elle est moins brutale, mais il y a chez elle une férocité qui ramène Evelyn à ces années vécues à Ottawa. L'expression sévère mais peinée de ses camarades lorsqu'elles ont livré le cercueil au 24, Sussex Drive, alors qu'elles avaient le soleil couchant dans les yeux. Paula hurlant son indignation vers le ciel parce que son corps ne pouvait contenir un sentiment aussi puissant. L'atmosphère de la Chambre des députés alourdie par l'audace et la détermination des manifestants.

Evelyn sent la même énergie planer au-dessus des femmes réunies ce soir dans ce sous-sol mal aéré. Le combat est loin d'être achevé ; simplement, il a changé de forme.

— Et cela m'amène à notre grande question du jour, déclare Holly à présent très sérieuse. L'accessibilité. L'accès à des soins adaptés, à volonté. La réputation du réseau Jane s'étend, et la demande dépasse nos moyens. Lillian vient de nous prouver ce que nous savons depuis un certain temps : la législation est trop restrictive. Les femmes viennent nous trouver au lieu d'essayer les voies légales parce que le pouvoir veut nous tenir sous sa coupe. La vérité, c'est que nous avons désespérément besoin de médecins supplémentaires. Nous devons pouvoir offrir des avortements sans danger à toutes les femmes qui contactent Jane. C'est notre devoir de femmes privilégiées.

Donc, si vous connaissez des sympathisantes qui ont du temps à perdre, et qui sont assez intelligentes pour faire preuve de discrétion, je vous demande de les embaucher. Et si vous connaissez un médecin qui serait prêt à rejoindre notre réseau, je vous en prie, je vous en supplie... (Elle se penche par-dessus la chaire, comme un prédicateur.) Demandez-lui d'entrer en contact avec nous. C'est un risque, bien sûr, mais ces femmes ont besoin d'aide.

— Nous pouvons aider.

Au dernier rang, Evelyn s'est levée.

— Oui ! crie Alice.

Tous les visages se tournent dans leur direction. C'est intimidant, mais Evelyn continue :

— Je m'appelle Evelyn Taylor. Je suis médecin généraliste et, avec mon infirmière, Alice... (Elle lui fait signe de se lever.) Nous pratiquons des avortements depuis sept mois dans mon cabinet, après la fermeture. J'ai étudié auprès du Dr Morgentaler, à Montréal.

Brusquement, Evelyn sent l'intensité de tous ces regards sur elle, et le rouge lui monte aux joues. Alice lui presse la main une fois de plus, mais Evelyn garde les yeux fixés sur Holly.

— Nous pouvons aider, répète-t-elle.

Un sourire fleurit sur le visage de Holly. Dans la salle, tout s'illumine. Elle hoche lentement la tête.

— Très bien, docteur Taylor. Bienvenue dans le réseau Jane.

15

Nancy

Mars 1981

NANCY DESCEND L'ESCALIER GRINÇANT du vieil hospice, le cœur agité tandis qu'elle calcule mentalement les jours. Cela fait deux semaines. Tournant en bas des marches, elle entre dans les toilettes publiques, près de l'accueil. La jeune religieuse qui se tient à la réception lui adresse un sourire, auquel Nancy répond les lèvres serrées. Elle se dit qu'elle peut essayer encore une fois.

Bien que sa grand-mère soit décédée plusieurs mois auparavant, Nancy travaille comme bénévole dans sa maison de repos, elle offre une compagnie dont ont tant besoin ces pauvres vieillards sans famille. Elle s'assied à leur chevet, dès lors que la Mort a annoncé sa visite et qu'il n'y a plus rien à faire pour l'empêcher d'approcher.

Et même si Nancy vient de passer sa matinée là, elle devrait être à la maison pour faire ses devoirs. Elle a du retard dans plusieurs disciplines, ses notes dégringolent, mais le problème vient en partie de ce que les études ne l'intéressent plus tellement. Elle a davantage envie de consacrer son temps à écouter comment les autres ont réussi à foutre leur vie en l'air – les secrets qu'ils ont dissimulés, les vérités douloureuses qu'ils ont enfouies. Les mensonges qu'ils n'ont jamais pu élucider.

Nancy ne peut chasser de son esprit les aveux que sa grand-mère a laissé échapper, dans la brume de ses derniers jours. Elle a fait le même constat auprès des autres pensionnaires des soins palliatifs : très souvent, la présence d'un tiers, d'un inconnu, éveille le besoin de transmettre ce qui n'avait pas été dit jusque-là. De s'assurer qu'au moins une personne écoutera leur histoire et l'emportera dans l'avenir, en une sorte de relais existentiel. La perspective de la mort pousse les gens à promener une lampe dans les recoins les plus obscurs de leur passé, à retourner les pierres moussues qui n'ont pas bougé depuis des années. Ces pierres auxquelles personne n'a touché, mais que personne n'a oubliées. Et Nancy adore être là quand les projecteurs s'allument pour la Grande Révélation. Elle voit les secrets se dessiner, avec des contours d'abord flous, qui se précisent à chaque mot. Les pensées les plus profondes que ces hommes et ces femmes n'ont pas osé confier à leurs proches. Ces confessions et ces regrets, ces choses qu'ils ont faites ou qu'ils auraient dû faire.

Ces âmes sur le point de quitter ces corps lui confient leurs paroles. Nancy les accueille avec délicatesse, passe les doigts sur leurs bords coupants, leurs bosses et leurs angles pointus. Elle les retourne dans sa paume, les observe sous toutes leurs facettes, sachant que si elle n'est pas prudente, elle risque une blessure grave.

Mais le danger est un des charmes. Nancy est à présent dépositaire de tous les secrets des autres, elle les collectionne pendant que les siens s'accumulent.

Aux toilettes, Nancy ferme la porte et ouvre la fermeture de son jean. Rien.

— Merde !

Ses règles ont officiellement deux semaines de retard.

Elle remonte son pantalon et sort, puis se dirige vers l'entrée principale de l'hospice. Elle a l'estomac barbouillé ; ce sont peut-être simplement ses nerfs, ou bien c'est encore cette nausée qu'elle tente d'ignorer depuis quelques jours. Hier matin, elle a vomi, mais elle a attribué cela à une soirée bien arrosée la veille.

Elle fait de son mieux pour retarder l'inévitable, mais elle sait maintenant qu'elle devra prendre le taureau par les cornes et passer un de ces nouveaux tests de grossesse qu'on peut faire chez soi. Quel que soit le résultat, elle n'en parlera pas à Len.

Len, songe-t-elle, morose, tout en évitant les autres piétons qui se pressent dans la rue, la tête dans les épaules pour échapper à une averse printanière glacée. C'est Len qui l'a mise dans ce pétrin. Len et ses capotes à deux balles, rouge cerise. Len Darlington, avec son nom de héros de roman-photo. Ils ne sortent ensemble que depuis quelques mois, et ils ne se voient pas si souvent que ça. Rien de sérieux. Il leur est arrivé de coucher ensemble, et elle pensait qu'ils avaient été relativement prudents. Sauf les dernières fois où elle était trop bourrée pour se rappeler grand-chose. Elle a passé la majeure partie de l'année dernière à boire ; à boire trop, elle le sait. Mais c'est efficace pour s'empêcher de penser.

Elle a rencontré Len à l'automne. C'est l'ami d'un ami de sa coloc, Debbie, qui les a présentés lors d'une fête qu'elle avait organisée un lundi soir, sans consulter

Nancy ou leur autre coloc, Susan. Les folies immatures de Debbie sont la seule raison qui fasse parfois regretter à Nancy d'avoir quitté le foyer parental, mais cela vaut mieux que de subir la surveillance de sa mère qui ne cesse de lui demander si elle a un fiancé. On croirait que le plus vif désir de Frances Mitchell est que Nancy rencontre « quelqu'un de bien » et s'installe dès que possible. Elle rêve d'être grand-mère et elle n'hésite pas à le révéler à sa fille. Nancy a décidé de présenter Len à ses parents précisément parce qu'il ne satisferait jamais les critères redoutables de Frances. Len avait un rôle à jouer. C'est tout ce que Nancy attendait de lui.

Si sa mère aspire clairement à dorloter ses futurs petits-enfants, Nancy est certaine qu'elle n'a pas envie de devenir grand-mère de cette manière-là. Elle tourne à un coin de rue et entre dans une pharmacie.

Elle suppose qu'il vaut mieux commencer par l'autotest ; elle ne supporte pas l'idée de consulter le médecin de famille. Si une mauvaise nouvelle l'attend, elle veut la recevoir dans l'intimité de sa salle de bains, où elle n'aura pas à modérer sa réaction. Après une rencontre humiliante avec un caissier d'au moins dix ans de plus que son père, Nancy sort du magasin tête baissée.

Quand elle regagne son appartement, elle découvre que, par chance, ses colocs sont sorties. Dans la salle de bains, Nancy urine dans un gobelet en plastique, puis s'affaire avec les éprouvettes fournies dans le kit Predictor. Pendant les deux heures d'attente, elle souffre le martyre, elle lit un roman dont elle ne comprend pas un mot, elle consulte sa montre toutes les dix minutes. Elle prie pour que le résultat soit négatif, promet de s'amender sur toutes sortes de plans, et fait deux fois le signe de croix pour conclure le marché.

Au bout d'une heure et cinquante-huit minutes, Nancy retourne à la salle de bains en titubant. Les doigts tremblants, elle prend l'éprouvette et voit un cercle rouge vif autour de la base. Un positif clair et incontestable.

— Merde.

Adossée au papier peint cloqué, elle se laisse glisser sur le lino. Elle se passe une main dans les cheveux et relit le résultat une demi-douzaine de fois, comme s'il allait se transformer de lui-même à mesure que son visage se vide de son sang.

La porte d'entrée s'ouvre brusquement, et le bruit résonne dans le couloir.

— Salut ! lance Susan.

Nancy déglutit avec difficulté.

Sachant qu'elle n'a rien à gagner à contempler ce foutu test, Nancy range le tout dans le sac en papier de la pharmacie et sort de la salle de bains. Incapable de parler à quiconque pour le moment, elle file dans sa chambre et s'y enferme, puis se jette sur le bord du lit. Elle est sur le point de se débarrasser du sac et de son contenu accusateur dans sa corbeille à papier quand elle remarque à terre un morceau de plastique rouge vif coincé entre la table de chevet et le mur. Nancy se penche pour le ramasser et reconnaît l'emballage d'une capote. Elle le tient entre ses doigts, et c'est comme une condamnation qu'on lui hurle au visage.

Elle balance le papier dans la poubelle, avec le test de grossesse, dissimulant la preuve de ses transgressions prémaritales. Mais il ne suffit pas de la cacher. Il faut l'éliminer. Il faut défaire ce qui a été fait. Elle n'en parlera pas à Len. Elle ne veut en parler à personne. Si elle garde le secret, elle pourra peut-être faire comme s'il n'était rien arrivé.

Les propos de Clara lui reviennent malgré elle. Ce jour où elle a appelé Nancy pour lui demander de l'accompagner pour son avortement. *Personne n'en saura jamais rien.*

Nancy vient de s'allonger sur les oreillers quand le téléphone rose posé sur sa table de nuit sonne contre son oreille. Elle ne décroche pas, mais au bout de deux sonneries, la voix étouffée de Susan lui parvient depuis la cuisine.

— Nancy ! C'est ta maman !

Nancy grogne. *Pas maintenant.* Elle ouvre la bouche pour crier à Susan qu'elle rappellera sa mère plus tard, mais elle se souvient que c'est samedi ; elles doivent déjeuner ensemble ce jour-là. Elle regarde son réveille-matin : elles sont censées se retrouver dans une heure.

— Ah mince, marmonne-t-elle. OK, merci !

Elle se redresse et pousse un long soupir avant de décrocher.

— Salut, Maman.

— Bonjour, ma chérie. Comment vas-tu ?

La voix sucrée de sa mère lui donne envie de pleurer.

— Euh… ça va. Oui, ça va. C'est juste que j'ai plein de boulot pour la fac. Et toi, ça va ? Et Papa ?

— C'est précisément pour ça que je téléphone. Je ne me sens pas en grande forme, et je crois que je vais devoir annuler notre déjeuner d'aujourd'hui.

Une vague de soulagement déferle sur Nancy, mais lorsqu'elle se retire, la culpabilité la remplace aussitôt.

— Je suis désolée d'apprendre que tu n'es pas bien.

— Oh, c'est ma tête, tu sais. Mes migraines.

Elle en souffre depuis que Nancy est petite. Nancy se remémore une année, à Pâques, elle avait une nouvelle robe dont sa mère admirait la dentelle tout en se tenant une compresse froide sur le front. Elle avait insisté pour accompagner son mari et sa fille à la messe. Sans se rendre compte de ce qu'elle fait, Nancy pose une main sur son ventre alors qu'elle repense involontairement à Margaret, à la façon dont elle l'aurait habillée si les choses s'étaient déroulées autrement.

Une fois surmonté le choc du Grand Mensonge au printemps dernier, elle a passé plusieurs semaines à déterminer ce qu'elle devait faire de l'information qu'elle détenait désormais. Après des heures d'introspection épuisante, à peser le pour et le contre, Nancy a décidé que ce n'était pas la peine de rechercher sa mère biologique. Elle n'aurait même pas su comment s'y prendre, de toute façon. Elle ne voulait pas avouer à ses parents ce qu'elle avait découvert. Bizarrement, elle ne supportait pas l'idée qu'ils se sentent trahis par elle, même si ce sont eux qui lui mentent depuis le début. La loyauté est une chose compliquée.

— Nancy ? Tu es toujours là, ma chérie ?

— Oui, Maman. Désolée, j'ai eu un moment d'absence.

— Tu es sûre que tout va bien ?

Nancy pince les lèvres. Elle savait avant de faire le test de grossesse qu'elle n'avait aucune envie d'avoir un bébé maintenant, mais la confirmation plonge son esprit dans un désordre qui n'existait ni hier ni même il y a une heure. Elle songe à ce que lui a appris la boîte secrète dans le tiroir de la coiffeuse de sa mère. Combien ses parents voulaient un enfant, le mal qu'ils se sont donné pour l'adopter. Il y a des gens qui souhaitent si désespérément un enfant qu'ils feraient presque n'importe quoi pour en avoir un.

Et si Nancy avait ce bébé et le confiait à l'adoption ? Ce pourrait être un rêve qui se réalise pour un couple aimant comme ses parents. Mais si elle le regrettait, comme sa mère biologique ? Elle se remémore le message de Margaret. Et si Nancy passait le restant de ses jours à pleurer son enfant perdu et à tenter de le retrouver ?

C'est là que, pour la première fois, elle prend conscience des choses. Elle comprend ce que Margaret Roberts a dû ressentir, la terreur qu'elle a dû éprouver en découvrant qu'elle était enceinte si jeune, et hors mariage. C'était une autre époque. Les filles n'avaient pas le choix.

Non, Maman. Tout ne va pas bien, non.

Ses larmes coulent, maintenant. Elle est à deux doigts de tout avouer à sa mère. Absolument tout. Elle en a assez de porter ce secret. Il est trop lourd, ses arêtes lui rentrent dans la peau quand elle s'y attend le moins. Mais si sa mère veut qu'elle garde le bébé ? Que se passera-t-il ?

Et elle est si douée pour recueillir les secrets. Pourquoi pas un de plus ?

— Oui, ça va, Maman, répond Nancy en s'obligeant à avaler la boule qu'elle a dans la gorge, une boule de la même forme et de la même taille que le mensonge qu'elle vient de dire à sa mère.

— Très bien, ma chérie. Je suis désolée de repousser notre déjeuner, mais je ne me sens vraiment pas de taille, aujourd'hui.

— Ne t'inquiète pas. On fera ça un jour où ça ira mieux, assure-t-elle, puis elle tente de rediriger ses propres pensées vers des questions plus banales. Tu as souvent la migraine ces temps-ci, non ?

Silence au bout du fil.

— Maman ?

— Oui, oui, c'est vrai. Je suis allée voir le docteur plusieurs fois, il va me faire passer des tests, mais il m'affirme que tout va parfaitement bien.

— Des tests ? s'étonne Nancy tout en se redressant sur son lit.

— De simple routine, ma chérie. Pour l'amour du ciel, ne te tracasse pas pour ça.

Nancy entend la voix de son père à l'arrière-plan.

— C'est ma Coccinelle ? Dis-lui bonjour de ma part, et il serait temps que tu te recouches.

— Tu peux me passer Papa ? demande Nancy à sa mère.

— Oh, tu lui parleras un autre jour, ma chérie. Je vais essayer de dormir, maintenant. Je suis assise dans le salon, dans le noir, et il essaie de me renvoyer au lit.

— Maman ?

— Oui, ma chérie ?

Nancy hésite.

— Je... Je voulais juste te dire que je t'aime.

Elle renverse son visage vers le plafond, gênée par les larmes qui stagnent dans ses yeux.

— Moi aussi, je t'aime, ma petite fille. Tu es ce qu'il y a de plus beau dans ma vie.

Nancy raccroche avant que les grandes eaux commencent, avant de dire des mots qu'elle regretterait. Elle reste allongée encore deux heures, à contempler le plafond, à digérer une série de pensées inconfortables.

Elle a été imprudente. Tout se résume à ça. L'alcool, les rapports non protégés avec Len – *et avec d'autres*, songe-t-elle, un peu honteuse – ont rempli leur rôle lorsqu'elle fuyait son passé, mais la conséquence de ce comportement menace son avenir. Ses résultats scolaires ont chuté, et à présent la voilà enceinte. Pourtant, elle n'a pas du tout l'intention de se retrouver unie à un minable comme Len jusqu'à la fin de ses jours, c'est certain.

Nancy se remémore le sous-sol sombre et froid de l'East End et une vague de nausée s'empare d'elle. Dans son souvenir, l'odeur de l'homme frottant de l'alcool sur ses ustensiles en argent brillant se mêle à celle de la salle des urgences. Mais elle entend la voix aimable du docteur qui résonne à travers les années écoulées. Cette phrase comme un secret :

Dites simplement que vous cherchez Jane.

Dans la pièce vide, Nancy marmonne le prénom qu'elle a reçu à la naissance.

— Jane, alors ? Le destin a de ces coups tordus !

La masse de regret et de honte s'installe dans ses entrailles tandis qu'elle essuie de nouvelles larmes. Elle a besoin de se ressaisir. Mais d'abord, elle doit trouver quelqu'un qui la tirera de là.

***

Au bout d'une heure de recherches méticuleuses, après avoir taché d'encre le bout de cinq doigts, Nancy a découvert, à force de feuilleter les pages jaunes, qu'il existe vingt-sept médecins généralistes chez lesquels elle peut aller à pied de son appartement. Son idée est de commencer par les quelques femmes de la liste, avant d'en venir aux hommes.

Elle ouvre grand son carnet. Après un coup d'œil pour s'assurer que la porte de sa chambre est fermée, elle s'éclaircit la gorge et décroche son téléphone.

Premier nom : le Dr Linda Deactis.

Nancy compose le numéro, l'estomac noué, les intestins enroulés sur eux-mêmes comme un serpent. Deux sonneries s'écoulent avant qu'une jeune femme réponde, d'une voix claire comme une clochette.

— Cabinet du Dr Deactis, bonjour.

Nancy hésite.

— Allô, bonjour, je cherche Jane. Y a-t-il une Jane chez vous ?

— Vous êtes en relation avec le cabinet du Dr Linda Deactis, médecin généraliste.

— Oui, oui, merci. Mais on m'a dit de demander Jane.

— Je pense que vous avez composé un faux numéro.

Nancy remet le téléphone sur sa base, le cœur battant. À travers la cloison, elle entend les bavardages de ses colocataires. Debbie est rentrée, elle aussi. La conversation est émaillée de rires.

Nancy consulte sa liste.

— Dr Fields, à votre tour.

Un papillon bat des ailes contre l'intérieur de sa poitrine tandis qu'elle compose le numéro suivant.

— Bienvenue, cabinet du Dr Fields, Nora à l'appareil, annonce à toute vitesse une voix de femme à l'autre bout du fil.

— Allô, je cherche Jane. Jane est là ?

Un silence, puis :

— Pas ici, mademoiselle. Pas dans notre cabinet !

Clic.

Nancy est écœurée. Sept mots seulement, mais la voix de cette femme ruisselait de haine et de dégoût. Elle serre son oreiller contre elle pour se réconforter, puis se surprend à promener sa main de gauche à droite et de haut en bas, pour s'imaginer le jour où son ventre sera aussi gros. Les larmes lui picotent à nouveau les yeux. Elle se débarrasse de l'oreiller et fronce les sourcils. Il faut à tout prix qu'elle continue.

Nancy compose le troisième numéro de la liste. Cette fois, une femme d'âge moyen lui répond.

— Cabinet du Dr Smithson, que puis-je pour vous ?

— Bonjour, dit Nancy avec un peu plus d'assurance. Je cherche Jane.

— Vous avez bien dit Jane ?

— Oui.

Clic.

Nancy repose le téléphone, inspire profondément, puis compose le numéro suivant.

— Allô, cabinet du Dr Sheen, je suis Martha.

Nancy se prépare au pire.

— Bonjour, Martha. Je cherche Jane. On m'a dit de demander Jane. Est-elle là ?

— Euh, non, nous n'avons pas de Jane ici, mais je sais peut-être qui vous essayez de joindre. Vous avez de quoi noter ?

Les mains en sueur, Nancy cherche un stylo. Elle coince le combiné entre son oreille et son épaule.

— C'est bon, je vous écoute.

Martha lui indique un numéro que Nancy note, et répète ensuite.

— C'est bien ça, confirme Martha. Bonne chance, ma petite.

Nancy a les larmes aux yeux.

— Merci.

Martha raccroche, et Nancy en fait autant. S'armant de tout son courage, elle compose très vite le numéro qu'on vient de lui indiquer, avant de se dégonfler. Le cadran du vieux téléphone tourne sept fois, les zéros prennent une éternité à compléter leur rotation. Nancy a des démangeaisons dans les pieds tandis que s'écoulent huit sonneries. Elle commence à paniquer : faut-il laisser un message sur le répondeur ou raccrocher ? Mais une femme répond enfin.

— Cabinet du Dr Taylor.

— Allô, euh, bonjour. Je cherche Jane. Quelqu'un m'a donné votre numéro en disant que je pourrais parler à Jane.

— Ne quittez pas.

Nancy entend tout à coup une musique d'ascenseur, et patiente, osant à peine respirer. Une ou deux minutes plus tard, une autre femme reprend la conversation.

— Allô, on me dit que vous cherchez Jane ?

Elle paraît plus âgée. La voix est plus grave, plus riche, elle semble familière et curieusement apaisante.

— Oui.

— Vous avez déjà rencontré Jane ?

Silence. Nancy ne sait pas trop comment elle est censée répondre. Est-ce une sorte de test, la deuxième étape du code dont elle n'aurait pas été prévenue ?

— Non, c'est ma première fois.

— OK. Vous vous appelez ?

— Nancy. Nancy Mit…

— Chut ! Pas de nom de famille, Nancy.

— Ah, désolée.

— Je vous en prie. Donc j'imagine que vous avez du retard. Quelle heure est-il là où vous êtes ? Enfin, entre une heure et neuf heures.

Quoi ? Le silence accroît un peu plus la tension.

— Réfléchissez un instant à ma question, Nancy.

Elle essaie, mais l'angoisse revient au galop. Elle se sent stupide. Le papillon se cogne à nouveau à sa poitrine. Elle se passe les doigts dans les cheveux, ses ongles rongés s'accrochent dans les mèches brunes. Puis les pièces du puzzle s'assemblent dans sa tête.

— Ah oui ! Je crois que je… Je crois qu'il est environ une heure.

— Très bien, ce fuseau horaire ne nous pose pas de problème. J'aimerais que vous veniez bientôt rendre visite à Jane. Seriez-vous disponible pour passer au cabinet… (La voix s'interrompt, et Nancy entend feuilleter des pages.) Samedi à dix-neuf heures trente ?

Dans sa gorge, le papillon voltige contre ses amygdales.

— Samedi ?

Elle doit rendre une dissertation lundi et elle ne l'a même pas commencée. Mais cette urgence-ci ne se compare pas. Non, elle est sûre de sa décision. Elle veut en finir. Elle prend sa respiration.

— Oui, samedi soir, c'est bon. Sept heures et demie ?

— Exactement.

— OK. Il faut que j'apporte quelque chose ?

— Non, venez les mains vides. Et venez seule, de préférence. Vous avez un stylo ?

Nancy note l'adresse que la femme lui indique.

— D'accord. Et ça me coûtera combien ?

Nancy se prépare au pire. Elle devra se contenter de ne plus manger que des pâtes pendant les prochains mois.

— Ça ne vous coûtera rien. Je fais ça gratuitement pour celles qui en ont besoin.

— Ah. Waouh. OK, merci. Honnêtement, vous me rendez un grand service.

— Ravie de vous aider. Une dernière chose, Nancy : quand vous arriverez, il faudra que vous frappiez sept fois à la porte, très fort. Et faites en sorte d'être là à dix-neuf heures trente précises. Mon infirmière viendra vous ouvrir. À quoi ressemblez-vous ?

— Cheveux bruns, yeux marron. Je fais environ un mètre soixante-cinq. J'aurai un manteau rouge.

— Mettez-en plutôt un noir.

Nancy ne comprend pas.

— Pardon ?

— Choisissez une couleur discrète, et frappez sept fois à la porte. On se voit samedi soir. Au revoir.

Et avec un *clic* soudain, la communication est coupée.

***

Le jour du rendez-vous est arrivé. Samedi.

Un 21 mars humide et froid, sous un couvercle de nuages gris acier. Il pleut sans arrêt depuis le début de la semaine, à l'exception de mercredi en fin de journée, où il est tombé pendant une heure de la grêle et de la neige fondue, en pleine heure de pointe. L'hiver a laissé des traces visibles partout dans les caniveaux : l'affreuse couche de boue, de sel et de gaz d'échappement qui indique la fin de cette saison funèbre et, enfin, le début du printemps.

Nancy déteste l'hiver. En général, elle se réjouit quand il se termine. Mais pas aujourd'hui. Elle n'a pas le souvenir de s'être jamais sentie aussi bizarre, aussi incapable de se concentrer sur autre chose que la corvée en cours. Et elle a justement décidé d'envisager cette épreuve comme une corvée, une tâche imposée. Dans sa tête, elle se la représente comme un passage obligé avant l'étape suivante. Et, en toute franchise, elle n'a aucune idée de ce que sera cette prochaine étape. Elle est incapable de voir au-delà des nuages gris de cette soirée.

Len a essayé de l'appeler trois fois cette semaine. La fidèle Susan lui a fourni différentes raisons pour lesquelles Nancy ne pouvait lui parler au téléphone, mais sa coloc doit la soupçonner d'être enceinte. Elle lui a demandé deux fois comment elle se sentait, et Nancy est sûre qu'elle l'a entendue vomir dans les toilettes.

Enveloppée dans un manteau appartenant à Susan, un pardessus épais, trop long, en laine grise qui gratte, Nancy emprunte les chemins qui serpentent entre les arbres nus de Queen's Park. Un peu plus loin, elle tourne dans Yonge Street, longe les éblouissants néons rouges, blancs et jaunes de Sam the Record Man, un magasin de disques qui aurait l'air plus à sa place à Las Vegas qu'à Toronto. Elle remonte la manche du manteau pour consulter sa montre. Il n'est que sept heures et quart. Elle ralentit le pas.

Le samedi soir, les étudiants et autres jeunes gens insouciants envahissent les restaurants et les bars, s'entassent dans des sous-sols où l'on déclame de la poésie et où l'on joue au billard. Un match de hockey oppose l'équipe locale à celle de Buffalo, et Susan a proposé à Nancy d'y assister avec elle ; son petit ami a un abonnement. En temps normal, Nancy y serait volontiers allée. Mais Susan a également laissé entendre que ce serait une sortie à quatre, avec le meilleur copain de son petit ami.

— Il faut que tu te trouves mieux que ce connard de Len, a décrété Susan en fixant sa coloc d'un œil inquisiteur, alors qu'elle lui prêtait son vieux manteau gris.

— Je sais, a répondu Nancy. C'est d'ailleurs pour ça que je sors ce soir.

— Oh oh, un rendez-vous galant ?

Nancy a hoché la tête, évitant le regard de Susan.

— Si on veut, oui.

Elle doit maintenant marcher à contre-courant d'une foule de maillots de hockey et de parapluies qui afflue vers le Maple Leaf Gardens, alors qu'elle tourne à gauche dans Shuter Street et longe Massey Hall. Elle passe sous un réverbère dont la lumière se reflète sur le trottoir humide. Tout à coup, elle se revoit à dix-huit ans, guettant Clara devant le métro Ossington. Cette seule pensée la glace.

Cette fois, ce sera différent, songe-t-elle. *C'est un vrai médecin, et elle sait ce qu'elle fait.*

Nancy est tellement absorbée par ses souvenirs qu'en arrivant dans Seaton Street, elle va trop loin. Lorsqu'elle lève les yeux, elle est au numéro 103. Elle revient sur ses pas, cherche l'adresse et se retrouve enfin devant la grille.

C'est là. Il n'y a plus rien d'autre à faire. Elle consulte à nouveau sa montre.

Dix-neuf heures vingt-neuf.

Nancy remonte le col de ce manteau à l'odeur inconnue. Elle fourre ses mains gantées au fond des poches.

Après un instant de réflexion, elle hoche la tête, d'accord avec elle-même, et ouvre la petite grille en fer forgé. Elle s'avance, puis referme derrière elle le portillon qui émet un grincement terrible.

Seaton Street est une rue calme, loin de la cohue de Yonge Street. Nancy regarde par-dessus son épaule. Personne en vue. Mais lorsqu'elle se retourne vers la maison, elle aperçoit du mouvement sous un porche, à quelques portes de là. Un vieil homme est en train de déneiger son perron. Il s'appuie sur sa pelle et observe Nancy. Elle ne distingue pas son visage, néanmoins elle est désagréablement frappée par le fait qu'elle s'apprête – une fois de plus – à commettre un acte illégal.

Mais tu n'as pas le choix, se raisonne-t-elle. Elle s'est beaucoup trituré les méninges, et elle sait que c'est la clé de son avenir. Cet avortement est une première démarche pour repartir sur la bonne voie. Après, espère-t-elle, tout se remettra en place. Et cet inconnu n'a aucun moyen de savoir pourquoi elle est ici. Elle pourrait être une amie du Dr Taylor, venue boire un verre ce samedi soir.

S'obligeant à oublier cet homme, Nancy gravit les trois marches menant sous le porche en bois. À côté de la boîte aux lettres, une petite plaque en cuivre annonce : DR E. TAYLOR, MÉDECIN GÉNÉRALISTE.

Nancy retire le gant de sa main droite et frappe fort. La porte n'est pas vitrée, mais il y a un judas. Avec un haut-le-cœur, elle se rend compte que, par pure habitude, elle n'a frappé que quatre coups.

Merde.

Elle serre le poing en hâte et frappe trois autres coups, très fort.

Merde merde merde.

Elle tend l'oreille. Au bout d'une seconde à peine, elle distingue du bruit à l'intérieur. Nancy place son visage devant le judas pour être bien visible. Le point lumineux à l'intérieur s'obscurcit. Un instant après, la porte s'entrouvre de quelques centimètres. Une femme noire au visage agréable passe la tête dans l'entrebâillement.

— Je peux vous aider ?

— Bonsoir, je suis Nancy. J'ai rendez-vous à sept heures et demie. Vous êtes le Dr Taylor ?

— Bonsoir, Nancy, nous vous attendions. Je suis Alice.

La femme recule pour permettre à Nancy de franchir le seuil. Elle est petite, avec des cheveux frisés et des yeux qui semblent fatigués.

— Vous n'avez croisé personne dans la rue ? demande Alice. Personne ne vous a vue entrer ?

— Si, en fait. Un vieux monsieur, quelques numéros plus loin. Il déneigeait son perron et il m'a vue.

Alice plisse le front.

— De quel côté ?

Nancy désigne sa gauche.

— Ah, ça va ! s'exclame Alice, plus détendue. Ce devait être Chester. Notre meilleur voisin, un amour. Le premier patient à être venu consulter le Dr Taylor.

Nancy a un sourire crispé.

— Vous souhaitez aller aux toilettes ? propose Alice. Si oui, allez-y tout de suite. Au bout du couloir, la porte à droite.

— Ce n'est pas la peine, merci.

— Très bien, alors. Comment vous sentez-vous ?

Nancy hésite.

— Vous avez le droit d'avoir changé d'avis, explique Alice. Ça arrive souvent. C'est parfaitement normal.

— Non, non, ça va, je vous assure. Simplement, tout ça est un peu bizarre. Un peu invraisemblable, vous comprenez ? J'ai l'impression que ça me dépasse. Je n'aurais pas cru que ça m'arriverait un jour.

Alice acquiesce.

— C'est le cas de la plupart des femmes.

— Mais je ne… C'est sans danger, n'est-ce pas ? J'ai déjà assisté à quelque chose de ce genre, mais pas avec un médecin. Et je suis un peu…

— Ah, je vois. Suivez-moi, nous allons rejoindre le Dr Taylor. Elle va vous expliquer la procédure, vous verrez la salle, et cela devrait vous rassurer. C'est très normal d'être nerveuse.

Nancy accompagne l'infirmière vers l'autre bout du couloir. Le plancher est bruyant : le sol est recouvert d'un tapis usé, qui a dû jadis être rouge vif et vert cru, mais qui n'est plus maintenant que rose pâle et jaune foncé. Sur la gauche, Nancy remarque une salle d'attente, probablement l'ancienne salle à manger de la maison. Il y fait sombre, mais elle distingue les chaises le long des murs et une table basse où s'empilent des magazines. Une fontaine à eau monte la garde dans un coin, éclairée en bleu par les réverbères de la rue. C'est malgré tout un lieu chaleureux et confortable. Il y règne une odeur de menthe et de vieux bois. L'odeur d'une maison habitée plutôt que d'un cabinet médical.

Alice ouvre la porte du fond. Il fait beaucoup plus clair dans cette pièce, et Nancy est d'abord éblouie. Alice referme derrière elles. Deux verrous se bloquent, et Nancy se rappelle les nombreux verrous sur la porte de l'avorteur clandestin. Son cœur bat la chamade, elle s'efforce de chasser ces images de son esprit.

La pièce est un croisement entre une salle d'examen ordinaire et une salle d'opération comme se l'imagine Nancy, même si elle ne s'est jamais cassé un seul os. Les murs sont peints en blanc et n'ont ni fenêtres ni décorations, à part le cadre chantourné qui entoure le diplôme du Dr Taylor, avec son cachet officiel de cire rouge. Une longue table est placée au centre. Il n'y a pas de draps noirs, cette fois, juste l'habituel papier stérile étendu d'un bout à l'autre, avec des étriers en métal à une extrémité. Un plateau est fixé à côté des étriers ; il est couvert de tissu bleu, comme un napperon en papier. Nancy entrevoit l'éclat métallique d'un ustensile qui dépasse par-dessous. Elle déglutit, la gorge desséchée, et détourne les yeux.

Une grande femme mince, les cheveux bruns aux épaules, vêtue d'une blouse bleu clair, s'avance vers elle et lui tend la main.

— Je suis le Dr Evelyn Taylor. Vous devez être Nancy ?

Nancy hoche la tête.

— Je suis contente de vous rencontrer. Merci pour, vous savez…

— Bien sûr. Vous pouvez poser votre manteau et votre sac à main là-bas, Nancy. Alice et moi nous allons vous laisser quelques minutes pour vous changer. Vous devrez enlever le bas – vous pouvez garder vos chaussettes si vous voulez, il fait parfois un peu frais dans cette pièce – et vous allonger sur la table, avec cette feuille par-dessus vos jambes.

— OK.

— Vous avez déjà fait un frottis, n'est-ce pas ?

— Oui.

— Eh bien, une partie de la procédure sera très semblable à un frottis. Vous aurez les pieds dans les étriers, je vais utiliser un spéculum et insérer certains instruments dans votre vagin, mais cette fois, j'en emploierai d'autres pour ouvrir le col et retirer ce qu'il y a dans votre utérus. Nous allons vous donner des antalgiques et procéder à une anesthésie locale. Nous ferons en sorte que le processus soit aussi rapide et indolore que possible.

Une ceinture en cuir couverte de marques de dents.

Un siège de métro imbibé de sang.

— OK.

— Si vous voulez, Alice vous tiendra la main, elle vous donnera un tissu chaud ou froid pour votre visage, elle vous parlera pour vous distraire, selon ce dont vous aurez besoin. Nous voulons que vous soyez aussi détendue que vous pouvez l'être.

— OK.

Le Dr Taylor hoche la tête une fois encore. Elle sait parler aux gens, reconnaît Nancy malgré sa nervosité. Elle est calme, son ton est neutre, mais on la sent pleine de compassion. Elle comprend ce qu'éprouvent et pensent ses patientes. Nancy se demande si elle a un jour subi le même traitement.

— Vous pouvez vous déshabiller. Prenez votre temps.

— OK, dit Nancy en se demandant pourquoi elle ne cesse de répéter ce mot alors qu'elle a la certitude de ne jamais s'être sentie moins « OK ».

— Nous sommes à mi-parcours, Nancy. Tout se passe très bien.

Nancy montre qu'elle a entendu la voix du Dr Taylor, mais reste les yeux fermés. Alice serre ses doigts froids et lui passe une main dans les cheveux.

Elle devrait être maman, songe Nancy. *Elle a les mains d'une maman.*

À cet instant, une série de coups ébranlent la porte de la maison. Nancy ouvre aussitôt les yeux, sous la lumière aveuglante de la salle d'examen. Le Dr Taylor et Alice s'immobilisent.

— C'était dix coups, fait remarquer Alice.

— Alice ! Evelyn ! crie une femme dans le couloir. Code bleu !

— Mon Dieu ! s'exclame Alice en courant vers la porte.

— Nancy, restez concentrée, dit le Dr Taylor entre les pieds de Nancy, les yeux fixés sur son travail. C'est simplement notre voisine du dessus. C'est une Jane, elle aussi. Sa sœur Mary est secrétaire au commissariat. Quand elle apprend qu'il se prépare une descente dans une clinique, Mary appelle sa sœur et sa sœur avertit les quatre cliniques. Ne vous inquiétez pas, c'est déjà arrivé. Et ce n'est peut-être même pas nous qui sommes visées aujourd'hui. C'est formidable que Mary soit dans notre camp, pour que nous sachions à quoi nous attendre. Tâchez simplement de garder votre calme. Nous avons presque fini, d'accord ?

Mais Nancy panique déjà.

— C'est la police qui arrive ?

— Peut-être. Mais nous avons plusieurs minutes devant nous. Alice fera en sorte de les retarder. Nous avons déjà vécu ça. L'essentiel est que vous restiez calme.

— C'est cet homme, n'est-ce pas ?

— Quel homme ?

— Un de vos voisins m'a observée quand je suis arrivée dans la rue. Alice a dit qu'il s'appelait Charlie, un nom comme ça. Un de vos patients. C'est lui qui vous a dénoncée aux flics ?

— Ah, Chester ! Non, c'est un brave homme, et je pense qu'il n'a aucune idée de ce qui se passe ici. Nous sommes très prudentes. Voilà pourquoi je loue aussi l'appartement du dessus à une Jane.

Nancy est moins convaincue, mais tente de se focaliser sur les moulures du plafond, et sur un grand rond foncé qui pourrait être un dégât des eaux.

— Inspirez profondément, Nancy, d'accord ? Plus vos muscles seront détendus, plus vite je pourrai travailler.

Nancy ne voit pas ce que fait le docteur, mais elle entend les cliquetis et les raclements du métal sur le métal. Elle regrette qu'on ne lui ait pas donné de bouchons d'oreilles.

Un moment après, Alice revient dans la pièce. Elle a les yeux exorbités, le visage pétrifié. Nancy entend des pas dans un escalier alors que leur informatrice regagne son appartement.

— Ils ne vont plus tarder, Evelyn, annonce Alice. Ils seront là dans quelques minutes. Ce soir, c'est notre tour.

— Bien, dit le Dr Taylor. Allez dans le vestibule et ouvrez-leur quand ils arriveront. S'ils insistent, dites-leur que c'est un frottis vaginal de routine, comme la dernière fois.

— La dernière fois, ils avaient un mandat de perquisition.

— Et ils en auront un cette fois aussi, Alice. Ils sont déterminés. Je ne sais pas pourquoi ils dépensent autant d'énergie pour tout ça. L'affaire est entendue, au point où nous en sommes, marmonne-t-elle pour elle-même plus que pour quiconque. Je vais terminer ici, Alice, pour que Nancy puisse rentrer chez elle au plus vite, prendre une bonne tasse de thé et se coucher dans un lit chaud. Ils n'auront aucune raison de nous arrêter.

Alice disparaît à nouveau.

— Nancy ! Regardez-moi, ordonne le Dr Taylor.

Nancy penche légèrement la tête en avant et son regard croise celui du Dr Taylor. Elle est au bord des larmes.

— Je sens que vous tremblez. Je sais que cela doit être très effrayant pour vous, mais je vous demande, pour vous comme pour moi, de jouer le jeu et de vous en tenir à la version officielle.

La poitrine de Nancy est oppressée, elle a du mal à respirer.

— OK, réussit-elle à articuler.

— Bien. Donc vous êtes ici ce soir pour un simple frottis de routine. Le dernier que vous avez passé avait un résultat anormal, donc vous avez voulu consulter un autre médecin. Nos emplois du temps ne coïncidaient pas cette semaine, alors vous êtes venue ce soir. C'est tout. D'accord ?

Nancy acquiesce.

— C'est tout ?

— C'est tout ce que je vous demande de vous rappeler. Moins vous en direz, mieux cela vaudra. Jouez le jeu, et n'ayez l'air surprise par rien de ce qu'Alice ou moi pourrons déclarer à la police. Compris ?

— Oui.

— Nancy, c'est extrêmement important. Je risque la prison.

Nancy acquiesce à nouveau. Elle se déteste mais ne peut s'empêcher de poser cette question :

— Et moi, je risque la prison aussi ? Parce que je suis ici ?

Le Dr Taylor ne répond pas.

— Je vois bien que vous êtes courageuse. Nous nous en sortirons ensemble.

Pendant un instant, elles se regardent fixement, comme une embrassade à distance qui apaise un tant soit peu Nancy alors qu'elle tente de calmer sa respiration. Puis le Dr Taylor reprend la parole :

— Je suis vraiment désolée de devoir vous dire ça, mais essuyez-vous les yeux, s'il vous plaît. Vous ne devriez avoir aucune raison de pleurer. De leur point de vue, en tout cas.

Nancy se tourne vers le plafond, se concentre à nouveau sur la tache sombre qui gâche la perfection de ce paysage blanc. Elle s'essuie les yeux avec le revers de ses mains, puis passe un doigt sous ses paupières pour effacer le mascara qui a dû couler sous ses cils. Elle renifle, s'éclaircit la gorge et serre les poings.

— Bravo, la complimente le docteur.

On sonne à la porte d'entrée, comme une plaisanterie qui viendrait perturber un silence écrasant. Ils sont là.

Nancy entend une voix masculine échanger avec celle d'Alice, quand le Dr Taylor murmure :

— Ça y est, Nancy. Terminé. Tout est bon. Vous n'avez plus qu'à rester immobile.

Nancy ravale ses larmes de peur et de soulagement mêlés. Elle ferme les yeux un moment et écoute le Dr Taylor ranger son équipement. Elle les rouvre et bat lentement des paupières. La menace des larmes s'est envolée, mais elle sait qu'elles reviendront plus tard.

Le Dr Taylor court à travers la pièce pour enfermer ses outils dans des placards. Elle noue le haut d'un sac-poubelle. Des voix dans le vestibule. Nancy voudrait rentrer chez elle, plus qu'elle ne l'a jamais désiré dans sa vie. Le Dr Taylor sort d'autres objets qu'elle n'a pas utilisés pour « la procédure », les dispose dans le plateau métallique fixé à côté des chevilles de Nancy. Les actrices prennent leur place, adoptant un sourire forcé et éclatant. Prêtes à faire illusion sur le public dès que le rideau se lèvera.

Nancy continue à inspirer profondément afin de ne pas vomir quand le Dr Taylor se rassied sur son petit tabouret. Elle libère Nancy des étriers et lui frictionne les pieds pour la rassurer.

— Je ne peux pas vous autoriser à vous rhabiller tout de suite, dit-elle à travers son masque. J'ai encore besoin de vérifier deux ou trois choses. Mais j'ai tout préparé comme pour un frottis, précise-t-elle en désignant le plateau rempli d'outils innocents. C'est tout ce qu'ils verront. Du moment qu'ils ne nous prennent pas sur le fait, ils ne peuvent nous accuser de rien. Nous tâcherons de les retenir, mais il y a peu de risques qu'ils s'approchent de vous. D'après mon expérience, ces hommes-là sont épouvantés dès qu'on leur parle de vagin sans qu'il s'agisse de coucheries.

Malgré la situation, Nancy sent les muscles de son visage se contracter en un sourire.

— Ne dites rien tant qu'ils n'exigeront pas de vous parler. Et s'ils s'adressent à vous, tenez-vous-en à la version officielle.

— OK.

Le Dr Taylor serre doucement le pied gauche de Nancy. Les voix se rapprochent dans le couloir. Alice demande à voir le mandat. Nancy entend trois ou quatre hommes, dont la voix monte en un crescendo furieux face aux protestations d'Alice.

Un instant après, on frappe à la porte. Alice ouvre et passe la tête, les yeux écarquillés.

— Dr Taylor ?

— Oui ?

— Des policiers sont là pour vous parler. Ils ont un mandat de perquisition.

Le dernier mot prononcé par Alice flotte encore dans l'air étouffant de la salle vivement éclairée quand quelqu'un ouvre la porte de force derrière son épaule.

— Monsieur…, crie un des visiteurs.

— Je crois que vous voulez me parler, dit le Dr Taylor.

Elle se lève et traverse la pièce. Nancy a le souffle court. Elle regrette déjà de ne plus sentir la main du docteur sur son pied.

Le Dr Taylor tend justement cette main au policier, qui hésite à la serrer.

— Inspecteur Pernith, répond-il.

— Ravie de faire votre connaissance, inspecteur.

Elle lui prend la main avant de la lâcher de manière agressive, comme si elle préférerait la jeter à l'autre bout de la pièce.

— Vous avez donc un mandat vous permettant de fouiller mon cabinet, vos hommes et vous ?

D'un mouvement de la tête, elle désigne les trois jeunes agents debout derrière Pernith. Deux d'entre eux, les plus près de la porte, ont la mine sévère, les mâchoires serrées, les yeux plissés sous un front lourd. L'autre rôde plus loin dans le couloir, les yeux baissés vers ses chaussures.

— En effet, madame. On nous a signalé que vous exerciez peut-être une activité illégale dans ce cabinet.

— Je vous en prie, dites-moi de quelle activité illégale je suis soupçonnée ?

Le Dr Taylor sort de la pièce et tente de fermer la porte derrière elle, mais l'inspecteur Pernith déplie un bras exercé et l'en empêche.

— Je suis désolé, madame, nous allons devoir regarder ce qu'il y a dans cette pièce.

— Appelez-moi « docteur », pas « madame », s'il vous plaît.

L'homme se mord la lèvre, mais son adversaire tient bon, bien qu'elle fasse une tête de moins que lui.

— Je dois fouiller la pièce, docteur.

— J'aimerais voir votre mandat. Si vous devez déranger une de mes patientes pendant un examen de routine de son vagin, je tiens à voir la preuve que vous avez bien été investi de cette autorité inutile.

Le naturel avec lequel le Dr Taylor prononce le mot « vagin » met l'inspecteur Pernith mal à l'aise et l'arrête net. Il s'éclaircit la gorge. Nancy voit tressauter le coin de la bouche d'Alice.

— Stevenson !

D'un signe, il fait venir l'un de ses sbires à la mâchoire serrée, qui fourre un papier dans la main tendue du Dr Taylor. Elle examine le document un instant avant de reculer, les lèvres réduites à une mince ligne. Nancy a la sensation que ses entrailles ont fondu.

— Lucy ? hèle le Dr Taylor.

Nancy tourne la tête vers la porte en se demandant à qui elle s'adresse. À côté du policier, le Dr Taylor penche la tête d'un centimètre.

— Oui ? répond Nancy.

— Ces messieurs ont un mandat de perquisition, qui inclut ma salle d'examen. Ils tiennent absolument à entrer. Veuillez rester où vous êtes.

L'inspecteur Pernith s'avance à pas pressés. C'est un solide gaillard, large d'épaules. Tous les flics ont l'air plus grands que le commun des mortels. Ses hommes et Alice entrent à sa suite. La pièce est maintenant bondée, on y suffoque. Nancy hume l'après-rasage d'un des policiers et son estomac se met à peser des tonnes. Elle reconnaîtrait ce parfum n'importe où : Hugo Boss, le même que Len. Elle tourne la tête vers le mur et retient sa respiration aussi longtemps que possible.

Alice se glisse auprès de Nancy et lui prend la main dans les siennes. Elle la serre. Elle a quelque chose de rassurant, de maternel, et Nancy voudrait presque avoir sa propre mère à ses côtés, mais l'idée de lui révéler sa grossesse était insupportable. Elle ferme les yeux, tente d'oblitérer la scène. Cependant, un instant après, elle entend des chaussures couiner tout près de la table où elle est couchée. L'inspecteur s'éclaircit la gorge.

— Mademoiselle ?

Oh, pour l'amour de Dieu.

— Oui ?

Nancy croasse, ce n'est plus du tout sa voix ordinaire. Tant mieux, en un sens.

De toute évidence, le policier est très embarrassé.

— Pouvez-vous me dire ce que vous faites ici ?

Nancy ouvre les yeux et contemple le visage de l'homme. Cou de taureau, mâchoire carrée, le menton et les joues mal rasées. Il est de service depuis ce matin. Il doit être fatigué et il a envie de rentrer retrouver sa femme. Au lieu de quoi, il est ici pour essayer de l'empêcher d'avorter sans danger. De prendre un nouveau départ. Nancy éprouve une brusque colère telle qu'elle n'en a encore jamais connu. Brûlante et féroce, terrible mais bien tentante. Tranchante comme une lame de rasoir.

Que ce mec aille se faire foutre.

— Je suis à moitié nue, étendue sur la table d'un médecin avec juste une feuille de papier pour me couvrir, et avant votre arrivée, mes pieds étaient dans les étriers. Je suis ici pour quoi, à votre avis ? On m'avait proposé d'aller à un match de hockey ce soir. Croyez-moi : j'aimerais mieux être au Maple Leaf Gardens à m'empiffrer de pop-corn et à boire de la bière dégueulasse, plutôt que de me faire écarter le col de l'utérus avec des tenailles pour un frottis vaginal.

Elle a peine à croire qu'elle vient de prononcer ces mots. Elle le regrette aussitôt et pince les lèvres, les joues en feu. Le Dr Taylor. La prison. Le scénario.

L'inspecteur Pernith tripote son carnet, son regard semble plus profond que Nancy n'aurait pu l'imaginer.

— Vous savez quoi, mademoiselle ? Moi aussi, j'aimerais mieux être à un match de hockey. Nous n'en avons plus pour longtemps. Excusez-nous de vous avoir interrompue. Les ordres, vous savez. C'est une bonne chose pour vous, ce… frottis. Ma fille a dû en faire un l'an dernier, ajoute-t-il très vite. Je sais que ça n'a rien d'agréable, même si c'est nécessaire.

Le ventre de Nancy se noue. La main d'Alice tressaille dans la sienne.

— Bonne soirée, mesdames, conclut l'inspecteur Pernith.

Alice se force à murmurer « Merci ».

Pernith attend à la porte pendant que ses hommes terminent leur inspection, à contrecœur. Ils finissent par s'en aller et le Dr Taylor les raccompagne. Nancy l'entend pousser les trois verrous de la porte d'entrée. Peu de temps après, le docteur reparaît dans la salle d'examen.

Elle exhale lentement son souffle, la bouche en forme de petit O.

— Eh bien, Nancy, vous n'avez pas exactement collé au scénario.

— Excusez-moi, docteur Taylor. Je suis vraiment désolée…

Le Dr Taylor et Alice éclatent de rire.

— Mais non, Nancy, c'était parfait, mieux que parfait ! s'exclame le Dr Taylor en souriant. Franchement, vous nous avez impressionnées. Quel aplomb !

— Incroyable, Nancy, ajoute Alice en se dirigeant vers le lavabo.

Elle fouille dans son soutien-gorge et, tel un prestidigitateur, elle en sort une clé. Elle ouvre le tiroir le plus bas d'une armoire-classeur et en tire un tas de paperasses.

— Ils ont à peine vérifié les placards. J'avais peur qu'ils m'obligent à les ouvrir.

— Honnêtement, je ne sais pas ce qui m'a pris, dit Nancy. Tout à coup, je me suis sentie si furieuse. Qu'est-ce que ça peut leur faire ?

— Ils aimeraient mieux que les femmes meurent dans les ruelles obscures, d'une hémorragie après s'être enfoncé un cintre entre les cuisses, grommelle Alice, l'œil brillant.

Le Dr Taylor soupire, se rassied au bout de la table.

— Laissez-moi juste vérifier une dernière chose, OK, Nancy ?

Une minute plus tard, le Dr Taylor l'autorise à se redresser.

— Tout m'a l'air parfait. Alice va vous donner des carrés de coton épais et une série de conseils pour éviter l'infection. Veillez à prendre vos antibiotiques jusqu'à la fin et à bien suivre les instructions. Si jamais vous constatez une infection, appelez-moi tout de suite. N'allez surtout pas à l'hôpital, OK ?

— OK.

— Je ne veux pas vous faire peur. Les infections sont très rares si la procédure est respectée et si vous prenez les antibiotiques. Évitez les exercices physiques intenses et les rapports sexuels pendant quelque temps.

Nancy ricane :

— Oh, ça ne devrait pas être un problème !

— Mais s'il vous arrive quand même quelque chose, continue le Dr Taylor, téléphonez-nous, à Alice et à moi. À l'hôpital, on vous poserait des questions, vous seriez incapable de mentir, et la police serait avertie.

— Je sais. Il y a quelques années, j'ai emmené ma cousine voir un avorteur clandestin. Il a failli la tuer. Après ça, j'ai dû la conduire à l'hôpital tellement elle saignait.

Le Dr Taylor secoue la tête.

— Mon Dieu. Voilà pourquoi nous faisons tout ça ici.

— À l'hôpital, ils m'ont posé un tas de questions, et aux urgences, quelqu'un m'a dit que si ça se reproduisait, je devrais appeler les médecins et demander Jane. Sur le moment, je n'ai rien compris, mais je m'en suis souvenue. C'est comme ça que je vous ai trouvée.

— Voilà une information intéressante pour nous, dit Alice. Vous étiez à quel hôpital ?

— Saint-Joseph.

Nancy se redresse lentement en s'aidant du bras que lui tend le Dr Taylor. Elle grimace.

— Ça fait mal.

— Je sais. Ça va durer quelques jours ; vous pourrez prendre des antalgiques vendus sans ordonnance. Buvez beaucoup d'eau et essayez de dormir cette nuit. Ça risque d'être difficile, au début. Sur le plan émotionnel, je veux dire. Vos hormones vont se réagencer quand votre corps comprendra que vous n'êtes plus enceinte, et ça pourrait être un peu violent. Vous avez une amie avec qui en parler ?

— Pas vraiment.

— Une colocataire ? Une sœur ?

— Mes colocs, oui. Il y en a une dont je suis assez proche. Je pense qu'elle a deviné ce qui m'arrivait, d'ailleurs.

— OK, c'est bien. Même si vous ne lui racontez pas exactement ce qui s'est passé, faites en sorte de ne pas rester seule aujourd'hui et demain, au cas où. Tenez votre journal intime, parlez toute seule, faites ce que vous avez besoin de faire. Mais je dois vous demander une fois de plus de ne révéler mon nom à personne, vous comprenez ? Cela fait partie de notre accord. Les Jane ne peuvent continuer à exister si nous sommes toutes en prison.

Nancy hoche la tête. Elle aime beaucoup le Dr Taylor.

Alice s'approche avec une feuille, des serviettes hygiéniques et un petit flacon de pilules, sans étiquette, qu'elle glisse dans un sac en papier.

— Prenez tout ça, et suivez les instructions. Mais s'il vous plaît, cachez bien l'ordonnance. Au fond de vos tiroirs à sous-vêtements, ou bien sous un matelas. Et brûlez cette page quand vous aurez fini. Au cas où.

— OK, d'accord. Merci.

— En général, nous donnons aussi à nos patientes notre *Guide du contrôle des naissances*, ajoute Alice. Vous l'avez déjà ?

— Non, mais j'en ai entendu parler. À la fac, il y a des filles qui l'ont.

— Il y a beaucoup de fausses informations qui circulent, voilà pourquoi nous préférons offrir à nos patientes une référence fiable. Honnêtement, nous aimons mieux ne pas voir nos patientes revenir !

— Je sais, murmure Nancy. Il faudra que je sois plus prudente.

— Inutile de vous flageller. Lisez ce livre et faites attention. Je vous appelle un taxi. Vous avez de quoi le payer, ou vous voulez un peu d'argent ?

— Non, ça ira. Merci. Vous en avez déjà fait assez, toutes les deux.

Nancy descend précautionneusement de la table tandis qu'Alice sort de la pièce, et le Dr Taylor se retourne pour la laisser se rhabiller. Elle récupère le manteau de Susan et son sac à main, se rechausse. Le Dr Taylor la raccompagne jusqu'à la porte d'entrée et tire les verrous.

Nancy s'adresse une dernière fois à elle.

— Merci. Je... Je ne sais pas quoi dire d'autre.

— Je vous en prie, Nancy. Je suis désolée qu'il y ait eu cette visite de la police. Je pense qu'ils finiront par se lasser.

— Pas grave. Vous n'y êtes pour rien.

— Si, c'est grave, mais vous avez raison, je n'y suis pour rien.

Les deux femmes contemplent le sol en attendant le coup de Klaxon du taxi. Curieusement, Nancy est comme incapable de s'en aller. Elle se sent en sécurité ici.

— Si une de mes amies a besoin de la même chose, je peux lui dire de vous appeler ? Je peux lui donner votre nom ?

Le Dr Taylor secoue la tête.

— Non. Mais vous pouvez lui donner ce numéro.

Elle fouille dans la poche de sa blouse et en tire un petit carton blanc.

Nancy le retourne. Il n'y a rien dessus à part un numéro de téléphone écrit à la main.

— C'est le numéro de qui ?

Trois coups de Klaxon retentissent, Nancy sursaute. Le Dr Taylor baisse la poignée en cuivre et une bouffée d'air froid s'introduit dans la maison lorsqu'elle ouvre la porte.

— Dites-lui simplement de demander Jane.

16

Evelyn

Été 1983

DANS SON BUREAU à l'arrière de la clinique, Evelyn tend la main pour saisir son mug et boit une gorgée de café. Il est refroidi depuis des heures, mais sa clientèle nombreuse l'a habituée au café froid. Elle le préfère même peut-être ainsi, désormais.

Elle est en train d'examiner les dossiers des patients mais elle n'y voit plus très clair. Elle est très fatiguée et elle ferait sans doute mieux de rentrer chez elle. Elle sera seule à la maison : ce soir, Tom dîne en ville avec un nommé Reg, un avocat qu'il a rencontré lors d'une fête chez un autre ami gay. C'est leur deuxième rendez-vous, et Evelyn est ravie pour lui. Elle aimerait qu'il sorte davantage, dans son propre intérêt, mais elle apprécie également d'avoir la maison pour elle, de temps à autre, afin d'être seule avec ses pensées.

Evelyn consulte sa montre. Encore dix minutes et elle s'en ira. Demain, elle a toute une série de consultations ordinaires, et deux avortements pour le réseau Jane dans la soirée.

À l'instant où elle range les dossiers dans le classeur sous son bureau, le téléphone sonne. Sa réceptionniste est partie depuis une heure, et Evelyn déteste laisser ses patients dans l'attente. Ils doivent pouvoir compter sur elle.

Elle décroche avec un soupir.

— Dr Evelyn Taylor à l'appareil.

— Oh, docteur Taylor ? Je suis si contente de vous trouver. Pardon de vous appeler si tard. Je suis Ilene Simpson.

La fille de Chester Braithwaite.

— Ilene ! Quel plaisir de vous entendre. Tout va bien ?

L'estomac noué, Evelyn se prépare au pire. Chester a beau lui avoir affirmé qu'il était en parfaite santé et qu'il n'avait recours à un médecin que pour apaiser les inquiétudes de sa fille, il a eu des problèmes de tension et de cholestérol. Il est venu se faire vacciner contre la grippe, il fait un check-up chaque année, mais il a aussi eu de petits soucis, une brûlure qui ne voulait pas cicatriser, un orteil qu'il craignait de s'être cassé. Sa fille habite à une heure de route du centre-ville, en banlieue nord, et Evelyn a souvent l'impression que Chester est très seul. Grâce à l'enthousiasme qu'il a témoigné pour le cabinet, Evelyn a beaucoup gagné en assurance à un moment où elle se sentait lâchée par ses propres parents, et elle n'a donc aucune raison de lui reprocher ses visites répétées.

Et puis, il y a eu ce cancer de la prostate il y a cinq ans : Evelyn a été extrêmement soulagée quand les tests se sont révélés négatifs, et la santé de Chester s'est maintenue de façon assez raisonnable jusqu'au jour où son pancréas a été rattrapé par le whisky. Evelyn était en contact régulier avec Ilene, qui souhaitait accueillir son père chez elle, et il a fallu une dizaine de consultations à domicile avant que la famille finisse par se résoudre à placer Chester en maison de retraite quelques mois plus tôt. Depuis, Evelyn n'a plus eu de nouvelles d'Ilene.

— Eh bien, il... il vit ses dernières semaines. Peut-être ses derniers jours. Ils l'ont placé en soins palliatifs. Il n'y a plus rien à faire.

Evelyn s'enfonce dans son fauteuil de bureau. Elle a la gorge désagréablement serrée.

— Oh, Ilene, je suis vraiment désolée. Chester compte tellement pour moi. C'est un honneur de l'avoir eu parmi mes patients.

— Merci, docteur Taylor... Il a demandé à vous voir, c'est pour ça que je vous appelle. Pour vous tenir au courant, et pour savoir si vous accepteriez de lui rendre visite. Il vous aimait, il vous aime tant. En partie parce que vous ne l'avez pas obligé à renoncer à l'alcool.

Evelyn se retient de pouffer lorsqu'elle se représente le visage rond et barbu de Chester.

— Ah, c'est l'un de ces petits vices pour lesquels les médecins doivent peser le pour et le contre. Et puis, je ne pense pas que j'aurais pu le faire renoncer si j'avais essayé. Dès le premier jour, il m'a clairement expliqué que je ne devais même pas y penser.

Ilene éclate de rire.

— Il aurait fallu lui passer sur le corps pour lui arracher sa bouteille ! (Un silence au bout du fil.) Désolée, la formule est mal choisie. C'est ce qu'il disait tout le temps.

Evelyn sourit tristement.

— Il n'y avait pas moyen de l'arrêter ! (Ilene glousse, renifle.) Ça va me faire bizarre de ne plus vous revoir.

Evelyn manipule un capuchon de stylo et avale la boule qu'elle a dans la gorge.

— À moi aussi, Ilene.

Ilene pousse un soupir.

— Dans quel hospice est-il ? demande Evelyn. J'ai dû noter ça quelque part…

— À Saint-Sébastien, dans Riverdale Avenue.

Un frisson glacé parcourt tous les membres d'Evelyn et elle serre le capuchon dans son poing. La pointe en plastique s'enfonce douloureusement dans sa paume.

— Vous connaissez ?

Les mots d'Ilene pénètrent comme un bruit de fond à travers la densité des réflexions d'Evelyn.

— Oui, finit-elle par répondre. Oui, je connais.

— Vous croyez que… vous pourriez aller le voir ?

Evelyn lève le bras et se masse le front. Elle ne peut pas refuser. Pas à Chester.

— Oui, je crois que je pourrai.

***

Le lendemain, Evelyn s'approche du bâtiment avec méfiance. MAISON DE REPOS SAINT-SÉBASTIEN, lit-elle sur la façade. Il n'y avait pas d'enseigne, du temps où c'était encore le foyer Sainte-Agnès pour mères célibataires, seulement un numéro rouillé à moitié couvert par le lierre. Depuis qu'elle en est partie, elle évite ce quartier. Elle n'aurait jamais pensé y revenir.

Ses jambes, d'ordinaire si souples, se raidissent lorsqu'elle s'avance sous le porche ; le bel auvent en bois, jadis de couleur crème, a été repeint dans un brun foncé plus moderne. La porte est différente aussi, elle a été remplacée par un nouveau modèle d'un vert bouteille éclatant avec un vernis magnifique. C'est remarquable, tout ce qu'on peut cacher sous une jolie couche de peinture.

Evelyn se rappelle le jour où elle est arrivée ici, les jambes tremblantes, les nerfs en pelote, le jour où elle a grimpé ces marches pour empoigner le heurtoir en cuivre. C'était alors l'automne, et il flottait dans l'air une odeur de feuilles sèches et de feu de bois. Pour n'importe qui d'autre, c'était peut-être l'odeur que doit avoir l'automne, la saison où tout passe d'un état à un autre, une saison à la fois froide et chaude. Mais pour Evelyn, c'était l'odeur de la mort. Elle ne sentait ni le bois ni les feuilles, rien que les cendres et la putréfaction à venir.

Mais c'est maintenant l'été, une journée ensoleillée, presque vingt-trois ans après, et l'air est chargé du parfum citronné des roses et de l'herbe fraîchement coupée dans les jardins voisins. Evelyn tente de se concentrer sur ce parfum, mais elle sait que les roses ont un prix. Dès qu'elle en rencontre, elle sent les épines lui piquer la peau.

Evelyn inspire profondément pour calmer son cœur dont le rythme s'accélère, puis réajuste son sac sur son épaule et gravit le perron pour affronter son passé. Elle essaye de se rappeler qu'elle n'est plus la malheureuse adolescente torturée par le chagrin qu'elle était lorsqu'elle est venue ici pour la première fois. Elle est à présent une femme indépendante, forte et courageuse. Elle est ici de son plein gré, pour dire adieu à Chester. Rien ne l'y obligeait. Elle a fait ce choix, et c'est tout ce qui compte. Elle tourne la poignée de cuivre et ouvre la porte donnant sur son passé.

Le rez-de-chaussée a bien changé. Des murs ont été abattus afin de créer un vaste accueil et des couloirs assez larges pour les fauteuils roulants. Les planchers grinçants ont été recouverts d'un lino insonore ; le papier peint a été arraché en faveur d'une peinture couleur pêche. Tout cela serait presque charmant, si elle ignorait l'histoire de ce bâtiment. Si elle ne pouvait entendre les cris oubliés depuis longtemps des bébés volés et des filles anéanties.

À l'accueil, une jeune religieuse lui sourit.

— Bonjour ! Bienvenue à Saint-Sébastien. Vous êtes déjà venue ?

Evelyn a le souffle coupé. *Quelle question.*

Elle reprend ses esprits.

— Oui. Oui, je suis déjà venue.

— Très bien, alors ravie de vous revoir parmi nous.

Evelyn se sent incapable de dire merci.

— Euh… Je suis médecin. Evelyn Taylor, articule-t-elle tout bas, comme si les murs risquaient de l'entendre et de la reconnaître. Je viens rendre visite à un de mes patients, Chester Braithwaite.

— Tout à fait. Je vous demanderai simplement de bien vouloir signer ici.

La religieuse lui tend un registre et un stylo, et Evelyn appose une signature maladroite et tremblante qui ne ressemble même pas à son écriture habituelle.

La religieuse vérifie un tableau fixé au comptoir.

— Il est au deuxième étage, docteur Taylor. Chambre 207.

L'ancienne chambre de la Chienne de garde.

Ses pieds sont enracinés dans sol. Elle s'impose un sourire crispé.

— Merci.

— Vous pouvez monter par ici, et ce sera sur votre droite.

Evelyn se dirige vers l'escalier en tâchant en vain de maîtriser son trouble. Ses pieds lui semblent lourds comme si elle marchait dans du ciment frais. Les marches grincent exactement comme il y a toutes ces années, et elle entend son cœur battre dans ses oreilles. Sur le palier, elle tourne à droite dans le couloir, passe devant deux chambres, puis une troisième. Elle se pétrifie devant l'entrée de son ancien dortoir. Une jeune femme est penchée au-dessus d'un lit, le rideau de ses cheveux bruns masquant son visage, et elle parle doucement à une patiente.

La femme tourne la tête. Evelyn a l'impression de l'avoir déjà vue, mais elle n'arrive pas à remettre un nom sur son visage. Lorsque la patiente aperçoit Evelyn dans le couloir, elle crie comme si on l'avait brûlée. Evelyn sursaute et s'éloigne rapidement tandis qu'une infirmière accourt. La patiente n'émet plus que de faibles gémissements, et Evelyn entend la jeune femme et l'infirmière tenter de l'apaiser.

À nouveau sur les nerfs, Evelyn demeure un moment devant la porte de la chambre 207, le temps de retrouver son sang-froid. Elle se force à sourire, puis entre dans la pièce.

Une faible lumière émane d'une petite lampe de chevet. Chester est sous les couvertures, vêtu d'un pyjama à carreaux. Il est désormais presque chauve, avec seulement quelques mèches blanches formant comme une auréole autour de son crâne. Sa barbe grisonnante cascade par-dessus son double menton.

Un moniteur surveillant une perfusion à côté du lit émet un bip régulier. Des rideaux marron foncé sont tirés devant la fenêtre pour lutter contre la chaleur de l'après-midi. L'air est chargé de cette puanteur mi-fécale mi-chimique que partagent tous les hôpitaux. C'est une odeur à laquelle elle est habituée, bien sûr. Elle y résiste mieux que la plupart des gens. Mais l'imminence de la mort de Chester n'est pas une chose à laquelle Evelyn s'est entièrement préparée, et elle est prise au dépourvu. Elle pose son sac à terre, puis place délicatement sa main sur le pied de Chester. Elle n'a pas envie de le réveiller, mais elle sait qu'elle aura du mal à revenir ici une deuxième fois.

— Mr Braithwaite ? Mr Braithwaite, c'est le Dr Taylor.

Elle lui serre légèrement le pied, et il entrouvre les yeux. Il bat des paupières plusieurs fois, pour dissiper la brume du sommeil, avant qu'un sourire s'étende d'une oreille à l'autre.

— Docteur ! s'exclame-t-il d'une voix sifflante. Ah, merci d'être venue.

— C'est naturel, Chester.

— Faites-moi une faveur, ouvrez ces fichus rideaux, vous voulez bien ? Je n'y vois pas bien clair.

— Il n'y a pas de climatiseur ici. Je pense que les rideaux sont fermés pour vous maintenir au frais.

— Hum ! ronchonne Chester en agitant sa large main avec dédain. Quand je serai mort, je serai tout froid. J'ai le droit à un peu de chaleur tant que je suis encore de ce monde.

Evelyn obéit et écarte les lourds rideaux. La lumière aveuglante de l'été se déverse dans la chambre.

— Ah, c'est mieux comme ça, marmonne Chester.

C'est comme si un barrage avait éclaté, et Evelyn le sent aussi. Elle contemple le jardin situé à l'arrière de l'hôpital, admire la verdure des haies et de la pelouse, les roses et les pivoines qui prennent un bain de soleil, dans toute leur splendeur. Un voisin fait vrombir sa tondeuse à gazon. Des enfants rient dans la rue. Le gazouillis des oiseaux emplit la pièce. Evelyn n'a pas connu le foyer

Sainte-Agnès durant les mois d'été. Elle ne soupçonnait pas que les environs aient pu être aussi idylliques. Et puis les rideaux étaient presque toujours fermés pour protéger l'identité des pensionnaires. Pourquoi n'aurait-il pas pu y avoir plus de lumière ?

— Rapprochez le fauteuil, gronde Chester avec indignation. Vous n'allez pas déjà repartir, tout de même ?

Evelyn détache les yeux de la fenêtre.

— Non, j'ai prévu de rester un peu.

— Bien.

Elle approche du lit le fauteuil destiné aux visiteurs et s'y installe. Ils se regardent pendant quelques longues minutes.

— Je suis sur le départ, docteur.

Evelyn avale une boule plus grosse que prévu.

— Je sais.

— Mais ça ne me pose pas de problème, vous savez. Mourir. Ça ne me dérange pas trop. Chacun son heure. J'ai fait mon temps.

Il glousse, mais son rire dégénère en toux violente qui s'éternise. Il sirote un peu d'eau et secoue la tête.

— Vous avez bu du whisky depuis que vous êtes ici ? demande Evelyn.

— Pfff ! Non. Ici, on se croirait à l'époque de la prohibition. Ils ne veulent pas.

— Quels médicaments vous a-t-on prescrits, Chester ?

— Aucune idée.

Evelyn consulte le tableau suspendu au bout du lit.

— Ne vous embêtez pas avec toutes ces bêtises, lui ordonne Chester. Je voulais que vous veniez pour une visite, pas pour une consultation. Il y a déjà des médecins qui viennent le regarder toutes les heures, ce foutu tableau.

Satisfaite, Evelyn raccroche le graphique et cherche dans son sac.

— Je voulais savoir quels médicaments vous prenez, parce que... (Elle tire des profondeurs de son sac deux mini-bouteilles de whisky et deux verres à liqueur.) Je pensais que nous pourrions trinquer ensemble, après toutes ces années.

En voyant la tête que fait Chester, Evelyn a le cœur qui double de volume avant de se briser.

— Dieu vous bénisse, docteur. Bon sang de bonsoir...

Evelyn pose les verres sur la table de chevet, décapsule les minuscules bouteilles, et verse le whisky.

— Sans glaçons, j'espère que ça ne vous dérange pas. Si vous en voulez, je peux essayer d'en trouver.

— Non, c'est parfait.

Evelyn tend un des verres à son patient. Elle n'aime pas particulièrement le whisky, mais elle s'est forcée à venir ici pour Chester, et elle est résolue à aller jusqu'au bout du sacrifice.

— Un homme ne doit pas boire seul son dernier whisky, énonce Chester comme s'il lisait dans les pensées de sa visiteuse. À votre santé, docteur.

— À votre santé, Chester.

Leurs verres s'entrechoquent. D'habitude, c'est un bruit de fête, pas de deuil. Mais ce moment est peut-être un mélange des deux. Evelyn bat des paupières plusieurs fois et se gratte le nez. Chester prend une gorgée d'alcool.

— Faut pas pleurer, docteur !

— Je ne pleure pas. C'est juste l'effet du whisky.

Il sourit à nouveau, et son dentier glisse un peu.

— Merci de m'avoir maintenu en vie pendant tout ce temps, hein. Je sais bien que je suis un vieux grincheux.

Evelyn rit malgré sa gorge nouée.

— Je vous en prie, Chester. C'est mon métier, mais ce fut aussi un plaisir.

— Je le sais. C'est pour ça que vous n'êtes pas comme les autres médecins.

Evelyn sirote son verre en souriant. Elle découvre que le goût du whisky ne lui déplaît pas, aujourd'hui.

— Vous avez été mon premier patient, vous le saviez ?

— Je m'en doutais. Je vous ai vue emménager dans la rue. Le matériel médical, tout ça. Je ne voulais pas devoir aller trop loin pour mes consultations.

— Eh bien, je dois avouer que vous avez toujours occupé une place à part, Chester. Vos visites me... Vos visites m'ont manqué.

Les sanglots ne sont pas loin et elle boit une nouvelle rasade pour les chasser.

— Ah, je suis trop vieux pour vous, docteur ! réplique-t-il avec un clin d'œil.

Evelyn soupire. Ils ont tous deux vidé leur verre, et le sentiment que c'est la fin s'abat sur eux comme la poussière dans une maison inoccupée. Evelyn tend la main pour serrer celle du vieil homme. Il a encore la poigne solide.

— Vous êtes une bonne âme, docteur. Vous n'avez qu'à être vous-même pour rendre plus facile la vie des autres. Mais vous avez votre carapace. Ça n'est pas simple de vous connaître. Vous... vous prenez beaucoup de risques, à faire ce que vous faites, et ça doit être un peu dur.

Evelyn retient sa respiration et tremble un peu. La peau rugueuse de Chester est en contact avec la sienne. Il lui serre la main.

— Ne vous en faites pas, ça fait des années que je les vois aller et venir, qui attendent dans le noir sous votre porche. Vous êtes une femme courageuse. C'est bien, ce que vous faites. Vous aidez les gens, voilà ce que je dis. Mais que ça ne vous endurcisse pas trop.

Une larme coule au coin de l'œil d'Evelyn.

— Ah non, pas de ça ! proteste Chester. Venez que je vous embrasse, et puis partez.

Evelyn se baisse pour passer les bras autour du corps massif du vieil homme.

— Merci, Chester, murmure-t-elle.

— Prenez bien soin de vous, docteur. On se reverra de l'autre côté.

Elle lui laisse une des bouteilles vides. Il pourra la rouvrir et en inhaler l'arôme tous les soirs jusqu'à sa mort, six jours après, un jeudi soir. La fenêtre de sa chambre sera grande ouverte comme un portail, pour accueillir l'âme tendre qui s'en échappera.

Sans se retourner, Evelyn referme la porte de la chambre qui était jadis celle de la Chienne de garde. À présent, c'est celle de Chester. Elle s'accorde une minute pour se ressaisir tout en regardant à droite et à gauche dans ce couloir plein de souvenirs. Désormais, quand elle se représentera la chambre 207, c'est à Chester qu'elle pensera et non plus à la Chienne de garde. C'est le rire du vieux monsieur qu'elle entendra, au lieu des cris des filles. Elle se rappellera que la salle des adieux était la seule pièce où entrait la lumière naturelle, détail qu'elle était trop préoccupée pour remarquer autrefois. Elle se rappelle le doux visage de son amie lorsqu'elles tricotaient ensemble au coin du feu, au plus froid de l'hiver. Evelyn comprend maintenant, pour la première fois, qu'elle peut choisir quels souvenirs elle conservera de cet endroit, et lesquels elle abandonnera.

17

Nancy

Été 1983

NANCY REMONTE SUR SON ÉPAULE son sac de toile et traverse à grands pas le vestibule de la maison de repos, en direction de l'escalier. Les planches nues grincent sous ses pieds. Le son est amplifié par le silence de l'après-midi. À cette heure-ci, le bâtiment est presque silencieux ; la plupart des patients font la sieste, ils sombrent dans les rêves épais et brumeux où ils revoient les êtres chers, présents et passés, là où le temps n'a plus d'importance et où ils redeviennent jeunes et intacts.

Ce soir, elle vient rendre visite à sœur Marie-Agathe. La religieuse n'est pas très âgée, mais elle a été placée avant-hier dans l'unité de soins palliatifs. Un cancer des os qui s'est propagé dans tout son corps.

La chambre est faiblement éclairée par une lampe à abat-jour en dentelle posée sur la table de chevet. Sœur

Marie-Agathe dort dans un lit étroit, perpendiculaire au mur, un crucifix suspendu au-dessus de sa tête. Nancy se faufile jusqu'au petit fauteuil en bois. Il fait une chaleur étouffante. Elle ouvre la fenêtre et une agréable brise d'été vient souffler dans la pièce. Celle-ci donne sur le jardin, qui est beaucoup plus calme que la cour côté rue. Nancy sent le parfum des roses qu'a exalté le soleil de l'après-midi.

C'est son dernier jour en tant que bénévole à Saint-Sébastien. Après un courageux effort pour améliorer ses résultats, elle a été acceptée à l'école de bibliothécaires et a trouvé un emploi aux archives de l'université. Entre ses études et son petit boulot, elle n'aura plus le temps de venir le soir à l'hospice, mais Nancy se sent prête à passer à autre chose ; elle a maintenant d'autres poids émotionnels à porter.

Le cancer cérébral de sa mère a été diagnostiqué il y a un trimestre entier, pourtant Nancy n'en a été informée que le mois dernier. « Ah, je ne voulais pas t'inquiéter, ma chérie », a dit Frances. On ne sait pas exactement si ses fameuses migraines sont liées, mais en tout cas, sa mère est en pleine chimiothérapie, et passer du temps dans une unité de soins palliatifs n'est pas ce qui rassurera Nancy.

Le point positif, c'est Michael. Elle l'a rencontré à l'hôpital, le jour où sa mère l'a autorisée à l'y emmener pour son traitement. Il l'a fait rire devant la machine à café. Nancy était alors tellement déprimée qu'il n'en a pas fallu davantage pour qu'ils sortent ensemble. Ils ne se sont vus que deux fois, mais il lui plaît.

Nancy tourne le dos à la fenêtre et s'assied, puis tire un livre de son sac, *L'Ange de pierre.*

Sœur Marie-Agathe a le visage mince et pâle, et beaucoup plus jeune que la plupart des patients que visite

Nancy. Ses cheveux sont réunis en une natte qui repose délicatement sur sa joue creusée et lui tombe sur l'épaule. Nancy soupçonne une infirmière de la coiffer régulièrement. C'est le genre de détail qui compte durant les derniers jours, les choses apparemment mineures qui aident les gens à conserver leur dignité et à se rappeler qui ils sont. Ou du moins, qui ils étaient autrefois.

Nancy émet un soupir de compassion et se met à lire, posant son signet sur la table de chevet.

— Qu'est-ce que vous lisez ?

Nancy lève les yeux et rencontre ceux de la religieuse, dont les paupières sont alourdies par le sommeil.

— Ah, bonjour, dit-elle en fermant son livre. Je vous croyais endormie. Je suis désolée. Je m'appelle Nancy.

— Bonjour Nancy. Je suis sœur Marie-Agathe.

— Ravie de vous rencontrer. Comment allez-vous ?

— Oh, vous savez. C'est le cancer. Il paraît que je n'en ai plus pour longtemps. On m'a déjà administré les sacrements. Mais ça ne me pose pas de problème. Dieu nous rappelle à lui en son heure.

Toutes deux restent un moment silencieuses. La brise agite le rideau de la fenêtre. Nancy hume l'odeur d'herbe fraîchement coupée dans l'air estival.

— Qu'est-ce que vous lisez ? redemande sœur Marie-Agathe.

— C'est, euh...

Quel choix stupide. Sœur Marie-Agathe attend, tout ouïe.

— C'est *L'Ange de pierre*, de Margaret Laurence. Ça parle de... (Nancy se sent rougir alors qu'elle cherche ses mots.) D'une femme en fin de vie...

— Je connais ce livre, mon enfant.

Nancy range le roman dans son sac.

— Pas la peine de le cacher, voyons. Je sais bien que je suis en train de mourir.

— Et si nous discutions un peu ? Ou si vous préférez vous rendormir, ma sœur, je resterai assise à côté de vous. Comme vous voudrez.

Sœur Marie-Agathe contemple Nancy un instant.

— Eh bien oui, discutons. Venez vous asseoir plus près de moi. Mes yeux ne sont plus ce qu'ils étaient.

Nancy obéit, rapproche le fauteuil du lit.

— Ça alors ! s'exclame sœur Marie-Agathe en haussant les sourcils. Vous êtes si jeune ! Comment vous appelez-vous ?

— Nancy.

— Nancy… (La voix de la religieuse se perd dans le vide.) Vous me rappelez quelqu'un que j'ai connu. (Elle réfléchit un moment.) Elle était jeune, elle aussi. Elles l'étaient toutes.

Nancy ne sait pas trop comment réagir.

— Vraiment ?

— Oui, confirme sœur Marie-Agathe. C'était il y a bien longtemps…

Une seconde de silence, le temps pour toutes ces années de remplir l'espace qui s'étend entre les deux femmes.

— Où l'avez-vous rencontrée ? demande Nancy.

— Ici, répond la sœur, désignant les murs d'une main parcheminée. Pendant des années, il n'y a eu que des filles ici. Quand c'était un foyer, voyez-vous.

— Pour les filles perdues ?

— Oui. Vous le saviez ?

— Sœur Marie-Anne m'en a parlé. La religieuse qui est à l'accueil. Elle est très bavarde.

Marie-Agathe sourit, ses lèvres sèches tendues sur les os de son visage creusé.

— C'est vrai. C'est une bonne fille.

— Qu'est-ce que ça voulait dire, à l'époque, « filles perdues » ? C'étaient des délinquantes, des voleuses ?

Marie-Agathe soutient le regard de Nancy.

— Non, pas des délinquantes, murmure-t-elle. Mais elles étaient parfois traitées comme ça. Pas plus âgées que vous. Je pourrais en raconter, ma petite.

— Pourquoi étaient-elles aussi mal considérées ?

Nancy sent comme un pressentiment lui enserrer la poitrine. Elle a déterré quelque chose.

— Ah, ça..., commence Marie-Agathe avant d'être secouée par une quinte de toux.

Nancy prend le gobelet d'eau sur la table de chevet et attend que la toux s'apaise. Tremblante, Marie-Agathe absorbe quelques gorgées.

La religieuse laisse retomber sa tête sur l'oreiller vert pâle.

— Qu'est-ce que je disais ? Tout s'embrouille. (Sa respiration s'accélère, sa poitrine se soulève sous le couvre-lit matelassé.) Comment s'appelait-elle ? Celle qui est morte ?

— Je... Je ne sais pas.

Nancy prend la main froide de Marie-Agathe et la tient dans les siennes qui sont chaudes, jeunes et vigoureuses, dont les doigts sont exempts de cals et de cicatrices.

Marie-Agathe met un moment à retrouver ses esprits. Nancy voit la vérité se former dans ses yeux, flotter à la surface comme des photographies dans le bac d'une chambre noire. Mais cette fois, elle n'a pas envie de savoir. Elle n'a pas envie de cette charge sur ses épaules.

— Je les entends pleurer. Les filles et leurs bébés.

Nancy se penche pour écouter la vieille femme, et ses longs cheveux bruns viennent lui chatouiller la joue.

— Nous leur volions leurs bébés, chuchote Marie-Agathe. Et elle les vendait. Même celles qui avaient été violées. Ce n'était pas leur faute. Et j'ai menti à cette pauvre fille. Je lui ai raconté que son bébé était mort.

Pourtant ce n'était pas vrai. Ce n'était pas vrai. Je croyais que c'était mieux. Je croyais lui rendre service, elle était si triste, mais je me trompais. J'avais tort. Je croyais bien faire…

La main de Nancy tressaille entre les doigts froids de Marie-Agathe.

— Vous… vous *vendiez* des bébés ?

L'autre ne semble pas l'entendre.

— Leur visage est ici parfois. Mais le bébé n'était pas mort.

L'œil vitreux, Marie-Agathe fixe un point situé derrière Nancy et secoue la tête, pourtant, il n'y a rien que du papier peint fané. Bien sûr qu'il n'y a rien. Nancy se ressaisit.

— Marie-Agathe…

Elle se penche plus près, pour empêcher la religieuse de voir ce qu'elle croit distinguer. La ruse fonctionne. Les yeux de Marie-Agathe se focalisent sur le visage de Nancy avant de repartir vers la porte ouverte.

Elle pousse un cri de terreur, ses lèvres se retroussent et découvrent ses dents. Nancy fait un bond et scrute la porte, cependant il n'y a personne. Une seconde après, l'infirmière qui l'a accueillie dans le couloir arrive en courant.

— Que se passe-t-il ?

— Je ne sais pas, dit Nancy. Elle est devenue très confuse, elle s'est mise à parler de… elle a regardé vers la porte et a hurlé. Je ne…

— Je les vois encore parfois, gémit Marie-Agathe en s'adressant à toutes les deux, les yeux baignés de larmes. Mais je ne sais jamais, je n'arrive jamais à déterminer si tout est dans ma tête. Je suis désolée. Je suis vraiment désolée. Le bébé n'était pas mort. Il faut que vous le lui disiez. Il faut que quelqu'un le lui dise, mais les autres n'écoutent pas.

— Allons, allons. Chut, ma sœur, tente de l'apaiser la religieuse. Tout va bien. Personne ne vous veut le moindre mal. Tout va bien, vous êtes en sécurité.

Le visage de Marie-Agathe s'effondre, les larmes ont le dessus. Nancy s'avance pour lui prendre la main. Marie-Agathe tressaille, comme surprise qu'on la touche, mais s'empare des doigts de Nancy.

— Ma sœur, dit doucement l'infirmière, je vais vous donner quelque chose pour que vous vous sentiez mieux, d'accord ?

D'un hochement de tête, Marie-Agathe indique son assentiment, les yeux fermés.

L'infirmière se tourne vers Nancy et lui annonce tout bas :

— Je vais aller lui chercher un somnifère. Nous ne pouvons rien de plus dans ces moments de confusion et de panique. J'aimerais en faire davantage, mais tout est désormais entre les mains de Dieu.

Elle se signe.

— Bien sûr, murmure Nancy.

— Je reviens tout de suite.

Nancy se rassied dans le fauteuil, veillant à ne pas lâcher la main glacée de Marie-Agathe. Son corps semble se détendre, les pleurs se tarir. Parfois, on a simplement besoin d'une main à tenir.

Un moment après, Marie-Agathe rouvre les yeux. Ils sont embrumés, un peu étonnés.

— Dites-le-lui, je vous en supplie.

— Je... Je vous le promets, répond Nancy, perplexe.

Elle tapote la main de la religieuse.

Au grand soulagement de Nancy, l'infirmière revient bientôt, munie d'une seringue. Elle en vide le contenu dans la perfusion accrochée près du lit, sourcils froncés.

— Elle va s'endormir dans une minute ou deux, Nancy. Vous pourrez partir à ce moment-là. Elle devrait être tranquille pour la nuit, je pense. Son problème de confusion mentale s'aggrave d'heure en heure, et nous ne voulons pas qu'elle ait peur.

Nancy acquiesce.

— OK, très bien.

Dix minutes plus tard, lorsqu'elle est sûre que le somnifère agit pleinement, Nancy vérifie qu'elle n'oublie pas son livre et referme son sac. Elle jette un dernier regard vers sœur Marie-Agathe et caresse ce qui doit être son pied droit, sous le couvre-lit. Elle le tient avec une tendresse maternelle, une douceur que ses mains ne devraient pas avoir encore apprises, avant de se diriger vers la porte.

Elle s'attarde un instant dans le couloir, guettant l'infirmière de nuit.

— Je peux vous poser une question ?

— Qu'y a-t-il, Nancy ?

La jeune fille hésite, ne sachant comment formuler ce qu'elle veut savoir sans que cela sonne comme une accusation.

— Ce que sœur Marie-Agathe vient de raconter... C'était un peu perturbant. Avant que vous entriez, elle m'a dit que, du temps où cet endroit était un foyer pour « filles perdues », on volait les bébés pour les vendre. De quoi parlait-elle ?

L'infirmière serre les lèvres et regarde par-dessus son épaule.

— Il y a eu comme un... un scandale, à l'époque où le bâtiment servait de maternité pour la paroisse. Apparemment, certains bébés étaient vendus à des familles d'adoption. Elle faisait sans doute allusion à ça. Je pense que Marie-Agathe se sent très coupable pour le rôle qu'elle a joué dans cette histoire.

Nancy a du mal à se retenir de lâcher un juron.

— Et elle a parlé d'un bébé qui n'était pas mort...

L'infirmière secoue la tête.

— Je ne vois pas du tout de quoi il s'agit. Vous devez comprendre que, depuis quelque temps, elle perd la mémoire. À ce stade-là, les choses s'emmêlent dans la tête. Ne prenez pas ses souvenirs trop à cœur, ajoute-t-elle. Tout ça, c'est du passé, désormais.

Et l'infirmière s'en va. Une fois seule, Nancy se dirige vers le bout du couloir et descend l'escalier. Au bout de quelques marches, elle entend quelqu'un derrière elle. Quand elle ouvre la porte principale, elle la maintient ouverte, instinctivement.

— Merci, dit la femme qui la suit, lorsqu'elle sort sous le porche.

Nancy entrevoit son profil et sent un tiraillement derrière son nombril. *Docteur Taylor ?* Au bout de l'allée, la femme tourne à gauche sur le trottoir, vers le soleil couchant.

— Docteur Taylor ! crie Nancy. Docteur Taylor, attendez !

La femme fait encore quelques pas, puis ralentit, s'arrête et se retourne. Elle est à contre-jour, mais Nancy est certaine que c'est elle.

— Excusez-moi, nous nous connaissons ? demande le Dr Taylor.

Nancy hésite. Le Dr Taylor a les yeux brillants et le nez rouge, comme si elle avait pleuré.

— Vous... Euh...

Nancy regarde autour d'elle, mais elles sont seules dans la rue, à part un homme qui lave sa voiture, une vingtaine de mètres plus loin. Elle réduit l'espace entre elles.

— Vous m'avez aidée. Vous savez, pour un problème que j'ai eu. Il y a un peu plus de deux ans.

Le Dr Taylor l'examine un instant, puis hoche lentement la tête.

— Ah, je vois. Votre visage me rappelle quelque chose, maintenant. La descente de police, en mars 1981, c'est bien ça ?

— C'était moi.

Nancy n'aurait jamais imaginé la rencontrer par hasard, et elle éprouve un étonnant sentiment d'urgence. Elle doit remercier le docteur avant que l'occasion lui échappe.

— Ce que vous avez fait... Vous m'avez probablement sauvé la vie, à plusieurs niveaux. Je sais que ça paraît excessif, mais c'est ce que je ressens.

— Je comprends. Vraiment, je vous comprends. (Le Dr Taylor se tourne vers l'hospice, le visage sombre.) C'est pour ça que je le fais. Je suis désolée, je reçois tellement de patientes, et je suis absolument incapable de me rappeler votre nom.

— Nancy. Nancy Mitchell.

— Eh bien, bonsoir, Nancy.

— Que faisiez-vous à Saint-Sébastien ? demande Nancy, curieuse.

— Je suis venue dire au revoir à un de mes patients. Mon tout premier, en fait. Et qui est même un ami plus qu'un patient.

Nancy plisse le front.

— Oh. Je suis désolée.

— Je vous en prie. Et vous ?

— Je suis bénévole. Je passe la nuit avec les patients en soins palliatifs. Enfin, j'arrête, c'était la dernière fois ce soir. Je viens de trouver un emploi dans mon domaine.

Le Dr Taylor sourit.

— Quelle bonne nouvelle ! Félicitations. Donc, la vie est belle depuis l'époque où nous nous sommes vues ?

— On peut dire ça. Je sors avec un autre garçon. Très différent de celui qui… Il m'a l'air plus adulte, et il est gentil. (Nancy rougit et cherche à changer de sujet de conversation.) Vous êtes toujours avec Jane ?

Un coup de vent lui rabat les cheveux sur le front, elle les écarte de son visage, les yeux à demi fermés, face au soleil.

— Oui, tout à fait, répond le Dr Taylor. Nous avons plus de travail que jamais, ce qui est une bonne et une mauvaise chose. Ça veut dire que l'information circule et que les femmes nous appellent plus volontiers, qu'elles nous font confiance, mais il est difficile de faire face à la demande. Nous ne sommes qu'une petite équipe. Une dizaine de bénévoles et quelques médecins.

— Alice est toujours avec vous ?

— Oh oui. Elle n'est pas près de décrocher, je pense. C'est une dure à cuire.

— Elle était tellement douce. Dites-lui de ma part qu'elle a rendu toute la procédure beaucoup plus facile.

— Je le lui dirai.

Nancy s'humecte les lèvres, soudain moins à l'aise. Elle a partagé avec le Dr Taylor une de ses expériences les plus intimes, mais elle ne sait quoi ajouter.

— Je ne veux pas vous retarder, vous devez être très occupée. Je voulais simplement vous remercier une fois encore. Je crois que je ne vous ai pas vraiment remerciée ce soir-là, entre la police et le reste, j'avais la tête à l'envers. Et c'est seulement plus tard que j'ai pris conscience de ce que vous avez fait pour moi. J'aurais voulu vous téléphoner, et je regrette de ne pas l'avoir fait. Je voulais que vous sachiez que je vous suis reconnaissante.

— Je le sais.

— Eh bien, je voulais que vous l'entendiez. (Nancy lui sourit, essuie une larme qui a roulé sur son visage.) Je ne sais pas pourquoi je pleure. C'était ce qu'il fallait faire, je l'ai toujours su. Je le savais alors et je le sais maintenant. Je ne sais pas pourquoi je me mets dans cet état.

Elle émet un rire gêné, puis s'éclaircit la gorge.

— Avant de vous rencontrer, je venais de découvrir quelque chose sur mon passé. Ma famille. Et c'est à cause de ça que tout est parti de travers. Je ne faisais plus attention. Je sortais avec un vrai loser et je suis tombée enceinte. J'ai honte, rétrospectivement. J'ai très mal géré tout ça. Mais à partir du jour où vous m'avez aidée, Alice et vous... Ça a tout changé, voilà. J'ai pu m'en sortir au lieu de rester coincée dans l'ornière où j'étais avec ce type minable.

Le Dr Taylor sourit sans découvrir ses dents.

— Je suis ravie de l'apprendre. Parfois, le soulagement peut être aussi intense que le regret. Vous devez savoir que presque toutes les femmes que je reçois pleurent à un moment ou un autre. Et souvent, c'est un sentiment de soulagement. Ou de regret, ou de honte, ou des trois à la fois. Mais c'est normal. D'éprouver ça. De pleurer.

Nancy renifle.

— Je suis désolée.

— Arrêtez de vous excuser.

— Je pense que c'est de vous avoir vue, ça a fait remonter un tas de choses, vous savez ?

Le Dr Taylor jette un coup d'œil vers l'hospice.

— Je sais.

— Honnêtement, ça me fait du bien de pouvoir vous en parler. Je n'ai jamais raconté ça à personne. J'ai tout gardé ici. (Elle pointe le doigt vers sa poitrine.) Et parfois, c'est lourd à porter.

Les deux femmes se tiennent face à face sur le trottoir de cette rue tranquille, leurs pensées privées se superposent à travers le souvenir poisseux du soir où Nancy a avorté. C'est une superbe soirée d'été. Une brise délicate venue du sud caresse les feuilles des érables. Le soleil sombre à l'horizon, fatigué après une longue journée de travail.

— Je sais ce que c'est, conclut le Dr Taylor. Ça peut être vraiment difficile de confier quelque chose d'aussi énorme. Il m'a fallu un moment pour arriver à avouer certaines choses à mon mari. Mais à l'avenir, vous réagirez peut-être différemment.

Nancy voit passer une ombre sur le visage du Dr Taylor, et se demande ce qu'elle peut avoir eu tant de mal à avouer. Les yeux du docteur se tournent à nouveau vers l'hospice, puis reviennent vers Nancy, qui se souvient qu'elle vient de dire au revoir à un vieil ami.

— Écoutez, il faut que je m'en aille, dit Nancy. Je ne veux pas vous retarder.

Le Dr Taylor tend une main que Nancy serre.

— Vous avez une bonne poignée de main ferme. J'aime ça. Ne changez pas, ne vous mettez pas à tendre une patte molle comme certaines femmes. Je vous souhaite plein de bonnes choses.

Elle lui adresse un signe d'adieu et repart vers le soleil. Nancy la regarde s'éloigner avec une sensation de perte mêlée à l'affection que lui inspire cette femme.

— Attendez ! crie-t-elle avant de la rattraper. Comment… Euh, comment pourrais-je aider ?

— Aider ?

— Pour Jane. Vous avez dit que vous manquiez de bénévoles ?

— Oui, c'est vrai. (Elle considère Nancy un moment.) Vous croyez que ce serait possible pour vous ? Beaucoup de femmes, après coup, décident de faire une croix sur cette partie de leur passé. Mais nous avons quelques Jane qui ont d'abord été nos patientes. Souvent, ce sont les meilleures conseillères parce qu'elles sont passées par là.

— Ça me paraît logique, dit Nancy. C'est exactement ce que j'ai vécu avec vous et Alice, quand les flics sont venus et que j'ai vu comment vous réagissiez. J'en avais tellement marre. Je n'aurais pas dû avoir tant de mal à vous trouver, comme si l'avortement était un produit de luxe qu'on ne se procure que sur le marché noir. Mais au moins je me sentais en sécurité. Au moins vous saviez ce que vous faisiez, et je n'avais pas à craindre de mourir. Ma cousine n'a pas eu cette chance-là. Elle n'aurait pas dû vivre une chose pareille. Et ça m'a poussée à me demander combien de femmes n'ont pas le choix. Moi, j'ai eu beaucoup de chance, et ça n'est pas normal ! Avec Jane, vous avez pris la situation en main. Ce sont des femmes qui aident les femmes, qui nous permettent d'être aux commandes de notre propre vie, pour une fois !

— Oui, c'est l'idée.

— Je veux aider d'autres femmes de la même manière.

Le Dr Taylor acquiesce.

— Cette maison, poursuit Nancy avec un geste en direction de la vieille bâtisse, c'était un foyer pour « filles perdues », comme on les appelait. Elles devaient renoncer à leur bébé. Je n'imagine pas que les filles comme moi n'aient pas le choix. Qu'on les oblige à quoi que ce soit.

— Beaucoup d'entre elles étaient même plus jeunes que vous, répond calmement le Dr Taylor, soutenant le regard de Nancy pendant un long moment. Si vous êtes vraiment intéressée, vous pouvez assister à la prochaine séance de recrutement de bénévoles. Nous les accueillons par fournées entières, mais je dois dire, Nancy, que beaucoup de femmes qui se portent volontaires abandonnent très vite. On ne leur en veut pas, c'est très risqué. Il faut admettre dès le départ qu'on va exercer une activité criminelle et qu'on pourrait se retrouver au poste. Ça peut aussi réveiller des souvenirs pénibles. Ce n'est pas anodin, pour du bénévolat.

Nancy sent que son estomac est tout retourné, mais par l'enthousiasme, pas par la peur.

— Je suis sûre de moi. C'est le moins que je puisse faire. Les Jane ont changé ma vie. Je veux les rejoindre.

18

Angela

Mars 2017

COMME ELLE N'A REÇU AUCUN MESSAGE positif des femmes nommées Nancy Birch qu'elle a contactées via Facebook, Angela a décidé de changer de méthode et de localiser la mère biologique de Nancy, Margaret Roberts. Elle commence par le foyer Sainte-Agnès pour mères célibataires, dans l'espoir qu'ils auront conservé les dossiers des anciennes pensionnaires.

Elle vient de passer deux heures à la bibliothèque universitaire pendant que Tina donnait un cours en fin de journée. Armée d'un déca, elle s'est immergée dans Google, où elle a trouvé de brèves références au foyer dans quelques livres et articles académiques, mais aucune n'indiquait à quelle paroisse l'établissement était rattaché, ce qui l'aurait aidée à retrouver la famille Roberts. Elle n'a donc toujours aucun indice grâce auquel elle pourrait élucider ce mystère.

Admettant à contrecœur qu'Internet ne lui délivrera pas l'information dont elle a besoin, Angela se lève de la chaise inconfortable sur laquelle elle est restée assise toute la soirée et se dirige vers la salle de lecture des microfilms, déserte. Sur un ordinateur, elle ouvre le catalogue et tape les mots-clés « foyer Agnès mères célibataires Toronto ».

Une seule occurrence. Elle clique sur le scan d'un article paru en août 1961 dans le *Toronto Star.*

LE FOYER SAINTE-AGNÈS CONTRAINT DE FERMER APRÈS PLUSIEURS SCANDALES : MAUVAIS TRAITEMENTS, DÉCÈS D'UNE PENSIONNAIRE

Le foyer Sainte-Agnès pour mères célibataires, dans l'est de Toronto, fermera bientôt ses portes à la suite du suicide d'une pensionnaire, qui affirmait avoir été victime de mauvais traitements. En juin, la police de Toronto a reçu une lettre de la femme en question, contenant des allégations d'abus physiques et mentaux systématiques. D'autres accusations concernaient des contrats d'adoption illégaux, les mères étant contraintes d'abandonner leur enfant sous la menace, et les bébés étant vendus à des familles d'adoption. Une enquête est actuellement en cours. Aucune de ces allégations n'a jusqu'ici été prouvée.

— C'est dégueulasse, murmure Angela.

Elle vérifie la date de l'article. Le foyer a donc fermé peu après que Margaret Roberts a donné naissance à Nancy Mitchell ; dans sa lettre, la mère adoptive de Nancy faisait allusion à cette fermeture. La pauvre fille aurait-elle pu garder son bébé si elle était tombée enceinte quelques mois plus tard ? Mais Margaret aurait aussi pu aller dans une autre institution pour mères célibataires. Étaient-elles toutes aussi horribles ? Et qui était la pensionnaire qui a écrit à la police en juin 1961, juste avant de se donner la mort ? Dans cette histoire, elle est la lanceuse d'alerte anonyme, dont le décès a déclenché l'enquête et la fermeture du foyer.

Angela a besoin de faire une pause. Elle étire ses bras au-dessus de sa tête. Comme il n'y a personne d'autre dans la salle des microfilms, elle s'allonge sur le vieux canapé pour détendre ses jambes raides. Elle entend déjà son médecin la réprimander pour avoir négligé sa circulation sanguine.

Il est près de vingt heures. La bibliothèque ferme à vingt et une heures, et elle doit retrouver Tina après son cours. Elle a faim, une fois de plus, et il lui faut un nouveau café. Laissant provisoirement son calepin et son manteau, Angela ramasse son sac à main et prend l'ascenseur jusqu'à l'étage principal, elle pourra acheter un déca incolore au minuscule kiosque qui vend des boissons sans goût, des bananes trop mûres et des cupcakes horriblement caloriques déguisés en muffins. C'est de la malbouffe pour étudiants, mais elle s'en contentera. Elle a tellement faim qu'elle mangerait son propre bras.

Café et muffin en main, Angela redescend au sous-sol. Elle croise deux étudiants, les deux seules personnes présentes avec elle dans cette partie de la bibliothèque. Les yeux cernés, tous deux ont des piles vacillantes de volumes à côté de l'écran luisant de leur ordinateur portable.

De retour à son bureau, elle se penche sur l'ordinateur, isole l'article avec le curseur et clique sur « Imprimer ». Elle entend se réveiller l'imprimante au fond de la salle, comme un grand-père qui grommelle parce qu'on l'a tiré de sa sieste. Elle se lève et récupère la page toute chaude.

Et après ?

Angela avale une bouchée de muffin et réfléchit. Elle doit cibler Margaret Roberts, mais si elle trouve quoi que ce soit, elle n'aura aucun moyen de confirmer que c'est bien la femme qu'elle cherche, sans éléments provenant du foyer. Elle tape malgré tout le nom « Margaret Roberts » et épluche les résultats. Une demi-heure s'écoule avant qu'elle clique sur une occurrence et reste le doigt suspendu au-dessus de la souris.

C'est un faire-part de décès publié en juin 1961.

ROBERTS, Margaret Elizabeth, de Toronto, Ontario. Décédée inopinément dans sa vingtième année. Regrettée par ses parents George et Esther Roberts, et son frère John Roberts, dit « Jack », ainsi que par ses oncles, tantes et cousins. Les messages de condoléances peuvent être adressés directement à la famille Roberts. Aucune messe d'obsèques n'est prévue.

— « Décédée inopinément dans sa vingtième année… » déchiffre Angela sur la blancheur de l'écran.

Dans un faire-part, des mots comme « décédé soudain à son domicile » indiquent souvent une crise cardiaque. « Entouré par sa famille » signifie une longue agonie causée par un cancer. « Mort tragique » dénote un accident, mais « inopinément » est parfois un euphémisme pour un suicide, ce qui pourrait aussi expliquer l'absence de messe d'enterrement. Angela secoue la tête. Les choses étaient-elles différentes dans les années 1960 ?

— Merde, murmure-t-elle.

Détachant les yeux de l'écran, elle prend l'article sur la fermeture de Sainte-Agnès pour le relire. Les dates et les détails coïncident.

Margaret Roberts est morte. Elle est la lanceuse d'alerte à qui on a volé l'enfant. Elle a écrit à la police, puis s'est tuée.

Angela pousse un profond soupir. Elle ne pourra pas exaucer le vœu ultime de Frances Mitchell en réunissant Nancy et sa mère biologique. Cette porte-là s'est fermée le jour où Margaret est morte.

Elle avale péniblement une gorgée de café amer avant de renoncer à le boire, se lève et va jeter le gobelet à la poubelle. Elle revient à l'ordinateur, les bras croisés sur sa poitrine, comme réticente à se rasseoir pour relire le faire-part de décès. Si elle ne le relit pas, si elle ne l'imprime pas, elle pourra peut-être faire comme si elle ne l'avait jamais vu.

Mais Angela ne peut pas faire semblant. Elle se sent désormais responsable. Elle a le devoir de réunir les pièces du puzzle et d'honorer le dernier espoir de Margaret : faire savoir à sa fille qu'elle l'aimait et qu'elle n'a jamais voulu l'abandonner. C'est le moins qu'elle puisse accomplir pour la malheureuse dont la vie fut une telle source de honte pour sa famille que sa dépouille ne mérita même pas des funérailles.

Elle doit trouver Nancy Birch.

Angela resserre son écharpe autour de ses épaules, un geste protecteur désormais familier, avant de se réinstaller sur la chaise branlante. Elle caresse son ventre, songeant au bébé qu'elle tiendra dans ses bras cet automne, et elle imagine ce qu'elle ressentirait si on la séparait de son enfant, si elle mourait seule sans jamais savoir ce que le bébé était devenu.

Elle clique sur « Imprimer ».

***

Les rares réponses qu'Angela a reçues des différentes Nancy Birch sont les mêmes que celles des nommées Nancy Mitchell : « Ce n'est pas moi, désolée. » En un sens, il y a de quoi se réjouir ; maintenant qu'elle sait que Margaret Roberts est morte, elle est moins pressée d'être celle qui transmettra la mauvaise nouvelle à l'introuvable Nancy. Pour le moment, elle a rangé le faire-part de décès et l'article dans une boîte glissée sous son lit, avec la lettre et le message.

Comme Angela travaille en général le dimanche, le samedi après-midi est devenu son moment préféré pour lire. Tina et elle ont consacré la matinée aux courses et à d'autres corvées, puis Tina est partie pour la salle de gym tandis qu'Angela enfilait ses épaisses chaussettes de lecture avant de se blottir sur le canapé avec Grizzly et une tasse de thé fumant.

Derrière les fenêtres du salon, la neige tombe. Les week-ends neigeux apparaissent toujours comme un cadeau inespéré ; comme si la terre disait : « Ralentissez, profitez de la vie, de toute façon il n'y a nulle part où aller. » C'est une invitation qu'Angela accepte volontiers, alors qu'elle s'apprête à dévorer le livre qu'elle a choisi pour son club de lecture.

Le premier chapitre du *Réseau Jane* est un rapide survol des options dont disposaient les femmes en matière de reproduction jusqu'en 1960, un an avant que la première pilule contraceptive soit lancée sur le marché en Amérique. À partir de là, les choses changèrent un peu pour les femmes – blanches surtout – qui avaient les moyens et la possibilité légale d'accéder à la pilule, catégorie qui n'incluait pas les adolescentes non mariées.

Captivée, Angela découvre les divers foyers pour mères célibataires, comme on les appelait alors, qui accueillaient les filles enceintes et les cachaient pendant toute la durée de leur grossesse. Les bébés étaient presque toujours adoptés et, d'après ce que raconte le Dr Taylor de sa propre expérience dans l'un de ces établissements, beaucoup d'abandons d'enfants se faisaient sous la contrainte, et parfois de manière manifestement contraire à la volonté de la mère. Angela repense au message adressé par Margaret à sa fille Jane ; celui qu'elle a lu tant de fois qu'elle le connaît par cœur. Le poème obsédant de ces adieux sinistres.

Je ne voulais pas t'abandonner.

Angela rejette les épaules en arrière, se concentre à nouveau sur la page qu'elle a devant elle. Elle est abasourdie par la franchise avec laquelle le Dr Taylor évoque ses souvenirs. Son vécu semble aussi atroce que l'a sûrement été celui de Margaret Roberts, et les détails l'obligent à se protéger le ventre avec le bras. Elle n'imagine pas devoir renoncer à son bébé comme ces filles devaient le faire. Elle est sur le point de refermer le livre pour s'accorder une pause lorsqu'elle lit un paragraphe qui lui coupe le souffle.

Ma meilleure amie au foyer – je l'appellerai « Maggie » – s'est suicidée après le trauma qu'elle a subi dans cette institution. J'ai perdu ma meilleure amie et ma fille parce qu'on ne nous laissait pas le choix, et j'ai su, quand j'en suis partie, que je veillerais désormais à ce que les autres filles aient toujours le choix.

— Maggie ? dit Angela tout haut à Grizzly, qui s'est roulé en boule sous ses genoux redressés. Maggie, le diminutif de Margaret ?

Angela contemple le passage qu'elle vient de lire, prise dans le tourbillon de ses pensées. Dans l'introduction, le Dr Taylor annonce qu'elle a modifié tous les prénoms afin de protéger l'identité des femmes qui ne veulent pas qu'on révèle leurs activités criminelles, même après tant d'années. Mais Maggie ? Margaret ?

Angela se mord la lèvre, puis revient quelques pages en arrière, cherchant l'endroit où l'auteur mentionne l'année qu'elle a passée au foyer Sainte-Agnès. Elle parle simplement du « début des années 1960 ». Il y a certainement eu un tas de filles prénommées Maggie dans les maternités à ce moment-là. Margaret était un prénom assez courant, à l'époque.

Elle entend le cliquetis de la clé dans la serrure, la porte d'entrée qui se referme.

— Brrr ! Il fait un de ces froids, dehors ! Mais qu'est-ce qu'il fout, ce printemps ? Il n'a vraiment pas l'air pressé d'arriver.

Tina secoue la neige de ses bottines sur le paillasson. Une minute plus tard, elle est dans le salon.

— Tu t'es bien dépensée ? demande Angela.

— Oui, ça m'a fait du bien. Je suis contente d'y être allée. Maintenant, je pourrai manger de la glace sans me sentir coupable. C'est comme ça que ça marche, pas vrai ?

Angela répond par un sourire vague, mais elle n'écoute pas vraiment.

— Tina, tu pourrais me mettre en contact avec Evelyn Taylor ?

Le front luisant de Tina se plisse.

— Oui, sans problème. Pourquoi ?

TROISIÈME PARTIE

19

Nancy

Juillet 1984

UN JEUDI APRÈS-MIDI, dans la chaleur de l'été, Nancy et son compagnon Michael sont assis à l'ombre, en terrasse du café de Kensington Market où ils sont sortis ensemble la première fois. Ils sirotent avec bonheur une citronnade fraîchement pressée et partagent une part d'un succulent gâteau au café tout en regardant les passants du coin de l'œil.

Nancy est en vacances cette semaine, et Michael a prévu de faire coïncider ses congés avec les siens. Ainsi qu'il l'a suggéré, ils ont passé la matinée dans ce refuge climatisé qu'est le musée des Beaux-Arts de l'Ontario, à parcourir ses vastes salles et ses couloirs sombres. C'est un répit bienvenu pour Nancy, dont les vacances se déroulent chez ses parents. Sa mère est maintenant en rémission de son cancer. Le traitement a bien fonctionné, mais elle est très affaiblie, comme une version diminuée de celle qu'elle était jadis, beaucoup plus vulnérable qu'autrefois. Nancy ne voulait pas la laisser seule, mais quand Frances a appris que Michael l'emmenait au musée, elle l'a pratiquement flanquée à la porte.

L'été dernier, Nancy a hésité à ramener Michael à la maison, mais après quelques soirées, elle a très vite compris qu'il méritait qu'elle s'attache à lui, et a décidé de le présenter à ses parents. La première fois qu'il a voulu l'embrasser, sous le porche, après une séance de cinéma, il a d'abord demandé la permission. Il l'encourageait dans sa volonté d'avoir un métier à elle, il travaillait dur et il ne buvait pas trop. Et il s'est avéré formidable avec Frances. Il s'est lié avec elle mieux que Nancy elle-même en a jamais été capable, il l'aidait à se lever du canapé quand elle était trop faible, il plaisantait pour lui faire oublier les nausées auxquelles elle était encore sujette. Nancy n'avait jamais entendu sa mère rire comme elle le faisait avec Michael, pas avant son cancer, et certainement pas depuis. Il a même cuisiné le repas familial, un soir où la tension de Frances était tombée si bas que Nancy et son père ont dû l'emmener d'urgence à l'hôpital. Lorsqu'ils sont rentrés, Michael était dans la cuisine, vêtu d'un tablier à fleurs, et un plat de pâtes les attendait sur la table, avec une salade et une bouteille de vin.

— Celui-là, tu ne devrais pas le lâcher, Coccinelle, a marmonné le père de Nancy alors qu'il aidait sa mère à enlever son manteau.

Elle avait peur de ce qui arriverait en cas de rupture. Sa mère serait effondrée, et Nancy ne supportait pas cette idée. Mais depuis, alors que près d'une année s'est écoulée, Michael et elle sont toujours fous l'un de l'autre. Cela fait longtemps que Nancy n'a pas été aussi heureuse. Toutefois, elle ne lui a jamais parlé de son avortement et ne lui a pas révélé qu'elle travaille pour le réseau Jane.

Peu après avoir rencontré le Dr Taylor devant Saint-Sébastien l'été précédent, elle a assisté à la séance de recrutement. Sa relation avec Michael était encore trop récente pour lui en parler, et ce qu'elle faisait était illégal. Tandis que ses copines consacrent leur temps libre à des activités normales comme le shopping ou le cinéma, elle aime savoir qu'elle aide les autres femmes à prendre leur vie en main. Et même si elle a confiance en Michael, moins les autres en savent sur le réseau, mieux cela vaut.

— Et ensuite ? demande Nancy à Michael, qui insiste pour qu'elle prenne la dernière bouchée de gâteau.

Sur le trottoir, une famille avec trois enfants bruyants longe leur table. La petite fille désigne la citronnade de Nancy et se met à hurler qu'elle en veut une aussi. Sa mère, en sueur et visiblement épuisée, hoche faiblement la tête et dirige sa tribu vers les portes du café.

Michael sourit et secoue la tête comme pour se vider les oreilles des cris suraigus de la petite fille.

— C'est exactement la question que je me posais, dit-il. Et ensuite ?

Nancy le dévisage, ses yeux bruns rencontrent les yeux bleus de Michael au-dessus de la paille plantée dans son verre.

— Moi, tout me convient. Tu veux qu'on aille se balader dans Queen's Quay ? Ou sur l'île ? Qu'on loue des vélos ?

Michael glisse une main dans ses cheveux roux, puis regarde par-dessus son épaule les quelques autres clients qui bravent le soleil brûlant. Il se retourne vers Nancy.

— J'envisageais quelque chose d'un peu plus ambitieux.

Nancy pose son verre vide.

— OK. Tu pensais à quoi ?

Michael exhale un long souffle chaud. Dans un bosquet à gauche de Nancy, les oiseaux gazouillent.

— Bien, dit-il en se levant.

Il enfonce la main dans la poche de son bermuda et en tire une minuscule boîte noire. Nancy le voit s'agenouiller devant elle comme s'il s'agissait d'un film au ralenti, comme dans un rêve. Autour d'elle tout devient flou. Elle ne voit plus que le visage luisant de Michael qui l'observe au-dessus de la bague en diamant qu'il tient dans la main.

— Je pensais plutôt à l'éternité. Ça doit être la prochaine étape.

— Oh, Michael !

Nancy a conscience de l'étonnement du reste de la clientèle du café. « Regarde ! Regarde ! » lance une femme à son mari.

— Je voulais te ramener là où je suis tombé amoureux de toi. Dès que je t'ai rencontrée, j'ai su que nous étions faits l'un pour l'autre. J'étais pris au piège. On s'est assis à cette table et tu m'as commandé un double expresso tellement fort que j'ai failli avoir une crise cardiaque, mais ça n'avait aucune importance. Tu étais rayonnante, ce soir-là, comme tu l'es à présent. Comme si un projecteur t'éclairait et me conduisait vers ma destination.

Nancy plaque une main sur sa bouche et bat des paupières pour chasser ses larmes.

— Je t'aime, Nancy Mitchell. Veux-tu m'épouser ?

Nancy prend Michael dans ses bras, plonge le nez dans son cou. Elle sent qu'il est tout tremblant.

— Donc c'est oui ? demande-t-il en riant.

Elle se recule pour voir sa tête.

— Oui, c'est oui ! Je t'aime.

Michael se remet maladroitement debout et ils s'embrassent avec passion. C'est seulement à ce moment-là que Nancy entend les applaudissements qui éclatent tout autour d'eux. Même sur le trottoir d'en face, les gens les acclament.

Quand elle se dégage de cette étreinte, Nancy s'essuie les yeux avec le revers de sa main, puis tend la gauche à Michael, qui passe la bague à son doigt. Elle est parfaitement à sa taille. Ils s'embrassent à nouveau, et Nancy a l'impression qu'elle va décoller du sol. Ou qu'elle vole déjà.

— Je t'aime, murmure-t-elle.

— Je t'aime aussi.

— Tu frissonnes. Ça va ?

Michael fait signe que oui.

— Oui. J'étais à peu près sûr de ta réponse, mais on ne m'avait pas prévenu que j'aurais si peur. Ah, c'était terrifiant !

Ce soir-là, Nancy et Michael rentrent dans leurs appartements respectifs pour se changer, puis se retrouvent pour aller annoncer la bonne nouvelle aux parents de Nancy.

Ils sont déjà au courant, bien entendu. Michael leur a téléphoné un soir de juin afin de s'inviter chez eux pour une « conversation importante ». Il n'a certainement pas eu à leur extorquer leur bénédiction.

— C'était intimidant, de poser la question à ton père, lui raconte Michael alors qu'ils parcourent la dernière centaine de mètres, main dans la main.

Nancy sourit.

— Chien qui aboie ne mord pas. Il t'adore.

— Je n'arrive pas à déterminer auquel de tes parents tu ressembles le plus. Chez la plupart des gens, c'est le père ou la mère qui domine, mais avec toi, je ne sais vraiment pas.

Nancy s'éclaircit la gorge et presse la main de Michael, les yeux sur le trottoir. Depuis un certain temps, elle a envie de lui avouer la vérité, mais elle diffère, elle repousse cette conversation à un autre jour. Ce n'est pas le moment. Pas quand leurs fiançailles leur font voir la vie en rose. La vérité pourrait tout gâcher. Et si Michael décide qu'il ne se sent pas capable de faire face ? Et s'il se fâchait qu'elle ait attendu si longtemps pour lui en parler ?

— Bon, dit-elle, honnêtement, ne te laisse pas influencer par ce que dit mon père. C'est juste un gros nounours.

Michael glousse.

— Et ta mère était dans tous ses états. Elle s'est mise à sangloter, elle a déclaré que ça lui donnait une raison de vivre.

Nancy s'arrête brusquement dans la rue.

— Ça n'est pas... (Elle tente de se retenir, mais c'est plus fort qu'elle.) Son cancer n'a aucun rapport avec ta demande en mariage, j'espère ?

Michael s'immobilise et se tourne vers elle. Ses yeux bleus se plissent face au soleil et une mèche de cheveux roux lui tombe sur le front.

— Quoi ?

Nancy sent entre ses doigts le contact inhabituel de sa bague de fiançailles.

— Tu es si proche d'elle, et sa remarque comme quoi ça lui donnait une raison de vivre...

Michael lui lâche la main.

— Bon Dieu, Nancy. Tu crois que je t'ai demandé de m'épouser parce que ta mère est malade ?

— Je... Non, bien sûr que non.

— Mais c'est exactement ce que tu viens de dire.

La respiration de Nancy s'accélère. Elle regrette d'avoir parlé.

— Je suis désolée, je n'aurais pas dû te poser cette question. C'est elle qui a formulé ce commentaire, c'est tout. Pourquoi a-t-elle dit ça ?

Michael hausse les épaules.

— Je crois qu'elle n'était pas vraiment sérieuse. Pas au sens littéral. Elle a parlé sous le coup de l'excitation. Enfin, qu'est-ce que tu as à lui reprocher ? Ce n'est pas la première fois que je le remarque, tu n'arrêtes pas de lui chercher des noises. C'est ta mère, tout de même ! C'est comme si… comme si tu te méfiais d'elle. Ou de moi, ajoute-t-il.

— Je ne me méfie pas de toi, Michael, assure Nancy en lui reprenant sa main.

Il la laisse entrelacer ses doigts aux siens. Il doit avoir senti la bague, lui aussi, car son visage se détend.

— Je suis désolée. Oublie ce que j'ai dit, je t'en prie.

Michael inspire profondément.

— OK. Très bien. Parce que je t'aime, tu entends ? (Il lui effleure la joue et l'embrasse.) Ce n'est pas ta mère que j'épouse, c'est toi. Elle me trouve irrésistible, voilà tout. Comment l'en blâmer ?

Nancy ricane quand Michael se met à se pavaner, et ils continuent leur chemin, arrivant devant la maison de ses parents quelques instants après.

Une fois la grande nouvelle proclamée, après que les fiancés ont été dûment étouffés dans des bras affectueux, le père de Nancy disparaît dans la cuisine.

— J'ai une bouteille de champagne au frais depuis que Mike est venu nous causer, lance-t-il depuis l'intérieur du réfrigérateur. Je suis content qu'il ait enfin trouvé le courage de te poser la question ! J'ai cru que j'allais devoir boire la bouteille tout seul.

— Oh, Bill ! proteste la mère de Nancy. Ne l'écoutez pas, Michael, c'est son sens de l'humour.

— Oui, à ce qu'il paraît, répond Michael avec un clin d'œil en direction de Nancy.

Le père de Nancy revient dans le salon avec une bouteille toute givrée et quatre flûtes à champagne. Il les dépose délicatement sur la table basse, puis fait sauter le bouchon avec le bruit familier qui signale le début d'un moment de fête. D'une main experte, il remplit les flûtes : la mousse monte jusqu'au sommet des verres, où elle forme un champignon menaçant, mais sans jamais déborder.

Le père de Nancy est encore debout, comme s'il allait faire un discours, et elle sent l'affection l'envahir quand elle se l'imagine dans la même attitude, prêt à porter un toast lors de leur mariage.

— À Nancy et Michael ! Que les obstacles s'effacent sur votre route.

Il boit à leur santé tandis que Frances proteste à nouveau – « Oh, Bill ! » –, mais cette fois avec des larmes dans les yeux.

— Merci, Papa, dit Nancy en se levant pour aller l'embrasser.

— Je suis si content pour toi, Coccinelle, lui murmure-t-il, lui chatouillant l'oreille avec sa moustache. Tu t'es trouvé un bon petit gars.

— Je sais, Papa.

Ils se rassoient, et tous les quatre entrechoquent leurs verres par-dessus la table basse. Nancy se renfonce sur le canapé, souriant à sa mère assise face à elle. Michael lui passe un bras autour des épaules.

Frances vérifie que sa perruque est bien en place. Ses cheveux ont repoussé après la chimio, mais ils sont encore très fins. Nancy soupçonne qu'elle portera désormais des perruques jusqu'à la fin de ses jours.

Frances joint ses mains gantées.

— Eh bien, je propose que nous déjeunions ensemble demain, pour fêter ça. Dans un restaurant un peu chic. Nous quatre, et vos parents aussi, Michael. Nous avons tellement envie de les rencontrer.

Nancy tressaille, prise d'un sentiment de culpabilité. Le lendemain est une journée consacrée aux Jane, elle doit aider le Dr Taylor et Alice. Elles ont toute une série de rendez-vous prévus au cours de l'après-midi, dans un endroit secret près de Spadina Avenue. Le rôle de Nancy est d'accueillir les patientes avant chaque intervention.

— Demain, je ne suis pas libre. Je suis désolée. Pourquoi pas samedi ?

La main de Frances reste suspendue en l'air, le verre de champagne prêt à rejoindre ses lèvres maquillées.

— Comment ça, pas libre ? Qu'est-ce que tu as de mieux à faire demain ?

***

— La clim pourrait marcher un peu plus fort ? demande le Dr Taylor.

Nancy tamponne son visage en sueur avec un mouchoir et contemple la caisse métallique accrochée à la fenêtre de l'appartement. Le moteur grince et bourdonne, les rubans de papier attachés à la grille voltigent mollement. L'engin fonctionne, mais à peine.

Le Dr Taylor, Alice et elle sont réunies autour d'une petite table en bois dans la cuisine de l'appartement qui leur sert en ce moment de clinique, et elles attendent leur prochain rendez-vous. Le studio se trouve au troisième étage d'un immeuble minable, dans Chinatown.

Elles entendent tinter au loin la cloche du tramway, les cris des enfants qui jouent dans la rue.

Les Jane se déplacent fréquemment pour éviter d'être démasquées et limiter le risque de descentes de police. L'été dernier, une bombe a failli faire exploser la clinique de Henry Morgentaler, et il a lui-même été poignardé par un manifestant. Le mouvement anti-IVG prend de l'ampleur, mais le réseau Jane est bien résolu à avoir toujours une longueur d'avance.

Au cours des dix derniers mois, elles ont utilisé une pièce chez trois de leurs membres, dont un grenier et une grande cabane à outils, ainsi qu'un cabinet de dentiste, grâce à Penny, l'une des Jane les plus âgées. Cet appartement dans Chinatown appartient à la mère d'une bénévole. De septembre à avril, elle le loue à des étudiants, mais il est inoccupé depuis mai. Il y a une cuisine, un salon qui sert de salle d'attente et deux chambres : les opérations ont lieu dans l'une, et l'autre sert de salle de réveil. L'appartement est discret, central, et le prix est correct, mais l'humidité et la chaleur étouffante de juillet sont devenues presque insupportables. Le vieux climatiseur suspendu à la fenêtre crasseuse ne suffit pas pour empêcher Nancy de transpirer à travers son tee-shirt.

— Il n'est pas réglé à fond, fait remarquer Alice en fronçant les sourcils, la sueur perlant sur sa lèvre supérieure. Mais Leslie dit que si on le pousse, il va rendre l'âme. C'est tout ce qu'on a. On peut essayer d'apporter des ventilateurs en plus, si quelqu'un en a en trop. Et j'ai encore des glaces à l'eau dans le congélateur, si vous en voulez.

— Ah oui, bonne idée ! s'exclame Nancy.

Poussant sa chaise en arrière avec un crissement, elle se dirige vers le réfrigérateur. Le carton d'Esquimau est la seule chose que contient le congélateur, à part quelques bacs à glaçons à moitié remplis. Elle plonge la main vers le fond pour attraper trois glaces à l'orange, qu'elle préfère à celles au jus de raisin, elle jette l'emballage dans la poubelle tapissée d'un sac en plastique médical et en donne une à chacune.

— Kathleen n'est pas encore partie ? demande-t-elle à Alice.

— Ça ne va pas tarder. Elle est dans l'autre chambre, sur le canapé. Doris est avec elle. (Alice baisse la voix, le Dr Taylor et Nancy se penchent vers elle.) La pauvre petite, elle n'a pas la vie facile. Déjà trois enfants, son mari au chômage, et il boit. J'ai vu des bleus sur ses bras, elle m'a raconté qu'il la prenait de force. Il ne lui autorise même pas la pilule. On risque de la revoir.

— Quel sale con ! lâche le Dr Taylor en croquant le bout de son Esquimau.

Nancy lève les yeux vers elle. Elle ne l'a encore jamais entendue employer ce genre de langage.

— Oui, poursuit Alice, Doris va lui conseiller un refuge pour femmes battues. Mais c'est difficile. L'idéal serait qu'elles puissent venir avec une amie, ou avec leur sœur, mais…

— Impossible. Pas après Montréal.

— Je sais, répond Alice. J'aimerais juste que les choses se passent autrement.

Les femmes échangent un regard sombre par-dessus la table. Le Dr Taylor hoche la tête.

— Sans blague ?

Auparavant, elles autorisaient leurs clientes à venir avec leur mère ou leur sœur, avec une amie ou même leur fiancé, s'il était favorable à leur décision. Jusqu'à il y a trois mois, quand une clinique clandestine de Montréal a été attaquée parce que l'amie d'une cliente l'avait dénoncée à la police locale. Des poursuites ont été entamées contre les bénévoles et le médecin, jadis condisciple du Dr Taylor. Le réseau a été démantelé. Les Jane ne peuvent pas courir un tel risque. Et comme si cela ne suffisait pas, leur informatrice au QG de la police, Mary, a dû quitter son emploi après avoir eu son premier enfant. Les Jane n'ont plus personne à l'intérieur du système pour les alerter en cas de descente de police. Plus de signal d'alarme à espérer.

Elles ont encore deux procédures prévues cet après-midi-là. En temps normal, elles fixent des rendez-vous le samedi, quand les bénévoles sont plus disponibles, quand les femmes peuvent venir sous prétexte de faire les courses, mais Alice se marie demain, et il est assez mal vu que la mariée arrive en nage, maculée de sang et de liquide amniotique.

— Tout est prêt pour le grand jour ? lui demande Nancy.

Sa bague de fiançailles toute neuve brille à son doigt. Elle a fait part de la nouvelle à Evelyn et Alice dès qu'elle a franchi la porte ce matin.

Un sourire se glisse sur les traits habituellement stoïques d'Alice.

— Oui. Il y aura un peu plus de tralala que je ne voulais, mais vous connaissez la mère de Bob. Tout sera rose et mauve. (Elle roule les yeux.) Je n'aurais jamais cru avoir droit à une noce où tout le quartier serait invité.

— Vous vous aimez, Bob et vous, dit le Dr Taylor, c'est la seule chose qui compte. Tâchez simplement de ne pas faire une indigestion de crème au citron. J'ai besoin de vous. Et de vous aussi, Nancy, quand le moment viendra.

Alice et Nancy éclatent de rire tandis que le Dr Taylor fourre dans sa bouche son reste de glace. Une sonnerie retentit, et toutes les trois se raidissent, en alerte.

— C'est juste le rendez-vous de deux heures qui arrive, dit Nancy en prenant son bloc-notes.

Elle va répondre à l'interphone.

— Bonjour ?

— Bonjour, répond un crachouillis.

— Que puis-je pour vous ? demande Nancy.

— Euh… Je cherche Jane ?

La voix paraît hésitante.

— Elle vous attend ?

Un silence.

— Oui.

— Comment vous appelez-vous ?

— Patricia.

— Quel numéro Jane vous a-t-elle donné quand vous l'avez appelée ?

— Attendez, je l'ai dans mon sac. Une seconde.

Nancy tambourine sur le mur avec ses doigts, puis la voix crépitante revient.

— Cent trente-cinq neuf cent vingt-deux.

Nancy consulte son bloc-notes pour confirmer que le code est bien celui du rendez-vous de quatorze heures.

— Montez, dit-elle en appuyant sur le bouton qui commande la porte du rez-de-chaussée.

Nancy est chargée du bref entretien préalable ; dans la salle d'opération, elle expliquera la procédure à la patiente avant de la confier au Dr Taylor. Les Jane ont élaboré ce système afin que les médecins puissent se concentrer exclusivement sur l'aspect médical des choses. Comme elle se rend compte qu'elle a oublié de prendre un stylo pour faire signer Patricia, Nancy revient dans la cuisine, où la conversation continue entre Alice et le Dr Taylor.

— Il faudra toujours en passer par là ? demande Alice.

— Le code ? J'en ai peur. C'est trop…

— Non, pas la sécurité. Je parle des avortements. Parfois j'ai l'impression qu'on a tellement avancé, avec la pilule, le mouvement, et tout, le *Guide du contrôle des naissances*. Mais on en est encore à… quoi ? Quatre procédures par semaine, rien que pour notre clinique. Je ne peux pas croire que le besoin soit toujours aussi grand.

Alors que Nancy prend un stylo dans le pot placé sur le plan de travail, le Dr Taylor contemple le visage généreux d'Alice. Ce visage qu'elle présentera demain à son mari, maquillé et impeccable, plein d'amour, d'engagement et d'espoir pour leur avenir. Le visage qui calmera les nerfs d'environ dix mille femmes venues avorter au cours de ses quarante-deux ans de carrière. Parce que ça n'arrêtera jamais.

Le Dr Taylor pousse un profond soupir, mais réussit à ébaucher un sourire.

— Oui, Alice. Le besoin existera toujours.

Nancy secoue tristement la tête et retourne à la porte d'entrée. Une minute ou deux après, sa patiente arrive.

— Patricia ? demande-t-elle, le stylo à la main.

La femme qui se tient sur le seuil a exactement le même âge qu'elle, selon la fiche d'information. Elle porte un bermuda et une chemise à carreaux, ses cheveux noirs serrés en une queue-de-cheval souple. Nancy se présente et Patricia pénètre dans l'appartement. Ses yeux explorent le salon. Nancy sait à quoi il ressemble : un tas de vieilles chaises, une table basse et quelques magazines d'il y a des années. Mais peu importe. Presque toutes les femmes se mettent à les feuilleter sans en retenir un seul mot, une seule recette, un seul conseil de beauté. Les yeux glissent sur le papier glacé pendant que leur esprit bat la campagne ; certaines sont à deux doigts de changer d'avis, elles vacillent entre oui et non chaque fois qu'elles tournent les pages d'un geste mécanique. D'autres sont beaucoup plus sûres d'elles, comme l'était Nancy, et ont hâte d'en finir.

Nancy conduit Patricia dans la chambre principale et désigne l'une des chaises à côté de la table d'opération. Ce n'est pas une véritable table d'hôpital, seulement un meuble pliant mais robuste où l'on a déroulé un mince matelas de camping recouvert de feuilles de plastique. Mais c'est le mieux qu'elles puissent offrir, dans ces conditions de clandestinité.

Quand Patricia s'assied, elle aperçoit le plateau à côté de la table, les instruments en argent disposés sur le papier bleu. Elle hausse les sourcils en posant son sac à main à terre.

— Vous voulez un peu d'eau ? propose Nancy, pour détourner son attention des instruments chirurgicaux.

C'est toujours la première question qu'elle pose aux patientes. Elles n'ont qu'à répondre par oui ou par non, et cela leur permet de reprendre le contrôle de la situation.

Patricia secoue la tête.

— Juste pour confirmation, vous êtes ici de votre plein gré ? Nous devons le demander à toutes les femmes qui ont recours à nos services. Si quelqu'un vous a forcée à venir ici, nous pouvons tenter de vous aider d'une autre manière, explique Nancy.

— Oui. Je suis là parce que j'en ai envie.

— OK, très bien. Vous avez déjà subi cette procédure, Patricia ?

Patricia s'éclaircit la gorge et se redresse sur la chaise.

— Euh, non. Non, jamais.

— OK, la procédure en soi est absolument sans danger. Nous n'avons jamais eu de problème, personne n'a eu d'infection postopératoire. Notre docteur et notre infirmière sont des professionnelles très expérimentées.

Elles réalisent environ quatre interventions par semaine. Ce sont des femmes douces et pleines de compassion. Vous serez en bonnes mains.

Patricia déglutit et se penche en avant.

— Vous pouvez me dire ce qu'elles font ?

— Bien sûr, mais tout dépend du degré de détails que vous souhaitez. Certaines femmes se contentent d'une idée générale, d'autres sont plus à l'aise si elles savent exactement à quoi s'attendre.

— Je voudrais tout savoir, étape par étape. Si c'est possible.

— OK, si vous êtes sûre de vous. Donc, le docteur va d'abord examiner votre utérus avec un spéculum, comme pour un frottis vaginal. Ensuite elle injectera un produit dans votre col pour l'élargir un peu, continue Nancy sans quitter Patricia des yeux.

C'est à ce moment-là que l'attention de la patiente se relâche parfois ; certaines personnes n'ont aucune idée de ce qu'on va leur annoncer, et c'est là que même les femmes les plus résolues peuvent avoir des hésitations.

— Elle insérera un tuyau, et après…

Un cri perçant sort d'une partie du corps de Patricia. Strident comme un violon mal accordé, le son plane dans l'air, vibre, puis se change en sifflement.

Les deux femmes se pétrifient.

— Qu'est-ce que… ?

Nancy n'achève pas sa question.

Patricia sort sa chemise de son bermuda et la soulève pour dévoiler une petite boîte noire, d'où partent des câbles, attachée à sa ceinture.

— Merde, murmure-t-elle, et elle appuie sur un interrupteur qui émet un petit clic.

Nancy ouvre la bouche pour reprendre la parole, et au même instant, Patricia se baisse et tire un revolver de son grand sac noir. Quittant sa chaise, elle le braque droit sur Nancy.

— Vous allez vous lever lentement et mettre vos mains derrière la tête.

20

Evelyn

— Qu'est-ce que c'est que ce raffut ?

Evelyn s'immobilise, le stylo suspendu au-dessus des fiches de renseignements de la journée. Alice et elle sont sur le point d'entrer dans la salle d'opération.

Elle entend des voix étouffées, qui se superposent à l'étrange cri perçant qui résonne encore dans ses oreilles.

Alice est aussitôt à ses côtés.

— Evelyn ? Qu'y a-t-il ?

La porte s'ouvre et Nancy apparaît, les yeux exorbités, en sueur, les mains jointes derrière la tête. Derrière elle se trouve la patiente suivante, Patricia. Sa chemise est retroussée à la ceinture, et glissée derrière une petite boîte noire attachée à sa taille. Elle tient d'une main un revolver et de l'autre un talkie-walkie dans lequel elle est en train de parler.

— Les suspects sont neutralisés. Montez.

Le grésillement du talkie-walkie s'interrompt et elle le range dans la poche arrière de son short en jean.

— Putain, jure tout bas Evelyn.

— Evelyn, dit Alice d'une petite voix craintive.

— Je suis désolée, gémit Nancy.

— Vos gueules ! crie Patricia en agitant son arme en direction d'Evelyn et d'Alice. Vous deux, les mains en l'air, comme elle.

Evelyn digère cette réalité au caractère inévitable. Les mains d'Alice se dressent, mais Evelyn appuie avec le pouce sur la pince métallique de son clipboard, retirant la liste de toutes les femmes ayant rendez-vous ce jour-là. Elle la plie en quatre.

— J'ai dit « les mains en l'air », bordel ! lui hurle Patricia.

— Je pense qu'il va falloir me montrer une preuve de votre identité, *Patricia*, réplique Evelyn sans détacher son regard de la policière.

Elle a beau feindre la témérité, elle a l'estomac noué.

— Evelyn, marmonne Alice.

La policière s'humidifie les lèvres.

— Pas un geste.

Elle plonge la main dans le sac à main suspendu à son épaule, et durant les quelques secondes pendant lesquelles elle cesse de les regarder, Evelyn glisse le papier dans la taille de son jean.

Patricia présente son badge et Evelyn hoche la tête. Elle lève les mains derrière la tête, son cœur percutant les parois de sa cage thoracique.

— Bien joué, agent Patricia.

— Silence.

La porte s'ouvre brusquement. Evelyn et Alice sursautent, Nancy pousse un cri :

— Oh mon Dieu ! Oh mon Dieu !

Trois, quatre, cinq autres agents s'introduisent dans l'appartement. Soudain, la pièce paraît plus petite et encore plus oppressante. Evelyn pense à Doris qui, juste avant que Patricia arrive, est sortie pour conduire Kathleen jusqu'à un taxi, à une centaine de mètres de l'immeuble. Elle sera de retour d'une minute à l'autre.

— Qui commande, ici ? interroge l'un des policiers à la cantonade.

— Moi, répond aussitôt Alice.

— Alice ! proteste Evelyn, bien que cette loyauté lui inspire une bouffée d'affection.

— Non, le médecin, c'est elle, rectifie Patricia en désignant Evelyn, son arme toujours braquée vers Nancy, dont les yeux se ferment pour refouler un flot de larmes.

La bague de fiançailles toute neuve brille à la lumière de la fenêtre. *Cette fille a sa vie entière devant elle,* songe Evelyn. Elle sent Alice trembler à côté d'elle. Alice, qui est censée se marier demain...

— Est-il vraiment nécessaire de nous menacer ? demande Evelyn, dont la terreur se transforme en colère. Patricia, à supposer que ce soit votre nom, vous trahissez la cause de toutes les femmes.

— Ça suffit, madame ! aboie un policier costaud, sa moustache à quelques centimètres du visage d'Evelyn.

— Appelez-moi « docteur », pas « madame ».

— Appelez-moi « sergent », docteur.

Evelyn se mord la langue pour s'empêcher de lui envoyer une repartie bien sentie. Cela devait finir par arriver, comprend-elle. Alors autant aujourd'hui qu'un autre jour. Elle se redresse et contemple « Patricia » avec toute la haine dont elle est capable.

Amuse-toi bien, salope.

— Comment vous appelez-vous ? éructe le sergent.

— Dr Evelyn Taylor. Nous pouvons baisser les mains, maintenant ? Vous savez que nous ne sommes pas armées.

— Oui, vous pouvez. Mettez-les derrière le dos.

— Parfait, marmonne Evelyn tandis que la femme flic et ses collègues les menottent toutes les trois. À présent, vous allez me dire pourquoi nous sommes en état d'arrestation.

— Je suis certain que vous le savez très bien, lance « Patricia ». Pour avoir provoqué des fausses couches dans un cadre non officiel. Des avortements illégaux.

— Hmm, dit Evelyn. Et quelle preuve en avez-vous ?

Tout en feignant l'assurance, Evelyn réfléchit très vite. Alice a fait disparaître le résultat de l'avortement de Kathleen pendant que Nancy recevait en entretien la prétendue Patricia. Il y a des instruments médicaux dans la salle d'opération, mais cela ne prouve rien. La seule trace des rendez-vous de la journée est la feuille qu'elle a dissimulée dans son pantalon ; elle sent le froissement du papier contre ses doigts.

— On a un enregistrement de celle-là (la femme flic désigne Nancy) qui m'a expliqué toute la procédure.

Merde. Le larsen, tout à l'heure, c'était ça.

— Je n'ai jamais parlé d'avortement.

Nancy a toujours les yeux fermés, ses larmes ont cessé. Sa voix douce qui s'élève tout à coup impose le silence dans la pièce.

— Pardon ? Bien sûr que si.

Nancy rouvre les yeux et se redresse.

— Non. Je vous ai demandé si vous aviez déjà subi cette procédure, et vous avez répondu que non. À aucun moment je n'ai parlé d'avortement.

Le cœur d'Evelyn fait un bond, elle ressent une infinie gratitude pour sa bénévole si prudente et intelligente.

La femme flic blêmit, mais elle se ressaisit presque aussitôt et s'adresse à son chef, le sergent.

— J'ai l'enregistrement, Barry.

Il acquiesce.

— Vous allez toutes nous accompagner au poste.

Evelyn soupèse les différentes possibilités. Si Nancy a raison, la seule preuve est le papier glissé dans sa ceinture : il est question de grossesse, avec les noms des patientes. La troisième n'est pas encore arrivée. Un élan douloureux de culpabilité la transperce à l'idée de cette femme qui ne pourra pas avorter aujourd'hui. Elle va venir, et elle trouvera quoi ? Seulement le silence quand elle sonnera à l'interphone ? L'immeuble sera surveillé par la police, et elle n'osera plus jamais téléphoner à Jane ? Quatre autres femmes ont rendez-vous la semaine prochaine, et cinq la suivante. Avec un peu de chance, les Jane trouveront dans leur réseau d'autres médecins pour s'en charger.

Evelyn examine mentalement toutes les données du problème, celles sur lesquelles elle a peut-être encore une certaine influence. Si la police parvient à retrouver la patiente de ce matin, Kathleen, avec son prénom et sa date de naissance, il est possible qu'elle avoue et les dénonce si on lui propose l'immunité en contrepartie. Evelyn sait que les autorités ne recherchent pas leurs patientes, mais les Jane et les têtes du réseau. Celles qui offrent des choix que personne d'autre n'envisage. Les femmes qui osent dire oui.

— Venez, ordonne le gros sergent à Evelyn en lui faisant signe d'avancer.

Elle déglutit et s'exécute. Elle est déjà menottée ; inutile de les narguer. Pour le moment, en tout cas. Mieux vaut faire le dos rond.

Elles se dirigent vers la porte, chacune escortée par un policier. Evelyn tente par deux fois de croiser le regard de la femme flic qui détourne délibérément les yeux.

Bien.

Après la descente jusqu'au rez-de-chaussée, dans un silence pénible, les policiers les poussent hors de l'immeuble où les attend, de l'autre côté des portes vitrées, le soleil aveuglant de l'après-midi. Un fourgon cellulaire est garé devant, et la réalité de leur arrestation frappe Evelyn comme un uppercut. Elle jette un coup d'œil à droite et à gauche. Un attroupement s'est formé, visages curieux, bouches bavardes. Evelyn se demande ce que les badauds comprennent à la scène, pourquoi ces trois femmes sont escortées, menottes aux poignets.

À quelques pas de l'arrière du fourgon, dont un autre agent ouvre les portières, Evelyn aperçoit une forme orange. Doris, les yeux écarquillés sous sa tignasse rousse. Rejetant la tête en arrière, Evelyn lui transmet le message.

Élimine toutes les traces.

À son immense soulagement, Doris a compris sa mimique. Elle acquiesce avec ferveur, s'enfonce dans la foule et disparaît.

L'arrière du fourgon est grand ouvert, comme la gueule d'une baleine sur le point de les avaler toutes crues dans ses entrailles sombres et métalliques. Une main pousse Evelyn dans le dos.

— Montez.

— Vous pensez sérieusement qu'il faut me le dire ?

— Pas d'insolence avec moi, ma jolie.

— Pas de sexisme avec moi, connard.

Cette attitude lui vaut d'être poussée à la tête, cette fois, et elle tombe dans le fourgon, se cognant les genoux au sol métallique et manquant de se casser les dents de devant dans sa chute.

— Evelyn ! crie Alice, qui grimpe juste derrière elle.

— Ça va. Contentons-nous d'obéir pour le moment.

— C'est ce que vous avez dit de plus malin jusqu'ici ! commente le sergent.

La dernière chose qu'Evelyn voit est son visage goguenard alors qu'il claque les portières et les verrouille. Nancy halète sur le banc face à Evelyn. Alice est à côté d'elle, tétanisée. Le moteur démarre et toutes trois plaquent leurs pieds au sol quand le véhicule se met en marche.

— Je suis censée me marier demain ! gémit Alice, horrifiée. Qu'est-ce qu'on fait, Evelyn ? Qu'est-ce qu'on fait ?

— D'abord, on ne panique pas.

Evelyn tente de rallier son équipe en faisant la fière, continuant la comédie qu'elle joue depuis que Patricia est entrée dans la pièce en menaçant Nancy de son revolver. Elle baisse la voix, Nancy et Alice se penchent comme des conspiratrices. L'arrière du fourgon est complètement isolé de la cabine, mais Evelyn craint encore que les murs aient des oreilles.

— Nancy, vous êtes sûre de ne pas avoir prononcé le mot « avortement » ?

— Catégorique, murmure-t-elle. Je me suis aperçue que beaucoup de filles n'aiment pas entendre le mot, donc ça fait un moment que j'ai arrêté de l'utiliser et que je le remplace par « procédure ». Je ne l'ai pas prononcé, j'en suis certaine.

— Ça, c'est une très très bonne nouvelle.

— Qu'est-ce qu'ils vont nous faire, Evelyn ?

Alice est toujours si calme d'habitude… La panique d'Evelyn redouble quand elle entend son bras droit perdre son sang-froid.

— Ils doivent pouvoir nous accuser d'une chose précise. Et pour ça, il leur faut des preuves. Nancy dit qu'elle n'a pas prononcé le mot « avortement », et vous,

vous avez fait disparaître le résultat de l'opération de Kathleen pendant que Nancy était en entretien avec la prétendue Patricia, c'est bien ça ?

Alice hoche la tête.

— Bien sûr, c'est le protocole.

— OK, donc...

Evelyn laisse sa phrase en suspens, les images défilent à toute vitesse dans son esprit. La route ne sera sans doute pas longue jusqu'au commissariat.

— J'ai vu Doris dans la foule, reprend-elle, et je lui ai fait signe d'éliminer les traces. Elle emportera tout ce qui indique ce que nous avons fait dans l'appartement, les instruments, les magazines. Il n'y a pas grand-chose, réellement. Nous travaillons avec le minimum. (Un silence.) Donc, la seule chose qui nous incrimine, c'est la liste des patientes que j'ai dans mon pantalon.

Nancy et Alice restent bouche bée.

— Nous allons devoir travailler en équipe, annonce Evelyn en tentant un demi-sourire.

Elle s'agenouille sur le sol métallique, tournant le dos à Alice et Nancy. Elle glisse son pouce et son index à l'intérieur de sa ceinture, rendue maladroite par les menottes. La sueur lui coule dans l'œil, mais elle exulte lorsqu'elle attrape la feuille pliée en quatre.

— Tenez, Alice.

Alice examine un moment la feuille, puis se penche et la mord à belles dents.

Evelyn manque d'éclater de rire.

— Bravo, Alice. Vous êtes géniale.

À travers le papier, Alice émet un son guttural qu'Evelyn interprète comme « Quoi ? »

Elle se baisse à son tour et les yeux d'Alice s'écarquillent avant qu'Evelyn morde à son tour le papier. Elle écarte rapidement son visage et enfourne la majeure partie de la feuille. Toutes deux pouffent de rire. Nancy s'avance pour venir mâcher le morceau de papier restant.

Evelyn hausse les sourcils et se sert de sa langue pour faire entrer le papier dans sa bouche. Il fait une chaleur à crever dans ce fourgon, le papier est affreusement sec et l'encre a un goût de produit chimique. Alice l'imite et, après un grognement, Nancy en fait autant. Toutes les trois mouillent le papier de leur salive jusqu'à ce qu'il soit assez ramolli pour le broyer. Les dents d'Evelyn protestent, et au bout de quelques secondes, Nancy recrache le sien et doit tout recommencer.

Quand le fourgon s'arrête pour de bon, toutes les trois ont avalé leur morceau de papier. L'ultime preuve est détruite. Des larmes ruissellent sur le visage de Nancy, mais elle rit en même temps. Alice et Evelyn sont hilares elles aussi, et quand le flic costaud rouvre les portières, prêt à les traîner de force dans le commissariat, il est accueilli par trois femmes souriantes, les cheveux collés au cou, qui rient comme une meute de hyènes.

— Je ne vois pas ce qu'il y a de drôle, mesdames ! s'exclame-t-il, l'air aussi bougon qu'un terrier écossais.

— Oh, nous, nous trouvons ça très drôle, sergent. Vous n'avez aucune preuve contre nous.

Evelyn lui fait un grand sourire, mais elle a quand même l'estomac en vrac.

— Ouais, c'est ce qu'on va voir. Faites-les sortir, aboie-t-il.

Les autres agents passent la tête autour des portières ; la femme flic a disparu.

Evelyn, Alice et Nancy sont tirées brutalement de l'arrière du fourgon et poussées vers le commissariat. Elles traversent un vestibule éclairé de néons aveuglants, où flotte une odeur de caoutchouc, de sueur et de fumée de cigarette.

— Nous voulons parler immédiatement à l'avocat-conseil, déclare Evelyn haut et fort. Laissez-moi téléphoner…

— Elle est déjà là, lui apprend le sergent en la tirant par le coude vers une salle d'interrogatoire.

— Evelyn ! crie Alice derrière elle.

Evelyn tend le cou par-dessus son épaule ; Alice et Nancy sont conduites vers des chaises dures en plastique vert disposées devant un mur de brique. Un des policiers donne un grand coup à Alice dans les reins, elle titube et tombe, évitant de justesse d'atterrir la tête la première sur les chaises. L'homme hurle une insulte raciste, et Nancy lui dit d'aller se faire foutre.

— Je vous en prie, Nancy ! gémit Alice en s'efforçant de se relever, les mains toujours attachées dans le dos.

— Pourquoi ne viennent-elles pas avec moi ? demande Evelyn.

— Vous croyez qu'on ne sait pas qui commande, *docteur* ? Venez par ici.

— Une minute, bordel ! lance Evelyn en tâchant d'arrimer ses pieds au sol glissant.

Elle se retourne pour lui faire face. Leurs regards se rencontrent.

— Qu'est-ce que vous venez de dire ?

Evelyn inspire profondément.

— Sommes-nous en état d'arrestation ? Vous ne pouvez pas nous garder ici si nous ne sommes pas arrêtées.

— Vous voulez que je vous arrête ? Parce que si vous continuez à me parler comme ça, c'est exactement ce qui va vous arriver. Bougez-vous, maintenant.

Il l'oblige à avancer et fait signe au gardien, un débutant au visage impassible qui déverrouille la porte. Le sergent l'ouvre tout grand et pousse Evelyn dans la pièce à l'éclairage criard.

Une femme se tient à côté de la table métallique ; elle est grande et large d'épaules, et avec ses talons, elle domine d'une tête Evelyn et le sergent Moustache. Sa choucroute de boucles brunes ajoute encore quelques centimètres à sa taille. Elle porte un élégant tailleur bleu marine ; son col blanc est impeccablement repassé. C'est une présence intimidante, et Evelyn n'est pas surprise de sentir le sergent lui lâcher le bras.

— Selena Donovan, dit la femme d'une voix sonore mais précise. Je vous serrerai la main dès que ces messieurs auront la gentillesse de vous enlever les menottes.

Evelyn est envahie par un frisson de soulagement. Donovan. Ce doit être une parente de Doris.

— Merci d'être venue, Ms Donovan.

— Ravie de vous aider. Pourriez-vous retirer les menottes de ma cliente, s'il vous plaît, sergent ?

Ce dernier bat des paupières deux fois avant de se ressaisir.

— Non.

— Pourquoi ?

— Parce qu'elle est en garde à vue.

— Je pensais qu'elle n'était pas en état d'arrestation, à moins que la situation ait changé depuis que j'ai été contactée.

Le sergent danse d'un pied sur l'autre.

— Nous ne les avons pas officiellement arrêtées, non.

— Donc elle ne représente pas une menace. Il s'agit d'un simple interrogatoire préliminaire et elle est libre d'aller où bon lui semble. Enlevez-lui les menottes, s'il vous plaît.

Il hésite un instant, puis émet un soupir contrarié lorsqu'il libère les poignets d'Evelyn et jette les menottes sur la table métallique. Le bruit la fait sursauter, ce qui était évidemment l'intention du sergent. Selena tend la main et serre celle d'Evelyn, d'une vraie poigne ferme que celle-ci lui rend au centuple.

— À vous de jouer, Miss Donovan, dit-il.

— Maître, s'il vous plaît.

— Pardon ?

— Appelez-moi « maître Donovan ».

— Mais elle, elle vous a bien appelée « miss Donovan » !

Il désigne le dos d'Evelyn tandis qu'elle s'assied à la table, massant son épaule douloureuse.

— En fait, elle m'a appelée « *Miz* Donovan* ». Cependant, je vous prie de m'appeler « maître ».

Le sergent Moustache marmonne dans sa barbe.

— Comme vous voudrez.

Selena s'assied face à Evelyn. Elle sort un dictaphone de son sac à main, le pose sur la table, et appuie sur le bouton rouge avec un clic.

— Avez-vous fait quelque chose de mal, docteur Taylor ? demande-t-elle avec un sourire narquois.

— De mal ? répète Evelyn comme si elle réfléchissait. Non, je n'ai rien fait de mal.

D'illégal, peut-être.

— Sous quel prétexte le Dr Taylor et ses associées ont-elles été tirées de l'appartement de Spadina Avenue cet après-midi, sergent ?

— Nous avions été prévenus que le Dr Taylor et ses complices pratiquaient des avortements à cette adresse, et c'est interdit par la loi.

— Oui, sergent, en tant qu'avocat de la défense, j'ai une certaine connaissance du Code pénal et je sais ce qui est « interdit par la loi ».

---

* Aux États-Unis, l'abréviation « Ms », prononcée Miz, a été créée dans les années 1970 pour éviter d'employer « Mrs » (madame) ou « Miss » (mademoiselle). [*Note du traducteur*]

L'homme plisse les yeux sous la barre de ses sourcils épais.

— Comment avez-vous obtenu cette prétendue information ? insiste Selena.

— Par un de nos agents à qui une amie intime a signalé qu'une de ses connaissances avait subi un avortement à cette adresse. Elle nous a donné un numéro de téléphone à contacter, et notre agent infiltré a pris rendez-vous. Elle est allée à l'adresse indiquée, à l'heure convenue, cet après-midi, avec un magnétophone caché. Une unité tactique, dont je faisais partie, attendait dans la rue, prête à intervenir dès que notre agent aurait obtenu les preuves nécessaires et nous aurait donné le feu vert.

— Et de quelles preuves s'agit-il ?

— D'un enregistrement d'une de ces femmes qui décrit un avortement.

— Pourrions-nous l'entendre, s'il vous plaît ?

— Oui, on va vous le faire écouter. L'agent Heinz attend dans le couloir. Ne bougez pas, je reviens.

— Merci, sergent, nous attendrons.

Les chaussures de l'homme crissent sur le sol carrelé. La porte se ferme derrière lui et elles l'entendent appeler fortement l'agent Heinz. Selena appuie le bouton « Stop » de son dictaphone et relève la tête. Son regard est si intense qu'Evelyn a soudain l'impression d'être sous un projecteur géant.

— Ma cousine Doris m'a appelée.

— J'ai deviné, grâce à votre nom. Merci d'être venue.

— Je suis ravie de vous aider. Écoutez : qu'est-ce que c'est que cette histoire d'enregistrement ? Dans quel pétrin vous êtes-vous fourrée ?

— Mon infirmière et moi nous étions dans la cuisine, et notre bénévole était dans la salle d'opération avec une prétendue Patricia. C'était le rendez-vous de deux heures. Selon notre protocole, une de nos bénévoles explique la procédure à la patiente.

— Merde. Qu'a dit la bénévole ?

— Précisément, elle jure n'avoir jamais employé le mot « avortement ». Tout ce qu'elle a dit est ouvert à interprétation, il n'y a rien d'incriminant.

Selena hoche brièvement la tête.

— OK. J'imagine qu'on verra ça quand il reviendra. Y a-t-il d'autres preuves ailleurs qui pourraient poser problème ?

Evelyn sourit.

— À aucun endroit qu'ils puissent trouver, c'est certain.

— Vous en êtes bien sûre ?

— Tout à fait sûre.

— Très bien, alors. Voyons ce qui va se passer.

Evelyn déglutit. Elles attendent encore une minute ou deux avant que le sergent Moustache ne fasse irruption dans la pièce, suivi de près par la fausse patiente d'Evelyn, l'agent Heinz.

L'agent est encore en civil. Elle est jeune et jolie, elle ne fait que son métier, mais à ce moment Evelyn voudrait lui arracher tous les membres un par un. Elle opte pour le sarcasme mordant. Elle a appris que c'était un outil puissant : personne ne peut prouver qu'il y ait eu sarcasme.

— Ravie de vous revoir, Patricia, dit-elle.

Cela lui vaut un coup de pied sous la table de la part de Selena, qui rappuie sur le bouton de son dictaphone.

L'agent Heinz pose un autre appareil noir sur la table, à côté de celui de Selena. Evelyn sent ses épaules monter jusqu'à ses oreilles comme une marée haute. L'appareil crépite, puis Evelyn entend la voix de l'agent grommeler « Test. Test. Test ». Elle s'éclaircit la gorge. Un bruit de frottement, sans doute au moment où l'appareil a été fixé sous sa chemise. Quelques minutes de silence complet, puis le crissement lointain d'un tramway et des rires d'enfants à peine audibles. La salle d'attente.

Evelyn, Selena, le sergent Moustache et l'agent Heinz respirent sans bruit, contemplant l'appareil. Quatre acteurs attendant leur réplique pour déclamer le texte au centre de la scène.

Le grincement d'une porte qu'on ouvre.

« Patricia ? »

C'est la voix de Nancy. Un froissement de papiers, puis une longue pause. Un couinement suraigu remplit la pièce, pénible tant il est perçant.

— Putain, grommelle le sergent Moustache.

Evelyn a les oreilles qui bourdonnent.

— Larsen, explique Heinz en haussant les épaules.

— Chut.

Selena les fait taire quand l'enregistrement démarre. Evelyn tente de ne pas sourire à son avocate. *Quel culot. Une vraie Jane.*

La voix de Nancy à nouveau. « Vous avez déjà subi cette procédure ? »

Une petite toux. « Euh, non. Non, jamais. »

Tous se penchent pour écouter la conversation. Evelyn retient sa respiration.

« … Je voudrais tout savoir, étape par étape. Si c'est possible. »

Quel piège, pense Evelyn. Elle sent la chaleur monter dans son cou, mais cette fois ce n'est pas la peur, c'est la colère.

Soudain, le son commence à vaciller, un bourdonnement grave estompe presque toute la conversation. « Ensuite… produit… élargir… tuyau… » Le bruit suraigu les fait tressaillir tous les quatre.

« Qu'est-ce que… » La voix perplexe de Nancy est parasitée par le bruit, mais reconnaissable.

« Merde… »

Clic.

Evelyn lève les yeux. Selena sourit jusqu'aux oreilles, comme le chat que rencontre Alice au Pays des merveilles.

— Eh bien ! s'exclame gaiement l'avocate en repoussant sa chaise pour se lever. Si c'est tout ce que vous avez, sergent, mes clientes et moi allons prendre congé.

— Putain, c'était quoi, ça, Heinz ? hurle le sergent.

— Je ne sais pas, Barry, c'est arrivé dans la salle, il y avait trop de retour, je…

— Nous pouvons partir, Evelyn, dit tout bas Selena en penchant la tête vers la sortie.

— Où croyez-vous aller, maître ?

Selena rejette les épaules en arrière et toise le sergent. Il recule de quelques centimètres.

— Vous êtes sérieux ? Vous n'avez absolument aucune preuve pour retenir ces femmes, pour les placer en détention ou pour les accuser de quoi que ce soit. Bonsoir, sergent.

Elle ouvre la porte pour Evelyn, qui sort comme dans une brume, puis la referme sur le visage stupéfait des policiers.

— C'est fini ?

— Continuez à marcher. Maaaarchez marchez marchez marchez.

Selena plaque la main sur l'épaule douloureuse d'Evelyn pour la faire avancer.

— Evelyn !

Alice et Nancy bondissent de leur chaise où elles s'étaient avachies, en face de la salle d'interrogatoire. On leur a défait les menottes. Quelqu'un a dû finir par comprendre qu'elles n'avaient rien de menaçant.

— Venez, venez ! leur crie Selena en regardant Alice en particulier. Vite, maintenant. Vite, vite.

Elles la suivent en trottinant, en tâchant de faire d'aussi grandes enjambées qu'elle. Une fois dans la rue, leurs yeux pleurent sous la lumière crue de l'été.

— Parfait, dit Selena en les entraînant sur le trottoir bondé sans but précis en tête. Vous êtes bien conscientes que vous allez devoir vous trouver un autre endroit, d'accord ?

Toutes acquiescent.

— Bien. Il faut penser à l'avenir. Reste-t-il quoi que ce soit ? Des dossiers ? Des informations sur vos patientes ? Où sont-elles stockées ?

— Nous n'avons rien, répond Evelyn. Nous n'avons qu'une feuille de renseignements pour chaque journée, que nous détruisons aussitôt après.

— Où est celle d'aujourd'hui ?

Une fraction de seconde s'écoule avant qu'Evelyn déclare :

— Nous l'avons mangée.

Selena cesse de marcher, se tourne vers les trois femmes, la main en l'air comme pour dire « Halte ». Nancy et Alice manquent de se cogner à elle.

— Pardon ?

— Nous l'avons mangée. Dans le fourgon.

— Mangé quoi ?

— La feuille de renseignements.

— Le papier ?

— Oui.

Selena a les yeux écarquillés.

— Ah. Eh bien… J'ai l'impression que vous devez avoir besoin d'une bière bien fraîche pour faire descendre ça. C'est moi qui vous invite. On va se trouver une terrasse.

21

Nancy

Début de l'automne 1985

NANCY EST RECROQUEVILLÉE sur un confortable fauteuil, dans le salon de l'une des Jane, une secrétaire juridique d'une trentaine d'années, prénommée Wendy. Elle est responsable de l'administration du réseau : localiser de nouveaux médecins prêts à aider, fixer les rendez-vous et planifier des réunions comme celle-ci.

Depuis la descente de police de l'été précédent, les Jane doivent être encore plus prudentes et plus inventives dans le choix des lieux de réunion. Le réseau est sur le fil du rasoir. Les factions anti-avortement sont devenues plus véhémentes, et la police redouble d'efforts pour débusquer les Jane. Paradoxalement, elles sont plus connues que jamais, mais elles sont aussi plus déterminées à rester cachées. Elles sont si actives désormais que le bénévolat de Nancy occupe tout le temps libre qu'elle peut trouver entre son emploi, ses parents, Michael, et les préparatifs de son mariage.

Ce soir, Wendy a réuni dix bénévoles dans son salon. Son mari connaît et soutient son action, donc les femmes peuvent se rassembler ici plus confortablement que lorsqu'elles doivent feindre un club de tricot dans le sous-sol d'une église. Certaines des Jane, dont Alice et le Dr Taylor, ont tout avoué à leur mari ou partenaire, mais la plupart gardent le secret, comme Nancy. Elle manipule distraitement sa bague tout en se fixant sur le Dr Taylor, installée près de la cheminée – lieu tout désigné pour les orateurs – et sur la raison de leur réunion de ce soir.

Les choses ont changé pour « Jane » et pour les femmes qui demandent son aide. Jusqu'ici, la procédure d'avortement se bornait à la méthode traditionnelle par dilatation et curetage, version invasive que Nancy a subie il y a tout juste quatre ans. Mais il existe à présent une nouvelle procédure qui va leur permettre de développer encore plus leurs services.

— Cette nouvelle méthode qui vient de Chicago, énonce le Dr Taylor, consiste à injecter une pâte dans le col de l'utérus pour le dilater et provoquer une fausse couche. Cela signifie que la procédure n'est pas un processus aussi invasif que la méthode par dilatation et curetage, ce qui devrait contribuer à réduire le potentiel de trauma physique. Elle devrait se dérouler à peu près comme une fausse couche naturelle. Et elle nous permet de pratiquer des avortements plus tardifs : les femmes qui viennent nous voir entre douze et dix-huit semaines de grossesse peuvent encore avorter sans danger alors que les autres méthodes ne leur sont plus accessibles.

Cette nouvelle provoque un chœur de murmures.

— Qu'est-ce que cela va changer pour le réseau ? demande Wendy.

— Je pense que nous pouvons déjà prévoir des rendez-vous pour cette injection, que nos médecins réaliseront aussi rapidement qu'un frottis vaginal, puis nos bénévoles encadreront les patientes pendant un jour ou deux, le temps que la pâte fasse son effet. Elles seront à l'affût du moindre signe de détresse médicale et apporteront aux patientes un soutien émotionnel pendant la fausse couche.

Un silence impressionné plane sur la pièce, mêlé à la fumée des cigarettes.

— Waouh ! s'exclame l'une d'elles, un docteur prénommé Phyllis, assise à gauche de Nancy. C'est incroyable.

Le Dr Taylor hoche la tête.

— Je sais. Cela nous ouvre vraiment des perspectives.

Wendy se penche en avant.

— Question planning, quelle logistique cela suppose-t-il ? Où la fausse couche se produira-t-elle ? Chez la patiente ou… ?

— Au départ, je pensais que cela se passerait chez les patientes à condition qu'elles vivent seules ou qu'elles soient soutenues par leur famille. Mais pour celles qui gardent le secret – c'est-à-dire la grande majorité –, je pense que nous devrions envisager de les accueillir chez nous. (Le Dr Taylor hésite avant de poursuivre.) Comme nous le savons toutes, le Dr Morgentaler a été attaqué et sa clinique a failli sauter, à une centaine de mètres d'ici. Je pense, de manière générale, que nous devrions envisager d'utiliser d'autres endroits dans la mesure du possible. Personnellement, je trouve très préoccupante la perspective de risquer ma clinique et le bien-être de mes patients ordinaires qui viennent du lundi au vendredi.

Un nouveau silence. Phyllis hoche la tête. Certaines restent sceptiques. D'autres froncent les sourcils.

— Nous n'avons pas le budget nécessaire pour louer un appartement uniquement pour ça, finit par déclarer Wendy. Je pense que la seule option est que ces femmes disent à leur famille qu'elles vont passer le week-end chez une amie avant de venir chez l'une d'entre nous.

Le Dr Taylor approuve :

— Oui, ça pourrait marcher.

Wendy se tourne face à la salle.

— Pouvons-nous voter à main levée ? Celles qui veulent ou peuvent recevoir quelqu'un pour cette opération ?

Nancy réfléchit, puis lève lentement la main, en même temps que deux autres femmes.

— Je pourrais, dit-elle. Au moins jusqu'à cet hiver. Après, je serai mariée et je dois emménager avec mon mari, donc il se pourrait que ça devienne moins facile. Mais pour le moment, je peux.

— Excellent, merci, Nancy.

Wendy accorde alors son attention à l'une des autres volontaires, et la conversation se change en discussion approfondie sur la nouvelle méthode et la logistique des fausses couches provoquées.

Nancy regarde sa main, fait tourner la bague en diamant autour de son doigt comme si elle serrait un écrou. Un nœud inconfortable lui tord l'estomac lorsqu'elle songe à Michael. Il ne lui a jamais donné la moindre raison de douter de lui, mais elle n'est pas sûre de lui révéler un jour les vérités secrètes qui forment son histoire. Elle sait que cette cachotterie n'est pas très bon signe pour leur relation. Jusqu'ici, elle ne s'en est guère préoccupée. Elle aime Michael, mais à quelles contraintes devra-t-elle se soumettre, devra-t-elle renoncer à ses intérêts, une fois qu'elle sera mariée ? Quels sont les aspects de sa vie qu'elle prévoit de dissimuler à son mari ?

Cette question hante toujours Nancy alors qu'elle se dirige vers la section « livres rares » de la bibliothèque, le lendemain matin. Il est à peine sept heures. Elle a toujours été une lève-tôt et elle aime arriver au bureau quand tout est encore calme et silencieux. Elle fait son entrée peu après que le veilleur de nuit termine le ménage, s'installe avec une tasse de thé dans le petit bureau que partagent les archivistes, et elle dresse une liste claire de ses missions pour la journée. Nancy adore son travail, qui combine les fonctions de bibliothécaire, de détective et de conservateur de musée. Cela lui va comme un gant, et elle est fière de dire qu'elle est très douée pour ce métier.

Près d'une heure s'écoule avant le passage du facteur. Elle entend le cliquetis de la boîte aux lettres, puis la dégringolade des enveloppes qui se déversent pêle-mêle dans la corbeille en plastique placée en dessous.

— Bon timing, marmonne Nancy, qui avait justement envie de se dégourdir les jambes.

Elle traverse le petit couloir moquetté et récupère le courrier. Elle en laisse une bonne partie sur le comptoir de l'accueil, mais emporte les journaux dans son bureau.

La jeune femme déploie le journal et se penche pour humer l'odeur d'encre fraîche. Elle lit en diagonale les nouvelles du jour, avant de replier les grandes pages pour isoler les petites annonces. Nancy ne s'y intéresse pas, en temps ordinaire, mais comme Michael et elle cherchent un mobilier de salle à manger d'occasion pour leur nouvel appartement où ils s'installeront après le mariage, elle a pris l'habitude depuis quelques semaines de passer les annonces au peigne fin, hélas sans succès. Ses yeux parcourent les demandes de nourrices et d'hommes à tout faire, les voitures à vendre... Elle finit par repérer une annonce proposant une table et des chaises en chêne, à Mississauga, pour un prix légèrement supérieur à leur budget. Espérant que Michael pourra faire jouer son charme pour marchander, elle entoure l'annonce au marqueur. Tout semble s'arranger pour le mieux.

Nancy prend le téléphone sur son bureau, prête à composer le numéro, lorsque ses yeux dérivent vers l'annonce située immédiatement à côté.

CHERCHE ENFANT DISPARU. Je cherche ma fille qui a été adoptée en 1961 au foyer Sainte-Agnès. J'essaye de la contacter si elle est encore dans la région de Toronto.

Suit un numéro de téléphone, mais aucun nom.

Le cœur de Nancy se soulève et bat à tout rompre. L'instant s'éternise jusqu'à ce que le silence soit brisé par un bip agressif sortant du téléphone qu'elle tient à la main. Elle a attendu trop longtemps avant de composer un numéro. La voix enregistrée lui dit de raccrocher et de réessayer.

Elle repose le combiné, inspire profondément, puis pousse un long soupir.

Rien n'indique si cette annonce a été publiée par une nommée Margaret Roberts. Il n'y a pas de nom, et de nombreux bébés ont dû naître dans ces foyers au cours des années 1960.

Mais spécifiquement en 1961 ?

Combien de chances y a-t-il ? Combien de filles ont dû renoncer à leur bébé en une seule année ? Sans doute pas mal. Et pourquoi cette annonce est-elle si vague ?

Pourquoi n'y a-t-il ni nom ni date de naissance précise ? Rien ne confirme que Nancy devrait même tenter d'appeler ce numéro.

Pourrait-il s'agir de sa mère biologique ? Ce serait une énorme coïncidence. Et si elle appelle, si la femme croit avoir enfin retrouvé sa fille, mais découvre ensuite que ce n'est pas elle ? Elle ne veut causer à personne ce genre de déception. Et puis, elle s'est déjà demandé si, au fil des années, Margaret avait changé d'avis au sujet de l'adoption. Si le message a été écrit au moment où Nancy a été adoptée, à peine une semaine après l'accouchement, Margaret devait être dans tous ses états ; bien sûr, sous l'effet de la douleur, elle a promis un amour éternel et une volonté absolue de retrouver son bébé. Mais si Margaret s'était mise à envisager la chose autrement, après être passée à autre chose, le temps et la distance aidant ?

Pour ce qui est d'avoir des enfants, Nancy a changé d'avis, elle aussi. C'est seulement quand elle s'est trouvée dans les bonnes circonstances, avec le bon partenaire, que l'idée de la maternité lui est apparue sous un jour séduisant, ce qui n'était pas le cas lors de son avortement, plusieurs années auparavant. Les gens changent. Margaret a peut-être changé aussi.

Nancy a délibérément choisi de ne pas la rechercher ; c'est une décision adulte, responsable, qui l'a soulagée de sa culpabilité après cet acte puéril par lequel elle s'était introduite dans la chambre de ses parents pour découvrir des indices. Elle aimerait croire qu'elle a grandi, qu'elle est devenue moins impulsive. Plus mûre. Dans quelques mois, elle sera une femme mariée, et Michael a très envie de fonder une famille. Elle pourrait bientôt avoir des enfants. L'insouciance est un luxe de la jeunesse. Elle doit maintenant se montrer raisonnable et responsable.

La vérité, c'est qu'il était facile de ne pas chercher Margaret tant qu'elle n'avait aucune piste. Mais voilà qu'on lui en offre une sur un plateau. Et si cette annonce avait bel et bien été publiée par Margaret Roberts ?

Il faut qu'elle tente sa chance.

Nancy reprend le téléphone, et elle est aussitôt transportée sur le palier, devant la chambre de ses parents, au moment de tourner la poignée de la porte. Elle compose le numéro et frissonne.

Les sonneries se succèdent. Elle attend.

— Allô ? répond une voix d'homme.

Nancy a la bouche sèche.

— Allô ?

— Je suis désolée, croasse Nancy. Je me suis trompée de numéro. Je cherchais quelqu'un d'autre.

— Qui… ? commence l'homme, mais Nancy raccroche brusquement.

Moins de trois secondes après, le téléphone sonne à nouveau, bruyant comme une sirène d'incendie. Elle consulte l'horloge au-dessus de la porte. C'est l'heure d'ouvrir. Ce pourrait être un visiteur. Elle tend la main et décroche.

— Département des livres rares. Miss Mitchell à l'appareil.

La voix de Michael retentit à l'autre bout du fil.

— Bonjour à la future Mrs Birch ! Je m'entraîne à prononcer ce nom, qu'est-ce que tu en penses ? Je ne peux pas croire que j'aie réussi à te convaincre de m'épouser.

Nancy serre le combiné dans sa paume moite.

— Salut, Mike. Ça va ? On vient de se dire au revoir, non ?

Sa voix se lézarde, et Nancy se maudit. Michael laisse s'écouler une seconde.

— Nancy ? Tout va bien ? Tu as l'air un peu bizarre.

Nancy ne peut plus respirer. Elle devrait lui parler. Tout lui dire. Le moment serait bien choisi. Mais elle hésite, et la tension s'accroît, irrévocablement. Puis cesse.

— Excuse-moi, Mike, ça va, c'est juste que je ne peux pas te parler tout de suite. Je suis désolée. Je t'aime.

Nancy interrompt la conversation avec son fiancé avant de révéler des choses irréversibles.

Elle court aux toilettes, tire sur la chaînette pour allumer le plafonnier et claque la porte derrière elle. Là, elle s'effondre sur le lino, adossée à la porte. Les genoux plaqués contre la poitrine, elle laisse s'écrouler sa tête et exhale le chagrin renouvelé qui tient ses poumons en otage.

Au bout d'une minute ou deux, elle entend la porte du bureau s'ouvrir, et sent trembler le chambranle de la porte des toilettes lorsqu'elle se referme.

— Bonjour !

C'est sa collègue Lisa. Nancy s'oblige à se relever, défroisse le bas de sa robe, puis se remaquille dans le miroir au-dessus du lavabo. Elle fait couler de l'eau froide dans ses mains et boit, sentant le filet glacé descendre dans tout son corps. Elle redresse les épaules.

— Allons-y, s'ordonne-t-elle.

Sa voix résonne entre les murs nus et son reflet acquiesce.

Elle s'éclaircit la gorge, remet ses cheveux en ordre, puis ouvre la porte des toilettes.

***

Trois jours plus tard, Nancy se trouve dans les salons d'essayage d'un magasin de robes de mariée, vêtue d'une monstruosité dont elle ne veut à aucun prix. Évidemment, sa mère adore la robe en question.

— Lady Di portait exactement la même ! roucoule Frances depuis le fauteuil rose sur le bord duquel elle est assise.

Les manches bouffantes en satin ivoire donnent à Nancy l'impression d'être une joueuse de football américain, et elle est sûre de se prendre les pieds dans la traîne lorsqu'elle marchera jusqu'à l'autel.

— Je ne sais pas, Maman, grommelle-t-elle en se contemplant à nouveau dans le miroir, avec un gros effort pour ne pas faire la grimace. Ça n'est pas vraiment moi...

— Oh, je t'en prie ! proteste Frances en agitant les mains. C'est ce qui se fait de plus chic en matière de robe de mariage. Bien sûr, tu te sens un peu bizarre, parce que tu n'as jamais rien porté de ce style. Surtout depuis que tu refuses de mettre autre chose que des jeans. On doit toujours se sentir un peu bizarre dans sa robe de mariée.

— Donc, j'ai l'air bizarre ? dit faiblement Nancy.

Sa mère ne l'écoute pas, pas plus que la vendeuse, quinquagénaire robuste au brushing blond et aux yeux lourdement soulignés par une épaisse couche de maquillage qui met son âge en évidence au lieu de le dissimuler.

— Ce modèle est très tendance, comme vous dites, madame, grâce au goût exquis de la princesse, lance-t-elle, fixée à sa cible comme un sniper vêtu de taffetas. Avec cette robe, votre fille sera l'ambassadrice du style le plus moderne. C'est déjà une très belle femme, ajoute-t-elle à l'intention de Nancy en faisant battre ses faux cils, et la robe met en valeur sa taille et ses traits fins.

Tandis que Nancy transforme sa grimace en sourire pudique, la vendeuse revient à la charge auprès de sa mère.

— Vous vous ressemblez tellement, toutes les deux, déclare-t-elle malgré la différence radicale en matière de couleur d'yeux et de cheveux, malgré le menton étroit de Nancy et la mâchoire carrée de Frances, et malgré la dizaine de centimètres que la future mariée a de plus.

L'estomac de Nancy se noue sous les couches de satin et de dentelle.

— Mon Dieu, oui, renchérit Frances, comme le ferait toute mère fière de son enfant.

Nancy scrute le visage de sa mère pour détecter une fissure dans la façade. Elle ne sait pas si elle doit être rassurée ou déçue de n'en déceler aucune.

— Nous pourrions vous proposer un ensemble « mère de la mariée » qui compléterait à merveille la robe de votre fille, dit la vendeuse, poursuivant son matraquage commercial. Nous avons un grand rayon « mère de la mariée » au fond du magasin. Par ici, madame.

Avant même que Frances ait pu réagir à cette sommation, la vendeuse part vers le fond de la boutique.

— Oh oui, bien sûr, dit Frances en se levant et en tapotant les boucles de sa perruque. Nancy, ma chérie, reste encore quelques minutes dans cette robe, pour voir si tu t'y habitues. Je crois vraiment que c'est la bonne !

— Tu as besoin d'aide, Maman ?

— Mais non, voyons. Tout va bien, tout va très bien.

Une partie de la tumeur se trouve encore dans son cerveau ; ils n'ont pas pu tout enlever sans causer de dégâts supplémentaires. Cela l'a affaiblie. Elle marche plus lentement qu'avant. Une canne lui rendrait service, mais sa dignité obstinée le lui interdit.

Frances traverse le magasin à pas incertains, laissant Nancy contempler son reflet dans les gigantesques miroirs dorés.

Après les fiançailles l'été dernier, Frances était surexcitée par la perspective des préparatifs du mariage. Voyant son enthousiasme, Nancy l'a laissée se faire plaisir. Michael n'a pas voulu céder sur le menu de noces et sur la liste des invités, mais ils ont accepté une cérémonie traditionnelle à l'église de leur paroisse, et Frances s'est déchaînée pour tout le reste. Nancy ne se tracasse pas trop. Le mariage, c'est juste une journée à passer. Surtout, elle a hâte de vivre avec Michael.

— Et apparemment nous allons entamer notre vie commune avec moi déguisée en cupcake, dit-elle à son reflet dans le miroir.

Elle virevolte, fait bouffer les épaisseurs de crinoline et aperçoit la centaine de boutons qui parsèment tout le dos de la robe. Elle devine que Michael va détester. *Et il va détester devoir me sortir de cet emballage lors de notre nuit de noces,* songe-t-elle en souriant.

C'est un mariage d'hiver, et elle se demande si la cape de mariée de sa mère pourrait servir à cacher une partie de cette tenue ostentatoire, ou si une couche supplémentaire de tissu aggraverait encore le problème. Mais à la pensée de cette cape, elle se rappelle les paroles de sa grand-mère, ce jour-là, à la maison de repos.

« Ça devait être au moment où ils t'ont trouvée. »

Nancy a du mal à respirer dans ce corset cintré, et ses mollets se mettent à protester contre les talons hauts de vingt centimètres que la vendeuse lui a fourrés aux pieds avant de la faire défiler dans le salon d'essayage. Elle retrousse péniblement les mètres de tissu, les entasse dans ses bras. Elle ôte les chaussures et enfonce avec bonheur ses orteils dans la moquette, avant de se laisser tomber pas très gracieusement sur son derrière, la robe formant un océan autour d'elle.

Un carillon retentit à la porte du magasin et, dans le miroir, Nancy voit entrer une mère et sa fille. Quand les bruits de la rue s'engouffrent dans la boutique, Nancy n'a qu'une envie : se débarrasser de cette horreur de robe et rentrer à la maison. Elle regarde un moment la mère et la fille qui fouillent parmi les portants, tête blonde contre tête blonde, critiquant tout bas le style des différents modèles. Les deux femmes relèvent la tête : à part les rides de la plus âgée, elles pourraient être sœurs.

Nancy repense à Margaret Roberts. Depuis qu'elle a lu l'annonce, elle ne peut s'empêcher de songer à elle. Quels étaient ses goûts ? Dans une réalité alternative, auraient-elles examiné ensemble les robes dans ce magasin ?

— Mais enfin, Nancy ! Veux-tu bien te lever ? Qu'est-ce tu fabriques ?

Nancy cesse de contempler les deux autres clientes, car Frances est de retour, les joues rouges d'embarras.

— Je suis désolée ! dit-elle en se relevant de son mieux, et en manquant de trébucher sur le tissu lorsqu'elle s'avance, pieds nus. Je pouvais à peine respirer, j'ai eu besoin de m'asseoir.

Elle lâche la robe dont les plis retombent autour d'elle en froufroutant.

— On n'est pas censé s'asseoir quand on porte ce genre de robe, explique la vendeuse qui apporte un ensemble de taffetas bordeaux pour la « mère de la mariée ». C'est la robe qui vous porte, pas l'inverse.

— Et je suis censée rester debout au repas de noces, alors ?

— Bon, tu t'es décidée ? lance Frances. Ce sera celle-là ?

— Elle est superbe, s'exclame la jeune fille blonde qui vient d'entrer.

— Vous devriez la prendre ! ajoute la mère.

— Tu vois ? dit Frances.

Nancy remarque un sourire satisfait sur le visage de la vendeuse lorsqu'elle soulage Frances de la robe en taffetas et se dandine jusqu'à la caisse.

Nancy regarde sa mère. Elle a les yeux brillants d'amour, pour sa fille autant que pour la robe, et Nancy sent la futilité de la situation s'abattre sur ses épaules. Elle s'oblige à sourire.

Frances se tourne vers la vendeuse :

— Nous la prenons.

22

Angela

Mars 2017

Trois jours après avoir demandé à Tina de la mettre en rapport avec le Dr Taylor, Angela se trouve devant la maison du docteur, tenant à la main un carton de brownies achetés dans une pâtisserie.

Tina a d'abord écouté sa théorie sur « Maggie » avec scepticisme, puis avec un intérêt croissant, elle a envoyé un courriel au Dr Taylor pour lui demander si elle serait prête à parler à Angela de son expérience au foyer pour mères célibataires. Angela se sent coupable de n'avoir pas précisé exactement pourquoi elle était si désireuse de la rencontrer. Tina a simplement dit qu'elle avait lu *Le Réseau Jane* et avait envie d'en discuter. Ce qui est vrai, mais s'il y a la moindre chance pour que le Dr Taylor ait été la meilleure amie de Margaret Roberts, la mère biologique de Nancy, elle sait peut-être quelque chose qu'Angela ignore. Cela vaut bien la peine d'y consacrer une heure et quelques gâteaux hors de prix.

Le Dr Taylor n'habite pas très loin de Thompson Antiquités, au bout d'une paisible rue qui, dans quelques semaines, sera pleine de feuilles vertes et d'arbres en fleurs. Angela frappe à la porte, et entend des pas dans l'escalier une minute plus tard. On ouvre, et le Dr Evelyn Taylor apparaît. Elle est grande, porte un jean et un pull noir par-dessus une chemise rayée.

— Vous devez être Angela ? dit-elle.

Embarrassée par la boîte de brownies, Angela lui serre la main.

— Bonjour ! Merci beaucoup d'avoir accepté de me recevoir, docteur Taylor.

— Appelez-moi Evelyn, je vous en prie. Tout le plaisir est pour moi. J'ai beaucoup d'admiration pour votre épouse, et en plus vous m'apportez des pâtisseries, donc je suis sûre que nous allons nous entendre. Entrez.

Elle s'écarte et Angela franchit le seuil, puis monte l'escalier grinçant jusqu'au premier étage.

— Tout droit, lui indique Evelyn derrière elle.

Angela tourne la poignée de la porte et pénètre dans l'appartement, dont elle s'éprend aussitôt. Les plinthes et les boiseries autour des portes et fenêtres sont toutes peintes en blanc cassé, dans un style ancien, mais très chic maintenant qu'il est de nouveau à la mode. Le plafond est étonnamment haut pour un premier étage, les moulures évoquant le tourbillon des vagues de l'océan. Les murs sont peints en vert sauge, frais et relaxant. Les fenêtres sur rue vont presque du sol au plafond, laissant le soleil hivernal filtrer à travers les rideaux transparents.

— Un café ? propose Evelyn en souriant.

Ses cheveux gris comme un ciel de novembre sont coupés en un carré court qui flatte ses traits fins. Angela espère que, dans trente ans, ses cheveux auront la même superbe nuance de gris.

— Je ne voudrais pas vous déranger, mais auriez-vous du déca ? Je suis au régime sans caféine, même si ça ne me ravit pas.

— J'en ai ! J'en garde pour les envies nocturnes.

— Formidable, merci beaucoup.

— Lait ? Sucre ?

— Ni l'un ni l'autre. Merci, Evelyn.

— Psychopathe.

Angela se pétrifie, le carton de brownies à la main.

— Pardon ?

Les coins de la bouche d'Evelyn se relèvent.

— Selon une étude scientifique assez douteuse, si vous buvez du café noir, vous avez des chances d'être psychopathe.

Angela ne sait pas trop comment réagir et se contente de glousser, gênée.

— Je ne crois pas qu'il y ait une relation de cause à effet. Simple préférence pour l'amertume. (Le Dr Taylor lui adresse un clin d'œil.) Je peux vous débarrasser des brownies ?

— Ah oui, merci.

— Allez suspendre votre manteau dans le vestibule. Mettez-vous à l'aise.

Elle disparaît dans la cuisine, puis revient une minute plus tard avec deux assiettes. Elle en tend une à Angela et pose l'autre sur la table basse.

— Vous voulez bien protéger mon brownie contre Darwin ?

Alors qu'elle repart vers la cuisine, un énorme chat de gouttière se faufile autour du canapé, ses yeux orange fixés sur le gâteau. Angela s'empare aussitôt de l'assiette.

— Il aime les brownies ?

— C'est plus un chien qu'un chat, en réalité, répond Evelyn, la voix un peu étouffée par le mur qui les sépare.

Angela balance un pied et contemple le décor pendant quelques minutes avant qu'Evelyn revienne munie d'une cafetière à piston et de deux tasses dépareillées. Elle s'assied face à Angela et prend le chat sur ses genoux.

— Les gens croient qu'on ne peut pas dresser les chats, mais c'est faux. Ce monsieur adore jouer à rapporter les balles, et il adore toutes les sucreries.

Angela remet son assiette à Evelyn et attaque son propre brownie avant que Darwin ne tente de le lui voler. Les deux femmes mastiquent et sirotent en silence. Angela ne sait pas comment démarrer la conversation, mais Evelyn la devance.

— Donc, vous avez lu mon livre ?

— Oui, je...

Elle avale une dernière bouchée de brownie, puis pose son assiette vide sur la table. Darwin se jette aussitôt dessus, lèche les miettes et les restes de glaçage.

— Oh zut, excusez-moi ! J'aurais dû...

— Non, laissez-le faire, dit Evelyn avec un geste vague de la main. De toute façon, il aura bientôt du diabète, quoi qu'on fasse. Mourir d'un brownie n'est certainement pas le pire qui puisse lui arriver.

Angela manque de recracher son café. De toute évidence, cette femme ne mâche pas ses mots. Elle devrait peut-être en faire autant.

— En fait, je m'intéresse à votre séjour au foyer Sainte-Agnès. C'est une longue histoire, mais je suis intriguée par votre amie qui… qui s'est suicidée. Maggie, c'est bien ça ?

Evelyn acquiesce, et Angela commence à avoir des picotements dans les doigts.

— Alors Maggie n'est pas un pseudonyme ?

Evelyn lève la tête. Leurs yeux se rencontrent.

— Pardon ?

— Vous dites dans l'introduction que vous avez attribué de faux noms aux femmes dont vous parlez, pour protéger leur identité. Mais votre amie s'appelait réellement Maggie ?

Evelyn hésite.

— Pourquoi tenez-vous tant à le savoir ?

— Je suis désolée, dit Angela, les joues brûlantes. J'aurais d'abord dû vous donner plus d'explications, mais votre amie s'appelait-elle par hasard Margaret Roberts ?

La bouche d'Evelyn reste entrouverte un instant.

— Pourquoi cette question ? Comment savez-vous ça ?

Angela inspire profondément. Les tasses de café sont oubliées sur la table.

— Parce que je crois avoir trouvé sa fille.

La pièce est silencieuse. Même Darwin a cessé de ronronner sur les genoux d'Evelyn, comme si lui aussi retenait sa respiration.

— Comment ? finit par demander Evelyn.

— J'ai trouvé une lettre dans le magasin où je travaille. Thompson Antiquités, à cinq cents mètres d'ici. C'est une lettre de la mère adoptive qui avoue l'adoption, gardée secrète jusqu'à sa mort. Il y a un appartement au-dessus de la boutique, où vivait la fille de Margaret, et je soupçonne que l'enveloppe a été déposée dans la mauvaise boîte. Une simple erreur.

Evelyn se penche en avant.

— Quand est-ce arrivé ? De quand date la lettre ?

— De 2010. Mais je ne l'ai trouvée qu'il y a quelques mois. J'ai essayé de chercher la fille, sans aucun succès jusqu'ici, donc j'ai changé mon fusil d'épaule et je me suis mise en quête de Margaret.

Elle hésite à nouveau avant de poursuivre :

— J'ai découvert le faire-part de décès d'une Margaret Roberts, morte à dix-neuf ans en 1961, et j'ai rapproché ça d'un article sur les foyers pour mères célibataires. C'est bien à Sainte-Agnès que vous étiez ensemble, Margaret et vous ?

— Oui… Oui. Je suis désolée, c'est un peu…

— Je sais, je vous demande pardon. Tina et moi aurions dû être plus explicites sur les raisons pour lesquelles je voulais vous parler.

Angela reprend son souffle. Elle regrette à moitié d'avoir contacté le Dr Taylor. Tina avait peut-être raison, et cette recherche de Nancy Mitchell risque de mal tourner.

— Si Margaret Roberts est morte, reprend-elle le cœur battant, je me demandais si vous seriez prête à rencontrer sa fille… vous savez, faute de mieux. Depuis que j'ai découvert la lettre de sa mère adoptive, je me sens un peu responsable de cette histoire. Si je peux localiser la fille de Margaret, seriez-vous prête à la voir ? À lui parler un peu de sa mère, si elle veut savoir ?

Angela regarde le visage d'Evelyn se transformer alors qu'une vague d'émotions vient colorier la toile blanche de son visage.

— Oui, répond-elle, les yeux brillants. J'aimerais beaucoup cela.

***

Quelques jours après cette entrevue tendue avec le Dr Taylor, Angela et Tina retournent chez la gynéco pour connaître les résultats de la première échographie. Tina se pose sur le bord d'une chaise, dans un coin de la pièce fraîche et vivement éclairée, tandis qu'Angela s'installe sur le papier blanc de la table d'examen. Aujourd'hui, l'infirmière est une jeune femme pulpeuse aux cheveux noirs réunis en un chignon au sommet du crâne. Sa blouse est ornée de personnages des Simpson, et Angela la trouve aussitôt sympathique.

— C'est votre première écho ? demande-t-elle à Angela avec un sourire qui dévoile toutes ses dents.

Angela hésite.

— Vous voulez dire, pour cette grossesse ?

Le sourire de l'infirmière s'envole.

— Oui.

Angela hoche la tête.

— OK, parfait. Et vous en êtes à combien… (Elle consulte l'écran de l'ordinateur.) Environ sept semaines ?

— Exact.

Angela a des papillons plein l'estomac. Mais c'est une sensation agréable. Comme pour un premier baiser.

— OK, très bien. Vous vous sentez comment ?

— Nerveuse.

L'infirmière acquiesce avec compassion et tape plusieurs mots sur le clavier pendant qu'Angela attend. Tina croise son regard et lui adresse un clin d'œil.

— Tout est en règle, le Dr Singh sera bientôt ici. Courage.

Elle sort et laisse Tina et Angela à nouveau seules. On entend un bébé gémir dans une autre pièce, au bout du couloir. Un téléphone sonne.

— Il y a toujours beaucoup d'attente, hein ? dit Tina, dont les mains s'agitent sur ses genoux.

— Oui. Ça me tue, de ne pas encore savoir.

— Ah, je te comprends.

— Vraiment ?

— Putain, oui.

Toutes deux éclatent de rire. Angela secoue la tête et laisse ses yeux vagabonder sur les murs, apercevant vaguement les dessins d'enfants et les annonces officielles pour la vaccination contre la grippe. Quelques minutes plus tard, la porte se rouvre enfin.

— Bonjour, Angela, Tina, lance le Dr Singh en les saluant d'un signe de tête. Ravie de vous revoir.

— Nous aussi, murmurent-elles en chœur.

— Bien, j'ai de très bonnes nouvelles pour vous deux. D'après ce que nous avons pu voir, vous avez au moins un ovule viable dans l'utérus.

— Vous avez bien dit *au moins* un ? s'exclame Tina.

Le Dr Sing sourit.

— Oui. Il y avait une ombre derrière le premier, et ils n'ont pas pu y voir plus clair pendant l'échographie. Il est possible que vous soyez enceinte de jumeaux, mais nous pourrons le confirmer aujourd'hui avec un doppler fœtal.

Tina est debout et s'avance vers Angela. Elle place un bras autour des épaules de son épouse.

— Donc, vous voulez dire que nous pourrons…

— Écouter battre son cœur. Ou peut-être leurs deux cœurs, oui.

— Ah !

Angela ne peut plus s'arrêter de sourire.

— Nous sommes vraiment enceintes, Ti !

Tina lui embrasse le front. Elles sont radieuses comme de jeunes mariées.

— Je vais allumer le moniteur, indique le Dr Singh en s'affairant autour d'une petite machine blanche qu'Angela n'avait même pas remarquée. Allongez-vous, Angela, et relevez votre tee-shirt. Ce sera exactement comme une échographie.

Le Dr Singh fait gicler le gel bleu et froid sur le ventre d'Angela. Elle monte le volume de l'appareil et toutes trois s'immobilisent, retenant leur respiration. Le docteur fait glisser la sonde sur l'abdomen d'Angela, le doppler crépite. Cela lui rappelle une vieille radio qu'il faut régler.

Un instant après, le docteur cesse de déplacer la sonde et la tient à un endroit.

Boum boum, boum boum, boum boum, fait la machine, mais une autre série de battements se mêle à la première. Le plus beau son qu'Angela ait jamais entendu. Une harmonie parfaite.

— Il y a deux battements de cœur, mesdames, confirme le Dr Singh.

Angela et Tina fondent en larmes au même moment. Tina manque de broyer la main d'Angela en la lui serrant.

— Je t'aime, dit-elle.

— Je t'aime aussi.

Cet instant reste suspendu dans le temps, il s'étire et scintille d'une pâle lumière dorée. Un moment rare et précieux, de joie pure et sans mélange.

— Félicitations, dit le Dr Singh. Vous allez avoir des jumeaux.

23

Nancy

Printemps 1987

NANCY PASSE LA DEMI-HEURE du trajet en tramway jusque chez le Dr Taylor à réfléchir à tous les mensonges qu'elle fait à son mari.

Au dernier carrefour, elle demande l'arrêt et se lève, soutenant d'une main son gros ventre, s'appuyant de l'autre au siège le plus proche. Une femme assise face à la porte arrière lui sourit, et elle sent que le bébé s'agite en même temps que la culpabilité la tourmente.

Nancy s'est rendu compte qu'elle était enceinte juste avant son premier Noël de femme mariée. Elle n'avait pas eu ses règles, ses seins étaient douloureux, et les redoutables nausées matinales étaient de retour. Elle a accueilli ces symptômes avec joie, les ayant reconnus, mais elle n'a pas dit à Michael qu'elle en avait déjà fait l'expérience. Elle a eu du mal à faire semblant, mais une fois passé le premier mois, les sensations sont devenues nouvelles, inconnues, et elle a pu les partager plus librement avec lui.

Ils sont allés voir le docteur et ont obtenu confirmation. Sur le trottoir devant la clinique, Michael l'a soulevée dans ses bras et l'a fait tournoyer dans les airs. Un vrai moment de bonheur. Pour Nancy, peut-être le premier de sa vie adulte. Elle ne pouvait croire qu'il y ait une telle différence entre cette grossesse et la première. Elle ne s'était pas trop souciée de sa fertilité, mais elle avait découvert, non sans surprise, qu'il y avait eu un point de bascule, lorsqu'elle était passée de la peur de tomber enceinte à la peur de *ne pas* tomber enceinte. Tout avait changé du jour au lendemain.

Elle en est maintenant au sixième mois, elle a un joli ventre rond, et des seins plus fermes et plus gros qu'elle ne l'aurait jamais cru possible. En dehors de la fatigue habituelle et de la difficulté à se pencher, sa grossesse se déroule sans problème, sa relation avec Michael est solide, si ce n'est qu'elle continue à lui mentir lorsqu'elle disparaît les soirs et les week-ends où elle rejoint le réseau Jane.

Elle ne sait pas jusque quand elle pourra encore trouver des prétextes. Cet après-midi, quand Michael lui a demandé où elle allait, elle a répondu qu'elle voulait acheter des vêtements pour le bébé, mais qu'elle serait rentrée pour le dîner. Cette fois, ça n'a pas vraiment semblé marcher. À mesure que sa grossesse avance, Michael est de plus en plus protecteur, de moins en moins prêt à la laisser faire les courses ou se fatiguer trop.

— Je peux très bien y aller à ta place, tu n'as qu'à me donner la liste, a-t-il dit en jetant une éponge dans l'évier, sourcils froncés. Tu ne dois pas faire tout ça toi-même, Nancy. Laisse-moi t'aider.

Nancy a marmonné une réponse vague et est partie prendre le tramway sans se retourner. Elle sait qu'elle élude un danger possible. Cela lui pèse sur l'esprit à trois heures du matin, quand sa vessie comprimée l'oblige à se lever et quand l'insomnie s'empare d'elle. Elle reste ensuite des heures sans pouvoir se rendormir, à se demander si elle pourra encore être bénévole pour Jane une fois que le bébé sera né. Elle n'a pas évoqué devant Evelyn ou Alice l'éventualité de sa défection, et elle aurait horreur de les laisser tomber. Mais d'un autre côté, ce serait aussi un soulagement. Le risque d'être arrêtée la stresse beaucoup plus depuis qu'elle est enceinte, et elle aimerait ne plus devoir mentir à Michael sur ce point précis. *Le bébé nous rapprochera*, se dit-elle, *et si je me retire du réseau au même moment, ce pourrait être le nouveau départ dont j'ai besoin. Comment les autres Jane se débrouillent-elles avec leur mari ? Le poids du secret les accable-t-il autant ?*

Secouant l'inconfort qu'elle sent sur ses épaules, Nancy parcourt à pied la vingtaine de mètres qui la sépare encore de la maison du Dr Taylor. Elles doivent y recevoir une patiente. Afin de réduire le nombre d'avortements pratiqués dans les cliniques des médecins du réseau Jane, elles en accueillent un maximum à leur domicile, dont beaucoup ne figurent sur aucune liste, pour des raisons de sécurité. Et cette patiente a opté pour la méthode traditionnelle. On leur offre désormais le choix, mais rares sont celles qui ont envie d'une fausse couche chez elles. Quelques-unes ont déclaré à Nancy, lors de l'entretien préliminaire, qu'elles ne voulaient pas que leur maison soit hantée par le souvenir d'un avortement. Elles préfèrent que cela se fasse en territoire inconnu, dans un endroit où elles ne retourneront jamais. En chair et en os, en tout cas. Comme

Nancy le sait bien, il est difficile de fuir le souvenir, même quand on sait qu'on a fait le bon choix. C'est toujours là. Tous les jours. Chaque fois qu'une amie tombe enceinte. Chaque fois qu'on croise un bébé dans la rue. Pendant toutes les grossesses suivantes. On se demande ce qui aurait pu se passer. On y retourne constamment.

Nancy frappe et, quelques instants après, la porte est ouverte par un homme grand et séduisant, aux tempes et à la barbe grisonnantes.

— Bonjour. Vous devez être Nancy. Je suis Tom, le mari d'Evelyn. Entrez donc.

Il l'introduit dans la maison et Nancy remarque avec joie qu'il fait très frais à l'intérieur. Ça ne la dérange pas d'avoir dû faire le trajet jusque chez le Dr Taylor, mais elle est en sueur à cause de la chaleur du printemps, et elle a besoin de reposer ses pieds enflés.

Elle tend la main et se présente. Le mari du Dr Taylor est un homme chaleureux et affable. Sa voix paraît familière ; il a le même accent que la mère de Nancy.

Alice et le Dr Taylor sortent d'une autre pièce, sur la droite du vestibule.

— Eh bien, je vous laisse.

Tom repart vers la cuisine.

— Vous avez vraiment une jolie maison, dit Nancy au Dr Taylor en admirant l'escalier en bois luisant et le lustre en cristal.

Voilà ce que gagne un couple de médecins…

— Merci, Nancy. Venez, vous avez sans doute envie de vous asseoir et de prendre une boisson fraîche.

— Volontiers, docteur Taylor, merci.

Elles installent Nancy dans un immense fauteuil du salon, qui donne sur la rue, et elle tire de son sac ses formulaires d'admission et un stylo.

— Comment allez-vous, Nancy ? demande Alice avec un sourire. Cela fait quelques semaines que nous ne nous sommes pas revues. Tout se passe bien ?

— Oui, j'ai l'impression. Mais je me fatigue beaucoup plus vite, à présent. Dans quelques semaines, ma mère organise une fête où toutes ses amies m'offriront des cadeaux, dit-elle en roulant des yeux. C'est un peu une corvée, mais ça m'aidera. Quand tout sera prêt pour son arrivée, le bébé commencera à me paraître plus réel.

— Votre pression sanguine est bonne ? demande le Dr Taylor, le front soucieux. Pas de crampes, pas de saignements ? Vous avez vérifié votre taux de fer ? Le bébé bouge régulièrement, il donne des coups de pied ?

Alice envoie au Dr Taylor un coup de coude dans les côtes.

— C'est plus fort que vous, pas vrai ?

Le Dr Taylor rougit.

— Je prends de ses nouvelles, c'est tout. Excusez-moi de m'inquiéter de son bien-être.

— Je suis sûre que Nancy a un bon gynécologue qui supervise tout ça.

— Oui, j'en suis certaine.

Nancy boit une gorgée de limonade et sourit aux deux femmes qui se chamaillent. Elle a le cœur gros à l'idée de ne plus les revoir si elle quitte le réseau.

— Je vous assure qu'on s'occupe bien de moi, docteur Taylor, mais merci.

Le Dr Taylor a un petit hochement de tête gêné, puis aborde leur mission de la journée :

— Notre patiente s'appelle Brenda. Elle a trente-huit ans et elle est enceinte de dix semaines. Elle devrait être ici dans très peu de temps. Quand vous aurez terminé,

Nancy, s'il n'y a aucun problème, vous la conduirez jusqu'à la porte au fond du couloir. C'est un bureau que j'ai provisoirement converti en salle d'opération.

— OK, ça me paraît bien.

Alice et le Dr Taylor se rendent dans la pièce en question, et à peine quelques minutes s'écoulent avant que Nancy entende frapper sept fois à la porte de la maison. Elle se traîne jusqu'au vestibule et accueille la patiente.

— Bonjour, dit la femme d'une voix forte. Je suis Brenda. J'ai rendez-vous.

— Bonjour, Brenda, je m'appelle Nancy. Entrez.

Elle referme et verrouille la porte, puis emmène Brenda dans le salon.

— Enlevez votre manteau, je vous en prie, mettez-vous à l'aise, dit Nancy en souriant à la femme pour dissiper toute anxiété.

Tout en s'asseyant sur une chaise, Brenda regarde fixement le ventre de Nancy.

— Vous êtes enceinte ? demande-t-elle de but en blanc.

— Oui.

Nancy s'est habituée à cette question, depuis que sa grossesse se voit.

— Mais vous travaillez pour un réseau d'avortement ?

— Je suis bénévole.

— Vous faites ça depuis combien de temps ?

— Quelques années, maintenant.

Nancy a l'impression de subir un entretien au lieu d'en faire passer un.

— Ah. Je ne sais pas, j'aurais cru… Je pensais que tout le monde avortait, chez vous.

Nancy secoue la tête.

— Chez nous, tout le monde a le choix. (Elle voit déjà une interrogation se former dans la tête de Brenda, elle y répond par avance.) Et oui, je suis enceinte, mais j'ai avorté autrefois. Je sais par expérience ce que vous allez subir.

Brenda remue les pieds sur le tapis.

— OK.

Nancy incline la tête, observe la patiente. Ses cheveux blonds décolorés et permanentés sont tirés en une queue-de-cheval attachée par un chouchou rose fluo. Une épaisse couche de fond de teint ne parvient pas tout à fait à dissimuler les cernes noirs sous ses yeux.

— La vie d'une femme change parfois très vite, dit-elle. Je pense que nous prenons la meilleure décision possible par rapport au moment où nous en sommes. Il y a six ans, j'ai fait un choix que je ne referais pas aujourd'hui, parce que depuis, ma vie a radicalement changé. Je fais le choix de rester enceinte, tout comme vous faites le choix de ne pas le rester.

Brenda se mord l'intérieur de la joue.

— Donc, pour simple confirmation, poursuit Nancy, vous faites ce choix de votre propre volonté, n'est-ce pas ?

— Oui, c'est sûr. Mais, euh, il y a un truc que je dois vous avouer d'abord. (Nancy attend pendant que la femme semble vaciller au bord d'un précipice.) Je suis flic.

Le visage de Nancy se vide de tout son sang.

— Pardon ?

— Je suis flic, mais écoutez, ça n'est pas pour ça que je suis ici. Je sais que vous avez été victime d'une descente de police en 1984. Je ne fais pas partie du même service, mais l'info a circulé, je peux vous le dire. Et c'est pour ça que je voulais ne rien vous cacher. Je ne suis pas là pour vous causer des ennuis.

Nancy lève une main pour empêcher Brenda d'en dire plus.

— Ne… Ne bougez pas d'ici.

Elle s'extirpe du fauteuil, file dans le couloir et frappe à la porte du fond. Quand le Dr Taylor lui ouvre, Nancy se jette à l'intérieur de la pièce et claque la porte plus fort qu'elle ne le voulait.

— Nancy, qu'est-ce… ?

— C'est un flic.

Le Dr Taylor et Alice la regardent bouche bée.

— Quoi ? demandent-elles d'une même voix.

— Je venais de commencer l'entretien quand elle m'a dit : « Il y a un truc que je dois vous avouer d'abord. » Elle voulait nous assurer qu'elle ne venait pas ici nous arrêter. Elle a entendu parler de l'histoire de Spadina Avenue.

Alice et le Dr Taylor échangent un regard significatif.

— Merde, lâche le Dr Taylor.

— Mais qu'est-ce qu'elle vient faire ici ? s'étonne Alice, incrédule.

Le Dr Taylor se détourne du visage grave d'Alice pour se placer face à Nancy.

— Je n'en sais rien, répond celle-ci. On n'en est pas arrivées là. Elle a dit qu'elle était flic et je lui ai ordonné d'attendre.

Le silence s'éternise pendant que les trois femmes réfléchissent à ce qu'il convient de faire. Le souvenir de la descente de police hante leur esprit comme une brume épaisse. De celles qui vous empêchent de voir le danger avant que vous ayez le nez dessus.

— Est-ce que… ? commence Alice. Est-ce que ça vaut la peine de lui parler, Evelyn ? Puisqu'on ne l'a pas entendue partir, elle doit être ici parce qu'elle en a vraiment besoin. Pourquoi nous aurait-elle prévenues si elle constituait une véritable menace ?

— Elle ne sait pas chez qui nous sommes. C'est pour ça que l'accueil est toujours confié à une bénévole dans ces cas-là, répond le Dr Taylor, à elle-même plutôt qu'à Alice ou Nancy.

Nancy se tient le ventre et attend. La tension est palpable dans cette minuscule pièce et, pendant un moment, toutes les trois se croient revenues dans cette boîte à sardines qu'était le fourgon cellulaire, transpirant de peur dans la chaleur brûlante de l'été.

— OK, lâche le Dr Taylor après une longue pause, se ressaisissant avec un brusque haussement d'épaules. Je vais lui parler. Suivez-moi, mesdames.

Elle s'avance avec assurance dans le couloir. Alice suit, Nancy sur ses talons. Elles trouvent Brenda exactement là où Nancy l'a laissée dans la salle d'attente. Ses pieds remuent encore plus vite qu'avant sur le tapis. Elle se lève d'un bond quand les trois femmes entrent dans la pièce, comme un simple soldat saluant le sergent-chef.

— Nancy me dit que vous êtes flic, lance le Dr Taylor. Expliquez-vous.

Brenda s'éclaircit la gorge et tend une main, que le Dr Taylor serre de façon particulièrement énergique.

— Oui, je suis agent de police. Euh... Je suis ici parce que j'ai trente-huit ans et que je n'ai jamais voulu avoir d'enfants, et le Comité d'avortement thérapeutique du gouvernement a rejeté ma demande. J'ai essayé la voie légale, mais maintenant je n'ai plus d'autre possibilité. Comme je disais à Nancy, je voulais jouer cartes sur table parce que je ne suis pas ici en tant que membre de la police. Aujourd'hui je suis simplement Brenda. Je... Je ne sais pas, j'ai cru qu'il valait mieux être honnête. J'ai horreur du mensonge.

Alice reste immobile à côté de Nancy, dont les yeux vont et viennent entre Brenda et le Dr Taylor.

— Pourquoi le comité a-t-il rejeté votre demande ?

— Ils ont dit qu'un avortement n'était pas nécessaire dans mon cas, pour mon bien-être physique ou mental. Je n'ai jamais été dépressive, je n'ai pas d'autre maladie qui rendrait une grossesse contre-indiquée, donc... Je n'ai pas envie d'avoir un gosse sur les bras jusqu'à la fin de mes jours, mais apparemment ça n'est pas une raison valable. Je ne suis pas une tendre, mais franchement, jamais je n'abandonnerais un enfant pour qu'il soit adopté. Je ne sais pas comment des femmes peuvent faire ça, mais elles doivent être drôlement plus endurcies que moi.

Le Dr Taylor s'éclaircit la gorge. Nancy bat rapidement des paupières, les yeux fixés sur le tapis. Alice soupire et ne peut s'empêcher de regarder le Dr Taylor.

— Je croyais obtenir facilement l'approbation, poursuit Brenda. Je n'ai pas pensé que j'aurais dû mentir. Le mensonge ne me vient pas naturellement. Mais maintenant je vois que c'est ce que j'aurais dû faire, si j'étais intelligente.

Le Dr Taylor s'humecte les lèvres. Une voiture passe dans la rue, sous la fenêtre. Un chien aboie dans le jardin d'un voisin.

— OK, nous allons vous aider. Mais comme vous le comprendrez, j'en suis sûre, il y aura quelques contraintes.

Brenda acquiesce.

— Vous laisserez votre manteau, vos chaussures et votre sac ici, dans la salle d'attente. Normalement, je demande à mes patientes d'enlever uniquement le bas, mais depuis que l'agent Heinz nous a rendu une visite clandestine avec un magnétophone sous ses habits, j'aurai besoin que vous soyez entièrement nue, sous une chemise d'hôpital. Ce compromis est-il acceptable ?

— Évidemment.

— OK, alors. Je vous invite à suivre Alice jusqu'à la salle d'opération. Je suis à vous dans une minute.

— Merci, dit Brenda en ébauchant un sourire.

Le Dr Taylor lui répond par un sourire crispé.

— À tout de suite.

Alice conduit Brenda au bout du couloir et la porte se referme derrière elles.

Le Dr Taylor se jette sur le canapé. Il est rare qu'elle manifeste aussi visiblement sa contrariété. Elle émet un son situé entre le soupir et le grognement. Derrière elle, la lumière de l'après-midi se déverse par la grande baie vitrée, et le vitrail transforme la moquette en arc-en-ciel.

— Merci pour votre aide, Nancy. Je suis désolée que vous soyez venue aujourd'hui pour ça.

— Ça n'est vraiment pas un problème.

— Avant que vous partiez, puis-je vous demander de vérifier qu'il n'y a pas de micros dans ses chaussures ni dans son sac à main ?

— Bien sûr.

Le Dr Taylor l'examine avec attention, depuis le canapé.

— Décidément, vous collectionnez tous les grands moments d'émotion, n'est-ce pas ?

Nancy glousse.

— On ne s'ennuie jamais, c'est certain.

Le Dr Taylor se passe la main dans les cheveux. Nancy a remarqué qu'elle les coupe de plus en plus court chaque année, et qu'ils sont maintenant semés de gris.

— J'ai horreur de devoir faire ça, déclare le Dr Taylor. J'ai sans doute été trop sévère avec elle. Mais il est hors de question qu'on me braque à nouveau un revolver sous le nez. J'imagine que vous, en particulier, vous pouvez comprendre ça.

— Tout à fait.

Le regard du Dr Taylor se perd dans le lointain, comme si elle revivait les souvenirs d'une journée ancienne.

— Je suis prête à compromettre la dignité d'une femme si cela nous permet de continuer à aider toutes les autres qui ne cherchent pas à anéantir le réseau.

Nancy hausse les épaules.

— Je ne crois vraiment pas que Brenda cherche à nous anéantir. Elle m'a dit qu'elle voulait juste un avortement. C'est sa seule raison d'être ici. Si le comité lui a refusé…

— Je sais.

Le Dr Taylor pousse un long soupir. Nancy voit l'épuisement gravé dans les plis autour de ses paupières. Il y a autre chose aussi, qu'elle a déjà remarqué. Une ombre qu'elle n'a pas pu identifier. Le Dr Taylor est d'un tel professionnalisme, d'ordinaire, qu'on pourrait même la juger trop réservée. Elle ne partage pas grand-chose.

— On se rapproche de la légalisation, mais on n'y est pas encore. Et il serait plus que temps, bon sang. (Sa bouche se tend et elle semble avoir du mal à prononcer ce qu'elle va dire.) La vérité, c'est que ce combat a trop duré, et que je fatigue, Nancy. C'est frustrant. Je sais que ça en vaut la peine, mais parfois… J'ai des doutes.

***

Six semaines plus tard, Nancy est étendue au creux d'un des fauteuils roses du salon de ses parents, entourée d'un groupe de femmes qui jacassent et de montagnes de paquets emballés de papier rose, blanc ou bleu.

Nancy a déjà subi une première fête avant son mariage, quand sa mère l'a exhibée devant toutes ses amies de la paroisse. Mais Frances est tellement excitée à l'idée de devenir grand-mère que Nancy n'a pas eu le cœur de refuser cette nouvelle fête destinée à célébrer son accouchement imminent. Ces temps-ci, elle trouve à peine le courage de mettre ses chaussures ; elle n'aurait jamais eu celui de se disputer avec sa mère.

Le père de Nancy s'est réfugié dans la salle de télé, à l'arrière de la maison, vautré devant un match de foot avec une assiette remplie d'œufs durs et de viande froide prélevés sur le buffet de ces dames, et a laissé sa fille seule parmi la horde féminine.

— Traître ! l'a accusé Nancy. Merci de me jeter parmi les louves.

— Tu ne crois pas sérieusement que je resterais plus d'une minute ici ? Si je ne m'esquive pas, ta mère va me mettre un napperon sur la tête et m'utiliser comme guéridon pour le plateau à desserts. Bonne chance, Coccinelle.

Faute de véritable échappatoire, Nancy vient donc de passer une heure à ouvrir des cadeaux, sur fond de gazouillis émerveillés. Alors que le tas diminue enfin, elle tend le bras pour attraper l'ultime cadeau de sa tante Lois. Nancy ouvre la boîte et y découvre une superbe couverture ivoire réalisée au crochet.

— Oh, merci, tante Lois ! s'exclame-t-elle sincèrement. C'est magnifique ! C'est toi qui l'as faite ?

Elle drape la couverture sur son ventre et promène ses doigts sur le motif compliqué.

— C'est bien moi ! répond Lois avec un petit sourire niais tandis que le groupe multiplie les « Oh ! » et les « Ah ! ». Parfois, rien ne vaut le fait main, surtout pour ces choses-là. J'en ai aussi fait une pour Clara quand elle a eu son bébé, l'an dernier.

Les yeux de Nancy croisent ceux de Clara par-dessus la couverture, mais sa cousine détourne bien vite le regard. Le fait qu'elles n'aient plus jamais reparlé de cette nuit-là a créé une distance entre elles.

— Eh bien, intervient Frances. Ce n'était pas la peine de te donner autant de peine, Lois.

La mère et la tante de Nancy ont une relation qui semble bloquée en mode combat. Que Clara se soit mariée et ait eu son premier bébé avant Nancy est un point de contentieux, et tante Lois adore rappeler cette victoire à sa sœur dès qu'elle en a l'occasion.

— Oh, ça ne m'a pas donné de peine, pas le moins du monde, chantonne Lois en portant à ses lèvres une tasse de thé.

Frances s'adresse à Nancy :

— Il se trouve que, moi aussi, j'ai un petit quelque chose pour toi. Je reviens dans une seconde.

Elle sort précipitamment et Nancy l'entend grimper les escaliers. Elle se déplace encore assez lentement, mais elle est trop têtue pour demander à son mari d'aller chercher l'objet en question. Les bavardages reprennent au sein de l'assemblée des femmes, et plusieurs se lèvent pour aller remplir leur assiette de hors-d'œuvre. Nancy se renfonce dans son fauteuil, ravie que l'événement touche à sa fin. Son esprit se met à vagabonder, elle songe au reste de la journée. Avec Michael, ils ont prévu de faire un bon dîner et d'assister au match de hockey, car dans quelques semaines, les occasions se feront rares.

Quand sa mère reparaît quelques minutes plus tard, elle serre dans ses bras une petite boîte entourée d'un ruban jaune.

— Tiens, Nancy, ma chérie, dit Frances en se perchant sur l'accoudoir du canapé. (L'une des invitées déplace son large fessier pour offrir un peu de place à Frances, mais celle-ci n'a d'yeux que pour Nancy.) Ouvre donc.

Sa mère lui a déjà acheté des tonnes de vêtements pour le bébé, et ses parents ont financé le mobilier de la chambre d'enfant. Nancy ne s'attendait pas à un cadeau supplémentaire.

— Maman, tu n'étais vraiment pas obligée...

Tenant en équilibre la boîte sur son gros ventre, elle tire sur le ruban et ouvre le paquet.

Tout l'air contenu dans la pièce est absorbé d'un seul coup, en un instant, comme si l'on ouvrait l'une des portes d'un avion à trois mille mètres au-dessus du sol. Nancy reste abasourdie, contemplant le cadeau de sa mère.

— Qu'est-ce que c'est ? exige de savoir la tante Lois, d'une voix perçante qui traverse le bourdonnement dont le cerveau de Nancy est envahi.

Nancy déglutit avec difficulté et soulève la paire de petits chaussons jaunes. Les chaussons de Margaret. Elle n'entend même pas roucouler les amies de sa mère.

— Ils ont été tricotés main, avec beaucoup d'amour, déclare Frances, les yeux brillants.

— Parce que tu tricotes, toi, maintenant ? s'étonne Lois.

— Non, pas moi.

Nancy accomplit un effort surhumain pour poser la question, parce qu'elle n'a pas le choix.

— Où les as-tu trouvés, Maman ?

— Oh, à une vente de charité. C'est une dame du quartier qui les fabrique.

— À une époque, j'ai eu envie de tenir un stand, moi aussi, glisse Lois en hochant la tête au-dessus de sa tasse de thé. Beaucoup de dames seraient prêtes à dépenser un peu d'argent pour des produits de qualité.

Plusieurs invitées se mettent à parler de leur dernière vente de charité, et la conversation redémarre crescendo.

Frances s'approche de sa fille. Se baissant, elle place ses mains sur les joues de Nancy et fixe ses yeux bleus sur ses yeux bruns. Comme d'habitude, Nancy ne voit rien dans son regard. Frances l'embrasse sur le front et s'attarde un moment. L'électricité passe entre elles, puis sa mère la lâche et repart s'occuper de ses invitées.

Nancy est incapable de respirer. Serrant les chaussons, elle marmonne qu'elle a besoin de soulager sa vessie et s'extrait du fauteuil. Elle sort péniblement de cette pièce étouffante, et à nouveau assourdissante, pour se réfugier dans l'air frais du couloir. Elle entre en titubant dans les toilettes proches de la cuisine, ferme la porte et s'assied sur le couvercle moquetté de la cuvette.

Est-ce un message de la part de sa mère ? Un aveu ? *Le moment est-il enfin venu ?* Nancy s'interroge. Elle glisse ses doigts dans chacun des chaussons, à la recherche du mot de Margaret.

Elle vérifie trois fois, elle retourne même entièrement les chaussons pour être sûre de ne rien avoir manqué, mais il n'y a rien.

Rien de rien.

Cette nouvelle trahison rouvre brutalement la plaie que Nancy conserve au cœur. Elle jette les chaussons à terre et s'effondre sur son ventre gonflé, le serrant à deux mains. Des rires parviennent du salon jusque dans le couloir tandis qu'elle se met à sangloter.

Elle rentre chez elle sur le siège passager de la voiture de son père. La banquette arrière et le coffre sont pleins à ras bord de couvertures, de jouets, d'anneaux de dentition, de peluches et de layette. Michael sort de la maison lorsqu'ils se garent, lui souriant à travers le pare-brise. Elle lui répond machinalement et sort du véhicule.

— L'invitée d'honneur s'est bien amusée ? demande-t-il en lui posant un baiser sur la joue. (Comme elle ne réagit pas, il scrute son visage.) Eh, ça va ?

— Mais oui, ça va, je suis juste fatiguée. La surstimulation, tu sais.

Michael lui tapote doucement le dos.

— Bon, on a notre petite soirée tranquille devant nous, pas vrai ?

Il aide son beau-père à décharger la masse des cadeaux, tandis que Nancy les observe, une main sur le ventre, l'autre tenant son sac à main. Les petits chaussons sont dans la poche intérieure, à nouveau cachés.

Quand les ultimes présents ont été stockés dans le vestibule de leur maison, son père se tourne vers elle.

— Apparemment, tu as survécu. Merci pour ce bel effort, Coccinelle. Je peux t'assurer que ta mère a passé un moment merveilleux.

Il enlace Nancy, qui se laisse faire mollement. Quand ils se séparent, elle lève les yeux.

— Papa…

Il attend.

— Oui ?

Nancy ne sait pas quoi dire. Devrait-elle mettre les pieds dans le plat ? Lui poser la question, là, sur le trottoir ? Savait-il même que Frances prévoyait d'offrir à Nancy les chaussons tricotés par Margaret ? Aurait-il été d'accord ? Aurait-il ajouté le mot qui les accompagnait, s'il avait eu le choix ?

Elle secoue la tête, et comprend soudain qu'elle ne trouvera jamais ni le lieu ni l'endroit appropriés pour une telle conversation.

— Rien. Merci de m'avoir ramenée. À bientôt.

— Ah. OK, dit son père, déconcerté. À bientôt.

Nancy se dirige vers la porte d'entrée. Michael dit au revoir à son beau-père et la suit.

En fin de soirée, Michael vient la chercher dans la chambre d'enfant. Comme elle en avait assez du vacarme du match de hockey, elle l'a laissé seul sur le canapé pour monter trier des vêtements de bébé. Elle a consacré une heure à tout ranger dans la commode. Son esprit est agité, elle n'arrive pas à se calmer.

Debout sur le pas de la porte, Michael la regarde replier un pyjama.

— Chérie, tu es sûre que tout va bien ? Tu n'as pas l'air dans ton assiette depuis ton retour. Ta mère t'a dit un truc qui t'est resté en travers de la gorge ?

Nancy contemple les yeux bleus et les cheveux roux de son mari à la lumière de la lampe de chevet qu'elle a achetée il y a quelques semaines. Il est si beau, si attentionné, elle sait qu'elle a de la chance de l'avoir. Si le bébé est un garçon, elle espère qu'il sera exactement comme son papa.

Elle baisse les yeux vers le pyjama à rayures vertes, s'étonne que les pieds soient si minuscules. Elle peut à peine croire que, dans quelques semaines, elle tiendra dans ses bras un être aussi petit et vulnérable. Un être que Michael et elle auront créé ensemble, avec amour.

— Nancy ?

Michael est maintenant dans la pièce, il s'avance vers elle, l'air soucieux. Pour l'éviter, elle s'installe dans le fauteuil à bascule, avec le soupir qui accompagne désormais chacun de ses mouvements.

— Qu'est-ce qui ne va pas ? Qu'est-ce qu'il y a ? Le bébé va bien ? demande-t-il en s'agenouillant sur le tapis.

Nancy se sent coupable, tout à coup.

— Oh, mon Dieu, oui, le bébé va bien. Il n'arrête pas de bouger et de donner des coups de pied. Ce n'est pas ça, Mike. Je ne sais pas. Je vais bien. Simplement cette fête m'a un peu accablée.

— Vraiment ? De toute la soirée, tu n'as pas desserré les dents. Je te connais, Nancy…

Oh, Michael, tu crois me connaître…

Nancy se frotte le ventre en décrivant des cercles, afin d'occuper ses mains.

Son mari se remet debout.

— J'ai l'impression…, commence-t-il en fixant un point du tapis avant de la regarder dans les yeux. J'ai l'impression que tu me caches quelque chose depuis un bon moment. Je te connais assez pour savoir qu'il y a un truc que je ne sais pas. Mais je n'arrive pas à me rendre compte si c'est la grossesse qui te rend bizarre ou s'il y a autre chose. Tu as des regrets, pour le bébé ? Pour le mariage ?

— Mais non, Mike, bien sûr que non.

Nancy lui tend la main, mais il ne la prend pas dans la sienne. Une ombre traverse son visage.

— Alors pourquoi ai-je le sentiment d'être simple spectateur de notre relation ?

Nancy déglutit, la gorge nouée.

— Tu sais que tu peux me faire confiance. Dis-moi ce qui te tracasse. Ne reste pas fermée.

Nancy dévisage son mari, perplexe. Elle sent bien qu'elle vacille au bord de la vérité, mais elle a peur de sauter. Si elle lui parle de l'adoption, cela ouvrira tout un monde de questions dont elle ne connaît toujours pas les réponses. Michael est un homme pragmatique, direct. Et il est proche de ses beaux-parents. Elle sait qu'il exigera d'aborder le sujet avec eux, qu'ils ne pourront pas garder le secret jusqu'à la fin de leurs jours. Et pourtant, c'est exactement ce que Nancy prévoyait. Il y a trop de choses en jeu. Mieux vaut qu'elle se taise. Mieux vaut qu'elle nie, et que personne ne puisse lui rappeler une vérité qu'elle préférerait ignorer.

Mais il faut bien qu'elle cède un peu.

Elle ne peut pas lui parler de Jane, et cela ne laisse qu'une seule option. La moins menaçante. Ce n'est pas LA vérité qu'il exigeait, mais c'est un moyen de le mettre dans la confidence, et peut-être de mettre un terme à ses questions.

La bouche sèche, elle le regarde et prononce malgré tout les mots.

— J'ai avorté, Mike. Avant de te rencontrer.

Il la dévisage à son tour. La chambre est silencieuse.

— Tu... quoi ?

— Je suis tombée enceinte et j'ai avorté. Quelques années avant de te rencontrer.

Elle le regarde digérer l'information, les émotions défilent sur ses traits, l'une après l'autre. Il se lève et se met à arpenter la pièce.

— Comment as-tu... Pourquoi m'en parles-tu maintenant ? Pourquoi pas avant ?

— Ça change quelque chose ?

— Eh bien... Je ne sais pas, Nancy ! Depuis combien de temps sommes-nous ensemble ? Nous sommes mariés, nous allons avoir un enfant, et pendant tout ce temps tu m'as caché quelque chose d'aussi énorme ?

— Ce n'est pas... C'est énorme, mais en même temps ce n'est pas tant que ça, Mike. Ça ne change rien pour nous.

— Mais tu ne me faisais pas assez confiance pour me parler de cette partie-là de ta vie ?

Nancy hésite un instant de trop.

— Bon sang, Nancy ! Je suis ton mari. Tu n'as pas confiance en moi ?

— Mais si ! Ce n'est pas ça...

— Explique-moi en quoi ce n'est pas un problème de confiance. Sérieusement. Explique-moi.

Il a maintenant le visage sombre. Nancy voudrait allumer le plafonnier. Tout semble plus terrible dans la pénombre. Mais elle est immobilisée dans le fauteuil, sous le regard accusateur de Michael.

— Je n'en ai jamais parlé à personne, Mike. Ni à mes parents ni à mes amis.

— Donc je ne suis pas le seul en qui tu n'as pas confiance. Tu ne fais confiance à personne, c'est ça ? On est dans la merde, Nancy.

— Pardon ?

Une grimace déforme sa bouche, elle ne l'a jamais vu comme ça.

— On est dans la merde. Et soyons bien clairs : tu as déjà été enceinte, tu as déjà eu des nausées, un test de grossesse positif, tu as déjà vécu tout ça, donc, avec moi, tu as fait semblant que c'était la première fois ?

— Je n'ai pas fait semblant, Mike. C'était tellement différent cette fois-ci. J'ai *voulu* être enceinte, cette fois. Je n'arrive pas à te dire à quel point c'est différent.

— Eh bien, moi, je croyais que c'était la première fois pour nous deux, mais il s'avère que tu m'as menti. C'est génial, Nancy. Vraiment génial. (Michael s'arrête de marcher, les mains sur les hanches.) Et tu as beaucoup d'autres putains de mensonges à me révéler ?

Ces mots lui font l'effet d'une gifle. Elle sent une rougeur brûlante monter dans son cou. Elle ne peut rien répondre qui ne soit pas un nouveau mensonge.

— J'ai besoin... J'ai besoin de sortir. À plus tard.

Il tourne les talons et s'en va. Nancy écoute ses pas s'éloigner dans le couloir. Un instant après, la porte principale claque.

Nancy ne sait pas trop combien de temps s'écoule pendant qu'elle se balance dans le fauteuil, massant son ventre tandis que les larmes coulent sur ses joues. Leur entente était une illusion qu'elle vient de briser. Michael se méfie d'elle, et elle voit bien qu'elle ne lui fait pas confiance non plus. Comment aurait-il réagi si elle lui avait confié un autre de ses secrets ?

Je suis trop conne, se dit-elle. *Tes affaires ne concernent que toi.*

Nancy comprend maintenant pourquoi ses parents ne lui ont jamais parlé de l'adoption. Limiter les dégâts internes causés par les secrets, c'est bien plus facile que de contrôler les dégâts externes. Comme Michael vient de le montrer à Nancy, les conséquences sont imprévisibles. Fatales.

Parce que lorsqu'un secret s'est échappé, il n'y a plus moyen de le remettre dans sa boîte.

QUATRIÈME PARTIE

24

Evelyn

28 janvier 1988

Il neige, comme souvent en janvier au Canada. Il fait froid, un peu humide, et on verra peut-être le soleil pendant deux heures aujourd'hui. Ou pas du tout.

Les gens vaquent à leurs occupations, entrent et sortent de bureaux, de pharmacies et de magasins surchauffés. La vie courante suit son cours. Tout est comme avant, sauf qu'en ce jour, tout a changé. En ce jour, la Cour suprême du Canada a accordé aux femmes des droits sur leur propre corps, à l'issue du procès intenté à Henry Morgentaler.

L'avortement est désormais légal.

Evelyn et Alice sont restées toute la journée collées à la radio, alors qu'elles recevaient leurs patients. Quand la décision est tombée, Evelyn était en salle d'opération, mais elle a entendu le cri poussé par Alice dans son bureau, au bout du couloir. Elle a eu bien du mal à garder son sang-froid et à empêcher ses mains de trembler pour prendre des notes sur le dossier. Quand le patient est parti, Evelyn a fait irruption dans le bureau où Alice était plongée dans une agitation extatique, les larmes ruisselant sur son visage souriant.

— Acquitté ?

— Acquitté ! a crié Alice en serrant Evelyn dans ses bras.

Les deux femmes ont sangloté et poussé des cris de joie pendant dix minutes, jusqu'au moment où il a fallu reprendre le travail. Par chance, elles avaient peu de patients ce jour-là, donc Evelyn a pu fermer de bonne heure et renvoyer Alice chez elle avec la promesse de la retrouver plus tard pour fêter l'événement. Un rassemblement est prévu dans la soirée, devant la clinique de Morgentaler, dans Harbord Street. Tom a dit qu'il la rejoindrait avec Reg, dès qu'ils auraient fini leur journée tous les deux.

Depuis qu'elle a quitté son bureau il y a deux heures, Evelyn est assise dans un café, tout près de la clinique de Morgentaler, elle regarde par la fenêtre embrumée tout en buvant une gorgée de temps à autre. Elle feuillette le journal et pense à sa carrière, aux Jane et au combat qui les a menées où elles en sont aujourd'hui.

Elle a deux rendez-vous prévus le lendemain, et ce sera la première fois qu'elle pourra pratiquer un avortement sans redouter la prison. Elle n'imagine même pas ce qu'elle ressentira avec ce poids en moins sur les épaules, mais elle le découvrira demain.

La neige tombe toujours, et Evelyn se demande si Paula et les autres femmes de la Caravane de l'avortement seront là ce soir. Elles aussi feront sans doute la fête, dans un pub voisin du bâtiment de la Cour suprême. Evelyn sourit en songeant à elles, un soupçon de jalousie se mêle au bonheur de les savoir à Ottawa ce soir, tout près du siège de ce pouvoir qui vient de décider qu'elle n'est plus une criminelle. Mais elle a décidé de rester à Toronto, pour être avec les Jane quand elles se réuniront autour de la clinique de Morgentaler.

Elle tourne une page du journal et remarque une nouvelle annonce, émanant d'une survivante d'un foyer pour mères célibataires qui recherche son enfant. Elle en voit régulièrement, depuis des années. C'est à la fois apaisant et dévastateur de savoir qu'elle n'est pas la seule dans cette lutte d'une vie pour accepter ce qui lui est arrivé, de savoir que d'autres femmes ont souffert exactement comme elle et que toute leur vie elles ont tenté de donner une autre fin à leur histoire. Elle se demande, et ce n'est pas la première fois, si une seule des femmes qui publient ces annonces a jamais retrouvé son enfant. Le fait que ces avis de recherche continuent à paraître souligne l'ampleur de la tragédie, le nombre d'existences dévastées.

Chassant ces pensées sinistres, Evelyn se focalise sur la perspective de prendre son café en lisant le journal du lendemain, dont le gros titre confirmera cette victoire fracassante pour les femmes. Elle prévoit de faire encadrer la une pour l'accrocher dans son cabinet, en guise de rappel quotidien qu'elle n'a plus rien à craindre.

Mais sa gorge se serre lorsqu'elle pense à la fille qu'elle-même a perdue. Parce que les militantes du droit à l'avortement n'ont pas seulement gagné cette bataille pour elles-mêmes. Ce combat, elles l'ont mené pour leurs filles, et pour les filles de leurs filles. Pour garantir qu'un cycle atroce serait brisé, et que la prochaine génération aurait une vie plus belle que la leur. Pour léguer à ces femmes un monde où personne ne pourra leur dire que leur corps ne leur appartient pas.

Où elles n'auront pas besoin de se pendre ou de s'ouvrir les veines dans une baignoire pour se sentir aux commandes. Il s'agit simplement du droit de faire le choix.

Que chaque enfant soit un enfant désiré, que chaque mère soit mère parce qu'elle l'a voulu. Tel est le rêve qui devient aujourd'hui réalité. Voilà ce qu'elles légueront à leurs filles.

— Je vous en ressers une tasse ?

Evelyn est tirée de ses pensées par l'arrivée de la serveuse, une jeune femme d'une vingtaine d'années au visage rond et aux longs cheveux blonds. Elle tient une cruche fumante. Evelyn s'éclaircit la gorge pour libérer sa voix.

— Oui, volontiers, merci.

— Du lait ? Un dessert ?

— Du lait, oui, mais pas de dessert. Je vais aller manger un brownie chez Harbord.

— Vous avez bien raison. Rien ne vaut leurs brownies.

Mais Evelyn se rend compte qu'elle devrait manger quelque chose avant le rassemblement. Les gens vont sortir du travail vers quatre heures et demie et foncer vers la clinique, après quoi la nuit sera longue.

— En fait, je prendrais bien un sandwich et des frites, s'il vous plaît.

— Bien sûr. Je reviens tout de suite.

— Merci.

Quand la serveuse revient peu après, elle paraît très concentrée.

— J'ai l'impression de vous avoir déjà vue quelque part, dit-elle.

Ce n'est pas la première fois qu'Evelyn entend cette remarque. Elle sourit et regarde la jeune femme dans les yeux.

— J'ai un cabinet médical dans Seaton Street.

La réaction ne se fait pas longtemps attendre.

— Aaaaah !

Evelyn voit le rouge monter aux joues de la serveuse, par-dessus le col de son uniforme jaune.

Jane ? articule-t-elle.

Evelyn acquiesce. Elle s'attend à ce que la serveuse file, mais celle-ci regarde par-dessus son épaule, puis s'assied face à Evelyn, posant la cruche entre elles sur la table poisseuse.

Elle soupire et secoue la tête.

— Merci.

— Je vous en prie.

— Honnêtement, je ne sais pas comment vous faites.

Evelyn réfléchit.

— Vous voulez dire que vous ne savez pas comment nous pratiquons la procédure, ou que vous ne savez pas comment l'envisager d'un point de vue moral ?

La jeune femme hausse les épaules.

— Ni l'un ni l'autre. Je veux simplement dire que c'est terrible. Personne n'aurait dû avoir à subir ça, mais vous savez, comme il arrive parfois des choses… c'est formidable que vous et, euh, Jane soyez là pour aider. J'imagine que ça n'a pas dû être toujours facile.

Evelyn enfourne deux frites dans sa bouche.

— Il ne s'agit pas de moi, mais de mes patientes.

— On ne peut vraiment pas vous faire de compliments ? sourit la serveuse.

Evelyn éclate de rire. C'est bien agréable.

— Vous n'avez pas tort. Voilà ma réponse : je fais ça parce que très peu de gens peuvent le faire. Je suis dans une position privilégiée, et je peux offrir aux femmes ce dont elles ont besoin. Cela aurait changé ma propre vie il y a longtemps, mais ce n'était pas une option pour moi. Alors je le fais. Si c'est facile ? Non. Si ça m'empêche de dormir la nuit ? (Elle secoue la tête.) Honnêtement, non.

La jeune femme écoute, le visage impassible, puis hoche la tête.

— Bon, il faut que je me remette au boulot, dit-elle en se levant et en reprenant sa cruche. Mais merci encore. Je ne peux pas croire que je sois tombée sur vous, justement aujourd'hui.

— Donc vous suivez l'actualité ?

— Oui, la télé est allumée, derrière le bar. C'était difficile de passer à côté de l'info. Et puis, ça m'intéressait, s'empresse-t-elle de préciser. On ne parle que de ça. C'est un grand jour.

— Tout à fait.

— Et qu'est-ce que vous allez faire, maintenant que c'est légal ?

Evelyn mange une autre frite.

— La même chose que je fais depuis des années.

— Vraiment ?

— Oh oui. Ce n'est pas parce que c'est devenu légal que les femmes n'en auront plus besoin. Je continuerai tant qu'elles auront besoin de moi.

La serveuse penche la tête sur le côté.

— Vous devez avoir raison. Mais vous pensez qu'elles auront toujours besoin de vous ?

Evelyn s'interrompt, sa tasse de café suspendue devant sa bouche. Elle la repose sur la table. Elle se rend compte à quel point la serveuse est jeune. Elle ne se rappelle pas pourquoi elle est venue avorter. Elle ne pose jamais de questions, bien sûr. Le service qu'elle offre est à la demande, sans conditions. Mais beaucoup de femmes racontent volontairement pourquoi, soit pour se rappeler pour la douzième fois ce jour-là que leur décision est la bonne, soit pour soulager un sentiment persistant de culpabilité. Evelyn fait défiler dans son esprit tous les récits de ses patientes. Leurs raisons sont nombreuses et variées, ce ne sont jamais exactement les mêmes.

Soudain, elle se sent fatiguée.

— Oui. Le besoin existera toujours.

25

Nancy

Hiver 2010

NANCY OUVRE LA PORTE de la maison de ses parents et pénètre dans un espace où flotte encore l'odeur de cette mère qu'elle ne reverra plus. Elle examine les lieux.

Le silence règne, à part le tic-tac de la grande horloge du vestibule, qui continue résolument à compter les secondes même si personne ne les écoute plus. Nancy est prise d'une étrange pitié pour cet objet qui ignore que l'on n'a plus besoin de lui.

Personne n'a dit à Nancy combien cette tâche précise serait difficile. Quand le dernier de vos parents meurt, tout le monde cherche à vous aider dans votre chagrin en réglant les détails de l'enterrement. Les gens vous apportent des plats qu'ils ont cuisinés pour les soirs où vous êtes trop épuisé ou déprimé pour vous nourrir, ou même pour prendre une douche. Des fleurs pour que vous ayez quelque chose de joli à regarder avant qu'elles ne se transforment en tiges brunes, craquantes ou pourries, et vous rappellent elles aussi que la mort est inévitable. Comme si vous n'en aviez pas déjà assez conscience.

Personne n'avait annoncé à Nancy ce qu'elle éprouverait après les obsèques, quand elle devrait fouiller dans les affaires de sa mère pour vider la maison. Son père avait dix ans de plus que Frances, il y a longtemps qu'il est mort, et il n'y a pas eu grand-chose à faire alors, puisque son épouse a refusé de déménager. Nancy s'est occupée de l'enterrement, bien sûr, elle a prononcé quelques mots à l'église, mais l'opiniâtreté de Frances l'a dispensée de toute autre préoccupation. Sa mère prévoyait de continuer à mener sa barque comme si rien n'avait changé.

Après les obsèques de Frances, Nancy s'est accordé trois jours entiers avant de prendre le taureau par les cornes. Munie des clés de la maison, elle est venue avec une voiture remplie de cartons. Elle savait que Michael ne lui serait d'aucun secours. Depuis leur divorce, leurs relations sont glacées mais polies. Il a assisté à l'enterrement, parce que leur fille Katherine a insisté, mais il a bien montré qu'il était là pour soutenir leur fille, pas Nancy.

Michael a eu une liaison il y a deux ans, ce qui a mis officiellement un terme à leur mariage, même si celui-ci battait de l'aile depuis un bon moment. Quand Nancy lui a reproché son infidélité, il a répliqué en invoquant ses mensonges et ses secrets. Elle ne pouvait pas vraiment lui en vouloir, car l'hypocrisie existait des deux côtés. Quand l'affaire a éclaté au grand jour, Michael a souhaité faire une thérapie de couple, convaincu que son infidélité était un symptôme de tout ce qui n'allait plus entre eux, et sûr de pouvoir trouver une solution. Mais Nancy a refusé, car elle craignait de devoir en révéler plus qu'elle ne le voulait. Elle a arrêté de travailler avec les Jane une fois que le réseau s'est démantelé, lors de la légalisation de l'avortement, mais elle dissimulait encore beaucoup de choses à Michael. Et en un sens, elle était soulagée que ce soit fini. Ces vingt-cinq années de vie commune avaient été épuisantes, car ils ne s'étaient plus jamais vraiment fait confiance après l'aveu de Nancy dans la chambre du bébé. Ils n'avaient eu qu'un seul enfant, ce qui était également un sujet de querelle entre eux. Michael en aurait voulu davantage, mais Nancy n'en pouvait plus.

Katherine a proposé de l'aider à débarrasser la maison de Frances, et c'était très gentil, mais Nancy savait que c'était une tâche qui lui était réservée. Même si elle a les petits chaussons, elle suppose que l'étui caché et le message de Margaret seront encore dans le tiroir spécial, et elle veut être seule dans la chambre avec ce secret.

Elle monte l'escalier. Le plancher et ses genoux craquent un peu, sous l'effet de l'âge. Elle gravit les marches une par une, et repense à cette soirée où elle a découvert le secret de sa naissance. Le soir sans retour. Elle s'est lancée seule à la recherche du trésor enfoui, pleine d'espoir et rêvant à tous les possibles. Mais elle n'a jamais pu sortir du labyrinthe, et personne ne l'attendait au-dehors avec un fil pour qu'elle retrouve son chemin.

Une fois à l'étage, elle tourne vers la chambre de ses parents, laissant sa main courir le long de la balustrade. Le palier est comme il a toujours été. Un épais tapis rouge à motifs étouffe le bruit de ses pas sur les lattes de pin. À la fenêtre donnant sur la rue, une faible lumière grise d'hiver filtre à travers les rideaux de dentelle.

Lorsqu'elle met la main sur la poignée de la porte, elle voit comme une brume transparente le fantôme de celle qu'elle était des années auparavant ; la peau lisse de sa jeune main serrant la poignée, téméraire et résolue à découvrir une vérité dangereuse. Sa main âgée, avec ses veines saillantes et sa peau amincie, tourne le bouton plus lentement, sachant que toutes sortes de choses peuvent se briser irréparablement si elles ne sont pas manipulées avec précaution.

Nancy entre dans la pénombre de la chambre de ses parents et, à cet instant, lorsque tant de sensations sollicitent sa vue et son odorat, elle comprend avec effroi qu'elle est à présent orpheline. Seule.

Elle dépose les cartons aplatis et les sacs-poubelle qu'elle a apportés et appuie sur l'interrupteur. La chambre a exactement le même aspect qu'avant le départ de sa mère pour l'hôpital. Le lit est fait, mais Nancy retrouve une tasse de café à moitié bue sur la table de chevet, le lait a caillé, une tache brune sur le bord intérieur. La tasse est posée sur un livre que sa mère ne terminera jamais ; un délicat signet au crochet est glissé entre les pages 364 et 365, près de la fin. Ce spectacle torture encore plus le cœur de Nancy. L'idée que sa mère ait laissé quelque chose en suspens lui ressemble si peu, mais à partir du moment où la tumeur au cerveau s'était remise à grossir, la lecture était devenue un défi.

Nancy prend le roman et revient vers la pile de cartons et de sac. Il faut bien commencer quelque part, donc elle déplie avec effort le carton de déménagement, non sans s'infliger une profonde entaille dans un doigt, et pose le livre tout au fond. Elle le gardera et finira de le lire pour sa mère. Elle a besoin de connaître la fin.

Elle se dirige ensuite vers le placard. Elle veut s'enfoncer parmi les robes et les pulls, inhaler le parfum de Frances tout en s'effondrant à terre, en larmes. Ou bien elle ne sortira plus jamais de cette pièce, elle fera semblant d'être une petite fille qui se déguise avec les chaussures à talons de sa maman, parce que la perspective de ne plus avoir de mère est trop horrible. Mais non, elle sort les vêtements un par un et pèse leur valeur sentimentale face à l'espace limité dont elle dispose dans son sous-sol, et en jette la plupart dans les sacs-poubelle destinés à un dépôt-vente. Nancy fait de son mieux pour se rappeler qu'elle n'est pas en train de se débarrasser de sa mère, mais simplement de ses habits.

Maintenant, les effets personnels : il faut trier les bibelots et souvenirs. Tous ces objets qui formaient le cadre de vie de sa mère, qui avaient un sens pour elle et qu'elle associait à des moments particuliers. Nancy en reconnaît certains, tandis que d'autres resteront toujours un mystère, et il persiste un assortiment de babioles et de questions douloureuses à jamais sans réponse.

Il n'y a rien de tel que de vider la maison de sa mère décédée pour se demander si on l'a jamais connue réellement.

Lorsque Nancy en arrive à la coiffeuse, c'est la fin de l'après-midi et le soleil fugace s'est couché. Elle a gardé le « Tiroir » pour la fin, incertaine de pouvoir achever sa mission si elle commençait par ce meuble-là. Elle sait désormais ce qu'il y a dedans, mais elle redoute encore plus de l'ouvrir qu'il y a toutes ces années. Parce que le contenu en est devenu plus menaçant que jamais.

Du vivant de sa mère, Nancy avait le luxe du choix ; elle pouvait décider de révéler ce qu'elle savait, et cette option la soulageait d'une partie du poids du secret. Mais la mort de Frances a éliminé cette possibilité, et à présent Nancy se sent presque asphyxiée par le caractère irréversible de cet acte. Jusqu'au bout de la vie de sa mère, elle a été sûre à environ quatre-vingts pour cent qu'elle avait fait le bon choix, mais maintenant, les vingt pour cent restants lui enveniment le cerveau, et elle ne parviendra jamais à trancher tout à fait.

Elle respire avec peine, s'approchant de la coiffeuse avec une fausse assurance. Le flacon de parfum au jasmin est mêlé à tout un tas d'autres produits, de lotions pour les mains et de crèmes pour les articulations. Nancy le soulève délicatement – c'est peut-être la dernière bouteille au monde – et en dévisse le couvercle doré. Elle en vaporise sur ses poignets, les tourne vers l'intérieur et inhale cette odeur printanière. Elle sent que ses narines se mettent à enfler.

— Oh, Maman, murmure-t-elle. Mon Dieu, tu me manques déjà.

Elle referme le flacon et le place dans le carton « à garder », niché parmi les plis de l'écharpe Burberry offerte à sa mère par son père, le Noël avant qu'il meure.

Nancy sourit, sous l'aiguillon doux-amer de ce souvenir. Après avoir déposé Frances à l'onglerie, elle avait emmené son père déjeuner et faire quelques courses de Noël. Dans le tramway bondé et enfumé, ils s'étaient rendus dans le centre-ville, avaient descendu Queen Street et s'étaient arrêtés devant le grand magasin The Bay. Les vitrines étaient décorées de faux sapins hauts d'un mètre vingt, saupoudrés d'une substance blanche et brillante censée imiter la neige. Ils étaient entourés d'une quantité de cadeaux emballés dans un papier métallique multicolore, chacun orné d'un nœud argenté.

— Ils appellent ça comment ? avait demandé son père.

— C'est une vitrine de Noël, Papa.

Nancy lui avait passé un bras sous l'aisselle. Il perdait facilement l'équilibre, et le trottoir était verglacé.

— Oui, je sais bien que c'est une vitrine de Noël, Coccinelle. Je ne suis pas encore sénile !

Nancy avait gloussé.

— Alors qu'est-ce que tu veux dire ?

—Je veux dire que c'est grotesque. Du temps où c'était Eaton, il y avait de vraies vitrines de Noël.

Il avait plissé les yeux derrière ses lunettes, en direction de l'enseigne, et froncé les sourcils. Nancy s'était retenue avec peine de rouler des yeux. Son père avait souvent la nostalgie du magasin Eaton, dont la fermeture avait selon lui sonné le glas de la société civile.

—Je venais ici quand j'étais gamin, tu sais. Mes parents nous amenaient, ton oncle et moi, voir les nouveaux jouets au catalogue, pour qu'on puisse choisir ce qu'on voulait pour Noël.

Nancy avait guidé son père plus près de la vitre alors que, derrière eux, un bus déversait un groupe d'adolescents tapageurs, grouillant comme des fourmis sur le trottoir.

— Il y avait des jouets mécaniques, en ce temps-là. Des elfes qui montaient et descendaient les escaliers. Des roues qui tournaient. Des petites locomotives qui sifflaient. C'était réel, tout ça, le bois découpé et peint, les rails du train. C'était…

Il avait laissé sa phrase en suspens. Dévisageant son père, Nancy avait vu les années s'envoler, les rides s'effacer au coin de ses yeux, ses cheveux gris redevenir bruns. Elle l'avait vu enfant, le nez collé à la vitrine embuée par leur haleine, alors qu'il décidait avec son frère aîné quels jouets leur faisaient le plus envie.

De sa main gantée, il avait désigné les piles de cadeaux violets ou bleu canard.

— Ce ne sont que des cartons vides, tu sais. Il n'y a rien dedans. L'emballage est magnifique, comme s'ils cachaient un joli secret. C'est pour qu'on imagine ce qu'il y a à l'intérieur.

Un frisson avait parcouru l'échine de Nancy quand son père s'était détourné de la vitrine pour lui faire face.

— Mais c'est comme la plupart des secrets, Nancy. Mieux vaut se demander s'il y a quelque chose dans la boîte, ou juste de l'air. Mieux vaut ne pas savoir.

La neige s'était remise à tomber, mouchetant de flocons les lunettes de son père. Les bruits de la rue s'étaient réduits à un vague bourdonnement lorsqu'elle avait croisé son regard. Nancy était sûre qu'il essayait de lui dire quelque chose, mais ni l'un ni l'autre ne voulait ni ne pouvait mettre un nom sur l'abîme qui les séparait.

— Je t'aime, Papa, avait préféré dire Nancy en le serrant dans ses bras.

Il l'avait enlacée à son tour.

— Je t'aime aussi, Coccinelle.

Nancy essuie les larmes qu'elle a maintenant au coin des yeux, prend un Kleenex sur la coiffeuse et se mouche bruyamment.

— Allez, au travail, s'ordonne-t-elle à haute voix dans la pièce déserte.

Elle ouvre le premier tiroir de la coiffeuse de sa mère et regarde à l'intérieur. En apparence, rien n'a changé. Le contenu semble le même qu'il y a toutes ces années. La première fois, elle avait dû bien repérer où chaque objet était placé à mesure qu'elle les retirait du tiroir, mais à présent, ce n'est plus nécessaire, et cette idée la déchire. Elle soulève les enveloppes pleines de papiers officiels, les testaments de ses parents et d'autres documents qui ne l'intéressaient pas auparavant mais dont elle sait qu'elle aura besoin.

Elle ouvre la boîte contenant la bague de fiançailles en saphir de sa mère et la glisse à sa main droite. Elle lui va parfaitement, et elle ne l'enlèvera plus jamais. Elle trouve les perles. Elle les offrira peut-être à Katherine pour ses trente ans. Enfin, elle glisse la main dans le coin le plus reculé, où se trouve le mince étui en cuir.

Le souvenir de cette découverte s'abat sur elle comme un tsunami de chagrin. Nancy déglutit avec peine et fait tourner les molettes, saisissant sa date de naissance dans l'ordre britannique. Elle appuie sur le fermoir et la boîte s'ouvre. Elle a le souffle coupé.

L'étui est vide.

Debout devant le meuble, Nancy tente de réfléchir très vite. Sa mère a dû faire disparaître le message de Margaret, sachant que Nancy fouillerait la maison de ses parents après leur décès. Elle ne devrait pas se sentir choquée, et elle ne l'est pas. Pas vraiment. Après que Frances lui a donné les chaussons, Nancy a admis l'idée que ses parents ne lui révéleraient jamais la vérité. Elle a fermé cette porte dans son cœur et elle est passée à autre chose, mais elle espérait pouvoir conserver le message de Margaret.

Dix ans plus tôt, Nancy a finalement décidé de s'inscrire dans une agence qui aide les enfants à retrouver leurs parents biologiques. Une nouvelle vague de ressentiment la frappe, mais elle chasse cette pensée. Après tout, elle n'a jamais eu le moindre signe de Margaret Roberts. Ses deux mères l'ont trahie, chacune à sa manière.

Elle a essayé d'être une meilleure mère pour Katherine. Elle n'a pas eu de secrets pour sa fille, du moins à part le Grand Secret. Elle a toujours essayé de mettre en place une politique de transparence et de vérité pour briser le cycle toxique. Et elle a réussi, pour l'essentiel. Elle et Katherine sont proches. Sa fille est une femme honnête qui montre ses sentiments – comme son père.

Nancy arrache un fil qui pend à la couture de son jean alors que ces pensées se superposent dans son esprit. Après un moment, elle se rend compte qu'elle en a fait le tour. Elle a une mission à accomplir dans cette maison : la vider pour pouvoir la vendre. Voilà une vérité claire, nette et précise, qui l'oblige à l'action.

Elle se lève, ouvre un sac-poubelle et entreprend de jeter tout le passé.

26

Angela

Printemps 2017

PAR UN APRÈS-MIDI HUMIDE du début du printemps, chez Thompson Antiquités & Livres Anciens, Angela obtient sur Facebook la réponse d'une autre Nancy Birch. Elle a reçu tant de fausses alertes et de fins de non-recevoir qu'elle a presque renoncé, acceptant son échec, non sans remords après s'être insérée dans la vie d'Evelyn Taylor et lui avoir fait miroiter la perspective de rencontrer la fille de Margaret Roberts. Chaque fois qu'elle voyait un point rouge apparaître sur l'appli, signalant un nouveau message, elle avait une montée d'adrénaline à la pensée que c'était peut-être la bonne, mais elle était toujours déçue.

Puis, juste avant dix-sept heures, alors qu'elle s'apprête à partir en confiant la boutique à l'employé qui prend le relais pour le soir, elle reçoit un message très différent.

Bonjour, je pense que je suis la personne que vous cherchez. J'ai habité au-dessus de Thompson Antiquités, et je recevais tout le temps du courrier pour le magasin.

— Oh mon Dieu ! glapit Angela dans le magasin vide. Oh mon Dieu !

Dans sa hâte de répondre, elle lâche presque son téléphone, mais le retient lorsqu'elle voit les trois points gris. Nancy Birch est en train de taper un autre message.

Désolée de ne pas avoir répondu plus tôt. Je ne vais presque plus sur les réseaux sociaux.

Angela attend que les points gris disparaissent avant de réagir.

C'est très compréhensible ! Je suis ravie d'avoir un message de vous. Et la lettre n'est pas tout… C'est un peu culotté, mais nous pourrions en discuter au téléphone ?

Elle inclut son numéro et tape sur « Envoyer », puis se mord la lèvre, espérant à moitié que Nancy refusera, qu'elle n'aura pas envie de parler.

Bien sûr. Vous êtes libre tout de suite ?

— Oh là là. Oui, dit Angela tout haut.

OK, tape-t-elle avant de sortir de l'appli. Elle attend. Quelques instants après, son téléphone sonne. C'est un numéro local, mais le correspondant n'est pas identifié.

— Allô ?

Le cœur d'Angela bat très fort.

— Allô, Angela ? C'est Nancy Mitchell. Nancy Birch, ajoute-t-elle.

— Nancy, bonjour !

— Bonjour.

Angela tente de rassembler ses idées.

— Donc… J'ai découvert cette lettre dans une vieille commode chez Thompson Antiquités, et je pense qu'elle vous intéresserait. C'est pour ça que j'ai essayé de vous trouver par tous les moyens.

— Ah d'accord. Qu'est-ce qu'elle dit, cette lettre ?

— Eh bien, euh… C'est une lettre de Frances, votre mère.

Cinq secondes s'écoulent avant que Nancy se remette à parler, d'une voix légèrement râpeuse.

— OK. Merci. Vous l'avez ouverte ?

L'estomac d'Angela se contracte. Tina avait raison. Elle n'aurait peut-être jamais dû se mêler de cette histoire.

— En fait, j'étais un peu obligée, pour savoir comment vous trouver. Je suis désolée. Elle était déjà à moitié ouverte, la colle…

Elle interrompt son mensonge avant qu'il prenne des proportions inquiétantes.

— Que dit-elle ?

— C'est très personnel. Ça concerne vos parents.

Nancy soupire.

— Elle dit que j'ai été adoptée ?

Angela reste bouche bée.

— Euh… Oui, balbutie-t-elle. Comment saviez-vous…

— C'est très gentil à vous de vous être donné le mal de me trouver, mais j'étais déjà au courant.

Angela tombe des nues. *Tous ces efforts.* Elle tente de rester calme.

— Ah, je vous en prie. Ça m'avait l'air d'être une information importante, et je voulais être sûre qu'elle vous parvienne.

— C'est très aimable.

Angela passe distraitement son pouce sur le bord du clavier.

— Mais il y avait autre chose dans l'enveloppe, avec la lettre de Frances. Il y a aussi un message de votre mère biologique.

Nouveau soupir.

— Ah. Waouh. OK, merci. Je ne savais pas ce qu'il était devenu.

Angela n'en croit pas ses oreilles.

— Pardon ?

— J'ai trouvé ce message dans un tiroir de la chambre de ma mère, dans les années 1980. C'est comme ça que j'ai su que j'avais été adoptée. Mais j'ai vidé sa chambre quand elle est morte, et le message n'y était plus. J'ai toujours pensé qu'elle l'avait détruit, pour être franche. Je suppose qu'elle l'a envoyé avant de partir pour l'hôpital.

— Oui, c'est expliqué dans la lettre. Je suis désolée. Je ne pensais pas que vous saviez.

— Si. Je me suis lancée à la recherche d'informations que je n'aurais pas dû avoir quand j'étais jeune et bête. Vous savez ce que c'est.

Angela ne sait pas trop comment aborder la suite.

— Donc, si je peux me permettre… Avez-vous tenté de retrouver votre mère biologique ?

Silence au bout du fil. Angela comprend qu'elle est allée trop loin.

— Je suis désolée. Je me rends compte que c'est une question très personnelle, mais… excusez-moi, je vais tâcher d'être claire. Quand je suis tombée sur la lettre, j'ai cru que je devrais essayer de trouver Margaret, votre mère biologique. Et… (Angela inspire profondément, l'estomac agité par un début de nausée.) Je suis vraiment désolée de devoir vous l'apprendre, mais elle est décédée peu après votre naissance.

Elle laisse s'écouler une seconde, puis continue :

— J'ai trouvé un faire-part de décès à son nom, et combiné à un article sur le foyer pour mères célibataires... Eh bien, j'ai réuni les pièces du puzzle... Là encore, je suis navrée...

Pendant une longue pause, ni l'une ni l'autre des deux femmes ne semble plus respirer. Puis Nancy exhale un profond soupir, se mouche. Angela regrette aussitôt d'avoir transmis l'information, mais qu'aurait-elle dû faire ? Laisser Nancy Birch procéder aux mêmes recherches qu'elle, pour se heurter à la même souffrance ?

— OK, merci. Merci de me l'avoir dit, déclare Nancy. Vous voudrez bien m'envoyer la lettre de ma mère, et le message de Margaret ? Et peut-être le faire-part et l'article aussi ? Je crois que j'ai besoin de les voir de mes yeux.

— Bien sûr. Pas de problème.

Angela est soulagée : Nancy ne lui crie pas dessus, et elle a accompli sa mission jusqu'au bout. La fille de Margaret lira son message et saura que celle-ci n'a jamais voulu abandonner son bébé.

Comme souvent ces temps-ci, sa main se pose sur son nombril. Elle ose à peine en dire plus à Nancy. Et pourtant, elle ose.

— Nancy, il y a une autre raison si je voulais vous parler au téléphone plutôt que par SMS. C'est une longue histoire, mais je suis tombée par hasard sur une femme qui était l'amie de votre mère... Je suis désolée, de Margaret. Elles étaient ensemble au foyer pour mères célibataires. C'est elle qui m'a confirmé la mort de Margaret. Et si ça vous intéresse, elle aimerait vous parler.

Un long silence suit les paroles d'Angela. Elle se mord à nouveau la lèvre et attend.

— Nancy… ?

— Merci, mais je ne crois pas. (Elle renifle.) C'est très gentil à vous de m'avoir retrouvée, pour la lettre. Je serai contente de récupérer le message, mais je ne crois pas pouvoir rencontrer cette femme. En fait, je… J'essaye de passer à autre chose et j'y suis à peu près arrivée, honnêtement. Je n'ai pas envie de réveiller cette blessure-là, si vous voyez ce que je veux dire.

Angela hoche la tête dans le magasin désert.

— Oui, oui. Je vous comprends. Tout à fait.

— Donc je vous enverrai mon adresse. Si vous pouvez tout scanner et me l'envoyer par courriel, ce serait formidable. Merci encore pour votre aide.

Et avant qu'Angela puisse répondre, la communication est coupée.

27

Nancy

Printemps 2017

LE PAQUET a accumulé une fine couche de poussière. Nancy évite de l'ouvrir depuis qu'Angela Creighton le lui a fait parvenir il y a quelques semaines.

Le paquet est passé du buffet de l'entrée au plan de travail de la cuisine, puis de son bureau au sommet de l'armoire de sa chambre. Chaque fois qu'elle le déplace au cours d'un grand rangement hebdomadaire, elle envisage à contrecœur de l'ouvrir, histoire d'en finir. Elle pense savoir ce qu'il y a dans la lettre de Frances, mais elle n'a aucun désir de rouvrir une plaie qu'elle a soigneusement suturée au fil de ces trente-sept années. À présent, la cicatrice est propre et décolorée ; parfois, elle voit à peine qu'elle est là. Sauf si elle l'examine de trop près, comme ce paquet l'invite exactement à le faire.

Un samedi après-midi, Nancy se sent enfin le courage de l'ouvrir. Elle prend une paire de ciseaux dans le tiroir de la cuisine et monte jusqu'à sa chambre. Elle s'assied sur le lit et, avec un soupir, tranche l'enveloppe en papier bulle et en répand tout le contenu sur ses genoux.

Nancy trouve d'abord le message de Margaret. Elle remarque que les bords sont brûlés d'un côté, traces de brûlure qui n'étaient pas là lorsqu'elle l'a découvert il y a toutes ces années. Elle se représente sa mère grattant une allumette au-dessus de l'évier et plaçant le papier sur la flamme avant de changer d'avis. Nancy sait que la sagesse populaire affirmait alors qu'il ne fallait pas dire aux enfants qu'ils avaient été adoptés, mais sa mère avait manifestement quelques réserves, même si cela ne l'a jamais poussée à agir en conséquence. Elle se demande si Frances a gardé le message et les chaussons comme une sorte de mémorial de Margaret, la jeune femme qui lui avait donné l'enfant qu'elle et son mari souhaitaient si désespérément avoir.

Elle déplie la photocopie du faire-part de décès qu'Angela Creighton a trouvé, elle voit le nom de Margaret Roberts écrit noir sur blanc. Elle se penche vers sa table de chevet et ouvre le tiroir, fouille dedans et en tire le petit sac où elle conserve les chaussons tricotés par Margaret depuis que sa mère les lui a offerts.

Elle lève les chaussons et le message et les maintient un long moment contre son cœur, comme pour absorber leur énergie longtemps oubliée. Au moins, elle sait maintenant pourquoi elle n'a jamais été contactée par aucune Margaret Roberts qui aurait voulu la retrouver. Si elle a nourri ce ressentiment pendant des décennies, elle peut à présent se délester de ce poids.

Ensuite, Nancy lit l'article sur la fermeture du foyer, elle songe aux horreurs que Margaret et les autres pensionnaires ont dû y subir. Son cœur s'emplit d'une nouvelle forme de compassion pour la pauvre fille. Elle se rappelle les aveux de cette religieuse à qui elle a rendu visite à Saint-Sébastien : on mentait aux filles, on vendait leurs bébés. Une nouvelle vague d'horreur déferle sur elle quand elle songe qu'elle a peut-être été *achetée* par ses parents. Le foyer où elle est née ressemblait-il à celui qui a existé dans le bâtiment de Saint-Sébastien ? Elle y pensera plus tard. La question mérite d'être étudiée de plus près. Et Nancy devrait tenter d'en apprendre davantage sur Margaret, si c'est possible.

Essuyant une larme, elle prend le dernier objet contenu dans le paquet : la lettre de sa mère. Elle l'a délibérément gardée pour la fin. Elle est écrite sur ce papier à lettres épais que Frances utilisait toujours, acheté dans une papeterie très chic du quartier de Rosedale. Dès qu'elle voit l'écriture de sa mère, les larmes se mettent à couler pour de bon. Quand elle a fini de lire, elle se blottit sur le lit, la tête dans les mains pour sangloter.

Je te supplie de me pardonner, ma chérie.

Elle donnerait tout ce qu'elle possède pour avoir l'occasion de dire à sa mère qu'elle lui pardonne. Qu'étant maintenant mère elle-même, elle comprend la force écrasante avec laquelle un parent peut vouloir protéger son enfant de toute souffrance.

Elle repense à l'année 2010, tente de se remémorer tous les incidents de cette année-là et de comprendre pourquoi elle n'a jamais reçu la lettre.

Elle habitait l'appartement situé au-dessus de Thompson Antiquités. Après la liaison de Michael, c'est elle qui a quitté le foyer familial. Katherine leur en voulait à tous les deux mais s'est opposée à ce que son père parte, et Nancy a savouré cette solitude. Elle voulait revenir en ville, parcourir ces rues qu'elle avait arpentées dans sa jeunesse, avant Len, ou Michael, avant d'avoir les responsabilités d'une carrière et d'un enfant. Du temps où elle était une version plus pure d'elle-même et où elle n'avait pas encore fait autant de concessions. Pas encore dit autant de mensonges. Elle avait besoin de se retrouver.

L'appartement était censé être provisoire, jusqu'à ce que le divorce soit prononcé et que leurs biens soient partagés, mais elle y a vécu plus longtemps que prévu, alors que la santé de Frances se détériorait rapidement. C'est après l'enterrement qu'elle a enfin eu l'énergie de chercher un autre logement. Elle a alors acquis une maison en banlieue, à Oakville, avec une chambre pour Katherine, qui partageait son temps entre ses deux parents.

Frances est morte en février 2010, donc l'enveloppe a dû être postée ce mois-là par son notaire. Nancy repense à toutes les fois où elle a dû retirer de sa boîte aux lettres les prospectus et les factures adressés au magasin d'antiquités. Elle entrait aussitôt dans la boutique, si elle était ouverte, et remettait le courrier égaré à la propriétaire, une femme très soignée, aux cheveux teints et au visage lifté. Nancy se demande quel jour elle a glissé la main dans sa propre boîte, sans jamais savoir que la lettre la plus importante de sa vie l'attendait quelques centimètres plus loin, dans la boîte du magasin.

Nancy se redresse sur le duvet crème, croise les jambes sous son séant, et relit encore une fois la lettre de sa mère. Elle voulait que Nancy retrouve Margaret, mais Nancy n'en a pas été capable. Margaret Roberts est morte, et Nancy ne pourra jamais exaucer le dernier vœu de sa mère. Elle l'ajoute à la longue liste des choses qu'elle aurait dû accomplir dans sa vie et qu'elle n'a pas faites.

Les larmes coulent toujours sur son visage quand Katherine apparaît sur le seuil de la chambre.

— Maman ? Qu'est-ce qui ne va pas ?

— Oh, Katherine, je suis désolée, marmonne Nancy en se frottant les yeux et en se maudissant intérieurement de ne pas avoir fermé sa porte à clé. Je...

Sa fille entre dans la chambre et s'assied à côté de Nancy. Katherine a trente ans, mais elle vit encore à la maison, le temps de terminer une thèse apparemment sans fin.

— Qu'y a-t-il ? Que s'est-il passé ? Maman ? Tu me fais peur.

— Excuse-moi, ma chérie, je suis désolée, dit Nancy en la serrant dans ses bras. Tout va bien, je t'assure. Personne n'est malade. C'est juste...

Elle lâche sa fille, lui remet en place une mèche rousse derrière l'oreille, et cherche une excuse à lui donner, un mensonge inoffensif.

— Maman, je ne sais pas ce que tu as sur le cœur, mais il faut que ça sorte.

Nancy prend le temps de digérer les mots de sa fille, si semblables à ceux que Michael a prononcés le soir où il l'a suppliée de tout lui avouer. Nancy ne s'attendait pas à recevoir déjà des conseils de sa propre fille. Mais Katherine est sage et introvertie, et Nancy s'est promis d'être toujours aussi sincère que possible avec sa fille.

Alors qu'elle contemple les yeux bleus de Katherine, identiques à ceux de Michael, l'épuisement s'abat sur les épaules de Nancy. Elle est si fatiguée de fuir, d'amasser les secrets et de les enfermer à double tour dans sa poitrine. Il est temps de les libérer. Elle songe aux mots de sa mère et décide, pour une fois, de suivre son conseil. D'écouter son avertissement.

S'il y a bien une leçon que j'en ai tirée, c'est qu'il ne faut pas garder de secrets. Ils s'infectent comme des blessures, et la guérison est encore plus longue une fois que les dégâts s'installent. Le mal est définitif, handicapant, et ce n'est pas ce que je voulais pour toi.

Alors, elle prend les mains de Katherine dans les siennes, et confie à sa fille ce qu'elle n'a jamais révélé à quiconque.

— J'ai été adoptée.

Nancy passe les quinze minutes suivantes à raconter son histoire à Katherine. Elle lui explique que Margaret est morte et que son nom de baptême était Jane. Que la grand-mère de Katherine a dissimulé le secret jusqu'à sa mort, sans savoir que Nancy était déjà au courant. Katherine tient les mains de sa mère et lui tend un mouchoir quand c'est nécessaire. Elle sait écouter, et cela aide Nancy à libérer les démons logés dans son cœur depuis des décennies.

— Je suis désolée, Maman. Donc tu n'en as jamais parlé à personne ? Même à Papa ?

— Non, non. À personne. Pour être franche avec toi, il y a beaucoup de choses dont je n'ai jamais parlé à ton père. Quand tu trouveras avec qui tu veux passer ta vie, Katherine, ne reproduis pas mes erreurs, je t'en supplie.

Katherine fait la moue et semble à deux doigts de dire quelque chose.

— Quoi ? demande Nancy.

Katherine secoue la tête, le rideau de ses cheveux s'agitant d'avant en arrière.

— Je pense que vous devriez vous parler, Papa et toi. Il est encore triste, tu sais. Il est comme ça depuis que vous vous êtes séparés. Je sais que ça n'est pas lié à ça. (Elle désigne les preuves étalées sur le lit à côté de Nancy.)

Mais quand même, je crois que tu devrais lui parler de tout ça, et de ce qu'il ressent. Et je sais qu'il te manque, en plus, si tu regardes la vérité en face.

Nancy remarque une flamme soudaine dans ses entrailles.

— Ce n'est pas lui qui t'a demandé de me dire ça ?

— Bien sûr que non. Je ne t'en aurais jamais parlé, mais tu as l'air si triste, et Papa est triste, et je pense que vous l'êtes tous les deux pour la même raison. Tu n'as qu'à lui téléphoner.

Nancy acquiesce, mais hésite.

— OK. Je l'appellerai peut-être. Désolée pour ça.

Elle montre son visage marbré, mouillé de pleurs.

— Pas de problème. Je t'aime, Maman.

Katherine embrasse Nancy sur la joue et se dirige vers la porte.

— Katherine ?

Elle se retourne, et Nancy le voit cette fois plus clairement : sa fille a une sagesse qui va bien au-delà de ses trente années d'existence.

— Oui ?

— Merci d'être ici pour moi.

— Je t'en prie. Je t'aime.

— Je t'aime aussi, dit Nancy.

— Je vais te faire couler un bain, d'accord ?

Nancy hoche la tête.

— Merci, ma chérie. C'est une excellente idée.

Nancy tente de se ressaisir, elle écoute la porte de la salle de bains s'ouvrir, Katherine qui tourne le robinet, le vacarme tonitruant de la baignoire qui se remplit.

Quand Katherine repart vers sa chambre, à l'autre bout du couloir, Nancy lit une fois encore le message de Margaret et la lettre de sa mère, puis descend en titubant et, dans la cuisine, se sert un grand verre de vin rouge.

Une minute plus tard, elle ferme le robinet de la baignoire, prend son huile de lavande dans le placard à pharmacie et en répand quelques gouttes dans son bain. Nancy contemple les ondes concentriques, songe à la chaîne d'événements dans sa vie qui étaient d'abord si petits, puis sont devenus si grands qu'elle n'aurait pas pu les empêcher de s'élargir même si elle avait essayé.

Mais elle n'a jamais vraiment essayé.

Elle pose son verre de vin qui tinte sur le rebord en céramique, place le téléphone à terre, puis laisse tomber ses vêtements sur le carrelage de la salle de bains et s'installe dans la baignoire. Les yeux gonflés, elle se détend enfin dans l'eau chaude.

La maison est redevenue silencieuse, mais ses pensées sont bruyantes dans sa tête.

Une demi-heure plus tard, l'eau a refroidi et les yeux de Nancy ont séché. Elle tend un bras par-dessus le bord de la baignoire, l'eau ruisselle sur les dalles, et elle attrape son téléphone. Elle envoie un message à Angela Creighton.

Je suis désolée d'avoir été un peu sèche l'autre jour. Ça faisait beaucoup de choses à la fois. J'ai changé d'avis et je suis prête à rencontrer l'amie de Margaret. Pourriez-vous organiser ça ?

***

Quand Nancy appelle Michael pour voir s'il serait prêt à lui parler, elle est sûre qu'il va refuser. Elle ne voulait pas espérer que Katherine disait vrai, qu'il était effectivement triste et solitaire depuis leur divorce. C'est seulement en composant le numéro de Michael qu'elle songe que Katherine lui a peut-être tendu un piège. Mais à sa grande surprise, ce n'est pas le cas. Michael accepte de prendre un café avec elle, ils fixent un lieu et une date, puis raccrochent.

Après cela, Nancy use sa moquette à force d'allées et venues en se demandant ce qu'elle va lui dire. Elle ne sait pas exactement ce qu'elle espère, pourtant elle sait qu'elle doit faire cette démarche. Si Michael est toujours aussi malheureux qu'elle après toutes ces années de séparation, cela vaut sûrement la peine d'essayer de réparer le mal, de lui expliquer pourquoi, selon elle, leur couple a échoué. Parce que, malgré sa liaison, elle en assume la responsabilité. Elle l'a épousé sans jamais lui révéler le secret de sa naissance, de son travail clandestin dans le cadre du réseau Jane, sans même lui confier qu'elle avait avorté avant leur rencontre. Elle lui a caché la plupart des choses qui la définissaient. Comment aurait-elle pu s'attendre à ce que Michael la comprenne ou lui fasse confiance ?

Nancy arrive au café en avance et espère que de rester assise avec une tisane calmera un peu ses nerfs. Quand elle voit Michael s'approcher, son estomac bondit et elle remarque combien ses tempes et sa barbe grisonnent désormais. Mais ce qui lui coupe le souffle, c'est l'idée qu'elle se sentira écrasée s'il ne se déclare pas prêt à donner une seconde chance à leur couple. Elle est prise au dépourvu, et ne sait donc pas comment réagir quand Michael, après un instant d'hésitation, la serre dans ses bras.

— Ça fait plaisir de te revoir, Nancy, dit-il de manière un peu guindée.

Comme s'ils étaient de vieux collègues de travail et rien de plus. En un sens, c'est vrai. Entre la gestion de leurs finances, l'organisation d'activités de loisirs et le flux sans fin des questions logistiques à régler pour le présent et l'avenir, une bonne partie d'une vie de couple est consacrée à la gestion des affaires courantes.

— Moi aussi, Mike, ça me fait plaisir.

Nancy se rassied et s'éclaircit la gorge.

— Je t'ai commandé un café. Tu l'auras dans une minute. Tu le prends toujours avec du lait ?

Michael sourit.

— Oui, merci.

Nancy s'oblige à regarder son ex-mari dans les yeux. Cela fait longtemps qu'ils n'ont pas été en tête à tête.

— Eh bien, merci d'être venu, commence-t-elle. Katherine m'a dit que je devrais peut-être te contacter. Que tu lui avais dit des choses qui lui faisaient penser que nous devrions… parler.

Michael remue sur sa chaise et regarde en direction de la sortie. Elle espère qu'il n'a pas déjà envie de partir.

— Oui. J'aurais peut-être mieux fait de me taire. C'était à Noël, tu sais, la période des fêtes… C'est toujours un moment de nostalgie, ma mère venait de mourir, et ça m'a rappelé le passé. Ça m'a rappelé un tas de choses.

Nancy hoche la tête, songeant à sa propre grand-mère.

Le Passé, ma chérie.

Il caresse la surface de la table, écarte une miette d'une pichenette, et Nancy résiste au désir de lui prendre la main.

— Katherine était avec moi, mais sans toi, et j'ai eu comme une sensation de manque. Katherine m'a demandé si tout allait bien. Elle devine beaucoup de choses.

Nancy sourit.

— Oh oui, elle devine tout.

— Et je pense que je lui ai avoué… Je lui ai avoué que je pensais à toi et, je ne sais pas, que je regrettais que plus rien ne soit comme avant.

Nancy boit une gorgée de thé et réfléchit.

— Hmm. Elle n'est pas très douée pour garder les secrets, malgré tout !

Michael laisse échapper un petit rire :

— Non.

— Pas comme sa mère, ironise Nancy.

Elle n'avait pas prévu d'en arriver là si vite. Mais c'est sans doute la raison pour laquelle elle a voulu voir Michael, donc autant cracher le morceau.

— En fait, Mike, je pense que tu ne m'as jamais vraiment connue, enchaîne-t-elle, la gorge nouée. Et c'est ma faute, je suis prête à l'admettre.

Michael soupire lourdement, les yeux baissés vers ses mains tenant sa tasse de café. Le souvenir d'autres soupirs, d'amour, de plaisir et d'adoration de leur enfant, revient à l'esprit de Nancy.

— Mike…

— Tu me manques terriblement, Nancy.

Ils retiennent leur souffle, le temps d'absorber cet aveu. Ce que cela signifie pour tous deux. Le vent printanier murmure dans les branches des arbres du parc, à côté du café. Les arbres qui, dans quelques courts mois, vireront au rouge et or pour un ultime rappel avant que l'hiver les dépouille.

« Tout ici bas est éphémère, dit le vent. Il n'y a plus de temps à perdre… »

C'est une sacrée semaine pour Nancy : elle a accepté de voir l'amie de sa mère biologique et peut-être de clore ce dossier-là, et la voilà maintenant en route pour une réconciliation inespérée avec son ex-mari. Ce serait le moment de lui confier ce qu'elle ressent vraiment. Nancy s'humecte les lèvres et lève la tête vers Michael, et voit alors Katherine dans le bleu clair de ses yeux. L'enfant qui les réunit, quoi qu'il advienne.

— Oh, Mike. Tu me manques aussi. Tu me manques tellement.

Elle se penche par-dessus la table et serre ses mains dans les siennes. Elle se rappelle lui avoir tenu la main ainsi, il y a tant d'années, lorsque chacun a glissé un anneau d'or au doigt de l'autre et a juré d'être toujours sincère.

Nancy n'a pas respecté le contrat.

Elle soutient son regard et s'oblige à ne pas détourner les yeux.

— Il faut que je te parle de Jane.

28

Angela

Printemps 2017

— DES BROWNIES, de chez Harbord !

Angela remet la belle boîte blanche à Evelyn dès que celle-ci ouvre la porte. Evelyn prend les gâteaux avec ravissement.

— Vous êtes merveilleuse ! Aux noisettes ?

— Bien sûr que non. Je suis indignée que vous suggériez un pareil sacrilège. Aucun brownie digne de ce nom ne se laisserait gâcher par des noisettes ! répond Angela en haussant un sourcil sarcastique.

— Je vous ai toujours trouvée sympathique.

Evelyn fait signe à Angela d'entrer et, d'un coup d'épaule, referme la lourde porte.

L'odeur de la pâtisserie a failli faire vomir Angela, mais elle a persévéré, résolue à repartir du bon pied après leur première entrevue un peu difficile.

Elles montent l'escalier grinçant jusqu'à l'étage. Une fois dans l'appartement, Evelyn donne à sa visiteuse cet ordre souriant :

— Asseyez-vous. Je mets de l'eau à chauffer pour le café.

Angela s'installe sur le canapé crème près de la fenêtre. Aujourd'hui, Evelyn a ouvert les rideaux pour accueillir l'air frais du printemps. Le parfum d'un bouquet de lilas violet foncé placé sur le rebord de la fenêtre se répand dans la pièce, comme pour souligner le fait que l'hiver est enfin fini, et que les fleurs vont connaître maintenant leur heure de gloire.

— Où avez-vous trouvé du lilas ? demande Angela. Je n'en ai pas vu dans le quartier. Merci ! ajoute-t-elle alors qu'Evelyn lui tend une assiette.

Elle grignotera ce qu'elle pourra du brownie, même si les sucreries lui retournent l'estomac, ces temps-ci.

Evelyn s'assied à côté d'elle sur le canapé, croisant délicatement les chevilles, comme une dame.

— Je l'ai volé.

— Pardon ?

— Le campus est plein de lilas en fleurs. Hier, j'en ai coupé quelques branches. Je n'ai pas pu résister.

— Vous avez un sécateur dans votre sac à main ?

Evelyn brandit un morceau de brownie au bout de sa fourchette et, d'un air respectueux, l'introduit dans sa bouche.

— Hmm... C'est délicieux, Angela. J'ai un couteau suisse que mon frère m'a offert un jour pour Noël. Vous n'en avez pas ? C'est parfois utile. Surtout le tire-bouchon.

Angela pouffe et manque de s'étouffer avec une bouchée de brownie. La bouilloire émet un sifflement, et Evelyn sursaute, avec les réflexes d'une femme beaucoup plus jeune. Elle revient quelques instants après, apportant le café.

— Donc ! Qu'aviez-vous de neuf à m'apprendre ?

Darwin voit que sa maîtresse tient une cafetière et miaule avec impatience, car c'est un brownie qu'il veut.

Angela pose sa tasse sur la table.

— Eh bien, j'ai fini par retrouver la fille de Margaret.

— Mon Dieu…

— Au départ, je n'ai pas cherché sous le bon nom. Elle a divorcé, mais elle porte toujours son nom d'épouse. Curieusement, je pense que c'était pour aider les gens à la trouver sur les réseaux sociaux, puisqu'elle a été si longtemps connue sous ce nom-là. Je lui ai simplement dit qui j'étais, et que j'avais une lettre destinée à son ancienne adresse, mais qui avait échoué dans un tiroir du magasin où je travaille.

Angela détache les yeux de son brownie pour regarder Evelyn, dont le visage est si pâle qu'il se confond avec le tissu crème du canapé.

— Oh là, Evelyn, ça va ? Evelyn ?

Angela lui prend la main, qui est glacée et qu'elle sent trembler. Evelyn lui serre la main en retour, ce qui rassure un peu Angela. Tout à coup, elle se rend compte qu'Evelyn est une dame d'un certain âge et qu'elle-même n'a reçu aucune formation aux premiers secours.

— Qu'est-ce qui ne va pas ? Vous voulez que j'appelle quelqu'un ?

Des taches rouges apparaissent sur la peau blanche d'Evelyn. Et elle se met à pleurer. Confuse et effrayée, Angela la prend dans ses bras, ne sachant trop que faire. Le corps d'Evelyn paraît maigre et fragile, comme sur le point de se briser. *Mais qu'est-ce qui lui arrive ?* Angela a beau réfléchir, elle ne comprend pas. Au bout d'une minute ou deux, la respiration d'Evelyn ralentit, et ses sanglots s'estompent en hoquets. Elle se redresse tandis que Darwin vient se coucher sur les genoux de sa maîtresse, faisant de son mieux pour la retenir sur cette terre grâce à sa douce chaleur.

Ça fonctionne. Tout en caressant le dos de Darwin, Evelyn se penche pour appuyer sa tête au dossier du canapé. Angela repère une boîte de mouchoirs sur la table basse. Elle en tire trois et tapote l'épaule d'Evelyn.

— Tenez.

— Merci, ma petite, chuchote Evelyn, d'une voix à peine audible. (Elle se tamponne le visage et se mouche très fort.) J'étais à Sainte-Agnès moi aussi, Angela.

— Je sais.

Evelyn se tourne vers elle. Les larmes ruissellent sur son visage rond. C'est seulement maintenant qu'Angela remarque vraiment les rides autour de la bouche d'Evelyn, la texture parcheminée de sa peau, les yeux qui ne sont plus clairs et vifs, mais fatigués, douloureux, et d'où la lumière commence à se retirer.

— Là-bas, j'ai accouché d'une fille. Elle m'a été volée après avoir vécu quelques jours dans mes bras.

Une terreur froide se répand dans les entrailles d'Angela avant qu'Evelyn reprenne la parole. Angela regarde la vieille femme refermer les bras, comme si elle berçait le bébé qu'elle a jadis tenu. D'un doigt, elle suit une longue cicatrice évanouie sur son poignet droit.

— Je m'appelais Maggie, alors. Et mon bébé s'appelait Jane.

29

Maggie

Mai 1961

MAGGIE EST RÉVEILLÉE par un bruit de verre cassé.

Ou du moins, c'est ce qu'elle croit. Lorsqu'elle devient consciente, quand la chambre se fait plus nette dans la lueur bleuâtre de l'aube, elle ne sait plus trop. Ce n'était peut-être qu'un rêve, après tout. Elle fait des rêves si bizarres depuis qu'elle est au foyer, et maintenant qu'elle est dans l'aile des accouchées, elle s'est réveillée deux fois en sursaut, comme si on l'avait sortie en pleine nuit de son lit pour la déposer dans un endroit inconnu.

La jeune femme se frotte les yeux et roule sur le côté. C'est alors qu'elle entend un bruit de papier froissé sous son bras.

Elle se redresse, contemple en battant des paupières les deux enveloppes blanches posées sur son oreiller.

Elle s'aperçoit que le lit d'Evelyn est vide, et que les draps ont été enlevés. Elle prend les enveloppes et un étrange picotement lui envahit la tête.

Maggie, dit la première enveloppe. La seconde est adressée à *Papa et Maman*.

Le cœur de Maggie bat à tout rompre lorsqu'elle déchire l'enveloppe qui lui est destinée. À l'intérieur, il y a deux lettres. L'une pour elle, l'autre pour la police de Toronto. La lettre pour Maggie est sur le dessus. Elle la lit en premier, la gorge nouée.

Chère Maggie,

Cela me fait de la peine de t'écrire ces mots parce qu'ils ne pourront que confirmer leur vérité. Mais sœur Marie-Agathe m'a appris hier que mon bébé est mort. Je lui avais demandé de l'aide, pensant qu'elle accepterait de me fournir un nom ou une adresse. Quelque chose. N'importe quoi pour m'aider à la retrouver. Et voilà la nouvelle qu'elle m'a transmise. Ma fille a été vendue, et puis elle est morte.

C'était déjà assez affreux d'avoir été séparée d'elle, maintenant je ne peux même pas me consoler en pensant qu'elle sera l'enfant bien-aimé d'une femme stérile. Elle est morte, et c'est la fin pour moi aussi.

Je serai franche avec toi : je me sens libérée. Nous sommes toutes ici parce que nous n'avons jamais eu le choix. Nous n'avons jamais pu décider pour nous-mêmes. Mais là, j'ai un moyen de prendre le contrôle. Je peux choisir quand et comment je mourrai. Je n'ai aucune crainte pour mon âme. Je sais seulement qu'elle sera libre et en paix, réunie avec mon pauvre Leo et notre jolie petite fille.

Si le seul moyen d'être avec eux est dans la mort, eh bien soit.

Maintenant, j'ai une faveur à te demander avant de m'en aller.

Je t'ai laissé deux autres lettres – une pour mes parents, l'autre pour la police. Garde-les cachées en sûreté sous ton matelas, ou dans n'importe quel autre endroit, et emporte-les quand tu partiras. Poste-les dès que tu pourras. J'ai fait mes adieux à mes parents et à mon frère, et dans la lettre à la police j'explique en détail les horreurs de ce foyer, les brutalités de la Chienne de garde et la vente des enfants. J'espère que cela suffira pour qu'ils soient obligés de fermer. Souhaiter que la Chienne de garde soit punie, ce serait peut-être trop demander, mais je pourrai peut-être la hanter. Qui sait, chère Maggie, ce qui nous attend de l'autre côté ?

Cela te paraîtra peut-être curieux, mais pour la première fois depuis longtemps, j'ai un espoir.

Je t'aime, Maggie. Tu as été comme une sœur pour moi depuis le jour où nous sommes arrivées dans cet endroit épouvantable, et ta présence a été un baume pour mon cœur. Je suis désolée de te quitter, mais je sais que toi-même tu quitteras bientôt ce lieu, très bientôt, et que tu feras de grandes choses. Je te supplie de vivre pleinement ta vie, pour toi comme pour moi. Et surtout, ne cesse jamais de chercher Jane. Je sais que tu la trouveras.

Bien affectueusement,

Evelyn Taylor.

Maggie a les mains qui tremblent.

Boum.

Ce vacarme venu du rez-de-chaussée la fait sursauter, désorientée, apeurée. Elle balance les jambes en bas du lit, serrant les lettres dans une main, et marche sans bruit jusqu'à la porte du dortoir. Elle jette un coup d'œil dans le couloir, mais personne d'autre ne bouge. La lumière bleue du petit jour teinte les murs et le plancher. La maison est silencieuse.

Elle se dirige vers l'escalier, vers le bruit qui lui a saisi les entrailles et vidé les poumons.

Descendant avec précaution, Maggie veille à éviter la marche grinçante à mi-parcours, et arrive enfin en bas. Elle se tourne vers le salon et manque de s'évanouir.

Evelyn est pendue à une poutre au-dessus de l'entrée, la tête prise dans un nœud fait de draps attachés bout à bout. Ses jambes dépassent sous sa chemise de nuit grise. Par chance, ses yeux sont fermés, mais ses lèvres se détachent dans un visage couleur de ciment. Ses cheveux blonds lui tombent sur les épaules. Sous ses pieds, une chaise a basculé sur le côté.

Maggie ne se rend pas compte que son corps s'effondre à terre, mais c'est là qu'elle reprend son sang-froid un peu plus tard. Elle serre les lettres dans sa main et tente de maîtriser sa respiration haletante. Elle voudrait regarder ailleurs, mais ce n'est plus possible. Elle ne pourra jamais oublier ce qu'elle a vu, et qu'elle revoit chaque fois qu'elle ferme les yeux.

Au bout d'une minute qui pourrait être une heure, Maggie réussit à se lever en s'accrochant à la rampe d'escalier. Elle se hisse sur ses pieds et titube jusqu'à Evelyn, la lèvre tremblante sous les gouttes de sueur froide et les larmes, puis elle sent une douleur aiguë dans le pied.

Elle tressaille à la vue de l'éclat de verre enfoncé dans sa chair. En se baissant, elle constate que le sol est couvert d'une couche scintillante, les débris du vitrail qui ornait l'imposte. Evelyn a dû le casser pour faire passer les draps par-dessus la poutre. Maggie retire le morceau de verre de son pied, puis sautille jusqu'à la porte d'entrée et chausse une des paires de bottes en caoutchouc. Le verre crisse comme du gravier lorsqu'elle revient près du corps.

— Oh, Evelyn ! murmure-t-elle en prenant la main de son amie.

Elle ne la tient que très brièvement. Le corps n'a pas encore refroidi. L'âme d'Evelyn vient de s'envoler.

Maggie arrive seulement quelques minutes trop tard. Cette idée la transperce comme du fil de fer barbelé. Elle passe délicatement la main sur le bras d'Evelyn. *Mais ce n'est plus Evelyn,* se dit-elle. *Evelyn est partie.*

Elle lâche prise.

Maggie contemple son amie pendant plusieurs longs moments en repensant au contenu de la lettre qu'elle a toujours à la main, en se rappelant le souvenir d'Evelyn tout près de son visage lorsqu'elles bavardaient en chuchotant jusque tard le soir et lorsqu'elles se tenaient chaud au petit matin. Maggie grave cette scène dans sa mémoire, retient tous les détails du corps brisé d'Evelyn, comment il est arrivé à Sainte-Agnès et toutes les raisons pour lesquelles il est maintenant pendu à la poutre du salon, dans la lumière froide de l'aube, en ce matin de mai.

Parce que la colère apparaît alors. Non, pas la colère. La rage. Une fureur sauvage qui circule dans les veines de Maggie comme du poison.

Evelyn est morte. Le bébé de Maggie, Jane, est parti depuis longtemps. Elle pense à Joe, l'ami de son père. Elle pense à la Chienne de garde, aux parents et aux curés des filles qui ont été chassées de chez elles pour faire « ce qu'il faut ». Depuis qu'elle est à Sainte-Agnès, Maggie n'a plus du tout la même conception du bien et du mal. Et elle doit maintenant faire « ce qu'il faut », selon elle.

Quand les premiers rouges-gorges se mettent à chanter leur amour mutuel dans la haie proche de la fenêtre du salon, Maggie prend une décision.

— Au revoir, douce amie, murmure-t-elle en passant une dernière fois les doigts sur la manche de la chemise de nuit d'Evelyn.

Il est temps de s'en aller.

Elle plie en deux la lettre et la glisse dans sa botte. À pas assurés, elle traverse le couloir, vers la cuisine. Une souris file le long du plan de travail et disparaît, fuyant l'agitation. Maggie va droit au tiroir à couteaux. Elle l'ouvre et choisit son préféré, un petit éplucheLégumes. De longueur moyenne, à la poignée large qu'on tient bien en main.

Elle repart vers le vestibule et, avec un dernier regard vers le corps d'Evelyn, elle remonte l'escalier en oubliant presque d'éviter la marche qui grince. Mais elle n'en a plus pour longtemps à devoir être aussi prudente. Sur le palier, elle tourne vers la gauche. Elle connaît toutes les lattes du plancher qui craquent ; elle croit les voir dans une carte mentale alors qu'elle marche en enjambant soigneusement tous les endroits qui pourraient la trahir.

Serrant le couteau si fort que ses articulations sont blanches sur la poignée noire, Maggie atteint la porte de la chambre de la Chienne de garde. Un frisson d'enthousiasme secoue son estomac à la pensée du châtiment qu'elle va infliger. Elle connaît bien la Bible. On la lui serine depuis sa naissance, et son séjour à Sainte-Agnès en a rajouté une couche.

Certes, le méchant ne restera pas impuni.

Elle raffermit encore son emprise sur le couteau et ferme les yeux un instant, pour se préparer. Elle sent le froissement du papier dans sa botte et l'acier dur de la poignée du couteau, tandis que l'écriture d'Evelyn danse devant ses yeux.

Nous n'avons jamais pu décider pour nous-mêmes. Mais là, j'ai un moyen de prendre le contrôle.

La nuit, elle sent encore sur sa nuque l'haleine de son agresseur. Elle sent la force des mains de l'homme qui la plaquent au sol.

Elle donne libre cours à sa rage, qui remplit son cœur, son esprit, et qui imprègne chaque cellule de son corps alors qu'elle entre dans l'obscurité silencieuse de la chambre. Les lourds rideaux sont fermés devant la grande fenêtre, et les yeux de Maggie mettent un moment à s'adapter. Elle bat des paupières plusieurs fois, puis distingue les contours de la commode, du lit à baldaquin, des épaisses couvertures. Elle s'avance. La Chienne de garde est couchée sur le dos, profondément endormie, les bras au-dessus de la tête comme un enfant serein.

Maggie se demande un instant à quoi elle rêve. Puis les coins de sa bouche se retroussent à l'idée qu'elle va interrompre les jolis songes qui bercent alors cette femme ignoble. Elle est entièrement aux commandes, et elle va changer à jamais la vie de celle qui a changé la leur.

Cette nuit, la Chienne de garde est toutes les personnes à la fois contre qui Maggie doit se venger.

Au-dessus de la petite cheminée, l'horloge égrène les secondes comme un compte à rebours pour Maggie qui hésite encore. La Chienne de garde bouge un bras, remue la tête. Elle se réveille lentement. Ses yeux lourds de sommeil se focalisent sur Maggie, dont le cœur fait un soubresaut. C'est maintenant ou jamais.

La jeune fille serre le couteau dans sa main, puis se jette sur la Chienne de garde, lui enfonce la lame dans le corps avec tout ce qui lui reste de force.

Le sang jaillit sur les draps blancs tandis qu'un hurlement emplit la pièce. Maggie lève son couteau et l'abaisse à nouveau, les bras de la religieuse s'agitent en tous sens, sous l'effet de la panique et de la colère.

La Chienne de garde émet un nouveau cri perçant, s'efforce d'appliquer le drap contre les blessures de sa jambe et de sa hanche. Elle se laisse glisser hors du lit et atterrit brutalement sur ses genoux.

Maggie s'enfuit, laissant la Chienne de garde dans une flaque de sang, et manque de se cogner à sœur Marie-Agathe en haut de l'escalier. Celle-ci est encore en robe de chambre, les yeux écarquillés, craintive. Des portes s'ouvrent d'un bout à l'autre du couloir. Maggie entend vaguement les voix des autres filles, les questions qu'elles se lancent les unes aux autres.

— Qu'est-ce qui se passe ?

— Seigneur Dieu, Maggie, s'exclame sœur Marie-Agathe en voyant ses mains maculées de sang.

Elle regarde par-dessus l'épaule de Maggie, vers la chambre de la directrice qui crie à l'aide.

— Venez avec moi, murmure-t-elle. Vite.

Elle court plus vite que Maggie ne l'a jamais vue courir. La jeune religieuse dévale l'ancien escalier de service, à l'arrière de la maison, et débouche dans la cuisine, Maggie sur ses talons. Elle se jette sur la porte du jardin, qui est toujours verrouillée.

Marie-Agathe tire le trousseau de clés de sa poche et tâtonne devant la serrure, les mains tremblantes. À présent, les hurlements des filles à l'étage leur parviennent très distinctement. Puis Maggie sent tout son sang se glacer à la voix du père Leclerc. Il est enfin sorti de sa chambre, il leur ordonne de se calmer et exige des réponses.

— Vos mains ! s'écrie sœur Marie-Agathe.

Maggie se précipite vers l'évier. Elle ouvre le robinet, place ses mains sous l'eau et regarde le sang disparaître tandis que les battements de son cœur lui martèlent les oreilles.

Les hurlements sont de plus en plus sonores. Sœur Marie-Agathe tourne la poignée de la porte et l'ouvre sur le jardin.

— Allez-y, Maggie. Courez sans vous arrêter. Allez-y !

Leurs yeux se rencontrent pendant une seconde, mais Maggie voit s'y refléter tout ce qui se déroule ici depuis des mois.

Le claquement du fouet de la Chienne de garde.

Les bougies de Noël et l'odeur du détergent.

La petite Jane conduite hors de la salle des adieux.

Le corps d'Evelyn suspendu à une poutre. Le verre brisé à terre.

Du sang sur ses mains, un couteau, de l'eau froide.

— Merci, Marie-Agathe.

— Allez-y ! réplique la jeune religieuse en la poussant dans le dos.

Maggie franchit le portail du jardin exactement à l'instant où le cri d'une jeune fille dans le salon du foyer perce le silence de l'aube.

***

Maggie ouvre la grille devant chez son frère Jack, elle entend à peine le grincement familier des gonds, puis elle s'avance sur l'allée de gravier. Il n'a jamais répondu à aucune de ses lettres et elle a fini par renoncer à lui écrire, mais Jack est sa seule option. Si elle ne peut pas trouver refuge chez lui, elle ne sait pas ce qu'elle fera.

Elle frappe à la porte, puis tend un bras pour s'appuyer au mur de brique. Elle sent déjà que son corps se vide de toute énergie. Pendant un instant, elle croit que son frère et sa belle-sœur sont absents, et elle imagine qu'elle devra attendre leur retour sous le porche. Mais Maggie entend une voix haut perchée à l'intérieur de la maison. Elle aperçoit du mouvement derrière la porte vitrée dont on pousse le verrou et qui s'ouvre enfin.

— Maggie ! Toi ici !

— J'ai besoin d'un bon bain, dit bêtement Maggie, dont tout le poids repose maintenant sur un bras vacillant, la peau mince collée à la surface rugueuse des briques.

— Jack ! Viens vite ! crie Lorna par-dessus son épaule tandis que Maggie s'écroule à terre.

***

Maggie referme derrière elle la porte de la salle de bains. Sa belle-sœur a disposé un assortiment de napperons en dentelle et plusieurs pots de crèmes pour le visage et les mains sur une étagère à côté du lavabo. Pliées avec une exactitude surnaturelle, des serviettes-éponges roses s'empilent au-dessus des toilettes.

Maggie tourne la clé en cuivre dans la serrure et entend un clic satisfaisant. Elle n'a pas envie d'être dérangée. Depuis des mois, elle n'a plus un seul moment d'intimité. Elle aspire au calme, au silence, à la solitude et à la fin de tout ce chaos. Son frère lui a dit d'aller se laver, puis de faire une sieste ; ils discuteront quand elle se sera reposée un peu.

Elle s'accroche au lavabo, son faible corps se tend lorsqu'elle se regarde dans le miroir. Au foyer, les filles n'avaient pas le droit à un miroir, mais c'est seulement maintenant que Maggie se demande réellement pourquoi ; elle supporte à peine de contempler son reflet, de rencontrer ses propres yeux, lourds d'un épuisement indescriptible dont elle craint ne jamais se remettre. Son teint est blême, ses traits enfoncés et cireux. Ses pommettes sont plus saillantes que jamais.

Maggie jette un coup d'œil au tas de magazines *Châtelaine* rangés dans un râtelier à côté des toilettes.

Une jolie jeune femme brune orne la couverture : sourcils dessinés, lèvres maquillées, joues pleines et rouges. Toute fraîche, toute neuve. Elle vous apprendra à réussir votre quatre-quarts pour le thé du dimanche et à calmer un enfant difficile. À nettoyer les chemises de votre mari pour qu'elles reluisent d'une blancheur éclatante, amidonnées et repassées, prêtes pour lui chaque matin. Maggie se demande si cette jeune femme souriante peut aussi vous enseigner comment faire disparaître la sueur et le sang du passé, les taches incriminantes, signes de transgression et de malchance. Le rouge à lèvres d'une autre femme sur le col de votre mari.

La jeune fille se penche au-dessus de la baignoire et ouvre à fond le robinet d'eau chaude, qu'elle mêle à peine d'eau froide. Cela fait des mois qu'elle a froid, à l'intérieur comme à l'extérieur de son corps, et elle veut désormais avoir la peau brûlante. Une fois la baignoire pleine, elle commence à se déshabiller. Ses muscles sont douloureux lorsqu'elle détache sa chemise de nuit et retire ses sous-vêtements. Elle grimace en entrant dans l'eau. L'endroit où elle a retiré le morceau de verre de son pied pique à cause de la chaleur. Elle s'allonge et laisse son corps flotter, son esprit également à la dérive.

Le silence règne dans cette maison située dans une rue calme, mais elle entend le brouhaha de la circulation, à une centaine de mètres. Une des savonnettes roses de sa belle-sœur trône dans un récipient en forme de coquillage, sur le rebord de la baignoire. Maggie le porte à son nez et inspire profondément ; le parfum citronné lui rappelle les rosiers qui faisaient l'orgueil et la joie de sa mère. Chaque été, sa mère cueillait des fleurs blanches et roses dans le jardin et les disposait dans des vases, dans toutes les pièces de la maison. Elle ferme les yeux et imagine les fenêtres ouvertes pour laisser entrer la brise, et sa robe du dimanche qui grattait lorsqu'il faisait chaud. Sa mère en gants blancs et chapeau de paille pour aller à l'église. La citronnade fraîche et l'odeur d'herbe coupée.

Maggie sent les larmes qui coulent sur sa mâchoire. Pourquoi tout a-t-il mal tourné ? Une nuit, il n'en a pas fallu davantage. Un événement qui a divisé sa vie en un avant et un après. Un seul petit moment qui définit entièrement son existence.

Ses parents l'ont reniée. Son frère l'autorise à rester chez lui provisoirement. Mais que se passera-t-il lorsqu'il l'aura assez vue ? Combien de temps pourront-ils dissimuler sa présence à leurs parents ? La police va-t-elle venir la chercher ?

Maggie bat des paupières. Ses yeux fatigués la démangent, au point qu'elle a du mal à se concentrer. Elle les referme, mais cette fois tout est noir. Un avenir noir où il n'y a rien, ni signaux ni points de repère pour la guider. Rien qu'une étendue noire à l'infini. Elle se sent plus épuisée que jamais. Il n'y a pas de retour en arrière. Et pas moyen d'aller de l'avant.

Maggie se frotte lentement les bras avec la savonnette. Il lui reste si peu d'énergie. Son regard se perd et tombe sur les étagères voisines du lavabo. Elle aperçoit la boîte de lames de rasoir, qu'elle fixe un moment. Son esprit est vide. Elle ne sait même pas exactement à quoi elle pense. Mais elle se sent attirée par cette boîte.

Ils l'ont déjà étiquetée « fille perdue ». Peut-elle encore se perdre un peu plus ? Un péché pourrait effacer tous les autres. Et elle n'aurait plus de souci à se faire. Son cœur ne serait plus comme une masse de plomb. Son corps squelettique n'aura pas à s'en remettre. Son esprit pourra enfin s'endormir. C'est ce qu'elle veut à présent. La nuit et le silence.

Maggie se hisse hors de la baignoire et frissonne dans l'air froid. D'un doigt mouillé, elle ouvre la petite boîte, laisse des traces humides sur le carton jaune. Elle choisit un rasoir, le tient avec précaution dans sa paume. L'air est immobile, la lourde brume de l'eau chaude a embué la vitre et s'est condensée sur les flacons en verre. Elle entend un Klaxon au loin, mais bien au-delà de ce rêve.

Maggie ravale la peur qui lui monte dans la gorge et se réinstalle dans la baignoire. Elle observe ses poignets. Le bain a adouci sa peau, et il n'y a plus une once de graisse sur son corps. Cela rendra l'acte moins difficile.

L'acte.

Cette pensée voltige dans l'air comme un colibri tandis que Maggie passe son pouce sur le plat de la lame. Cela pourrait même être facile. Sans douleur. Et après, plus rien. Elle n'a pas besoin de se préoccuper de ce qui suivra. Cette pensée se niche au fond de sa poitrine, chaude et rassurante.

Elle ne sait pas ce qu'elle fait, elle obéit à son intuition. Maggie émet un dernier souffle, puis glisse la lame en travers de son poignet en appuyant aussi fort qu'elle peut, avec une grimace quand elle sent la coupure espérée. Elle ne s'arrête pas, même quand elle a l'impression que son estomac se révulse. Même quand le sang se répand dans l'eau du bain, en volutes comme une fumée rouge sous la surface. Même quand chaque instinct de son corps lui hurle d'arrêter.

Arrête ! entend-elle.

Bientôt.

Maggie !

C'est trop tard, maintenant.

Ses doigts lâchent la lame, l'eau du bain devient de plus en plus rouge à chaque instant. Elle s'adosse à la céramique dure.

À présent elle flotte. Elle est redevenue enfant, elle ne sent plus que le parfum des roses. Le goût de la limonade et le bruissement des feuilles d'érable. Son frère l'appelle dans le jardin. Elle cueille une des roses. Une épine lui pique le doigt et elle voit une goutte rouge perler sur sa peau. Une voix de femme, sans doute sa mère, lui demande ce qu'elle fait. La saisit par le bras et exige une réponse, comme toujours.

Maggie, tu avais promis.

Je suis en train de mourir, Maman. Et tu ne peux pas m'en empêcher.

Maggie sourit et dégage son bras alors qu'elle s'évanouit dans le brouillard du passé.

La baignoire se remplit de sang à mesure que les volutes écarlates émanent de son poignet. La lame de rasoir tombe au fond de l'eau sombre. Maggie ferme les yeux, sa tête bascule sur le côté, renversant le porte-savon qui se brise à terre.

— Maggie ? crie d'en bas la voix de Jack.

Silence.

Quelques instants après, une clé tinte dans la serrure. Jack est de l'autre côté, il crie quelque chose.

La porte s'ouvre, un appel d'air disperse la brume de la salle de bains.

D'un seul mouvement, Jack est au bord de la baignoire.

— Lorna ! Lorna, va chercher la trousse ! hurle-t-il par-dessus son épaule.

Jack serre dans une main le poignet de Maggie, le pouce contre la plaie. Il plonge le bras dans la baignoire et l'on entend un *pop !* caractéristique lorsqu'il arrache la bonde, puis le gargouillis de l'eau qui est entraînée dans la tuyauterie.

— Maggie ! Oh mon Dieu. Maggie, je t'en prie...

Lorna fait irruption dans la pièce, tenant une grande valise noire.

— Je suis désolée, je ne l'ai pas retrouvée tout de suite ! Elle n'était pas dans le placard, j'ai dû chercher...

Elle a un instant de stupeur.

— Oh mon Dieu, Jack, elle est... ?

— Le pouls bat encore, mais faiblement. Vite, Lorna, il faut que je lui fasse une transfusion.

Lorna fouille dans la trousse et en tire des instruments : un long tube, des aiguilles, d'autres objets encore.

— J'appelle une ambulance.

— Non !

Elle le regarde, hébétée.

— Tu es sérieux, Jack ? Elle est mourante ! Elle pourrait être déjà morte !

— Non, Lorna, elle n'est pas morte, et j'ai besoin de toi. Stérilise les aiguilles avec de l'alcool, puis viens lui suturer le poignet. Je ne pourrai pas le faire quand j'aurai l'aiguille dans le bras, et il faut que je la transfuse.

Lorna hésite.

— Ça va marcher ?

Son mari renifle et s'essuie le nez avec le revers de la main.

— Je ne sais pas. Mais il faut essayer.

***

Les yeux de Maggie s'entrouvrent lentement, ses paupières encore engluées par le sommeil. Elle se les frotte avec ses poings. Ses yeux secs ont du mal à se focaliser sur le mur en face du lit. Une peinture représentant deux chatons blancs, sur un gros coussin.

Où suis-je ?

Il lui faut un moment pour comprendre. La voix de son frère, au loin, résonne dans l'escalier depuis le rez-de-chaussée. Cette même voix qui lui ordonnait sévèrement de lui donner la main quand ils étaient enfants, avant de traverser la rue sur le chemin de l'école. La voix qui l'a aidée à dire tout haut le secret qu'elle portait dans son cœur et dans son corps, qui l'a encouragée à en parler à leurs parents, parce qu'ils comprendraient, bien sûr. La voix qui allait et venait, qui ne cessait de répéter son nom en l'implorant – « Reste avec moi, Maggie, reste avec moi » – tandis qu'il lui injectait son propre sang dans les veines.

Il répète encore son nom, cette fois de l'autre côté de la porte.

— Maggie ?

Elle enfouit son visage dans un oreiller qui sent la poussière et la lavande. Elle est dans la chambre d'amis, chez Jack et Lorna, au bout du couloir du premier étage, une chambre meublée d'un étrange ramassis de vieux objets, lampes et gravures.

— Maggie ? Tu es réveillée ?

On frappe doucement à la porte.

— Oui, répond Maggie qui le regrette aussitôt.

La poignée de la porte tourne avec un léger grincement, et le nez de son frère apparaît dans l'entrebâillement.

— Tu es visible ?

— C'est de l'humour ?

Jack pousse la porte avec un coin du plateau qu'il tient, chargé d'un vrai petit déjeuner anglais : œufs, saucisses, tomates, toasts, confiture de cassis faite par Lorna en personne, et thé. Maggie se redresse pour s'asseoir, le dos contre la tête de lit en bois, et détaille d'un œil sceptique le contenu du plateau.

— Tu viens de sauter deux repas. Il faut que tu manges.

Son frère pose le plateau sur les genoux de Maggie, puis s'assied au bout du lit. Il est face à la porte, comme pour s'enfuir le plus vite possible. La gorge de Maggie se serre lorsqu'elle voit les cernes noirs sous ses yeux, et ses épaules voûtées.

— Jack...

— Pourquoi, Maggie ? Pourquoi as-tu fait une chose pareille ?

Maggie évite de croiser le visage angoissé de son frère. Elle entend les oiseaux à l'extérieur et elle comprend qu'elle a désespérément besoin d'air frais.

— Maggie, insiste Jack. Regarde-moi.

Sous des cils humides, ses yeux croisent ceux de son frère.

— Pourquoi ?

Il attend, les mains jointes.

Maggie prend la tasse de thé et en boit lentement une gorgée. Un bruit d'assiettes et de verres qui s'entrechoquent monte de la cuisine où Lorna fait la vaisselle. Maggie sait qu'elle leur doit la vérité.

— Tu n'as jamais reçu mes lettres ?

— Non. Combien en as-tu envoyé ?

— Une par mois, à peu près. Davantage au début. Dix ou douze ? (Comme si cela comptait encore.) La Chienne de garde les détruisait sûrement. C'est elle qui postait toutes nos lettres. Ou du moins c'est ce qu'on croyait.

— Qui est la Chienne de garde ?

— La directrice du foyer. La mère supérieure. Elle...

Maggie n'achève pas. Jack s'éclaircit la gorge.

— Bien, peu importe. (Un long silence avant qu'il ose poursuivre, tout bas.) Où est le bébé, Maggie ?

Maggie lutte un instant contre la douleur, mais ses yeux se ferment et elle ressent comme un terrible tourbillon dans ses entrailles.

— Ils me l'ont pris, Jack, réussit-elle à articuler. Le bébé a été adopté.

Elle prend la serviette sur le plateau et s'éponge le visage. Elle n'a jamais pleuré autant devant quiconque. Elle n'a jamais pleuré autant, tout court. Elle déteste se sentir aussi faible.

Jack garde un moment le silence. Il hoche la tête avant de parler, comme pour confirmer ce qu'il pensait.

— Mais tu prévoyais de le confier à l'adoption, de toute façon ? C'est bien ce qui était prévu ?

— Oui, au départ. Mais quand ma fille est née, quand je l'ai eue dans les bras, je suis devenue moins sûre de moi. Quand j'ai vu son visage. Elle te ressemblait.

Maggie s'étrangle sur un sanglot.

Jack lui enlève le plateau qu'il place sur la commode pendant que sa sœur reprend ses esprits, mais il lui rapporte le thé, qu'elle sirote avec gratitude.

— Dans une des lettres. (Elle s'interrompt.) Je te demandais si… si Lorna et toi vous voudriez l'adopter. Parce que…

Jack soupire sans bruit.

— Je vois. Ça aurait été logique. Je comprends. Lorna a abordé la question un soir, mais je pense qu'elle avait peur de le proposer vraiment. Je ne lui ai jamais raconté ce qui t'était arrivé, Maggie, mais franchement, étant donné la façon dont cet enfant a été conçu… Je pensais que tu ne voudrais pas le voir. Je pensais que tu serais contente d'en être débarrassée.

Jack est la première personne à qui elle en a parlé. Il lui a tenu la main pendant qu'elle avouait tout à leurs parents. Ils ont admis qu'elle était enceinte, mais ont refusé d'accepter sa version des faits.

— Je le croyais aussi, répond-elle. Mais tout a changé quand j'ai senti que cet enfant était le mien. Et si vous l'aviez pris, toi et Lorna... Elle m'avait parlé de ses fausses couches l'an dernier... je pensais que ç'aurait été une bonne solution pour tout le monde.

— Mais, Maggie, je...

— Je sais, Jack. Je sais.

Elle se rend compte qu'il est réellement la seule personne qu'elle ait en ce monde.

— Qu'est-ce... ? commence-t-il. Qu'est-ce qui s'est passé là-bas ? Comment en es-tu arrivée à t'ouvrir les veines dans ma baignoire, Maggie ? J'ai besoin de comprendre.

Maggie prend une grande respiration, puis revit courageusement le cauchemar, qu'elle relate à son frère dans le moindre détail : les corvées imposées, leurs conditions de vie, le père Leclerc, la Chienne de garde, et la mort d'Evelyn. Jack est mal à l'aise, mais elle continue.

— Et ils vendaient les bébés. Ils les *vendaient*, Jack.

Sous ses cheveux roux, Jack a le front plissé.

— Mais comment pouvaient-ils faire ça sans votre accord ?

— Ils nous faisaient signer avant de nous donner des antidouleurs.

Jack reste bouche bée.

— Mais, Maggie, on ne peut pas te faire signer un contrat dans cet état-là. Ça ne vaut rien, ça ne t'engage pas. Un avocat pourrait le prouver !

Un silence massif suit les mots de Jack. Leurs regards se rencontrent au-dessus du lit. Au fond de sa poitrine, Maggie sent que l'espoir tente de renaître peu à peu.

— Mais qui va me croire, Jack ? Beaucoup de filles dans ce foyer abandonnent volontairement leur enfant. On te persuade, on te force à accepter. On te dit que ton bébé aura une vie meilleure dans une famille d'adoption, que tu n'auras pas les moyens de l'élever, que tu finiras par te prostituer dans les rues. Ils terrorisent les filles pour qu'elles signent. C'est l'Église, Jack. Qui va nous croire ? Même si on me croit, on te dira que les bébés étaient mieux avec des parents adoptifs, qu'on nous ait laissé le choix ou non. C'est sans espoir.

Jack se mord la lèvre exactement comme Maggie.

— J'imagine que tu n'as pas vu le nom, sur les documents d'adoption ? Le nom des parents ?

Maggie fait signe que non.

— Je me rappelle à peine avoir signé.

Elle sait que son frère est plein de bonnes intentions, mais avec des si... Ce n'est plus possible, il n'y a plus rien à faire. C'est fini. Jane est perdue.

— Et puis il y a autre chose, souffle-t-elle.

Jack attend.

— J'ai... J'ai attaqué sœur Marie-Thérèse. La directrice.

Jack bondit du lit.

— Quoi ?

— Jack, elle l'avait mérité, je t'assure.

— Quoi ? Qu'est-ce qu'elle avait mérité ?

Maggie sent la honte lui brûler la nuque.

— Elle nous frappait. Elle vendait nos bébés. C'est une femme malfaisante, Jack.

Jack ouvre la bouche et la referme, puis se jette sur le lit.

— Qu'est-ce que tu lui as fait ?

— Je l'ai poignardée.

— Bon Dieu, Maggie. (Jack se cache un moment la tête entre les mains, puis rejette en arrière ses cheveux lisses.) Mais tu vas être arrêtée. La police pourrait être ici d'une minute à l'autre ! Pourquoi n'as-tu rien dit quand tu es arrivée ?

En l'entendant hausser la voix, Maggie se raidit, se recroqueville. Jack le remarque et s'excuse aussitôt.

— Pardonne-moi, Maggie. Où l'as-tu poignardée ? demande-t-il avec peine. Y a-t-il un risque qu'elle en soit morte ?

Maggie secoue la tête.

— Sans doute pas.

— Sans doute pas ?

— Je ne suis pas sûre. Je ne sais pas. C'était juste après que j'ai trouvé mon amie Evelyn morte. J'en avais assez. Il y a eu un déclic. J'avais le visage de Joe devant moi. Je l'ai poignardée et je me suis enfuie. Sœur Marie-Agathe m'a ouvert la porte et m'a dit de courir. Je ne savais pas où aller, donc je suis venue ici. J'ai pensé que j'aurais la police à mes trousses... Tes rasoirs étaient dans la salle de bains. J'ai pensé que je mourrais sans m'en rendre compte, et... Je me suis réveillée ici ce matin, et je suis en vie grâce à toi. (Elle se penche et lui caresse le bras en évitant de regarder le pansement autour de son poignet.) La police ne s'est pas présentée, donc je suis sûre que la Chienne de garde n'est pas morte. Maman ne t'a pas appelé ?

Jack fait signe que non.

— Donc on ne viendra pas me chercher ici. J'en suis sûre. Écoute, j'ai une lettre d'Evelyn, adressée à la police. Elle m'a demandé de la poster, c'était sa dernière volonté. J'espère, quand ils la liront, qu'ils iront arrêter la Chienne de garde. Ce n'est pas moi qu'ils doivent mettre en prison. Et le foyer va devoir expliquer pourquoi une des filles est morte, et pourquoi la directrice a été poignardée. Ça doit être la panique, là-bas. On ne viendra pas me chercher. Cette lettre est ma meilleure défense.

Jack tâche de mettre de l'ordre dans ses pensées, puis serre Maggie dans ses bras, au risque de broyer son corps affaibli. Il soupire sur son épaule. Il est chaud et solide, il sent l'après-rasage au cèdre qu'elle lui a offert l'an dernier pour son anniversaire. Elle sourit à travers ses larmes.

— Je suis tellement désolé, Maggie, chuchote-t-il dans son oreille. J'aurais dû te tirer de là. Je suis tellement désolé.

— Tu ne pouvais pas savoir, Jack.

— Je t'aime, Maggie.

— Je t'aime aussi.

La chambre est silencieuse. Maggie entend le tic-tac du réveil sur la table de chevet. Elle compte vingt et un coups. Son frère et elle se tiennent enlacés pendant vingt et une secondes, jusqu'à ce qu'elle respire plus lentement, au même rythme que lui. Vingt et une secondes qui comblent l'abîme qui s'était creusé et qui renouent les liens entre eux. Vingt et une secondes jusqu'à ce que l'étreinte cesse et que Jack pose la question impossible.

— Bon. Qu'est-ce qu'on fait, maintenant ?

30

Evelyn

Printemps 2017

EVELYN DÉTACHE LES YEUX de sa main qui caresse le dos de Darwin depuis une heure, pendant qu'elle contait son histoire à Angela. Elle a rarement éprouvé un soulagement aussi vif. Elle s'est affranchie d'une partie de la souffrance en confiant son secret à Tom, mais cette fois, avec Angela, c'est différent, comme si elle voyait enfin une voie s'ouvrir devant elle. Après des décennies d'espoir, elle pourrait enfin – presque – trouver Jane.

Des mouchoirs froissés sont éparpillés sur la table basse. Angela les contemple, les yeux embués. Evelyn voit bien qu'elle ne sait pas quoi dire. Elle est encore sous le choc de cette révélation, depuis les horreurs du foyer Sainte-Agnès jusqu'à cette matinée qui a suivi l'évasion et la tentative de suicide de Maggie.

— Donc…, commence-t-elle. Qu'est-ce qui s'est passé quand vous êtes revenue à Toronto ? Vous avez revu Jack ? Vous vous êtes mariée ou vous avez eu d'autres enfants ? Je suis désolée, je vous pose tant de questions.

Un sourire se forme lentement sur le visage d'Evelyn, comme si elle ne savait pas vraiment s'il avait le droit d'être là.

— Oui, je vois encore Jack. Nous sommes très proches. Et j'ai été longtemps mariée. À un homme.

Angela hausse les sourcils.

— Racontez-moi.

— Jusqu'à il y a un peu plus de dix ans. Il s'appelle Tom O'Reilly. C'est mon meilleur ami. Nous avons divorcé pour qu'il puisse épouser Reg, l'homme qu'il aime depuis longtemps. Quand c'est enfin devenu légal.

— Pourquoi avez-vous épousé un homosexuel ?

Evelyn lance à Angela un regard de pitié.

— Afin que nous puissions nous cacher tous les deux, ma chère.

Angela penche la tête, invitant Evelyn à continuer.

— Tom était médecin, lui aussi. Nous nous sommes rencontrés pendant nos études à Montréal et nous sommes devenus amis. Il lui fallait une femme intelligente pour les dîners en ville ; s'il était resté célibataire, cela aurait pu faire jaser. Quant à moi, les femmes médecins étaient déjà relativement rares à l'époque, mais une femme médecin sans mari, ça n'aurait pas non plus été bon pour les affaires. Donc, nous nous sommes mariés et nous avons vécu comme les meilleurs amis du monde. Nous portions une alliance, nous nous montrions ensemble en public dès que l'occasion se présentait, mais à part ça, chacun vivait sa propre vie. Je vois souvent Tom et Reg. Parfois nous partons en vacances tous les trois. Et j'habite ici depuis le divorce. J'aime l'animation de la ville. Quand tout est trop calme, mon esprit se met à vagabonder. Je réfléchis trop. Je pense à...

Elle baisse la tête et Angela lui tend encore un mouchoir.

— Mon Dieu, j'ai horreur qu'on me voie dans cet état, murmure Evelyn en roulant des yeux. Je n'en suis pas arrivée où j'en suis à force de pleurer comme un veau.

— Je pense que vous pouvez vous laisser aller un peu, vu les circonstances.

Evelyn émet un son, entre la protestation et le ricanement.

— Vous avez raison. Les jeunes sont souvent plus sages que nous ne le croyons, nous, les vieux machins.

Angela a un sourire triste, puis pose la question qui la tracasse :

— La Chienne de garde est morte ?

— Non. Enfin, elle est morte par la suite, mais pas à cause de moi. Après ma fuite, nous avons épluché les journaux, Jack et moi, mais n'avons rien trouvé sur le foyer jusqu'au jour où sa fermeture a été annoncée, à la fin de l'été, après que j'ai envoyé la lettre d'Evelyn à la police. Dans les années 1990, Jack m'a dit avoir appris qu'elle était décédée. Dieu merci.

Angela soupire.

— Vous permettez que je vous demande si vous vous êtes réconciliée avec vos parents ? Vous ont-ils demandé pardon de ne pas avoir empêché les abus commis par cet ami de votre père, ou bien... ?

Une tasse vide entre les mains, Evelyn regarde droit devant elle.

— Ils ont déclaré à Jack qu'ils ne voulaient plus me voir si je persistais à affirmer que leur ami m'avait violée. Ils ne voulaient pas le croire. Ou du moins, ils ont fait comme s'ils ne voulaient pas le croire. La force du déni... Mais je n'ai pas pu le leur pardonner. Ils m'ont crue morte, et nous avons entretenu ce mensonge jusqu'à leur décès, mon frère et moi.

— Oh.

— Jack a partagé l'héritage avec moi quand ma mère est morte. Elle est décédée quelques années après mon père ; j'ai assisté à l'enterrement, assise au fond de l'église. L'argent m'a servi à créer la bourse médicale Evelyn Taylor. (Elle sourit.) C'est une bourse modeste pour les mères célibataires qui font des études de médecine.

— Quand je suis partie à la recherche de Margaret Roberts pour savoir si elle... si vous étiez encore en vie, j'ai trouvé un faire-part de décès publié en 1961, dit Angela.

— C'est mon frère qui l'a fait paraître. J'en ai une copie quelque part.

— Mais comment avez-vous pu publier un faire-part s'il n'y avait pas eu décès ?

— À l'époque, c'était facile, répond Evelyn en haussant les épaules. Il n'y avait pas les archives détaillées et la paperasserie officielle qui nous encombrent aujourd'hui. Surtout pour les femmes. Nous étions jeunes, Evelyn et moi ; nous n'avions encore voté ni l'une ni l'autre, nous n'étions inscrites dans aucune université. Nous n'avions ni permis de conduire ni document d'identité. Le système national de santé n'existait pas, pas de carte de sécurité sociale, pas de carte de crédit. Disparaître ou changer de nom était beaucoup plus simple. J'ai dit à Jack qu'il fallait que je reparte à zéro. Nous en avons beaucoup discuté, et nous avons finalement décidé qu'il devait signaler ma disparition. Et c'est moi qui ai proposé le faire-part de décès : une preuve imprimée que Margaret Roberts était morte. C'était la solution la plus nette.

Evelyn se remet à caresser Darwin, qui arque le dos sous sa paume.

— Jack a donc dit à mes parents que j'avais fui le foyer, et quelques semaines plus tard j'ai rédigé une lettre de suicide, expliquant que je me cachais quelque part en ville et que je prévoyais de me tuer, alors qu'en réalité je vivais dans sa chambre d'amis. Il l'a montrée à mes parents, puis il a fait paraître le faire-part. Et comme je m'étais suicidée, je n'ai pas eu le droit à un enterrement. Personne ne m'a accompagnée jusqu'à ma tombe. Je n'étais qu'une fille perdue. Honnêtement, ça n'a pas été difficile. Pour moi, en tout cas, ajoute-t-elle en passant le pouce sur le bord de sa tasse. Mais Jack a fait de grands sacrifices pour m'aider à redémarrer...

Elle reprend sa respiration.

— En tout cas, je voulais aller à la fac, et après la lettre d'Evelyn, j'ai dit à Jack que j'envisageais de faire médecine. Comme Lorna et lui n'avaient pas d'enfants – malgré tous leurs efforts, les malheureux –, il avait les moyens de financer mes études. J'avais toujours eu d'excellentes notes à l'école. J'ai envoyé ma candidature à l'université McGill sous le nom d'Evelyn Taylor, et j'ai été acceptée.

— Pourquoi avoir choisi ce nom-là ?

Elle réfléchit un instant à la question, se rappelle les froides matinées d'hiver où elles discutaient des espoirs d'Evelyn pour son avenir, blotties dans le même lit ; un avenir qui allait être anéanti quelques mois plus tard. Les mots lui reviennent, comme un écho à la surface d'un lac profond.

— Dr Evelyn Taylor, ça sonne bien, non ?

Angela prend une position plus confortable.

— Donc, vous vous êtes fait passer pour la véritable Evelyn quand vous avez commencé vos études de médecin à Montréal ?

Evelyn fronce les sourcils.

— Je ne me suis pas fait passer pour elle. Je ne lui ressemblais pas du tout. Disons plutôt que j'ai repris à mon compte ses rêves. J'ai donné vie à son avenir pour toutes les deux, puisqu'elle n'était plus là pour le réaliser. Dans sa lettre d'adieux, elle me demandait de vivre pour elle et pour moi, et j'ai consacré chacun de mes jours à exaucer ce vœu.

Elle marque une pause avant de poursuivre :

— De toute façon, il ne restait plus grand-chose de ma propre identité. J'ai commencé par un mensonge, puis j'ai enchaîné avec d'autres, et je ne me suis plus arrêtée. (Ses yeux se voilent à nouveau.) Plus on garde un secret, Angela, plus il grandit, et plus il a de pouvoir sur vous.

Chacune des deux femmes se perd dans ses réflexions. Angela est la première à en sortir.

— Ça paraît un peu macabre, que vous ayez conservé votre propre faire-part de décès.

— J'ai également celui de la véritable Evelyn.

— Waouh.

— Je pense que je portais aussi le deuil de Margaret Roberts. J'ai dû devenir Evelyn Taylor tellement vite, je n'ai jamais eu l'occasion de dire adieu à Maggie. C'est un mélange d'émotions assez compliqué.

Evelyn adresse à Angela un sourire mouillé de larmes.

— Je ne peux même pas l'imaginer.

Evelyn tend la main et effleure la joue de sa jeune visiteuse.

— Je suis bien contente que vous n'ayez pas à vous l'imaginer.

Angela soupire.

— C'est sûr qu'aujourd'hui, nous avons plus d'options. Grâce à vous.

— Ah ! Je vous en prie. Nous avons mené ce combat pour nos filles, nos petites-filles et nos arrière-petites-filles. Nous l'avons mené pour nous toutes. Pour vous toutes.

Le soleil orangé brille derrière les fenêtres. C'est la fin de l'après-midi.

Angela pose sa tasse de café.

— Vous avez cherché Jane ? Votre message... Je suis désolée, je l'ai lu. J'ai l'impression d'avoir violé votre intimité, maintenant, mais il le fallait. Vous disiez que vous ne renonceriez jamais à la retrouver.

Evelyn acquiesce.

— Oui, je l'ai cherchée du mieux que j'ai pu. Ce n'était pas facile ; en ce temps-là, les réseaux sociaux n'existaient pas. Ni Internet. Certaines agences de recherche sont apparues dans les années 1980, mais pour que le système fonctionne, il fallait que le parent et l'enfant soient répertoriés. J'ai fait paraître des annonces dans les journaux pendant des années, mais je ne pouvais pas utiliser mon vrai nom, voyez-vous. Et c'est le seul que Jane pouvait connaître, si elle avait lu mon message, ce qui me semblait assez peu probable. J'ai supposé que ses parents adoptifs l'avaient jeté. Tom dit qu'un jour il a reçu un coup de téléphone d'une jeune femme qui a hésité à parler, puis qui a raccroché en expliquant qu'elle s'était trompée. C'était il y a quelques décennies. J'ai voulu espérer, mais ce devait réellement être un faux numéro.

Elle ferme les yeux, croise les bras et sa poitrine se voûte.

— Je sens encore mon bébé contre moi. Au départ je ne voulais pas de cet enfant, à cause de la façon dont il avait été conçu. Mais quand je l'ai senti bouger en moi, tout a changé. Il est devenu *mon* enfant.

Angela déglutit difficilement et presse l'épaule de la vieille dame.

— Quel est son nom d'adoption ? demande Evelyn à Angela.

— Nancy Mitchell. Mais sur Internet, elle est restée Nancy Birch. C'est pour ça que…

— Nancy *Mitchell* ?

— Oui, je lui ai parlé, Evelyn. (Angela s'avance sur son siège, comme si elle avait hâte de tout raconter.) Elle a très envie que j'organise une entrevue. Voudriez-vous rencontrer votre fille ?

Evelyn répète le nom.

— Nancy Mitchell ?

Angela confirme :

— Oui.

Les souvenirs se précipitent, se bousculent dans l'esprit d'Evelyn.

Nancy Mitchell, sur la table d'opération.

Nancy Mitchell, lui tenant la porte à la sortie du foyer Sainte-Agnès où elle était venue dire adieu à Chester Braithwaite. Nancy Mitchell, la prenant dans ses bras dans la rue, au coucher du soleil.

Nancy Mitchell, qui a rejoint le réseau Jane et qui a fait partie du mouvement aux côtés d'Evelyn.

Nancy Mitchell, dont le courage s'est enflammé quand une traîtresse lui a braqué une arme contre l'arrière du crâne.

Nancy.

Jane.

Sa fille.

— Voudriez-vous la rencontrer ? redemande Angela.

— Angela, commence Evelyn, abasourdie par ce qu'elle est sur le point de dire. Je crois que je l'ai déjà rencontrée.

31

Evelyn

Printemps 2017

DOUZE HEURES TRENTE-CINQ.

C'est presque l'heure.

Evelyn est extrêmement agitée, et elle s'efforce de s'occuper les mains. Elle a fait trois lessives depuis qu'elle s'est réveillée à quatre heures après une nuit d'insomnie. La troisième était une série de serviettes qu'elle avait déjà lavée deux jours plus tôt. Elle s'est préparé une tasse de café fort vers cinq heures, puis est passée au déca ; elle n'a pas besoin d'excitants supplémentaires, elle est déjà bien assez stimulée.

Nancy doit arriver à treize heures. Par l'intermédiaire d'Angela, Evelyn l'a invitée à venir prendre le thé chez elle, et pendant les deux jours qui se sont écoulés depuis, elle a beaucoup réfléchi au côté ridicule de cette invitation. On « prend le thé » avec une vieille amie que l'on n'a pas vue depuis des mois, pour discuter de la liste des invités à un mariage, ou pour préparer un week-end à la campagne. On ne propose pas de « prendre le thé » à sa fille que l'on a si longtemps crue disparue.

Mais dans une situation aussi absurde, aussi extraordinaire, comment est-on censé se retrouver officiellement ? Comment est-on censé procéder ? Il n'y a pas de règle, pas de directives. Qu'aurait pu proposer Evelyn à Nancy, à part prendre le thé ensemble ?

Angela a parlé à Nancy, a obtenu confirmation qu'elle était bien la Nancy Mitchell qui avait travaillé pour le réseau Jane, puis elle lui a expliqué qui était réellement Evelyn. Angela dit qu'il lui a fallu un certain temps pour digérer la chose, pour y croire. Leur entretien a duré plus d'une heure. Mais maintenant elle sait, et elle veut toujours rencontrer Evelyn.

Après avoir changé de tenue quatre fois, Evelyn opte finalement pour un jean propre et un chemisier de la même nuance de jaune que les chaussons qu'elle avait tricotés pour Jane il y a tant d'années. Elle se demande si Nancy les a jamais vus. Elle note dans sa tête qu'elle devra lui poser la question.

Elle a lissé ses cheveux gris et a même mis un peu de rouge à lèvres, ce qu'elle fait rarement. Hier, elle a récuré toute la maison de la cave au grenier et a regarni le vase de lilas fraîchement coupé. Leur parfum se répand à présent dans la pièce lorsqu'elle entrouvre la fenêtre pour laisser entrer la brise printanière. L'odeur de la ville au printemps – boue, gaz d'échappement, arbres en fleurs – lui emplit les narines, et ce cocktail familier apaise ses nerfs, si peu que ce soit.

Evelyn consulte à nouveau l'horloge.

Douze heures quarante.

Elle exhale sa nervosité à travers ses lèvres pincées comme elle le fait en cours de yoga, et se dirige vers la porte. Le bruit de la circulation et des voix augmente lorsqu'elle sort sur le trottoir. La lumière la frappe au visage, elle tressaille mais sourit. Le printemps et le retour du soleil sont toujours un soulagement, mais aujourd'hui c'est une raison de sourire pour le visage d'ordinaire sérieux d'Evelyn.

Elle ne prend pas la peine de refermer la porte à clé ; dans une minute, elle ira chercher Angela chez Thompson Antiquités. C'est un samedi après-midi, donc un autre employé a accepté de remplacer Angela au magasin, afin qu'elle puisse, à la demande d'Evelyn, servir d'amortisseur lors de la rencontre. Angela a proposé de venir directement chez elle, mais Evelyn lui a expliqué qu'elle tenait à voir les boîtes aux lettres. Elle a besoin de visualiser l'erreur qui l'a privée de Nancy pendant si longtemps.

Une fois au magasin, Evelyn s'arrête devant les deux boîtes fixées au mur de brique à côté de la porte. Le jacassement des piétons sur le trottoir, les Klaxons, le crissement du tramway, tout cela passe au second plan. Elle se représente Nancy glissant la main sous le volet de métal rouillé pour prendre les publicités, les factures et le courrier indésirable, sans jamais savoir qu'il y avait aussi une autre lettre pour elle. La seule vision de cette boîte aux lettres la fait souffrir.

Bien qu'elle soit encore en bonne santé pour son âge, Evelyn est dans la dernière ligne droite, elle n'a plus le temps de commettre des erreurs. Elle n'a surtout plus le temps de réparer ses erreurs.

Quand on est jeune, on regarde le temps par le mauvais bout de la lorgnette. Le bout généreux qui donne l'impression que tout est très loin, que des années-lumière s'étendent entre vous et ces objets dont une distance magique vous sépare. Et puis, sans prévenir, le temps inverse la machine, et soudain vous regardez par le bon bout, le bout par lequel vous étiez censé regarder depuis le début, si vous aviez fait attention. Le bout par lequel tout paraît énorme et dangereusement proche. Le bout qui zoome sans pitié et vous oblige à voir les détails sur lesquels vous auriez dû vous concentrer depuis toujours.

Evelyn et Nancy se sont côtoyées pendant des années, mais aucune n'a jamais connu la véritable identité de l'autre. Evelyn cherche à ranimer ces souvenirs pour en faire du temps vécu avec sa fille, mais ce n'est pas la même chose.

Elle contemple à nouveau les boîtes aux lettres, envisage une autre tournure des événements. Même si la lettre de Frances Mitchell était parvenue à destination, il aurait peut-être fallu à Nancy exactement autant d'années pour localiser Evelyn, ou bien elle n'aurait peut-être jamais pu la retrouver du tout, puisque Evelyn avait changé de nom. En un sens, peut-être cette erreur de la poste a-t-elle garanti que les deux femmes se retrouveraient. Si Angela n'avait pas découvert la lettre et n'avait pas fait le rapprochement, Evelyn ne serait peut-être pas en train d'attendre Nancy aujourd'hui. Elle serait peut-être morte sans savoir que Nancy Mitchell est sa fille Jane.

Cela fait plusieurs décennies qu'Evelyn ne croit plus en Dieu, et elle n'adhère pas non plus au concept de destin. La vie est simplement trop cruelle pour que tout cela existe. Mais comme beaucoup de gens, elle s'interroge de temps à autre sur les étranges coïncidences qui résolvent parfois certaines difficultés.

Le bruit de la rue revient brusquement quand Evelyn tourne la poignée de la porte et entre dans le magasin en faisant tinter le carillon. Angela est perchée sur une chaise derrière le vieux pupitre. Elle agite un stylo à toute vitesse et ses yeux brillent sous ses cheveux noirs.

Elle relève la tête en direction d'Evelyn, puis de l'horloge accrochée au mur. Evelyn suit son regard.

Douze heures quarante-huit.

— C'est l'heure ?

— C'est l'heure, confirme Evelyn.

Angela fait le tour du comptoir et étreint Evelyn. Celle-ci est surprise de l'affection qu'elle éprouve pour cette jeune femme.

— Comment allez-vous, Eve ?

Evelyn a la gorge nouée, mais elle hoche la tête et entraîne Angela vers la porte de la boutique. Elles marchent en silence jusqu'à l'appartement d'Evelyn. Une fois la porte refermée derrière Angela, elle pousse un long soupir.

— Je suis vraiment nerveuse, Angela. Je ne sais plus quoi faire.

— C'est tout à fait normal. Rappelez-vous simplement que Nancy a envie de vous voir. Et que ce n'est pas la première fois que vous la rencontrez, si bizarre que cela soit. Elle vous connaît. Sa mère adoptive l'a encouragée à vous rechercher. Tout ira bien, je vous assure. C'est juste un énorme obstacle que vous allez surmonter. L'attente est sans doute le pire. Dès qu'elle sera ici... Je pense que ce sera différent.

Evelyn tente d'accepter les paroles d'Angela, mais son esprit s'emballe.

— Avant de savoir que Nancy était Jane, j'ai rêvé à ces retrouvailles, à la façon dont elles se dérouleraient. Mais c'est bien pire que je l'imaginais. C'est si réel, à présent. Enfin, et si elle ne... Quand je lui parlerai de... De quoi allons-nous même parler ? J'ai l'impression que je vais vomir. Ou avoir une crise cardiaque.

Evelyn est totalement paniquée. Angela s'approche d'elle, les yeux brillants.

— J'ai été adoptée, Evelyn.

Ces quelques mots retiennent assez l'attention d'Evelyn pour qu'elle puisse écouter.

— Vous ?

— Oui. Et quand j'ai rencontré ma mère biologique, nous étions toutes les deux nerveuses, nous aussi. Je me rappelle très bien cette angoisse. Mais il fallait que je la voie, et ma mère adoptive m'a soutenue dans cette démarche.

Le visage rouge, elle pose une main sur son ventre, et Evelyn remarque une rondeur qui n'était pas là il y a quelques semaines. Elle a un petit haut-le-cœur en se remémorant ce qu'elle a ressenti, il y a de cela une vie entière.

— Je sais que ma situation n'est pas la même que celle de Nancy, poursuit Angela, et ma mère biologique n'était pas non plus dans la même situation que vous, mais je peux vous affirmer que cela va se passer bien mieux que vous ne le pensez. Vous avez fait le bon choix, je vous le promets. Maintenant, asseyons-nous. Je vais aller vous chercher un peu d'eau.

Angela disparaît dans la cuisine et revient avec un verre glacé. Elles s'installent sur le volumineux canapé d'Evelyn et Angela lui prend la main. Elles entrelacent leurs doigts sur le coussin les séparant.

— Merci, Angela, murmure Evelyn en buvant une gorgée. Merci pour tout.

— Je vous en prie.

Elles restent assises côte à côte pendant quelques minutes, les yeux rivés à la fenêtre devant elles, tandis que l'horloge égrène les secondes jusqu'à l'arrivée de Nancy. Le suspense est insoutenable.

Et puis on sonne à la porte.

Evelyn laisse échapper un petit hoquet.

— J'y vais, dit Angela en lui lâchant la main.

Evelyn sait qu'elle devrait aller ouvrir elle-même, mais elle se sent incapable de tout mouvement.

— Merci, souffle-t-elle.

Angela se lève et sort de la pièce. Un instant après, Evelyn entend la porte principale s'ouvrir, aspirant tous les bruits de la ville.

La voix de sa fille.

La voix de Jane.

— Bonjour ! Vous devez être Angela !

— Oui. Bonjour, Nancy. C'est agréable de pouvoir enfin associer un visage à votre nom. Entrez. Evelyn est au premier.

La voix de Nancy résonne dans la cage d'escalier.

— Merci infiniment d'avoir fait l'effort de me retrouver, dit Nancy. C'est le plus beau choc qu'on aurait pu m'offrir. Même si ça m'a laissée un peu sans voix quand vous m'avez appelée.

Elles sont juste derrière la porte.

— Je vous en prie. En fait, je... Je n'avais pas le choix.

Evelyn se lève avec difficulté. Ses jambes lui paraissent en coton. Elle se tient immobile au milieu du salon. Angela tourne la poignée, puis entre dans l'appartement, suivie de près par Nancy. Soudain, la pièce devient embrumée, et Evelyn a l'impression qu'elle va s'évanouir. Elle ne voit plus que le visage de Nancy. Le visage de sa fille.

Le visage de Jane.

Elle a vieilli depuis la dernière fois qu'Evelyn l'a vue, par cette froide soirée de janvier où les Jane ont fêté ensemble la légalisation, trinquant au fait que leur organisation clandestine n'avait plus de raison d'être. Les tempes brunes de Nancy grisonnent, son visage est devenu un peu plus anguleux, avec des pattes d'oie près des yeux et des rides sur les joues. Elle a la cinquantaine, à présent. Evelyn est ravie que sa fille ait tellement souri durant sa vie qu'elle en a maintenant le visage marqué. Ce sont de précieux souvenirs d'une existence pleinement savourée.

Angela se retire et ferme doucement la porte de l'appartement, pour laisser Evelyn et Nancy seules.

Nancy s'éclaircit la gorge et pose son sac à main. Ses mains s'agitent lorsqu'elle s'avance vers Evelyn.

Vers Maggie.

Vers sa mère.

— Nancy..., commence Maggie.

— Je n'arrive pas à le croire, dit Nancy d'une voix qui se brise.

— Je sais. (Maggie hoche la tête.) C'est ce qui m'inquiétait.

Nancy fait signe qu'il ne fallait pas, et Maggie voit les larmes jaillir dans les yeux de sa fille.

— J'ai tellement de questions qui se bousculent dans ma tête. Comment est-ce possible ? Comment ?

Un nœud de la taille d'une balle de golf remonte dans la gorge de Maggie.

— Nancy, je...

— Vous... Vous pouvez m'appeler Jane, si vous voulez.

Les larmes roulent maintenant hors des yeux de sa fille, mais Maggie continue à retenir les siennes, car elle craint, si elle commence, de ne plus pouvoir s'arrêter. Elle veut les contrôler.

Et puis, en un instant, elle comprend qu'elle n'a plus besoin d'avoir le contrôle. Cet instant ne se produira qu'une fois, et c'est l'un des moments les plus importants de toute sa vie. C'est maintenant ou jamais. Elle ne peut réprimer le raz-de-marée d'émotions qui se déchaîne dans son cœur, et si elle essaie, elle est sûre de le regretter par la suite. Elle n'a déjà que trop de regrets.

Elle laisse donc cet instant s'écouler, elle laisse ses larmes couler, et après quelques pas précipités, Jane est à nouveau dans les bras de sa mère, ces bras qui n'ont eu qu'une envie depuis le jour où Maggie l'a confiée à Marie-Agathe et a senti son cœur se déchirer en deux. Deux fragments qui ne pourraient jamais être recollés, avait-elle alors pensé.

Mais elle se trompait.

— Jane, murmure-t-elle dans les cheveux de sa fille, lui frottant le dos en cercles apaisants tandis que les deux femmes réunissent leurs chagrins, serrées dans les bras l'une de l'autre en dépit de toutes ces années perdues.

Maggie se rappelle le corps minuscule de sa fille, emmailloté au creux de son bras dans la salle des adieux alors qu'elle enfouissait les chaussons jaunes et le message dans les plis de sa couverture. À présent qu'elle tient sa fille adulte, elle sent encore son bébé.

— Jane, répète-t-elle.

Nancy retire la tête de l'épaule de sa mère, le visage brillant de larmes et de joie. Maggie regarde au fond des yeux de sa fille et se reconnaît dans les pupilles brun et or.

— Je te cherchais.

Note de l'autrice

Chères lectrices, chers lecteurs,

Quand les gens me demandent : « De quoi parle votre livre ? », je suis d'abord tentée de répondre « De l'avortement ». Mais ce n'est pas le cas. *Le Réseau Jane* est un roman sur la maternité. Sur le désir d'être mère et le désir de ne pas être mère, et sur tout le spectre compris entre ces deux extrêmes. Il y est question de tout ce qu'une femme est prête à faire pour mettre fin à une grossesse ou pour tomber enceinte. Et, comme le dit Nancy, de ce tournant où, à un moment de leur vie, de nombreuses femmes passent tout à coup de la terreur de tomber enceinte par accident à la terreur de ne pas tomber enceinte lorsqu'elles le souhaitent. Mais surtout, ce livre parle de femmes qui se soutiennent dans leurs choix individuels et dans le résultat de ces choix.

J'ai écrit le premier jet du *Réseau Jane* avant même d'avoir essayé, avec mon mari, de fonder une famille. J'étais enceinte pendant tout le travail éditorial sur le manuscrit, et j'étais mère d'un tout jeune enfant quand le livre a paru au Canada et en Grande-Bretagne. J'ai entrepris des recherches approfondies et réalisé de nombreux entretiens sur l'expérience de la grossesse et de l'enfantement pour être sûre que mon histoire sonnait vrai, mais le fait que je sois tombée enceinte pendant le processus éditorial s'est avéré une véritable aubaine, conférant à ce livre un point de vue plus nuancé sur l'avortement. Je me rappelle avoir pensé, durant mon premier trimestre, que c'était la période où la plupart des avortements sont pratiqués. Je savais rationnellement que l'être qui grandissait dans mon utérus était un groupe de cellules, un fœtus, mais je l'appelais mon bébé. Mon mari et moi lui avions même donné un surnom. Ses organes étaient en cours de formation. Il avait déjà des doigts, des orteils et une lèvre supérieure. Un battement de cœur que j'ai entendu pour la première fois au bout de six semaines de grossesse. Je comprends maintenant mieux que jamais pourquoi l'avortement est une question profondément sensible, source de divisions sociopolitiques graves et souvent irrémédiables. Pourquoi certains voient le fœtus comme un être vivant à part entière. Mais même si mon bébé avait déjà un cœur qui bat, des doigts, des orteils et une lèvre supérieure, il résidait encore dans mon corps.

Mon. Corps.

Comme pour beaucoup de femmes, mes premiers mois ont été un peu durs sur le plan des symptômes et, à plusieurs reprises, j'ai déclaré à mes proches que j'avais l'impression de ne plus contrôler mon propre corps, ce qui était assez déconcertant, même si cette grossesse était quelque chose d'extraordinaire pour mon mari et moi, et même si ce bébé était très désiré. Je ne pouvais donc pas imaginer tomber enceinte contre ma volonté, ne pas avoir le contrôle légal de mon propre corps, avec le droit de mettre fin à cette grossesse si je le voulais. Cette perspective était épouvantable. Tout aussi épouvantable était l'idée que l'on puisse m'interdire de garder mon enfant, comme c'était le cas pour les jeunes femmes dans les foyers pour mères célibataires après la guerre ; l'idée que mes parents, l'État et l'Église prennent la décision à ma place et, indépendamment de ma volonté, m'imposent d'abandonner un bébé que je voulais garder.

Voilà pourquoi cette grossesse m'a permis de mieux comprendre l'importance de l'autonomie corporelle, voilà pourquoi je me sens plus concernée que jamais par les choix en matière de reproduction et l'accès à l'avortement. Parce que je peux maintenant me mettre à la place de la femme enceinte qui ne veut pas être enceinte. J'imagine comme cela peut être terrifiant. Maintenant que je suis mère, ce livre et ses messages sont plus réels que jamais pour moi.

Après ce préambule, laissez-moi vous en dire un peu plus sur la façon dont j'ai conçu *Le Réseau Jane.*

Les foyers pour mères célibataires

Le foyer Sainte-Agnès est de mon invention – cette sainte est la patronne des vierges, des jeunes filles et de la chasteté, donc il y avait là une ironie qui me semblait bienvenue. Mais je l'ai créé à partir de nombreux foyers qui ont existé après la guerre dans divers pays, dont le Canada et les États-Unis. Ils étaient financés par le gouvernement et principalement gérés par l'Église et l'Armée du salut, même si quelques-uns étaient laïques. Aux États-Unis, ils dépendaient surtout de la Florence Crittenton Association of America, de l'Armée du salut et d'organisations caritatives catholiques. Dans les années qui suivirent la Seconde Guerre mondiale, la pression sociale favorisait l'expansion de la famille nucléaire. Pour ceux qui ne pouvaient pas avoir de famille biologique, l'adoption était une option attrayante, qui entraîna une forte demande de bébés blancs dans ces années-là. Les mères de couleur étaient rarement envoyées dans ces foyers, car les bébés de couleur n'étaient pas jugés aussi souhaitables ni même adoptables.

Au cours de mes recherches sur ces institutions au Canada et aux États-Unis, j'ai appris des faits véritablement choquants, grâce aux témoignages de première main de celles qui en avaient été les pensionnaires en tant qu'adolescentes ou que jeunes femmes. Très peu d'entre elles affirment avoir vécu une expérience positive (en dehors des amitiés interdites qui s'y forgeaient parfois), et la plupart évoquent un séjour allant du modérément désagréable au résolument atroce, avec violences systématiques, qu'elles soient physiques, psychologiques ou sexuelles.

J'ai le regret de signaler que je n'exagère absolument pas quand je mentionne l'emploi du terme « détenues » (*inmates*) par l'administration, le fait que les jeunes femmes étaient forcées de signer les documents d'adoption avant de pouvoir tenir le bébé dans leurs bras (ou avant que des antalgiques leur soient administrés), et le mensonge par lequel on leur déclarait que leur enfant était mort. Il s'agit là de vérités accablantes, tirées de récits de témoins que j'ai découverts durant mes recherches. Les jeunes femmes étaient souvent tenues dans l'ignorance des réalités de la grossesse, on ne leur expliquait pas à quoi s'attendre pendant l'accouchement, et beaucoup étaient laissées seules pendant plusieurs heures sur un lit d'hôpital pour mettre leur enfant au monde. On leur plaçait parfois un sac sur la tête pour qu'elles ne voient pas naître leur enfant, et il arrivait que les infirmières refusent de leur laisser tenir le bébé dans leurs bras avant qu'il leur soit confisqué. Le système était humiliant, punitif et brutal. Je vous assure que j'ai volontairement choisi de ne pas exagérer ni d'édulcorer ce que pouvaient penser, vivre et ressentir les pensionnaires d'un endroit comme Sainte-Agnès dans les années 1960.

Étudiante en histoire, j'ai rarement été confrontée à des textes aussi poignants que la description des sentiments de ces femmes face à l'adoption, l'évocation de l'impact sur leur santé mentale, alors et plusieurs décennies après (dépression handicapante, trouble de stress post-traumatique, incapacité à nouer des relations amoureuses durables, peur d'avoir d'autres enfants ou peur qu'on les leur prenne, suicide), et le récit de leurs tentatives désespérées pour retrouver leurs enfants perdus. J'ai essayé de m'en inspirer pour les pensées et émotions de Maggie/Evelyn lors de la séparation forcée d'avec Jane/Nancy.

J'adresse ma profonde reconnaissance (en même temps que mes sincères condoléances) aux femmes qui, au fil du temps, ont partagé leur expérience douloureuse avec des chercheurs. Je n'aurais pas pu écrire ce livre sans votre courage et votre volonté de revivre ce trauma.

Mais à présent, chère lectrice ou cher lecteur, je vais vous demander de me tenir ma bière, le temps que je monte à la tribune. Car ces femmes méritent davantage que mes remerciements.

Elles méritent justice.

Selon Statistics Canada, près de 600 000 enfants considérés comme « illégitimes » sont nés de mères célibataires entre 1945 et 1971. La chercheuse Valerie Andrews estime que plus de 300 000 mères ont alors été forcées à confier leur bébé à l'adoption dans le cadre du système des foyers (aux États-Unis, le chiffre est sans doute beaucoup plus élevé). Ces programmes étaient financés par les autorités fédérales et provinciales.

Fin 2017, le Comité sénatorial permanent des affaires sociales, des sciences et de la technologie a entrepris une étude des foyers pour mères célibataires d'après la guerre. Des témoins ont été entendus au sujet des irréparables dommages psychologiques et affectifs qui leur ont été infligés par ce programme. Sur les diverses organisations religieuses qui en étaient chargées au nom du gouvernement, seule l'Église unie a accepté de participer à l'enquête et a admis une part de responsabilité.

En juillet 2018, sur la base des résultats de cette étude, le comité a recommandé au gouvernement du Canada de reconnaître publiquement que cette pratique avait existé, et a affirmé sans équivoque que des excuses officielles devaient être présentées aux femmes et aux enfants qui ont été profondément traumatisés et dont la vie a changé à jamais du fait du système des foyers pour mères célibataires. En 2013, le gouvernement fédéral australien avait présenté des excuses inconditionnelles aux survivants de ces foyers, et le gouvernement irlandais en a fait autant au début de l'année 2021.

À l'heure où j'écris, le gouvernement du Canada n'a encore formulé aucune excuse ni aucune proposition de réparation. Comme il se doit, des excuses officielles ont été présentées aux différents groupes qui ont subi des traitements horribles entre les mains du gouvernement canadien, ou avec sa complicité, tout au long d'une histoire marquée par des atrocités. Pourtant, de façon inexplicable, la recommandation de son propre comité sénatorial n'a été suivie d'aucun effet en ce qui concerne les victimes du système de foyers pour mères célibataires. C'est une honte inadmissible.

Le réseau Jane

Comme pour le foyer Sainte-Agnès, le réseau Jane est une invention, un mélange des nombreux réseaux clandestins qui existaient dans les grandes villes du monde avant la légalisation ou la décriminalisation de l'avortement dans leurs pays respectifs. Sans aucun doute, beaucoup de ces réseaux existent encore aujourd'hui, là où l'avortement reste illégal ou inaccessible.

Quand j'ai entrepris mes recherches préliminaires en vue d'un roman sur un réseau d'avortement clandestin et l'histoire de l'accès aux droits en matière de procréation dans mon pays natal, le Canada, j'ai découvert un certain nombre de choses intéressantes. Entre autres, une référence à une organisation portant officieusement le nom de « Jane », qui a fonctionné à Chicago dans les années 1960 et 1970, avant l'arrêt Roe v. Wade (en juin 2022, HBO a diffusé un documentaire sur les Jane, et depuis quelques années leur histoire est devenue beaucoup plus connue). Les réseaux canadiens n'avaient pas de surnom particulier, ils n'ont pas laissé d'archives pour des raisons de sécurité, et les détails étaient donc d'autant plus difficiles à appréhender. Mais à mesure que je rédigeais le premier jet de ce livre, le nom « Jane » est devenu tout à fait représentatif du côté anonyme de ces réseaux et m'a paru adéquat pour une fiction qui tente de refléter l'ampleur de ces initiatives remarquables. Évidemment, je rends hommage aux « Jane de Chicago » à travers l'évocation d'un événement réel (leurs bénévoles ont vraiment mangé des papiers à l'arrière d'un fourgon cellulaire pour dissimuler à la police l'identité de leurs patientes ; bravo, mesdames), le reste est le fruit de ma licence créatrice, à partir de faits réunis sur différents réseaux clandestins, au fil de mes recherches et de mes entretiens.

Dans le contexte canadien, la légalisation est intervenue en 1988 avec la décision de la Cour suprême R. v. Morgentaler, quelques années à peine après le combat juridique mené par le Dr Henry Morgentaler, et je crois que la légalisation ne serait pas arrivée aussi vite sans sa détermination ni les efforts de ceux qui collaboraient avec lui. Je la nommerai à nouveau dans mes remerciements, mais je voudrais dire ici toute ma gratitude à Judy Rebick, autrice et militante féministe, pour avoir pris le temps de me rencontrer. Ses souvenirs de Henry Morgentaler et sa participation au mouvement canadien pour le droit à l'avortement dans les années 1970 et 1980 m'ont aidée à donner forme à l'histoire des Jane. Cela dit, la scène où Evelyn dialogue avec le Dr Morgentaler dans son cabinet de Montréal est de pure fiction.

Néanmoins, la Caravane de l'avortement renvoie à une série d'événements bien réels, survenus au début des années 1970. Après une importante manifestation sur la colline du Parlement à Ottawa, ces femmes ont livré un cercueil symbolique au Premier ministre Trudeau père et se sont enchaînées aux grilles de la Chambre des communes pour perturber une séance et attirer l'attention des médias sur la question de l'avortement. Les détails tels qu'ils sont dépeints ici sont le fruit de mon imagination, même si je me suis inspirée du livre de Judy Rebick, *Ten Thousand Roses: The Making of a Feminist Revolution.*

Du fond de mon cœur saignant de féministe, je remercie toutes les « Jane », proches et lointaines, passées et présentes, qui ont accompli et continuent d'accomplir d'incroyables sacrifices, qui risquent l'arrestation et les violences physiques pour aider des femmes à accéder à un avortement sans danger. Le caractère illégal de ces organisations signifie que l'identité de la grande majorité des participantes reste inconnue, mais j'espère avoir contribué, avec ce roman, à leur donner une voix et à leur rendre hommage pour leur formidable apport à l'histoire des droits des femmes et des droits humains.

L'annulation de Roe v. Wade

Je rédige cette section dans le confort relatif dont je jouis, en tant que Canadienne habitant un pays où, compte tenu des différences du cadre juridique et gouvernemental, l'accès à l'avortement financé par la santé publique semble raisonnablement sûr, pour le moment. Cela dit, les inégalités dans l'accès aux services et dans le financement restent un vrai problème, et je pense que les Canadiennes doivent rester extrêmement vigilantes dans la défense de leurs droits à l'avortement. Mais la menace que nous sentons parfois peser sur nous n'est rien comparée à la véritable guerre qui se joue actuellement en Amérique contre les femmes enceintes.

Dès qu'a circulé sur les réseaux sociaux la rumeur selon laquelle la Cour suprême voulait annuler l'arrêt Roe v. Wade, un soir de mai 2022, ma première réaction fut de fondre en larmes de désespoir. Mais ce sentiment s'est vite transformé en une fureur telle que j'en ai rarement ressenti. C'était une rage toxique et accablante. Je ne savais qu'en faire. Cette nuit-là, il m'a fallu du temps pour m'endormir. Les jours suivants, d'innombrables lecteurs au Canada m'ont dit : « J'ai vu la nouvelle et je ne peux plus m'empêcher de penser à votre livre. » Moi non plus, je ne pouvais plus cesser d'y penser. *Le Réseau Jane* est une fiction historique, du moins pour mes compatriotes. Pourtant, je sais que dans de nombreux pays (dont le Brésil, où mon roman a également été publié), la lutte pour les droits de reproduction et la privation systématique de soins de santé sans danger sont une réalité d'aujourd'hui.

Depuis bien des décennies, les droits en matière de reproduction et l'accès à l'avortement sont un sujet de controverse, alors qu'ils sont pour moi tout à fait essentiels, et la politisation des corps semble ne jamais devoir prendre fin. Mais quand j'ai rédigé en 2019 le premier jet du *Réseau Jane*, je ne pouvais prévoir la résonance que mon texte acquerrait en 2023. Et sa pertinence croissante me rend furieuse. Je n'aurais jamais imaginé que la majeure partie des États-Unis en reviendrait au temps où des femmes comme Evelyn, Alice et Nancy se retrouvaient au point de départ, à travailler dans la clandestinité et à se battre pour le droit fondamental de déterminer ce qu'il advient de leur propre corps.

J'écris ceci durant l'après-midi chaude et ensoleillée du 25 juin 2022, le lendemain du jour où les femmes enceintes des États-Unis ont été réduites à des êtres moins qu'humains. Réduites à un statut inférieur à celui des fusils d'assaut. Les mots manquent pour qualifier la déshumanisation infligée à la moitié de la population américaine.

Je suis convaincue que tout être humain détient des droits inhérents sur son propre corps. Point à la ligne. Je pense que tout le monde devrait pouvoir accéder à des soins médicaux sans danger pour interrompre une grossesse à tout moment, sans raison particulière. Sans conditions, sans questions. En effet, quand l'accès à l'avortement est assorti de conditions et se limite aux circonstances atroces comme le viol ou l'inceste, cela laisse entendre qu'une femme n'a pas des droits inhérents sur son propre corps, contrairement à un homme, et qu'il doit lui arriver quelque chose d'horrible pour qu'elle accède à ces droits.

Après l'annulation de l'arrêt Roe v. Wade, j'ai beaucoup pensé aux femmes qui avaient si activement participé à la lutte pour la justice avant 1973. Dans tous les pays où il existe (existait) des réseaux clandestins d'avortement, je peux seulement imaginer ce que l'on doit ressentir en voyant disparaître en un clin d'œil des années de lutte et de dévouement, de passion, de sang, de sueur et de larmes, parce que quelques individus au pouvoir ont des convictions religieuses radicales qui exigent (prétendument) la naissance forcée à tout prix.

Mon chagrin et ma colère sont plus intenses que je ne saurais l'exprimer, et mon cœur saigne pour vous toutes. Mais je pense que la seule possibilité est de continuer à vous battre comme des furies au niveau politique, et que les femmes enceintes doivent s'entraider de toutes les manières possibles. Si vous en avez les moyens, je vous supplie de faire des dons généreux aux organisations qui offrent un accès à des soins médicaux sans danger, en particulier afin qu'ils soient moins onéreux pour celles qui sont obligées d'aller loin de chez elles pour en bénéficier. Continuez à faire circuler l'information sur les organisations offrant un contrôle des naissances et des possibilités d'avortement. Et quoi que vous fassiez, ne renoncez pas à ce combat. Je sais que vous ne renoncerez pas, mais j'ai malgré tout besoin de le dire.

Les femmes du monde entier sont solidaires avec vous. J'espère qu'entre le moment où je rédige cette note et le moment où le livre paraîtra, un rayon d'espoir brillera déjà pour l'Amérique. La raison, l'humanité et la compassion finiront peut-être par étouffer la haine et la démence, mais en attendant, restez optimistes, restez en colère et restez hors de danger.

Remerciements

Voici probablement le moment que j'attendais le plus, où je peux enfin me répandre en compliments envers toutes les personnes formidables qui m'ont aidée à écrire *Le Réseau Jane.*

D'abord, merci à mon agent, la formidablement talentueuse et dévouée Hayley Steed. Vous mériteriez une page entière dans ces remerciements ; j'ai tellement de chance de vous avoir. Merci aussi à toute l'équipe de la Madeleine Milburn Agency pour avoir cru en moi dès le départ et avoir reconnu le potentiel du *Réseau Jane.* L'équipe de la MM Agency a certainement transformé ma vie à jamais et m'a permis de réaliser mon rêve. Je ne saurais assez vous remercier.

Merci à mes éditrices Sarah St. Pierre (Simon and Schuster Canada) et Sara Nisha Adams (Hodder Studio UK) pour m'avoir aidée à peaufiner le manuscrit et en faire exactement ce que je souhaitais. Merci à mon éditrice Natalie Hallak, chez Atria Books, qui a pris la défense du livre pour les lectrices américaines. Je vous suis si reconnaissante pour le soutien immédiat et absolu que vous avez apporté à mon roman et à tout ce qu'il représente. Merci à tous les membres de la Team Jane chez Atria, dont Lindsay Sagnette, Libby McGuire, Dana Trocker, Ariele Fredman, Lisa Sciambra et Katelyn Phillips, pour tout le travail accompli sur ce projet. Merci aussi à James Iacobelli pour la formidable couverture, et pour y avoir inclus le téléphone à cadran rotatif qui me plaisait tant dans l'édition canadienne !

Merci à mes chères premières lectrices Denise, Kim, Marilyn, Angela, Laurie, Jenn, Mallory, Cara Beth, Sarah, Lauren D., Lauren F., Katie, Lindsay, Yoda et Alli, qui m'ont apporté un feed-back inestimable sur le premier jet de ce roman. Vous avez pu lire *Le Réseau Jane* dans la première de ses nombreuses versions, et pour cela vous occupez une place particulière dans mon cœur.

Merci à mes « consultantes » juridique et médicale Sarah Donohue et Cara Beth Lee, qui ont bien voulu répondre à mes questions sur les détails du droit pénal et la procédure d'avortement dans les années 1970 respectivement. Merci aussi à Jen et Andrea Dunn pour m'avoir fait connaître les réalités du voyage vers l'insémination intra-utérine ; vous m'avez aidée à rendre vivante l'histoire d'Angela et Tina. Gros câlins à C. et C., vos deux petits battements de cœur.

Merci à l'incomparable Judy Rebick, pour votre temps, la bière et vos souvenirs du mouvement canadien pour le droit à l'avortement. Vous avez insufflé vie à toutes les femmes et à tous les alliés hommes qui ont pris des risques insensés et ont consenti des sacrifices incroyables afin d'obtenir des droits en matière de procréation pour ma génération et les futures générations de Canadiennes. Nous avons envers vous une dette éternelle.

Merci aux femmes de tous âges qui ont courageusement affronté leur trauma passé pour me parler de leur expérience personnelle de l'avortement, ainsi qu'à celles qui m'ont fait part de leurs réflexions sur les recoins obscurs, les espaces ensoleillés et toutes les zones grises de l'accouchement et de la maternité.

Merci à mes camarades d'atelier et aux enseignants de la Humber School for Writers de Toronto, qui ont entrevu l'étincelle de quelque chose dans l'échantillon que je leur avais soumis bien avant que mon premier jet soit terminé. À Reed, Julia et Stéphanie, qui m'ont toujours encouragée à écrire et à écrire encore, sans redouter les grands sujets terribles. Et merci à Margaret, pour m'avoir dit de ne pas avoir peur.

Lors de mon mariage, je n'ai pas pu remercier mes parents sans fondre lamentablement en larmes, donc j'ai la chance que personne ne me voie lorsque j'écris ceci. Mes parents ont fait de moi une féministe dès ma naissance, ils ont toujours été mes meilleurs défenseurs et supporters. Papa et Maman, vous êtes vraiment les parents les plus fiables et les plus encourageants qu'on puisse souhaiter (vous serez les meilleurs grands-parents de tous les temps), et je me réjouis tous les jours de vous avoir. Merci aussi à mon frère pour les conversations déstressantes et pour son enthousiasme quand je me suis lancée dans cette folle aventure. Sans contestation possible, c'est toi qui as eu LA meilleure réaction possible quand je t'ai téléphoné à propos de mon premier contrat d'éditeur.

Le dernier, mais certainement pas le moindre, merci à mon mari Jim, pour ton amour, ta foi en moi et ton soutien permanent. Tu m'as fait miroiter des chocolats pour m'obliger à atteindre mes objectifs quotidiens, tu m'as apporté des tasses et des tasses de thé et de café, tu m'as permis de tester des idées excellentes ou pas du tout excellentes, tu as veillé à ce que je mange et que je boive quand je ne pouvais plus m'arrêter d'écrire. Tu m'as aussi donné le plus beau petit garçon dont j'aurais pu rêver. Tu es ce qui m'est arrivé de plus formidable. Sans toi je serais perdue.

La communauté Charleston a aimé !

Chez Charleston, nous sommes convaincus que, loin d'être une aventure solitaire, la lecture est une invitation au partage. Nous échangeons constamment avec nos lecteurs et lectrices, et nous sommes fiers de la belle communauté d'amoureux des livres que nous formons tous ensemble. Chaque année, nous choisissons au sein de cette communauté vingt lectrices et lecteurs qui nous accompagnent tout au long de l'année, et découvrent nos romans en avant-première. Voici leurs avis !

« J'ai été happée par l'histoire dès les premières pages ! On ne ressort pas indemne de cette lecture. »

@sobookiful

« Un roman engagé et féministe, tellement important à lire ! Cette histoire est celle de Nancy, Evelyn, Angela, et Jane, mais aussi la nôtre. »

@uninstantpourlire

« Une pépite ! J'ai tout adoré dans ce roman : les personnages attachants, l'intrigue prenante, les rebondissements… Impossible de le reposer sans en connaître la fin ! »

@lalectricegourmande

« Un roman mémorable qui rend hommage à la force des femmes qui nous ont précédées pour que nous ayons désormais le droit de choisir. »

@synoptia_

« Une pépite de justesse qui parle de la maternité sous toutes ses formes. »

@the_pumpkin_library

« Heather Marshall livre un hommage vibrant à toutes celles et ceux qui ont risqué leur vie pour défendre le droit des femmes à disposer de leur corps. »

@aufil.despages

« Coup de cœur ! Une excellente lecture qui met en lumière des événements cruels trop souvent oubliés. »

@mycosyreading

« Avec une plume juste et réaliste, l'autrice met en lumière le combat que les femmes ont dû mener pour légaliser l'avortement. »

@_polyme_books_

Cet ouvrage a été imprimé en utilisant des papiers composés de fibres naturelles, renouvelables, recyclables et fabriquées à partir de bois issus de forêts qui adoptent un système d'aménagement durable. En outre, les fournisseurs de papier s'inscrivent dans une démarche de certification environnementale reconnue.

Achevé d'imprimer en février 2023
par CPI Bussière
À Saint-Amand-Montrond (18)
Dépôt légal : mars 2023
N° d'impression : 2068879

Imprimé en France